БЕРНАР ВЕРБЕР

BERNARD WERBER

Nous, les dieux

БЕРНАР ВЕРБЕР В ТВОЕМ КАРМАНЕ

БЕРНАР ВЕРБЕР

Мы, боги

РИПОЛ КЛАССИК

Москва, 2014

УДК 821.133.1
ББК 84(4Фра)6-44
В31

Перевод с французского М. Рожновой

Вербер, Б.

В31 Мы, боги / Б. Вербер ; [пер. с фр. М. Рожновой]. — М. : РИПОЛ классик, 2014. — 448 с. — (Бернар Вербер в твоем кармане).

ISBN 978-5-386-06680-2

Кто знает, как именно все было? Бог или боги. Разумеется, если он или они существуют.

Я попытался представить себе этих тайных свидетелей — богов, которые внимательно рассматривают людей, копошащихся внизу…

Если боги действительно существуют, какое образование они получили?

Как юные боги стали зрелыми?

Как именно вмешиваются они в ход событий?

Почему мы их интересуем?

«Танатонавты», «Империя ангелов», «Мы, боги», «Дыхание богов», «Тайна богов»…

«Мы, боги» — роман, который находится в самом центре Цикла о богах. И это не случайно.

УДК 821.133.1
ББК 84(4Фра)6-44

ISBN 978-5-386-06680-2

бернар [вербер]

: мы, боги

Посвящается Жерару Амзаллагу,
свободомыслящему человеку

Предисловие

А что, если не самые утонченные, а самые жестокие цивилизации оставили свой след в человеческой истории?

Ведь если посмотреть внимательно, исчезнувшие культуры не обязательно были самыми неразвитыми. Иногда для того, чтобы покачнулась судьба целого народа, достаточно наивного вождя, которого враги обманули обещаниями мира, или непредвиденных погодных условий, меняющих ход сражения. Затем историки победителей переписывают по собственному усмотрению прошлое побежденных, чтобы оправдать их уничтожение. А чтобы лишить следующие поколения всяких сомнений, дебаты закрываются формулой «горе побежденному». Дарвин даже нашел научное оправдание этим убийствам — «естественный отбор» и теория «выживания наиболее приспособленных».

Так создавалась история людей на Земле, на горах трупов и забытых предательствах.

А кто это видел?

Кто знает наверняка?

Я нашел только один ответ: бог или боги, при условии, конечно, что он или они существуют.

Я попытался представить себе этих незаметных свидетелей. Богов, исследующих копошащееся человечество на манер энтомологов, наблюдающих за муравьями.

Если боги существуют, какое образование они получили?

Все развивается. Как они перешли от молодости к зрелому возрасту? Как они вмешиваются в ход событий? Почему мы их интересуем?

Я искал ответы в священных текстах, от тибетской «Книги мертвых» до египетской «Книги мертвых», не пропуская шаманизма и великих космогоний народов пяти континентов. Все они дают сведения, лишь очень редко противоречащие друг другу. Как если бы существовало коллективное представление о превосходящих нас масштабах и правилах космической игры.

Философия и наука всегда находились в оппозиции, но для меня они объединены в том, что можно назвать «светской духовностью». Здесь важны скорее вопросы, а не ответы.

В остальном я дал полную свободу воображению.

С моей точки зрения, книга «Мы, боги» является естественным продолжением «Танатонавтов» и «Империи ангелов». После завоевания Рая и обнаружения мира ангелов логично, что более высоким уровнем развития будут именно боги…

Вот почему Мишель Пэнсон, как и его странный друг Рауль Разорбак, Фредди Мейер, Мэрилин Монро, все бывшие танатонавты и бывшие ангелы, объединенные лозунгом «Любовь как шпага, юмор как щит», снова здесь. Я позволил себе унестись в этот воображаемый мир, как в сон наяву. По ночам я продолжал вновь переживать некоторые сцены.

Я работал, слушая музыку к фильмам, в частности, к «Властелину колец», «Дюне» и «Чайке Джонатан Ливингстон». К этому добавились девять симфоний Бетховена, произведения Моцарта, Грига, Дебюсси, Баха, Сэмюэла Барбера и симфония «Планеты» Гюстава Хольста — в части классической музыки, из рока — Майкл Олдфилд, Питер Гэбриэл, «Йес», «Пинк флойд».

Когда я рассказал об этом проекте своему издателю, он с энтузиазмом встретил такое создание мира. В результате — более тысячи страниц, которые составят три тома.

В конце инициатического поиска моего героя — встреча с Создателем Вселенной.

Так что, может быть, вы тоже зададите себе вопрос: «А если бы я был на месте Бога, как бы я поступил?»

Бернард Вербер

«Именно для того, чтобы показать
все это, тебя привели сюда».

Иезекииль, 40, 4

«Те, кто не поняли прошлого,
Те, кто не поняли прошлого человечества
в целом,
Те, кто не поняли своего прошлого
в частности,
Те будут осуждены его воспроизвести».

Эдмонд Уэллс,
«Энциклопедия относительного
и абсолютного знания», том 5

Один подопытный хомячок говорит другому:
«Я выдрессировал ученого. Когда я нажимаю на эту
кнопку, он приносит мне зерна».

Фредди Мейер

1. Энциклопедия: в начале

…Ничего.

В начале не было ничего.

Никакой свет не нарушал тьму и тишину.

Повсюду было Ничто.

Это было царство первой силы.

Силы «Н»: силы Нейтральности.

Но это Ничто мечтало стать чем-то.

Тогда появилась белая жемчужина в центре бесконечного пространства: Космическое.

Яйцо, заключающее все возможности и все надежды.

Это Яйцо начало покрываться трещинами…

Эдмонд Уэллс,
«Энциклопедия относительного
и абсолютного знания», том 5

2. Кто я?

Раньше я был смертным.

Потом я был ангелом.

А теперь кем я стану?

3. Энциклопедия: в начале (продолжение)

…И Космическое Яйцо взорвалось.

Это произошло в год 0, месяц 0, день 0, минуту 0, секунду 0.

Скорлупа яйца была разбита на двести восемьдесят четыре куска второй силой.

Силой «Д», силой Деления.

Из этого взрыва вырвались свет, жара и огромное количество пыли, которые разлетелись в темноте.

Новая Вселенная родилась.

Разлетаясь, частички танцевали под симфонию времени, которое начало свой ход…

Эдмонд Уэллс,
«Энциклопедия относительного и абсолютного знания», том 5

4. Прибытие

Я лечу.

Чистый дух, я рассекаю пространство со скоростью мысли.

Я покинул империю ангелов, но куда я направляюсь?

Я тихо планирую.

Впереди я вижу сияние.

Оно завораживает меня. Я чувствую себя бабочкой, летящей на пламя.

Я вижу одинокую планету в звездной пустоте.

Планету с двумя солнцами и тремя лунами.

Моя душа проникает в ее атмосферу, и меня притягивает к поверхности.

Я падаю.

Неожиданность: я больше не могу лететь. Гравитация зовет меня.

Снизу приближается океан, он несется мне навстречу.

Во время падения я обретаю телесность. Кожа становится матовой. Сперва ноги, туловище, затем руки и лицо. Там, где была полупрозрачная оболочка, теперь розовая матовая кожа.

Ногами я чувствую удар.

Я разбиваю изумрудное зеркало с фонтаном брызг.

Я под водой.

Холодно, вязко, неприятно.

Я не могу дышать. Я задыхаюсь. Что происходит? Мне нужен... воздух!

Я сопротивляюсь. Мне необходимо подняться на поверхность. От соленой воды щиплет глаза. Я сжимаю веки. Я борюсь изо всех сил. Наконец я поднимаюсь на поверхность, делаю огромный глоток воздуха. Облегчение. Мне удалось выплыть.

Я дышу!

Сперва я испытываю чувство паники, а потом становится даже приятно.

Я откашливаюсь от воды, снова наполняю легкие воздухом.

Вдох, выдох. Это напоминает первый глоток воздуха, сделанный во время моего последнего человеческого рождения. Воздух, этот необычный наркотик, без которого невозможно обойтись. Мои альвеолы раздуваются, как два индюка. Я открываю глаза и вижу небо. Я хотел бы взлететь наверх, к облакам, но теперь я пленник силы тяготения.

Я чувствую плоть вокруг своей души, и она на меня давит. Я ощущаю хрупкость своих костей, нежность кожи, и меня пронзает страшная мысль. От нее бросает в дрожь.

Я больше не ангел. Может быть, я снова стал «человеком»?

5. Энциклопедия: в начале (продолжение)

...Прошло только несколько секунд, а некоторые частички уже соединились, движимые третьей силой. Силой «А», силой Ассоциации.

Частицы Нейтроны, представляющие силу Нейтральности, соединились с Протонами, заряженными позитивно, чтобы образовать ядро. Частицы Электроны, заряженные негативно, начали вращаться вокруг ядра, чтобы придать ему наилучшее равновесие.

Три силы нашли свое место, чтобы образовать более сложное единство, первое воплощение силы Ассоциации: Атом. С этого момента энергия превратилась в материю.

Это был первый эволюционный скачок.

Однако эта материя мечтала перейти на более высокий уровень. Тогда появилась Жизнь.

Жизнь была новым опытом Вселенной, и она вписала в ее сердце следы трех сил (Ассоциация, Деление, Нейтральность), составляющих все живое, указав их инициалы: A.D.N.*

Эдмонд Уэллс,
«Энциклопедия относительного
и абсолютного знания», том 5

---

* ADN (*франц.*) — ДНК. (*Здесь и далее примеч. переводчика.*)

6. Во плоти

Как трудно вновь стать материальным существом после того, как ты был чистым духом.

Это тяжело. Я это забыл.

Внутри тела я ощущаю сгустки нервов, трубки, булькающие мешки. Я чувствую, как бьется сердце, как слюна освежает горло. Я сглатываю. Я закашливаюсь так, что чуть не выплевываю новенькие зубы. Снова кашляю.

Трогаю челюсть. Ощупываю себя. Да, у меня есть тело, такое же, как когда я был смертным на Земле. И я слышу ушами, а не душой.

Не в состоянии лететь, я плыву. Плавание, какой унизительный способ передвижения! Медленный и изнуряющий.

Наконец вдали я вижу остров.

7. Энциклопедия: в начале (окончание)

...Но Жизнь не стала завершением опыта этой новорожденной Вселенной. Жизнь сама мечтала перейти на более высокий уровень. Она размножалась, становилась все более разнообразной, экспериментировала с формами, цветами, температурами и поведением. До того момента, как, действуя наугад, не нашла идеальную колыбель для продолжения развития. Человека.

Стоящий на вертикальном остове, который состоит из двухсот восьми костей, Человек был снабжен слоем жира, кровеносной системой и мускулами, завернутыми в толстую и эластичную кожу. Кроме того, в верхней части Человека имелась чрезвычайно эффективная центральная нервная система, подключенная к визуальным, слуховым, осязательным, вкусовым и обонятельным датчикам.

Благодаря Человеку Жизнь могла обнаружить способность мыслить. Человек рос, размножался, сталкивался с другими животными и с себе подобными.

Он их любил. (А)*

Он их угнетал. (Д)**

Он ими пренебрегал. (Н)***

Однако Жизнь мечтала достичь более высокого уровня развития. С этого момента мог начаться новый опыт: сознание.

Который, как и всегда, питался тремя первоначальными энергиями:

Любовь. (А)

Доминирование. (Д)

Нейтральность. (Н)

Эдмонд Уэллс,
«Энциклопедия относительного и абсолютного знания», том 5

8. Остров

Я выбираюсь на песчаный берег. У меня все болит. Все кости. Все мускулы. Все сухожилия. Я падаю, истощенный долгим плаванием. Мне холодно, я кашляю.

---

* *Франц.* — aimer.

** От доминировать (*фр.*) — dominer.

*** *Франц.* — negliger.

Я поднимаю голову и осматриваюсь. Я на пляже из белого мелкого песка, вокруг густой туман, через него просматриваются стволы кокосовых пальм. Дальше видны отвесные скалы, о которые разбивается морской прибой. Я чувствую себя слабым и потерянным, меня бьет дрожь. И мучительный вопрос, сопровождавший меня всю жизнь, возвращается: «Действительно, что я здесь делаю?»

Неожиданно до меня доходят запахи моря и фруктов. Я забыл, что их можно чувствовать носом. Тысячи ароматов обволакивают меня. Теплый воздух пахнет йодом, цветами, пыльцой, травами и морской пеной. А также кокосами, ванилью и бананами. К этому добавляется сладкая нотка, возможно, это лакрица.

Я широко раскрываю глаза. Я нахожусь на острове, на незнакомой планете. Никакой другой земли до горизонта не видно. А есть ли здесь другая форма жизни, кроме растительной?

Муравей отвечает на мой вопрос, карабкаясь на палец ноги. Он один. Я беру его на палец и подношу к глазам. Он шевелит усиками, чтобы понять, что происходит, но я знаю, что он различает только что-то гигантское и розовое.

— Где мы?

Его усики становятся торчком на звук моего голоса. Для муравья я большая теплая гора, дыхание которой приводит в смятение его обонятельные рецепторы.

Я возвращаю муравья на песок, и он убегает зигзагами. Мой учитель Эдмонд Уэллс был специалистом по этим насекомым. Он, наверное, смог бы научить меня общаться с ними. Но я здесь один.

В этот момент воздух разрывает вопль. Человеческий вопль.

9. Энциклопедия: неизвестность

Больше всего человека пугает неизвестность. Как только эта неизвестность, пусть даже враждебная, идентифицирована, он чувствует облегчение. Незнание включает процесс воображения. Тогда в каждом появляется его внутренний демон, его «худшее личное». И думая, что сталкивается с тьмой, он встречает фантасмагорических монстров собственного подсознания. Однако именно в тот момент, когда человеческое существо сталкивается с новым неидентифицированным феноменом, его сознание работает наиболее эффективно. Он внимателен. Он начеку. Всеми чувствами он пытается понять неизвестность, чтобы устранить страх. Он обнаруживает в себе таланты, о которых и не подозревал. Неизвестность возбуждает и завораживает его одновременно. Он ее боится и в то же время ожидает, что его мозг сможет найти правильные решения и приспособиться к ней. Пока вещь не названа, она являет собой вызов человечеству.

Эдмонд Уэллс,
«Энциклопедия относительного и абсолютного знания», том 5

10. Первая встреча

Крик раздался с вершины скалы. Я бегу туда, напуганный тем, что могло вызвать этот вопль, и одновременно успокоенный человеческим присутствием. Я стараюсь изо всех сил, лезу наверх и, задыхаясь, взбираюсь на каменистую вершину.

Там на животе лежит человек. Это мужчина в белой тоге. Я подхожу и переворачиваю его. На боку еще дымится ожог. У него морщинистое лицо и густая белая борода. Этот образ меня заинтриговывает, лицо мне знакомо. Я уже видел его в книгах, справочниках, энциклопедиях. И вдруг я вспоминаю, кто это. Жюль Верн.

Мне приходится сглотнуть несколько раз, чтобы слюна смочила горло и я смог говорить.

— Вы...

У меня першит в горле.

Человек хватает меня за руку, его взгляд безумен.

— ГЛАВНОЕ... не ходить... ТУДА!

— Куда не нужно ходить?

Он с трудом приподнимается и указывает пальцем в направлении проступающих сквозь туман очертаний горы.

— НЕ ХОДИТЬ ТУДА!

Он дрожит. Его пальцы сжимаются у меня на запястье. Он смотрит мне прямо в глаза, а потом на какую-то точку за моим плечом. На лице появляется непреодолимый страх.

Я оборачиваюсь, но не вижу ничего, кроме кокосовых пальм, наполовину скрытых в тумане и слегка колышимых ветерком. Внезапно, как будто огромная опасность придала ему силы, Жюль Верн вскакивает, бежит к краю обрыва и собирается прыгнуть в пустоту. Я бросаюсь к нему и хватаю как раз в тот момент, когда его тело уже наклонилось вниз.

Он отбивается и даже кусает меня, чтобы вырваться. Но я, как мне кажется, держу крепко, для верности вцепляюсь еще и в тогу. Он смотрит на меня какое-то мгновение, удивленный моим упорством, потом грустно улыбается. Белая тога безжалостно рвется. Я хочу ухватиться покрепче, но уже слышу глухой удар тела о мокрый песок. Только кусок ткани остается в моей сжатой ладони.

Жюль Верн лежит как разбитая кукла.

Я медленно выпрямляюсь и внимательно вглядываюсь в окружающий пейзаж, который его так напугал. Напрасно. Видны лишь стволы пальм, колеблемые ветром и окутанные туманом, да силуэт горы.

Может, слишком богатое воображение сыграло с ним злую шутку?

Я с трудом спускаюсь со скалы, погружаясь во все более тяжелую и душную атмосферу. К моему великому удивлению, когда я добираюсь до пляжа, тела писателя там нет. Остался лишь его отпечаток на песке, а вокруг следы, похожие на лошадиные копыта.

Я не успеваю опомниться от удивления, как появляется новая странность. Мое внимание привлекает шелест крыльев. Птичка вылетела из тумана и зависла перед моим лицом. Вблизи я могу констатировать, что крылатое существо совсем не птица, а миниатюрная девушка с парой больших крыльев бабочки — ярко-голубого монарха, — заканчивающихся длинными черными «хвостами».

— ...Ээ... здраствуйте, — говорю я.

Она кокетливо рассматривает меня, тихо покачивает головой, как будто удивляясь. У нее большие зеленые глаза, веснушки и длинные рыжие волосы, завязанные бантиком из травы. Она кружится вокруг и изучает меня, как будто не видела ничего подобного раньше.

Она мне улыбается, и я улыбаюсь в ответ.

— Ээ... Ммм... Вы понимаете, когда я говорю?

Девушка-бабочка открывает рот и высовывает язык, тонкий и заостренный, ярко-красного цвета, похожий на длинную ленточку. Она вежливо кивает своей огненной шевелюрой, но когда я хочу прикоснуться пальцами к ее лицу, быстро улетает.

Я бегу за ней, теряю равновесие на острых камнях и падаю со всего размаха. Ладонь глубоко порезана.

Острая боль.

Она не похожа на ту, что я испытывал, когда соленая вода попала в глаза или когда я задыхался без воздуха. Из меня течет кровь.

С удивлением я рассматриваю блеск темно-красной крови на розовой коже.

Я забыл, как больно… испытывать боль. Я вспоминаю все моменты, когда мое тело страдало в то время, когда я был человеком. Сломанные ногти, кариес, язвочки на слизистой оболочке, неврит, ревматизм… Как я мог выносить столько несчастий? Несомненно, только благодаря тому, что тогда я не знал, что существует жизнь вообще без страданий. Но теперь, когда я узнал, как хорошо быть чистым духом, боль просто невыносима.

Девушка-бабочка улетела в направлении окутанных туманом деревьев.

В каком же мире я приземлился?

11. Энциклопедия: а если бы мы были одни во вселенной?

Однажды мне пришла в голову странная мысль: «А если бы мы были одни во Вселенной»? Даже непреодолимые скептики в душе надеются, что могут существовать инопланетяне и, если мы потерпим поражение, где-то, возможно очень далеко, другим разумным существам повезет. И это ободряет… Но если бы мы были одни? Действительно одни? Если бы во всем бесконечном космосе не было ничего живого и наделенного разумом? Если бы все планеты были похожи на те, что можно видеть в Солнечной системе… слишком холодные или слишком горячие, состоящие из газовой магмы или камней? Если земной опыт был лишь цепочкой случайностей и совпадений, которые настолько экстраординарны, что он нигде больше не повторился? Если это было единственное и невоспроизводимое чудо? Это значит, что если мы провалимся на экзамене, если мы разрушим нашу планету (а мы с недавнего времени можем это сделать с помощью ядерного оружия, загрязнения окружающей среды и т. д.), ничего больше не останется. После нас, возможно, «игра закончена», и нельзя начать новую партию. Может быть, мы — это последний шанс. Тогда наша ошибка будет огромна. Мысль о несуществовании инопланетян гораздо более тревожна, чем мысль об их существовании… От этого кружится голова. И в то же время какая ответственность! Видимо, это и есть самое древнее и самое опасное послание: «Возможно, мы одни во Вселенной, и если мы потерпим поражение, ничего нигде больше не будет».

Эдмонд Уэллс,
«Энциклопедия относительного и абсолютного знания», том 5

12. Встречи

Нужно найти девушку-бабочку. Я углубляюсь в лес из кокосовых пальм и вереска, который становится все более густым. Внезапно я слышу шорох поблизости и замираю на месте. Сквозь клочья тумана я замечаю существо с человеческим торсом и лошадиным телом.

У существа скрещены руки, упрямое выражение лица, а на затылке черная грива, похожая на растрепанную ветром шаль. Человек-лошадь медленно приближается ко мне и разводит руки как для объятия. Я быстро отступаю назад. Из ноздрей у него идет пар, он встает на дыбы и ржет, стуча кулаками в грудь. От него исходит ощущение мощи одновременно человеческой и животной. Когда он начинает бить копытом, как бык, готовящийся к нападению, я бросаюсь наутек. Но тяжелый галоп приближается. Он меня ловит, две волосатых руки обхватывают мое тело. Человек-лошадь поднимает меня, прижимает к груди и несет. Ни мои крики, ни отчаянные удары ногами на него не действуют. Он переходит на галоп. Я подвешен над землей, и папоротники хлещут меня по лодыжкам.

Мы пересекаем пальмовый лес и попадаем на большую поляну, с которой вверх идет тропинка. Не отпуская меня, он начинает подниматься. Мы все еще бежим галопом. По сторонам сменяют друг друга леса, долины, небольшие озера с корявыми деревцами по берегам.

В конце тропинки мы попадаем на обширное плато. В центре находится большой белый город, окруженный квадратом многометровых мраморных стен. С двух сторон к нему примыкают холмы, затрудняющие видимость. Напротив из тумана проступает очертание горы.

На белой стене выделяются городские ворота в виде золоченой стрельчатой арки с колоннами по бокам. Одна из них черная, другая белая. Здесь наше путешествие заканчивается.

Человек-лошадь опускает меня на землю и, продолжая держать за руку, несколько раз бьет внушительным молотком по створке ворот. Через некоторое время дверь медленно открывается. На пороге появляется пузатый бородач в белой тоге. В нем больше двух метров роста, на голове венок из виноградных листьев. На этот раз ни крыльев бабочки, ни лошадиных копыт. Если не считать его гигантского роста, мужчина кажется вполне нормальным.

Он смотрит на меня с подозрением.

— Вы «тот, кого ждут»? — спрашивает он.

Я чувствую облегчение, видя наконец перед собой кого-то, кто говорит и с кем я могу общаться.

Гигант добавляет шутливым тоном:

— Во всяком случае, я уже могу констатировать, что вы... (он смотрит вниз) голый.

Я торопливо прикрываю руками причинное место. Человек-лошадь разражается хохотом, так же как и вдруг появившаяся девушка-бабочка. Если эти двое и не говорят, то по крайней мере понимают все, что говорится.

— Здесь хоть и не требуется вечерний костюм, но это и не нудистский клуб.

Он вынимает из мешка белую тунику и тогу и показывает, как их надевать. Тогу два раза обернуть вокруг тела, а полу перекинуть через плечо.

— Где я?

— В месте Последней Инициации. У нас принято называть его Эдем.

— А этот город?

— Это столица. У нас принято называть ее Олимпия. А как вас зовут? В том смысле, как вас звали, когда у вас было имя?

И правда, до того, как стать ангелом, я был смертным.

Пэнсон. Мишель Пэнсон. Француз. Пол мужской. Женат. Отец семейства. Скончался от того, что «Боинг-747» врезался в его дом.

— Мишель Пэнсон.

Гигант делает пометку в списке.

— Мишель Пэнсон? Очень хорошо. Вилла 142 857.

— Прежде чем отправиться дальше, я хочу знать, почему я здесь.

— Вы ученик. Вы прибыли, чтобы овладеть самой трудной профессией.

Видя мое непонимание, он уточняет:

— Ведь быть ангелом было не просто, не так ли? Так вот, знайте, что будет еще труднее. Работа, требующая таланта, умения, креативности, ума, тонкости, интуиции... (Гигант не столько произносит слово, сколько его выдыхает.) БО-Г. Вы в Мире богов.

Я, естественно, предполагал, что могут быть существа выше ангелов, но даже не осмелился мечтать однажды стать... Богом...

— ...Конечно, этому можно научиться. На настоящий момент вы лишь бог-ученик, — говорит мой собеседник.

Значит, я не стал снова человеком, как предположил вначале, обнаружив свою оболочку из плоти. Эдмонд Уэллс объяснил мне как-то, что Elohim — имя, данное на иврите Богу, — на самом деле во множественном числе. Парадокс первой монотеистической религии — она называет своего единственного Бога во множественном числе.

— А вы, простите... ?

— Здесь меня принято называть Дионис. Некоторые по ошибке описывают меня как бога праздников и возлияний, винограда и оргий. Ошибка и неправда. Я бог свободы. Однако в народном сознании свобода подозрительна и легко ассоциируется с разгулом. Я очень древний бог, и я выступаю за свободу выражать то, что в нас есть лучшее. И тем хуже, если меня считают распущенным.

Он вздохнул, схватил виноградину и проглотил ее.

— Сегодня моя очередь встречать новеньких, поскольку я профессор в Школе богов, другими словами, бог-учитель.

Гигантский бог-учитель с венком из виноградной лозы, девушка-бабочка, висящая в воздухе, бьющий копытом человек-лошадь… Куда же я попал?

— Я стал свидетелем преступления, там, на скале.

Дионис смотрит на меня вежливо, не выказывая особого интереса к этому сообщению.

— Вы знаете жертву? — спрашивает он.

— Мне кажется, это Жюль Верн.

— Жюль Верн? — повторяет он, снова беря список. — Жюль Верн… Ах да, писатель-фантаст XIX века. Этот прибыл рановато, и даже чересчур рановато… И слишком любопытный к тому же. Знайте, что у любопытных часто бывают проблемы.

— Проблемы?

— И вы тоже не будьте слишком любопытным. Нам трудно наблюдать за всеми, учитывая большое количество учеников на этом курсе, но сейчас ограничьтесь тем, что отправляйтесь домой, на вашу виллу. Там вы будете у себя.

Я уже так долго не был «у себя».

— В Эдеме ночи прохладные и зори тоже. Советую вам идти и устраиваться. Вилла 142 857. Херувимка с удовольствием покажет вам дорогу. Это не далеко, но если вы устали, можете доехать верхом на кентавре.

«Херувимка» — девушка-бабочка; «кентавр» — человек-лошадь, все эти помеси человека с животным являются химерами. Это напоминает мне фильм «Остров доктора Моро», в котором сумасшедший ученый скрестил людей и зверей.

— Я предпочитаю пойти один. Где это?

— Идите по главному проспекту, перейдите центральную площадь, потом третий поворот налево, улица Олив. Вы легко найдете номер 142 857. Отдохните, но будьте готовы. Когда часы пробьют три раза, вам нужно сразу вернуться на центральную площадь.

Я надеваю сандалии, которые мне протягивает Дионис. И в этой обуви и белоснежной тоге вхожу в величественные ворота Олимпии.

13. Энциклопедия: небесный иерусалим

Отрывки из Откровения Иоанна Богослова: «И вознес меня в духе на великую и высокую гору, и показал мне великий город, святый Иерусалим… Он имеет большую и высокую стену, имеет двенадцать ворот и на них двенадцать ангелов; на воротах написаны имена двенадцати колен сынов Израилевых…»

«Город расположен четвероугольником, и длина его такая же, как и ширина».

«И принесут в него славу и честь народов. И не войдет в него ничто нечистое и никто преданный мерзости и лжи».

Эдмонд Уэллс,
«Энциклопедия относительного и абсолютного знания», том 5

14. Город счастливейших

Город богов сияет перед моим восхищенным взором.

Как светлый луч, широкая дорога, обрамленная кипарисами, пересекает город.

Я вступаю на центральный проспект Олимпии.

С обеих сторон холмы и долины перемежаются колоссальными зданиями, очевидно сооруженными титанами. Сеть речек, через которые перекинуты деревянные мосты, озера, покрытые бледно-розовыми кувшинками. На крутых склонах, которые я различаю на юге, большие переливающиеся бассейны обрамлены бамбуком, тростником и пальмами. Как будто пьяный архитектор нарисовал город, привидевшийся ему в белой горячке: за высокими стенами одна неровность сменяет другую.

Пестрая толпа заполняет проспекты, улицы и улочки. Молодые люди и девушки одеты, как и я, в белые тоги. Очевидно, тоже ученики-боги. Они не обращают на меня никакого внимания.

Молодая женщина в желтой тоге прогуливает собаку с тремя головами таксы, этакий мини-цербер. Здесь также есть кентавры, сатиры, херувимы.

Я различаю «самцов» и «самок». Бабочки с лицами молодых людей и кентавры, скрывающие выпуклые груди под длинными волосами-гривами.

Я иду дальше и обнаруживаю новые чудеса. Рынки, где люди и чудовища объясняются знаками, маленькие дома из белого камня, крытые красной черепицей, с коринфскими колоннадами, украшенные скульптурами балюстрады, фонтаны с каменными тритонами, выпускающими изо рта потоки отливающей медью воды.

Теплый воздух благоухает цветочной пыльцой и свежескошенным газоном. Я замечаю посадки зерновых культур и огороды. Несколько нехимерических травоядных — козы, овцы, коровы, похожие на земных, — мирно пасутся, безразличные к этому грандиозному пейзажу.

За соснами видны другие виллы. Все они одноэтажные.

В конце проспекта находится большая круглая площадь с бассейном в середине, в центре которого, на маленьком острове, растет многовековое дерево.

Подойдя поближе, я вижу, что это величественное дерево — яблоня. Его плоды также золотого цвета. Очевидно, это яблоня эдемского сада, дерево познания добра и зла, из-за которого Адама и Еву изгнали из Рая. Его кора испещрена тысячелетними морщинами, его корни, обвившие этот особенный остров, переплетаются, огибая камни. Его ветви широко раскинулись в небе и покрывают не только бассейн, на котором находится остров, но и стенку, окружающую бассейн. Его тень накрывает практически всю центральную площадь.

Я снова вспоминаю отрывок из Апокалипсиса от Иоанна: «В центре городской площади было Дерево жизни… и листья Дерева предназначены для исцеления народов».

От центральной площади ведут четыре широких перпендикулярных проспекта. На указателях написано:

На восток — ЕЛИСЕЙСКИЕ ПОЛЯ.

На север — АМФИТЕАТР И МЕГАРОН.

На запад — ПЛЯЖ.

Нет никакого указателя, говорящего, что находится на севере. На затылке я чувствую легкое дуновение. Оборачиваюсь и вижу игривую херувимку с рыжими волосами, бесшумно летающую позади меня.

— Что ты хочешь? Как тебя зовут?

Химера чихает, и я протягиваю ей край моей тоги, чтобы она высморкалась.

— Ну ладно. Раз ты мне ничего не хочешь сказать, для меня ты будешь… сморкмуха. Тот, кто вкалывает, становится дровосеком, тот, кто вьет, становится вьюном, а тот, кто сморкается, становится…

Сморкмуха мечется из стороны в сторону, недовольная, что я смеюсь над ней. Она показывает мне тонкий язычок бабочки, гримасничает и вертит глазами. Я ее передразниваю, тоже показываю ей язык, а затем отправляюсь дальше, не обращая на нее внимания.

Я замечаю, что если все проспекты прямые, то все улицы дугообразные и закругляются вокруг центральной площади. Перед домами разбиты сады с неизвестными мне деревьями, цветы которых похожи на орхидеи, а запах напоминает сандал и гвоздику.

На улице Олив под номером 142 857 оказалась белая вилла с красной черепичной крышей, окруженная кипарисами. Ни стены, ни забора, все открыто. Посыпанная гравием дорожка ведет к двери без замка. Херувимке, следующей за мной, я сообщаю, что здесь я «у себя» и хочу побыть один. Несмотря на ее раздосадованную мину, я захлопываю дверь у нее перед носом.

Я замечаю, что деревянная задвижка позволяет изнутри закрыть дверь, и вздыхаю с облегчением. Я моментально чувствую, какое это счастье находиться там, где никто не может тебя побеспокоить. Уже долго со мной такого не было. «У себя». Я осматриваю помещение. В большой комнате в центре находится красный диван и стол из черного дерева, на белой стене висит экран плоского телевизора.

Сбоку находится библиотека, книги которой предлагают мне девственно-белые страницы.

Телевизор без пульта управления.

Книги без текстов.

Преступление без расследования.

Справа от книжных шкафов кресло и бюро со множеством ящиков. На нем чернильница и гусиное перо. Предполагается, что я должен сам заполнить эти книги?

В конце концов, я уверен, что мои приключения заслуживают того, чтобы о них рассказать. Как и все, я хочу оставить свой след. Но с чего начать? «Почему бы не с буквы А? — подсказывает внутренний голос. — Это было бы логично». Значит, А. Я усаживаюсь за бюро и пишу.

«А… А имею ли я право рассказать про все? Даже теперь, по прошествии времени, мне с трудом верится, что я, Мишель Пэнсон, участвовал в такой потрясающей эпопее и…»

Перо повисает в воздухе. Я был не только Мишелем Пэнсоном. В Раю я обнаружил, что как человек прожил сотни жизней, растянувшиеся на три миллиона лет. Я был охотником, крестьянином, домохозяйкой, ремесленником, торговцем. Я был мужчиной и был женщиной. Я знал богатство и нищету, здоровье и болезни, власть и рабство. Большинство моих жизней были ничем не примечательны. Но все-таки мне досталось с десяток интересных карм. Одалиска в египетском серале, влюбленная в астрологию, друид, лечивший людей лесными растениями, солдат, игравший на волынке в шотландской армии, самурай в японской империи, отлично владевший мечом, танцовщица канкана с бесчисленными любовниками в Париже в XIX веке, врач — пионер антисептики в области хирургии в дореволюционном Санкт-Петербурге…

В большинстве своем эти выдающиеся жизни закончились плохо. Став свидетелем массового убийства, друид-целитель из отвращения к соплеменникам покончил с собой. Танцовщица свела счеты с жизнью из-за несчастной любви. Русский врач умер от туберкулеза. Впадая в различные заблуждения, я, тем не менее, в конце концов стал лучше.

В моей последней жизни я был Мишелем Пэнсоном, именно его внешность у меня сейчас. В этом последнем существовании я подружился с Раулем Разорбаком, который вовлек меня в странное приключение. Мы оба стали учеными и объединили наши знания, я — в области медицины, он — в биологии, чтобы попытаться соединить науку и духовность для путешествий вне тела в поисках континента мертвых. Мы назвали это танатонавтикой, от греческих thanatos — смерть и nautis — исследователи.

Мы, танатонавты, построили танатодромы, наши взлетные площадки. Мы терпеливо отрабатывали технику выхода души из тела и ее полета вне Земли. Мы боролись за то, чтобы первыми достичь Рая, опередив представителей общепризнанных религий. Мы преодолели семь дверей континента мертвых, с упорством открывая новые, еще не известные территории. Быть танатонавтом значило быть пионером, но это было очень опасное занятие. Я постепенно предал гласности тысячелетние секреты, которые были известны раньше лишь посвященным. Я раскрыл гораздо больше, чем человечество было готово принять.

Самолет врезался в мой дом и положил конец моей жизни и жизням всех моих близких. Таким образом меня «призвали» на небеса.

Там мою душу взвесили и судили за то, что я сделал хорошего и плохого как Пэнсон, в этой последней человеческой оболочке. К счастью, на процессе у меня был удивительный адвокат, писатель Эмиль Золя собственной персоной, мой ангел-хранитель. Благодаря ему я избежал необходимости возродиться смертным и считал себя навсегда избавленным от этого.

Я стал чистым духом. Ангелом. В качестве ангела мне на попечение дали троих людей, которым я в свою очередь должен был помочь выйти из цикла реинкарнаций. Я помню этих трех «клиентов». Игорь Чехов, русский солдат; Венера Шеридан, американская фотомодель и актриса; Жак Немро, французский писатель.

Но смертным помочь нелегко. Эдмонд Уэллс, обучавший меня профессии ангела, любил повторять: «Они стараются лишь уменьшить свои страдания, вместо того чтобы создавать свое счастье». Он научил меня, как влиять на людей с помощью пяти рычагов: сны, интуиция, знаки, медиумы и кошки. Так мне удалось спасти одного из клиентов, Жака Немро, и предложить ему выйти из цикла реинкарнаций. Что касается меня, то мне разрешили покинуть империю ангелов и перейти на следующий этаж.

И вот сейчас я в… Эдеме. Я был смертным, был ангелом. Кем я стану теперь?

«Богом-учеником», — сказал Дионис.

Я положил перо в чернильницу и встал, чтобы продолжить осмотр виллы. Справа от гостиной находится спальня с большой кроватью под балдахином. В гардеробе меня ждут двадцать одинаковых белых туник и тог. В продолжении спальни ванная комната, отделанная мрамором, с умывальником и ванной с золочеными кранами и унитазом. Флакон с белым порошком благоухает лавандой. Под струей воды, которую я включаю, он пенится. Я раздеваюсь и погружаюсь в блаженство.

Я закрываю глаза. Слушаю свое сердце, делающее…

15. Посетитель

…Тук, тук.

Я подскакиваю. Опять сморкмуха? Поскольку стук повторяется, я встаю, чтобы прогнать ее. Одной рукой оборачиваю бедра полотенцем, другой хватаю щеткучесалку для спины и, вооруженный таким образом, открываю дверь.

Но за дверью я обнаруживаю не химеру. Передо мной, улыбаясь, стоит Эдмонд Уэллс, мой наставник по ангелизму.

— Ты сказал «до свидания».

Я бормочу:

— Вы ведь ответили «прощай».

— Именно так. Адье — значит, «у богов». Сдается мне, вот мы и у них.

Мы сжимаем друг друга в объятиях.

Я отодвигаюсь, чтобы впустить его внутрь. В гостиной Эдмонд Уэллс усаживается на красный диван и, как обычно без предисловий, спешит сообщить:

— Этот курс необычно большой. В прошлом «им» не хватало учеников, так что на этот раз «они» получат достаточно. Мне «они» тоже разрешили участвовать.

Загадочное выражение, заостренные уши и треугольный овал лица: Уэллс совершенно не изменился. Он попрежнему производит на меня неизгладимое впечатление. В последней человеческой оболочке он был энтомологом, изучавшим муравьев. Но его любимым занятием было собирать знания и создавать мосты между существами, априори неспособными общаться друг с другом. Муравьи и люди, ангелы и смертные.

— Моя вилла недалеко от твоей, улица Олив, номер 142 851, — говорит он, как будто мы соседи на курорте, пока я натягиваю тунику, тогу и надеваю сандалии.

Он обращается ко мне на «ты», а я, неспособный на фамильярность по отношению к учителю, на «вы». Я шепчу:

— Здесь происходят странные вещи. На пляже, сразу по прибытии, я встретил Жюля Верна. Он умер практически у меня на руках. На боку был дымящийся ожог.

Убийство. А Дионис мне сказал, что у него были проблемы, поскольку он слишком рано приехал и оказался слишком… любопытным.

— Жюль Верн всегда был первым, — соглашается Эдмонд Уэллс, не удивленный этим загадочным преступлением, так же как Дионис.

— Он лишь успел посоветовать мне ни в коем случае не ходить на Олимп. Как будто увидел там что-то ужасное.

Лицо Эдмонда Уэллса принимает сомневающееся выражение, в то время как наши взгляды устремляются к окну, через которое видна гора, по-прежнему окутанная облаками. Я настаиваю:

— Все здесь очень странно.

— Скажи лучше «удивительно».

— А эти книги? Все страницы пустые.

Наставник улыбается:

— Значит, их предстоит заполнить нам. Я смогу продолжить свое творение — «Энциклопедию относительного и абсолютного знания». И там уже будет информация не о людях или животных и даже не об ангелах, а о богах.

Из сумки, которую он носит на ремне через плечо, Уэллс достает книгу, похожую на те, что стоят у меня на полках, только она уже несколько потрепана.

Он ласково гладит корешок.

— Теперь все, что мы переживем, не будет потеряно. По памяти я записал фрагменты текстов, которые считал наиболее важными, и дополню их всем тем, что мы здесь обнаружим.

— Но почему вы…

— Ты можешь обращаться ко мне на «ты». Теперь я больше не твой учитель. Я такой же бог-ученик, как и ты. Равный тебе.

— Но почему ты… Нет, извиняюсь, я предпочитаю обращаться на «вы»… Почему вы продолжаете этот поиск знаний?

Он удивлен, что мне не удается изменить наши отношения, однако не настаивает.

— Возможно потому, что в детстве меня преследовала навязчивая мысль, будто я ничего не знаю. Настоящий психоз. Однажды преподаватель сказал мне, когда я не смог выучить стихотворение наизусть: «Ты пустой». С тех пор я хочу наполнить себя. Не стихами, а информацией. В 13 лет я начал составлять толстые тетради, заполненные изображениями, научной информацией и собственными размышлениями. (При этом упоминании он улыбается.) Я вырезал из газет фотографии обнаженных актрис и приклеивал их вперемежку с математическими формулами. Чтобы придать себе желания вновь открыть тетрадь. Я никогда не переставал заполнять ее. Как ты знаешь, даже когда я был в империи ангелов, я хотел продолжать этот проект энциклопедии, воодушевив одного смертного. Это чуть было не привело меня к катастрофе. Здесь я смогу продолжить свои поиски относительного и абсолютного знания.

— Пятый том энциклопедии?

— Пятый официальный том, но я написал еще несколько «полуофициальных», которые спрятаны в различных местах.

— Энциклопедии относительного и абсолютного знания спрятаны на Земле?

— Конечно. Мои маленькие сокровища, которые предстоит найти позднее тем, у кого хватит терпения их искать. Но пока что я начал этот том.

Я смотрю на книгу. На обложке Эдмонд Уэллс вывел красивым каллиграфическим почерком: ЭНЦИКЛОПЕ-

ДИЯ ОТНОСИТЕЛЬНОГО И АБСОЛЮТНОГО ЗНАНИЯ, ТОМ V.

Он протягивает мне свое произведение.

— …Я написал его потому, что благодаря различным случайным встречам получил от многих людей массу знаний. Но когда я хотел вновь передать их людям, чтобы знания продолжали жить, я обнаружил, что мало кого интересует такой подарок. Дарить можно только тем, кто готов принять. Тогда я решил дать его всем в виде рукописи, как будто бросил бутылку с посланием в море. Пусть его получат те, кто способны оценить, даже если я их никогда не встречу.

Я открываю книгу. Она начинается с главы, озаглавленной «В начале». Потом идет «Неизвестность», «А если бы мы были одни во Вселенной», «Небесный Иерусалим»… Последняя называется «Символика цифр».

— Опять? Вы ведь уже писали про это в четырех предыдущих томах.

Энциклопедиста это не смущает.

— Это ключ ко всему. Символика цифр. Я должен повторять и дополнять ее, поскольку она является самым простым путем к пониманию смысла эволюции Вселенной. Вспомни, Мишель…

16. Энциклопедия: символика цифр

Сознание развивается в соответствии с символикой цифр, которые были изобретены три тысячи лет назад индийцами.

Изогнутая линия означает любовь.

Крест означает испытание.

Горизонтальная линия указывает на привязанность.

Рассмотрим изображения цифр.

«1». Минерал. Простая вертикальная черта. Ни привязанности, ни любви, ни испытания. У минерала нет сознания. Он просто здесь, первая стадия материи.

«2». Растение. Над горизонтальной линией находится кривая. Растение привязано к земле горизонтальной чертой, символизирующей корни, которые не дают ему двигаться. Оно любит небо и выставляет в него листья и цветы, чтобы получить свет.

«3». Животное. Две изогнутые линии. Животное любит землю и любит небо, но не привязано ни к тому, ни к другому. У него есть лишь эмоции. Страх, желание… Две кривых — это два рта. Тот, который кусает, и тот, который хватает.

«4». Человек. Крест. Он на перепутье между «3» и «5». «4» — это момент испытания. Либо он будет развиваться и станет мудрецом, «5», либо вернется на свой животный уровень «3».

«5». Человек сознательный. Это перевернутое «2». Он привязан к небу горизонтальной линией сверху и любит землю нижней кривой линией. Это мудрец. Он превзошел свою животную природу. Он отстранился от событий, и его реакции больше не инстинктивны или эмоциональны. Он победил свой страх и свои желания. Он любит свою планету и своих соплеменников, продолжая наблюдать за ними с расстояния.

«6». Ангел. Просветленная душа освобождена от необходимости возрождаться во плоти. Она вышла из цикла реинкарнаций и стала чистым духом, который больше не чувствует боли и лишен материальных потребностей. Ангел — это кривая любви, чистая спираль, исходящая из сердца, спускающаяся к земле, чтобы помочь людям, и завершающаяся наверху, чтобы достичь еще высшего уровня.

«7». Бог. Или, по крайней мере, бог-ученик. Ангел по мере своего развития достигает более высокого уровня. Как и «5», он имеет прямую линию, притягивающую его наверх. Но вместо кривой линии любви к земле у него прямая линия. Он воздействует на нижний мир. «7» — это еще и крест, как перевернутое «4». Таким образом, это испытание, это перекресток. Он должен преуспеть в чем-то, чтобы продолжать развиваться.

Эдмонд Уэллс,
«Энциклопедия относительного
и абсолютного знания», том 5

17. Первый праздник в амфитеатре

А что же находится выше, «8»?

Бьют часы. Три длинных удара. Мы спешим на центральную площадь с древней яблоней. Перед нами идут другие боги-ученики в таких же белых тогах. Здесь есть люди самых разных возрастов, появившиеся в том обличье, какое они имели во время последнего пребывания на Земле. Мы разглядываем друг друга, удивленные, что нас так много, стараемся угадать, что в нас может быть такого выдающегося, что мы удостоились чести оказаться здесь.

Жестами молодая девушка в шафранно-желтой тоге приглашает нас занять место в очереди.

— Это ора*, — шепчет Эдмонд Уэллс.

— Не знаю, у меня нет часов.

Учитель улыбается.

— Ты не понял. Это не час, а ора, греческая полубогиня. Так они называются.

— Их двадцать четыре?

— Нет, — шепчет он мне на ухо. — Только три. Это Эвномия, покровительница законного порядка, Дике, покровительница справедливости, и Ирена — мира. Все они дочери Зевса, верховного бога, и Фемиды, богини правосудия, и считаются полубогинями.

По тому, как ора расставляет нас в линию, я думаю, что речь идет о первой полубогине. В греческом языке приставка «eu» означает «хороший», как эвфония значит благозвучие, а эйфория — блаженство. А в случае с нашей орой это хорошее имя.

Ученики по очереди подходят к ней, Эвномия отмечает их в списке и указывает, куда идти. Когда я называю свое имя, ора пристально смотрит мне в лицо. Может быть, она тоже спрашивает себя: не «тот ли это, кого ждут»?

Но она ограничивается тем, что указывает мне на северный проспект, ведущий к амфитеатру.

Перед входом новая очередь. Другая ора, наверняка Дике, тоже сравнивает имена по списку. Проходя мимо, я заглядываю ей через плечо и замечаю, что имя Жюля Верна вычеркнуто и заменено на… Эдмонда Уэллса. Неужели мой учитель вот так вдруг заменил убитого писателя?

Я говорю «Пэнсон» и получаю в обмен коробку. Сгорая от любопытства, спешу ее открыть. Там находится крест величиной с ладонь, в верхней части которого имеется полукруглая дужка из прозрачного стекла и цепоч-

* L'heure (*франц.*) — час..

ка, чтобы вешать его на шею. Ниже три колесика с выгравированным на каждом буквой.

— Этот крест с дужкой у древних египтян обозначал понятие «жизнь» и соответствовал иероглифу «anch», — говорит Эдмонд Уэллс. — Еще его называют скипетром богов.

Скипетр богов… Я переворачиваю крест и вижу на обратной стороне номер: 142 857, как и номер моей виллы.

Не удаляясь от моего наставника и друга, я вхожу в амфитеатр. Скамьи по кругу, центральная сцена. Он похож на любой античный амфитеатр. Вокруг ученики собрались небольшими группами и беспокойно обсуждают что-то.

— Как будто в детском сне, — говорю я.

Учитель предлагает другую версию.

— …Или в книге. Как будто кто-то написал произведение с такими декорациями. И чатателю достаточно склониться над ней, чтобы книга ожила. И мы там внутри.

Я, мало убежденный, пожимаю плечами, но он невозмутимо продолжает:

— Какой-нибудь писатель перечитал всю греческую мифологию, чтобы оживить ее и чтобы мы могли это лучше ощутить. По-моему, «все начинается с романа и все им заканчивается».

Я начинаю понимать его мысль.

— В таком случае этот писатель наблюдает за нами как за персонажами. Но закончил ли он свою историю? Может быть, он начал с конца, а может, узнает все одновременно с нами, его творениями?

Он смотрит на меня полушутливо-полусерьезно.

Девушка в желтой тоге, с венком из цветов и фруктов, предлагает нам отойти в сторону, чтобы дать проход другим прибывающим.

— Третья ора?

— Вряд ли. Она больше похожа на другую полубогиню — Флору.

Она так близко, что я чувствую ее запах. Смесь ландышей и лилий. Если это покровительница цветов, то, скорее всего, весенних. Я любуюсь ее огромными золотистыми глазами, льняными волосами и хрупкими руками. Я даже делаю движение, чтобы прикоснуться к ней, но Эдмонд Уэллс меня удерживает.

Я рассматриваю своих соучеников, рассевшихся по скамьям амфитеатра. Знаменитостей немало, среди них я узнаю сидящих вперемежку: художника Анри де Тулуз-Лотрека, романиста Гюстава Флобера, Этьена де Монгольфьера, одного из братьев — изобретателей воздушного шара, керамиста Бернара Палисси, художника-импрессиониста Клода Моне, авиатора Клемана Адера, скульптора Огюста Родена. Есть и женщины: актриса Сара Бернар, скульптор Камилла Клодель, ученая-физик Мария Кюри, актриса Симона Синьоре, танцовщица и шпионка Мата Хари.

Эдмонд Уэллс очень по-светски подходит к последней.

— Добрый день, меня зовут Эдмонд Уэллс, а это мой друг Мишель Пэнсон. А вы не Мата Хари?

Молодая темноволосая женщина утвердительно кивает. Мы обмениваемся взглядами, не зная, как продолжить разговор.

Тихо опускается вечер, и мы рассаживаемся по скамьям. В небе появляются не одна, а три луны, образующие треугольник. Вершина горы Олимп по-прежнему скрыта в облаках.

Громким голосом я задаю мучающий меня вопрос:

— Что же там, наверху?

Винсент Ван Гог отвечает первым:

— Серое с золотисто-коричневыми отблесками, немного оранжевого и голубого.

Мата Хари выдыхает:

— Тайна.

Жорж Мельес произносит задумчиво:

— Волшебство.

Гюстав Эйфель говорит вполголоса:

— Архитектор Вселенной.

Симона Синьоре добавляет:

— Режиссер фильма.

Мария Кюри выговаривает мечтательно:

— Последний Принцип.

Сара Бернар колеблется:

— ...Мы на Олимпе. Может, там... Зевс?

Резкий голос позади нас обрывает споры.

— Ничего там нет.

Мы оборачиваемся. И видим невысокого типа с белокурыми волосами, в круглых очках, с каштановой бородой.

— Там, наверху, ничего нет. Ни Зевса, ни Архитектора, ни волшебства... Ничего. Там кругом только снег и туман. Как на любой горе.

Когда он с уверенностью произносит эти слова, на вершине вдруг загорается свет и начинает мигать, как фары в тумане.

— Вы видели? — спрашивает Мельес.

— Видел, — продолжает бородатый. — Я видел свет. Просто свет. «Они» включили прожектор на верхушке, чтобы у вас воображение заработало. А вы и любуетесь, как комары на лампу. Все это декорация и сценические трюки.

— Да кто вы, в конце концов, такой, чтобы быть настолько категоричным? — спрашивает Сара Бернар раздраженно.

Мужчина сгибается в поклоне:

— Пьер Жозеф Прудон, к вашим услугам.

— Прудон? Теоретик анархизма? — осведомляется Эдмонд Уэллс.

— Собственной персоной.

Я слышал об этом бунтаре, но не знал, как он выглядит. Чем-то похож на Карла Маркса. Наверняка в ту эпоху в моде были борода и длинные волосы. Высокий гладкий лоб и зачесанные назад волосы делают его шевелюру похожей на прическу с бантом. Он добавляет:

— Прудон — атеист, анархист, нигилист, чем и горжусь.

— Но вы ведь были реинкарнированы… — говорит Сара Бернар.

— Да. Однако я не верил в реинкарнацию.

— И вы стали ангелом…

— Стал. Однако я не верил в ангелов.

— А теперь вы бог-ученик…

— Да. И я стану «богом атеистов», — заявляет Прудон, довольный собственной формулировкой. — Ну а вы, скажите честно, вы верите в эту школу богов? Думаете, мы что, экзамены по демиургии будем сдавать?

К дискуссии присоединяется новый ученик. Он явно страдает сильным косоглазием, которое пытается преодолеть.

— Там, наверху, — восклицает он вдохновленно, — наверняка есть что-то очень сильное и красивое. Мы всего лишь боги-ученики, маленькие боги. А там Великий Бог.

— И как вы себе его представляете? — спрашиваю я.

— Я представляю себе что-то, что нас превосходит по мощи, по величию, по сознанию, по всему, — говорит он, как в экстазе.

Нового ученика зовут Люсьен Дюпре. Он рассказывает, что был офтальмологом и страдал косоглазием и что он пытался помочь другим видеть лучше. Прежде чем понял, что единственный способ видеть — это видеть душой.

— Охота вам нести всякую чепуху, — заявляет Прудон. — Я вот не боюсь утверждать, что нет ни Бога, ни начальника.

Среди учеников слышится шепот неодобрения. Анархист продолжает:

— Я как святой Томас. Верю только в то, что вижу. А вижу я людей, собранных на каком-то острове, которые, в то время как столько религий запрещали произносить это слово, продолжают упиваться именем Бога. Бог тут, Бог там. Вы считаете себя верующими, а на самом деле вы лишь сборище богохульников. Впрочем, что такое Бог? У нас что, специальные полномочия? Я констатирую лишь, что потерял свои атрибуты ангела. Раньше я летал и пересекал материю. Теперь я голоден, я хочу пить, на меня нацепили тогу, от которой все тело чешется.

Он прав. Грубая ткань мне тоже неприятна, и при одном слове «голод» желудок сжимается и зовет на помощь. Прудон продолжает:

— Я заявляю, что все эти декорации из картона, эта гора в дыму, все это липа.

В этот момент раздается короткий глухой звук.

Появляется кентавр с огромным барабаном на ремне, в который он бьет двумя палочками.

Затем появляется второй, третий, затем целая процессия из двадцати бьющих в унисон в барабаны кентавров.

Они приближаются шеренгой, идут вдоль амфитеатра, затем располагаются вокруг нас, и никто больше не движется. Барабаны звучат все громче и громче. Наши грудные клетки вибрируют. Их уже не меньше ста, и барабанный бой не прекращается. Ритм отдается во всем моем теле, в висках, груди, в руках и ногах. Я ощущаю каждую косточку в отдельности и весь скелет целиком.

Кентавры, похоже, начали что-то вроде вибрирующего диалога. Одни начинают импровизированные соло, другие подхватывают его в том же мотиве.

Неожиданно конское ржание приводит построение в замешательство.

Появляется женщина на коне, сидящая, как амазонка. На ней каска и серебряная тога, в руках копье, а сидящая на плече сова внимательно разглядывает присутствующих. Кентавры замирают с поднятыми вверх барабанными палочками.

В повисшей тишине женщина занимает место в середине арены. Она ростом тоже не меньше двух метров. Как и Дионис. Наверняка, как и все боги-учителя.

Она говорит, тщательно отделяя слова:

— Вы действительно очень, очень многочисленный курс. И к тому же, еще не все ученики прибыли. Вас около сотни, остальные присоединятся вечером. Никогда раньше здесь не было столько учеников. В итоге вас будет сто сорок четыре.

— Двенадцать раз по двенадцать, — шепчет Эдмонд Уэллс мне на ухо. — Как сто сорок четыре ребенка Адама и Евы, сто сорок четыре первых человека…

Женщина бьет копьем о землю, как бы пытаясь навести порядок в шумящем классе.

— Для каждого курса мы набираем ангелов, бывших смертными в одной культуре и одной стране. Таким образом, нет национализма, приводящего к закулисным объединениям. В этом году мы решили собрать бывших французов.

Богиня обводит глазами амфитеатр. Все замерли на местах. Даже Прудон молчит.

Она бесшумно спрыгивает на землю.

— Здесь, — продолжает она, — вы будете «богами народов», как некоторые бывают «пастухами стадов». Здесь вы научитесь быть хорошими пастухами.

Пока она прогуливается по арене, сова взлетает в воздух и улетает.

— Обучение будет проводится в две сессии, во время которых вашим образованием займутся двенадцать богов-учителей. Вот их список:

1. Гефест. Бог кузнечного дела.

2. Посейдон. Бог морей.

3. Арес. Бог войны.

4. Гермес. Бог путешествий.

5. Деметра. Богиня плодородия.

6. Афродита. Богиня любви.

Во второй сессии выступят:

7. Гера. Богиня семьи.

8. Гестия. Богиня очага.

9. Аполлон. Бог искусств.

10. Артемида. Богиня охоты.

11. Дионис. Бог праздников, с которым вы уже знакомы.

В заключение я сама встану за кафедру:

12. Афина. Богиня мудрости.

Не знаю почему, но из всех этих имен только одно остается во мне: Афродита, богиня любви... Да, она хорошо произнесла это имя. У меня странное чувство, как будто я его уже знал. Или как будто она была членом семьи из моего прошлого. Или моего будущего.

Сделав еще несколько шагов, богиня продолжает:

— ...К этим двенадцати богам-учителям добавятся дополнительные боги. Для первой сессии это будут Сизиф, Прометей и Геракл. Для второй — Орфей, Эдип и Икар. Кроме того, с преамбулой подготовительного курса выступит Кронос, бог времени. Гермафродит окажет вам в случае необходимости психологическую помощь и постоянно будет в вашем распоряжении.

Трибуны снова начинают шуметь, но Афина еще не закончила. Она снова бьет копьем по земле.

— Добавлю, что здесь, как и в любом сообществе, необходимо подчиняться строгим правилам поведения.

1. Никогда не выходить за границы Олимпии после того, как часы пробьют десять ударов, отмечающих двадцать два часа.

2. Никогда не подвергать насилию никакого жителя острова, будь то бог, химера или другой ученик. Здесь мы находимся в оплоте мира, в святилище.

3. Никогда не пропускать занятий.

4. Никогда не расставаться со своим крестом, этим предметом в форме украшения, который был передан вам в футляре. Вы должны постоянно носить его на шее. Он будет служить вам удостоверением и окажется полезен в работе.

Снова гомон на трибунах, на который Афина, понимающая любопытство, вызванное ее словами, отвечает уточнением.

— Знайте, что вне стен Олимпии вы практически беззащитны. Остров полон опасностей, которые ваше воображение не в силах представить.

Шум не только не стихает, но еще больше усиливается.

— К тому же, — добавляет она, повысив голос, — здесь есть некто, могущий отбить у вас всякое желание попутешествовать. Дьявол собственной персоной.

Произнеся это слово, она сама содрогается от ужаса.

На этот раз она вызывает настоящий гвалт. Ее копье уже не способно утихомирить шум, и кентавры вынуждены бить в барабаны, чтобы заставить нас замолчать. У каждого свое представление о дьяволе. Барабанный бой прекращается. Афина заключает:

— Первое занятие завтра. Бог Кронос, отвечающий за время, будет ждать вас на вводную лекцию. Я настаиваю на том, чтобы занятия проходили спокойно, в ясности души и чистоте ума.

Именно в этот момент раздается ужасный предсмертный крик.

18. Энциклопедия: крик

Жизнь часто начинается и заканчивается криком. У древних греков солдаты во время атаки должны были кричать «А-ла-ла», чтобы подбадривать друг друга. Древние германцы вопили в щиты, чтобы вызвать эффект резонанса, который пугал лошадей противника. В кельтской мифологии упоминается Хопер Ноз, ночной крикун, который воплями загонял путешественников в ловушки. В Библии говорится про сына Иакова Рувима, который мог до смерти напугать криком любого, кто его слышал.

Эдмонд Уэллс,
«Энциклопедия относительного и абсолютного знания», том 5

19. Первое официальное убийство

Крик длится долго, а потом неожиданно прекращается.

Мы обеспокоенно переглядываемся. Кричали, кажется, где-то за амфитеатром. Сова Афины летит в этом направлении, а кентавры уже галопом скачут туда. Мы спешим за ними.

Кентавры, вскоре окруженные плотной толпой, уже обступили место, где я, с трудом протиснувшись, вижу лежащую на спине жертву с раскинутыми в стороны руками. На месте сердца огромная дыра, через которую видно землю. Как и у Жюля Верна, плоть вокруг раны обожжена.

Меня пробирает дрожь. Когда я был ангелом, мне казалось, что я навсегда избавлен от страха смерти. Оказавшись здесь во плоти, я вновь обрел этот древний страх. Значит, я снова стал в каком-то смысле смертным. Я могу не только страдать, но и умереть.

Почему боги отказались от привилегий ангелов?

Уже совсем стемнело, и один из учеников подносит к искаженному ужасом лицу жертвы факел, который освещает и потрясенных присутствующих. Я спрашиваю:

— Кто это?

— Его звали Дебюсси, Клод Дебюсси, — шепотом говорит какой-то меломан.

Автор «Послеполуденного отдыха фавна» был среди нас и исчез, а я его даже не узнал.

— Кто это сделал? — обеспокоенно спрашивает кто-то.

— Дьявол... — выдвигает предположение мистик Люсьен Дюпре.

— А почему бы не ваш «Великий Бог»? — иронизирует Прудон. — Поскольку предполагается, что он бог справедливости, почему бы ему время от времени не наказывать своих прихожан? Раз уж вы в него верите, принимайте и наказания.

Афина озабоченно качает головой. Ее сова летает вокруг, как бы пытаясь определить убийцу.

— Преступник один из вас, — заявляет богиня. — Один из богов-учеников... Богоубийца.

Богоубийца, впечатляющее слово.

— Кто видел жертву последним? — спрашивает она.

Два кентавра уже укладывают тело музыканта на носилки. Они покрывают его тканью, под которой, как мне кажется, оно вдруг шевелится. Я протираю глаза. Это или рефлекторное движение, или у меня галлюцинации. Я бормочу:

— Это не первое преступление. Был еще Жюль Верн.

— Кто это сказал? — восклицает богиня.

Я и не предполагал, что у нее такой хороший слух.

Я прячусь за головами других учеников. Сова вновь начинает кружиться над нами, пристально вглядываясь в лица. Когда она пролетает надо мной, я чувствую колебание воздуха от крыльев.

— Кровь в королевстве богов... Богоубийца наверняка один из ста сорока четырех учеников этого курса.

Лицо богини становится очень жестким.

— Я сумею его найти и покарать. И, верьте мне, наказание будет образцовым.

— 144 минус 1, нас теперь только 143, — замечает Прудон, настолько же мало впечатленный преступлением, как и угрозой кары.

Я же в волнении сжимаю рукой висящий на шее крест.

20. Энциклопедия: крест

Крест с дужкой был в Древнем Египте символом богов и царей. Он имеет форму буквы «Т», сверху которой находится дуга. Его также называют «Узлом Исиды», поскольку для египтян эта дуга является символом дерева жизненной энергии, ассоциируемым с Исидой. Кроме того, он напоминает, что достижение реальной или желаемой божественности осуществляется посредством развязывания узлов, имея в виду, что этот акт влечет за собой в прямом смысле слова «освобождение от узлов» души. Этот крест можно обнаружить в руках Ахенатона и большинства других служителей культа Солнца. Во время похоронных церемоний этот особенный крест держали за дужку. Его считали ключом, открывающим путь к вечной жизни и закрывающим зоны, запретные для непосвященных. Иногда его рисовали на лбу, между глаз у только что прошедшего обряд посвящения как обязательство хранить тайну. Тот, кто познал секреты потустороннего мира, не должен открывать их никому, иначе он их забудет.

Копты считали этот крест ключом к вечности.

Крест с дужкой можно встретить у индейцев, для которых он представляет союз активных и пассивных начал, или двух сексуальных символов, объединенных в некой однополой сущности.

Эдмонд Уэллс,
«Энциклопедия относительного
и абсолютного знания», том 5

21. Голубой лес

— Вам не кажется, что мы совершаем огромную ошибку?

Мы с Эдмондом Уэллсом перебираемся через восточную стену Олимпии с помощью связанных простыней.

— Единственный способ узнать это — сделать это, — отвечает он.

Мы медленно спускаемся, а я продолжаю бормотать:

— Жюль Верн сказал мне: «Главное, не ходите туда».

Мои проволочки начинают раздражать учителя.

— Мишель, а чего ты хочешь? Чтобы мы продолжали сидеть на месте и гадать, что же находится на вершине этой горы?

В этом решительном человеке, подстрекающем меня к трансгрессии, я больше не узнаю того Эдмонда Уэллса, который учил меня соблюдать правила Империи ангелов.

Когда мы наконец достигаем земли, мои ладони стерты до крови. Мы поспешно прячем простыни в зарослях акаций.

Отсюда видны только две луны, а гора еще более впечатляюща.

Олимп...

Мы идем в высокой траве на восток.

По мере того как мы продвигаемся вперед, местность становится все более пересеченной. Среди травы все чаще и чаще появляются заросли кустов и деревьев, которые наконец переходят в сплошной густой лес. Затем наклон становится меньше, и наш путь среди деревьев ускоряется.

Закатное небо становится багрово-красным.

Внезапно раздается какой-то шум. Мы бросаемся на землю, чтобы спрятаться в папоротниках. Медленно приближается человек в белой тоге. Ученик. Я хочу встать и позвать его, но Уэллс удерживает меня за руку и делает знак молчать. Я не понимаю его предосторожности до того момента, как херувимка пролетает над незнакомцем, а потом удаляется в сторону города. Буквально через несколько секунд галопом прибегает кентавр и хватает безрассудного.

— Херувимки следят, кентавры ловят, — шепчет Эдмонд.

Человек-лошадь уносит нашего незнакомого однокашника куда-то на юг, и я с беспокойством спрашиваю:

— Что они с ним сделают?

Эдмонд Уэллс задумчиво молчит, пока кентавр не исчезает вдали. Он оглядывается вокруг, чтобы убедиться, что поблизости нет ни херувимок, ни кентавров.

— Если продолжить обратный отсчет, начатый Прудоном, нас теперь не 143. Нас 143 минус 1, то есть 142.

Мы продолжаем путь, внимательно оглядывая окрестности. Мы замираем при малейшем шуме, но тишину нарушает только шелест листьев. Поднимается западный ветер. Он усиливается, надувает наши тоги, раскачивает деревья и срывает листья.

Вдалеке я замечаю херувимку, пытающуюся бороться с ветром. Потом она удаляется перед надвигающейся грозой. Думаю, у этих крылатых девчонок есть своя деревня. Возможно, это большое гнездо. Я представляю, как девушки-бабочки томно нежатся в гнезде, выстланном мхом, веточками и лишайниками.

Топот копыт. Кентавр бежит невдалеке, несомненно в поисках новых трансгрессоров. Мы прячемся в канаве, а он останавливается и нюхает воздух. Раздуваемая ветром грива бьет его по лицу. Он встает на дыбы, чтобы лучше оглядеться, и козырьком прикладывает к глазам ладонь. Затем хватает длинную ветку и начинает колотить по кустам, чтобы выгнать возможных нарушителей. Но порывы ветра в конце концов берут верх над его подозрительностью, и он тоже удаляется в сторону города.

Мы наконец вылезаем из канавы. Ветер постепенно утихает. Мои зубы выбивают дробь.

— Тебе холодно? — спрашивает Эдмонд Уэллс.

— Нет.

— Страшно?

Я молчу.

— Боишься богоубийцы? — настаивает Эдмонд.

— Нет.

— Тогда дьявола?

— Тоже нет.

— Тогда чего? Что тебя кентавр поймает?

— Я думал... об Афродите.

Эдмонд Уэллс дружески бьет меня по плечу.

— Не предавайся фантазиям.

— Дионис сказал, что это место Последней Инициации. Так что вполне естественно, что здесь сталкивается самое плохое и самое хорошее, что здесь испытывают абсолютный страх и абсолютное желание. Дьявол и богиня любви...

— Ах, Мишель, ты постоянно попадаешь в силки воображения. Теперь вот влюбился в женщину, которую пока даже не встретил. Сила слова, да? «Богиня любви», ты находишь удовольствие, произнося эти слова...

В лесу наклон делается все более крутым. Небо из красного становится лиловым, из лилового серым, и наконец темно-синим. Треугольная вершина окутанной облаками горы посылает новый световой сигнал, как будто бросая нам вызов.

Становится еще темнее. Я не вижу больше собственных ног. Я думаю, что лучше было бы отказаться от нашей затеи, и в этот момент снизу раздаются двенадцать ударов, означающих полночь.

Все погружается во мрак. Однако я различаю крошечную светящуюся точку в зарослях папоротников. Светлячок, целый рой взлетает, образуя светящееся облачко на уровне наших глаз.

Эдмонд Уэллс берет одно из светящихся насекомых и сажает на ладонь. Светлячок не улетает. Он начинает светиться еще сильнее. Специалист по муравьям с осторожностью протягивает мне святлячка, который съеживается на моей ладони. Меня удивляет, что такое маленькое создание производит столько света. Конечно, мои зрачки постепенно привыкли к темноте, но это насекомое практически заменяет мне карманный фонарик.

С помощью светлячков мы продолжаем свой путь. Неожиданно другие вспышки света пробиваются сквозь темноту. Мы снова прячемся в канаве и видим поразительную картину: боги-ученики перемещаются, освещая свой путь молниями. Так значит, наши кресты могут вызывать молнии. Я понимаю, почему Афина была так категорична, когда обвинила в смерти Клода Дебюсси одного из учеников. Плоть вокруг раны была обуглена. Крест с дужкой, возможно, является крестом жизни, но и крестом смерти тоже.

Незнакомцы нас заметили, они выключили кресты. Мы положили светлячков на землю. Мы их больше не видим, они нас — тем более, однако и они, и мы знаем, что нас разделяет примерно пятьдесят метров. Я решаю рискнуть:

— Кто вы?

— А вы? — отвечает женский голос.

— Сперва вы.

Мне отвечает мужской голос:

— Вы первые.

Диалог глухих. Я беру инициативу на себя:

— Давайте встретимся посередине.

— Давайте. На счет «три». Один… Два… Три…

Никто не движется. Это напоминает мне отрывок из энциклопедии Уэллса по поводу парадокса заключенного, который никогда не может полностью доверять своим сообщникам и всегда предпочитает их выдать, чем рисковать быть выданным ими. Однако сейчас меня что-то смущает. Этот мужской голос… Он кажется мне знакомым. Я с недоверием спрашиваю:

— …Рауль?

— Мишель!

В темноте мы наугад бежим навстречу друг другу, встречаемся и самозабвенно бросаемся в объятия. Рауль, Рауль Разорбак. Мой лучший друг. Мой брат. Рауль, молчаливый мальчик, встреченный на кладбище Пер-Лашез и передавший мне свою страсть к завоеванию неизведанных территорий духовности. Вместе с ним, рядом с ним я отодвинул границы познания территории мертвых. Рауль, истинный изобретатель танатонавтики, бесстрашный пионер потустороннего. Он замахивается крестом и направляет его на землю. Вспышка освещает его острое лицо — и мое тоже.

— Мишель, ты постоянно следуешь за мной!

Он обнимает меня своими длинными руками. Позади него появляются два других силуэта. Я протираю глаза. Это Фредди Мейер, слепой раввин, поведавший нам секреты каббалы. Фредди, с его круглым лицом и добродушным видом, был пионером групповых полетов с переплетением серебристых нитей и всегда мог короткой шуткой разрядить самую мрачную ситуацию.

— Вселенная и вправду тесна, — восклицает он. — Даже на другую планету нельзя отправиться, не встретив друзей…

Он освещает землю движением креста, и я вижу его лицо.

Слепой на Земле, здесь он обрел зрение. Мэрилин Монро рядом с ним. Мэрилин Монро, непревзойденный секс-символ, стала подругой раввина в стране ангелов. «Потому что юмор лучше всего соединяет пару», — утверждала она. Звезда потрясающе соблазнительна в струящейся тоге. Я прижимаю ее к себе.

— Ну вот, — говорит Фредди, — не успел обрести плоть, как все поводы стали хороши, чтобы лапать мою жену…

— Афина сказала, что здесь только французы. Но ведь ты, Мэрилин, насколько я помню, американка…

Фредди объясняет, что, став его женой, она смогла выбрать национальность. Чтобы больше не расставаться, она объявила себя француженкой, и небесная администрация разрешила это. Со своей стороны, я думаю, что власти Олимпа должны были быть действительно заинтересованы в присутствии эльзасского раввина на этом курсе, если пошли на такое нарушение правил. А может быть, они рассматривают понятие национальности в широком смысле, ведь Мата Хари и Винсент Ван Гог, хоть и скончались во Франции, имели голландское происхождение…

Актриса по-прежнему восхитительна. Вздернутый нос, голубые глаза, оттененные длинными шелковистыми ресницами, молочный цвет лица — все в ней говорит о смеси силы и хрупкости, нежности и грусти, все меня возбуждает и трогает.

Эдмонд Уэллс тоже выходит из темноты. Между Раулем и моим учителем всегда было некоторое недоверие, но теперь они, кажется, забыли прежние обиды.

— «Любовь как шпага, юмор как щит!» — восклицает Мэрилин, напоминая объединявший нас прежде клич.

В едином порыве мы повторяем наш старый девиз, не беспокоясь больше о херувимках и кентаврах.

— «Любовь как шпага, юмор как щит!»

Наши руки соединяются. Мы снова вместе, и нам хорошо. Столько общих воспоминаний сразу всплывает в памяти.

Когда мы были ангелами, мы вместе отправлялись в космос на поиски планеты, населенной разумными существами, и нашли Красную.

Мы вместе сражались с армией падших ангелов и победили с помощью «Любви как шпаги и юмора как щита».

— Мы были танатонавтами, когда решили открыть континент мертвых, — говорит Фредди Мейер. — Мы были ангелонавтами, когда исследовали Империю ангелов. Теперь, когда мы обнаружили королевство богов, нам нужно новое название.

— Теонавты, от греческого «тео», что значит бог, потому что мы станем исследователями божественного, — говорю я.

— Пусть будет теонавты, — одобряют друзья.

Рауль объясняет мне, как обращаться с крестом. Чтобы произвести вспышку света, нужно повернуть колесико D, а потом нажать на него. Осветив землю, я вижу, что трое моих друзей перепачканы землей.

— Мы прокопали туннель под стеной, в углу, где кусты скрывают выход, — объясняет раввин. — Камни просто складывали на землю. Втроем получилось быстро.

— Давайте продолжим путешествие вместе, — предлагает Эдмонд Уэллс.

Теперь мы впятером поднимаемся по лесу. Мы перебираемся через лощинки, идем по тропинкам. За живой изгородью из кустарника мы попадаем в странное место.

Здесь раскинулась долина, в центре которой течет поток зеленовато-голубого цвета шириной в несколько десятков метров, светящийся в темноте, как большой, освещаемый изнутри бассейн. Вода непрозрачная, но местами в ней можно различить светящиеся точки. Это что-то вроде водяной версии светлячков. Они-то и освещают поток.

Никогда не видел настолько интенсивного голубого цвета.

I.

ТВОРЕНИЕ В ГОЛУБОМ

22. Голубой Поток

Голубой цвет.

Мы долго стоим на месте и смотрим на воду. Светлячки летают над поверхностью, дополняя удивительную картину.

Ветер стих. Кентавров не видно. Если они пошли спать, то как они спят? Стоя, склонив голову, как лошади, или лежа на боку, как люди?

Внизу, в долине, часы бьют один час утра, и в этот момент, к нашему изумлению, над горизонтом появляется яркий луч света. Он пробивает облака, гораздо более мощный, чем те вспышки, что временами появляются на вершине горы. Значит, рассвет здесь наступает в час утра, и я понимаю, что это встает второе солнце. Оно поднимается не так высоко, как первое, и остается красным.

Став ненужными, светлячки незаметно исчезают. Зеленовато-голубой поток становится лиловым на фоне бежевого песка и светло-зеленого леса.

Мы идем вдоль берега в поисках брода, но шумный водопад, который напоминает Мэрилин Монро ее съемки в «Ниагаре», преграждает дорогу. Нам не пройти. Ниже по течению поток остается быстрым, но кажется не таким сильным. Стоит ли рискнуть переправиться вплавь или поискать еще?

Звук шагов прерывает споры, и мы быстро прячемся в канаве. Это бог-ученик, который идет один в нашу сторону. Рауль вскакивает одним прыжком:

— Отец!

Франсис Разорбак кажется гораздо меньше удивленным этой неожиданной встречей, чем его сын.

— Что ты здесь делаешь, Рауль?

— Значит, ты считал меня неспособным стать богом, отец?

Из его тоги выпадает книга. Рауль спешит ее поднять.

Франсис Разорбак объясняет, что, после того как на Земле он выпустил книгу «Смерть, эта незнакомка», здесь он продолжает свою работу над книгой «Мифология». Прибыв сюда, он записал все, что помнил, о философии и древнегреческой мифологии, описанных в его последней книге. Он надеется дополнить эту сотню страниц тем, что обнаружит на острове.

Эдмонд Уэллс заявляет, что его это очень интересует и он тоже продолжает писать более общую «Энциклопедию». Он был бы счастлив включить туда мифологические познания Франсиса Разорбака, наверняка более точные, чем его собственные.

Но Франсис делает отстраняющее движение.

— Чтобы другой пользовался плодами моих исследований? Это слишком легко! У каждого своя работа и свой путь.

— Я считаю, что знания не принадлежат никому, — говорит мой наставник. — Они принадлежат всем. Мне кажется, греческую мифологию мы знаем в основном благодаря Гесиоду. Мы ничего не изобретаем, ничего не создаем, мы лишь перебираем на свой манер знания, существовавшие до нас.

Но Франсис молчит, мало убежденный этими аргументами.

— Не вы изобрели греческую мифологию, господин Разорбак, и я не изобретал квантовой физики. Все это, по сути дела, нам не принадлежит. Мы лишь ленточки, которые связывают цветы в букет.

Лицо Франсиса Разорбака вдруг багровеет.

— Когда я был смертным, я никому не давал свою зубную щетку и никому не позволял есть из моей тарелки. Я не понимаю, почему, став богом, я должен изменить поведение. Все растворяется, рассыпается от бессмысленных смесей. Храните цветы вашего «букета», а я буду хранить мои.

— Но, папа... — пытается вмешаться Рауль.

— Молчи, сын мой, ты в этом ничего не понимаешь, — отрезает Франсис Разорбак.

— Но...

— Мой бедный Рауль. Все время хнычешь, все время жалуешься. Один в один портрет матери. Как и ты, несчастная была постоянно в моей тени, а когда меня не стало, я понял, что вы способны жить лишь по доверенности.

— Но, папа... ведь это ты нас бросил!

Разорбак выпрямляется и мерит сына взглядом, под которым тот съеживается.

— Исчезнув, я заставил вас обнаружить собственные таланты. Мускул, который не работает, атрофируется. А ведь храбрость — это мускул, независимость — это мускул, амбициозность — это мускул.

Рауль пытается оправдываться:

— Отец, ты мне сказал: «Повинуйся мне, будь свободным». Это два противоречащих друг другу понятия.

— Я наблюдал за тобой сверху и очень хорошо видел, что ты продолжаешь топтаться на месте, вместо того чтобы идти вперед.

— Как ты можешь так говорить, отец? — протестует Рауль. — Я создал танатонавтику. Я обнаружил планету Красная.

— Но без удали, — продолжает отец. — Все время заставлял кого-нибудь тебя сопровождать. И кого, я тебя спрашиваю? Еще более нерешительных, еще более боязливых, чем ты сам. Один ты бы пошел дальше, быстрее, выше. Без них ты бы стал настоящим героем.

— Мертвым героем, — вздыхает Рауль.

Отец пожимает плечами.

Нам нет места в этой дуэли, хотя я замечаю во взгляде моего друга вспышку, которая так беспокоила меня раньше.

— Твоя бравада, твоя жертвенность, ты доказал их… покончив с собой, — настаивает Рауль.

— Прекрасно, — заявляет отец. — Я покончил с собой, чтобы продолжать исследовать новые территории. Территории смерти. Чтобы показать вам дорогу. Всегда пытаться, всегда дразнить богов, провоцировать судьбу. Ты всегда взвешивал все «за» и «против», постоянно колебался, прежде чем решиться предпринять что-то.

И в этот момент, как будто устав от стольких споров, Франсис Разорбак неожиданно раздевается, бросив тунику, тогу и книгу на куст папоротников. Голый, он бросается в воду, не обращая внимания на холод и течение, и удаляется прекрасным кролем. Доплыв до середины, он оборачивается к нам:

— Вот видишь, сын, постоянно канителишься, постоянно ждешь других, вместо того чтобы предпринять что-то самому. В жизни нужно утремляться вперед, а потом уже разглагольствовать.

Мы собираемся последовать примеру более храброго, чем сами, когда Мэрилин нас останавливает. В воде появились странные создания. Женщины-рыбы. У них торс молодой женщины, а низ заканчивается длинным рыбьим хвостом с боковыми и спинными плавниками.

Их чешуя отливает голубым и серебряным цветом, как блестки.

— Осторожно, папа! — кричит Рауль.

Бывший профессор не слушает его. Он быстро плывет. Когда он осознает опасность, уже слишком поздно: ему не успеть достичь противоположного берега. Водяные создания схватили его за икры и утащили под воду. Рауль пытается прыгнуть в воду и помочь ему, но раввин Фредди Мейер удерживает его.

— Отпусти меня! — кричит Рауль, пытаясь вырваться.

Фредди не сможет долго удерживать его. Я понимаю, что теперь нужно действовать мне. Подняв с земли камень, я бью им по голове своего друга. Я только что нашел его не для того, чтобы опять потерять. Он с удивлением смотрит на меня одно мгновение, а потом плашмя падает на песок. В потоке его отец последний раз высовывает руку из воды, а потом исчезает окончательно.

Несомненно привлеченный нашими криками, галопом прибегает кентавр. Мы с Фредди хватаем Рауля за ноги и за плечи и прячемся в канаве. Кентавр проходит мимо, нюхает отпечатки наших ног, хлещет веткой густую растительность и наконец удаляется.

Сирены высовывают из воды красивые личики и начинают петь мелодичную песную, приглашая к себе.

— Сегодня уже ничего не удастся сделать. Пора возвращаться, — говорит Эдмонд Уэллс, хмуря брови.

Я успеваю лишь подобрать книгу «Мифология».

23. Мифология: греческий генезис

В начале был Хаос.

Ему ничего не предшествовало. Он появился просто так, без формы, без шума, без вспышки и был бесконечного размера. Протекли тысячи лет сна, прежде чем Хаос неожиданно произвел на свет Гею, Землю.

Гея была оплодотворена и разродилась яйцом, из которого появился Эрос, пульсация любви. Невоплощенный бог, Эрос летал по Вселенной, невидимый, неощутимый, но распространяющий повсюду любовные пульсации.

Хаосу понравилось производить на свет богов. Поэтому он не остановился и создал Эреб — сумерки и Никс — ночь. Они не замедлили совокупиться и породили Эфир, который нависает над Вселенной, и Гемеру, свет, которая стала его освещать. Однако Сумерки и Ночь постоянно ругались. Они ненавидели своих слишком странных детей и быстро удалились от них. Как только появились Эфир и Гемера, Сумерки и Ночь удрали, а когда они решили вернуться, настала очередь других уходить.

Гея продолжала рожать новых детей. Так появились Уран, небо, которое расположилось над ее головой, и Урея, горы, расположившиеся по бокам, Понтос, вода, которая потекла по ее телу. Четвертый ребенок остался внутри своей матери: это Тартар, подземный мир пещер. Небо, море, горы, подземный мир. Гея была отныне одновременно богиней и прекрасной планетой. Но она была еще далеко не стерильна, а ее пантеон не был полон. Со своим первым сыном Ураном она произвела на свет двенадцать титанов, трех циклопов и трех гекатонхейров, гигантов с пятьюдесятью головами и ста руками.

Но когда Уран осознал, что он лишь игрушка в руках своей матери, он отказался от роли отца, возненавидел титанов и циклопов и заточил их в подземный мир — Тартар. Взбешенная Гея создала ядовитую змею и передала своим заточенным в подземелье детям. Им самим нужно убить сумасшедшего отца и освободиться.

Но все слишком боялись своего родителя, чтобы осмелиться действовать. Лучше уж томиться в темнице, чем быть покаранным небом. Только Кронос, младший из титанов, протянул руку к змее. Он появился в тот момент, когда Уран силой овладевал его матерью Геей, схватил член отца, отрезал его и бросил в море. Уран взвыл от боли и удалился, в ужасе от преступления, совершенного его ребенком, которого он проклял: «Тот, кто осмелился поднять руку на собственного родителя, будет в свою очередь покаран своим сыном».

После стольких рождений и насилий Уран — небо и Гея — земля расстались навсегда. И наступило время правления Кроноса, бога времени.

Эдмонд Уэллс,
«Энциклопедия относительного
и абсолютного знания», том 5
(со слов Франсиса Разорбака,
руководствовавшегося Гесиодом,
ок. 700 г. до н.э.)

24. Смертные. Год 0

Я падаю в кресло у себя на вилле. Я весь измотан. Какая ночь. Возвращение, однако, было легче благодаря туннелю, вырытому под стеной моими друзьями. Тем не менее нам пришлось нести Рауля, который был без сознания.

Номер на его кресте позволил узнать нужный адрес. Он живет на вилле 103 683. Там мы положили его в кровать. Завтра у него будет здоровенная шишка на голове, но по крайней мере мой друг останется с нами, а не в глубине голубого потока.

Я закрываю глаза. Новое ощущение проникает в меня. Усталость. Все мои мускулы горят. Сердце неистово бьется. Я весь в поту, а туника в грязи. К тому же я хочу есть. Я голоден, и меня мучает жажда. Я истощен, но слишком возбужден, чтобы заснуть. Хотя я и не слышал боя часов, я чувствую, что сейчас два часа утра.

Так и есть. Часы бьют два раза. Мне просто необходимо отдохнуть. Занятия начинаются в восемь утра. Мне кажется, что, когда я был смертным, мне нужно было как минимум шесть часов, чтобы восстановить силы.

Я поворачиваюсь на один бок, потом на другой, и мой взгляд падает на крест, висящий на шее. Красивая вещь. На удачу я нажимаю на кнопку D. Крест испускает луч, но не в виде линии, а в виде пучка ослепительно-белого цвета, направленного в цель. В результате этого изобилия вспышек один из стульев разлетается в щепки.

Так вот что делает крест, если он не дает света. Священное оружие. Вращая колесико D, я понимаю, что это увеличивает или уменьшает разрушительную силу. Чем она сильнее, тем это больше напоминает луч лазера. А что такое A? Я кручу колесико, нажимаю на него. Никакого эффекта. А N? Я ожидаю любых катастроф, но не включения телевизора.

Значит, крест и есть пульт управления, который я никак не мог найти. Что же показывают по теле-Олимпу? Я смотрю на экран. На кровати женщина с раскосыми глазами, рядом с которой две медсестры и мужчина, рожает. Она сжимает зубы и не кричит. Медсестры тоже молчат. Все происходит в благоговейной атмосфере. Цифра в углу экрана указывает на канал: 1. Я кручу колесико, чтобы переключиться на второй. Еще одни роды. На сей раз это полная блондинка. Света меньше, но больше народа. Тщедушный человечек со взглядом бретонского спаниеля, наверняка муж, весь бледный, сжимает руку роженицы, которая тоже отвечает пожатием. Время от времени он наклоняется, чтобы посмотреть, что происходит, но тут же в страхе отстраняется назад. Женщина дышит, как маленькая собачка, и дает наставления всем присутствующим, по-моему, на греческом языке. Туча медсестр и молодых врачей суетятся вокруг нее. В глубине зала видна вся семья. Однако голос будущей мамы перекрывает все остальные. Она дает советы и ругает на чем свет стоит всех врачей.

Третий канал. Там роды происходят не в больнице, а в деревянной хижине в африканском лесу. Присутствуют только женщины. Повивальная бабка, одетая в пышное праздничное платье, водружает сложные украшения на заплетенную косичками шевелюру. Вокруг нее под ритм тамтамов мелодично поют девочки, их песню подхватывает небольшая толпа, собравшаяся снаружи.

Четвертого канала нет. Судя по трем первым, я прихожу к выводу, что в Олимпии телевидение показывает только роды. Если только сегодня не день передач «Роды вокруг света».

Я возвращаюсь на первый канал. Щуплое создание тихонько хнычет. Медсестра прикрепляет к крошечному запястью браслет-этикетку, затем делает укол в руку. Другая вводит в ноздрю трубочку и закрепляет ее лейкопластырем.

На втором крупный упитанный ребенок сучит ногами и орет под аплодисменты всей семьи. Все спешат поцеловать его, в то время как медсестра, вооруженная плохо заточенными ножницами, борется с пуповиной.

Новорожденного с третьего канала повивальная бабка подносит к окну и показывает собравшимся в саду зевакам. Они вновь начинают свой напев, который мать подхватывает со своего ложа.

Охваченный интуитивным озарением, я вытаращиваю глаза. Три рождения. Боже мой! Это же мои бывшие клиенты, три души, которые были на моем попечении, когда я был ангелом. Я стараюсь их узнать. Африканский ребенок — это наверняка Венера Шеридан, американская звезда, которая захотела найти свои глубокие корни в новой жизни. Маленький грек, должно быть, Игорь, мой русский солдат. Из верности к кириллическим языкам он решил возродиться в стране эллинов. Мать его ненавидела, и он захотел, чтобы теперь его обожали. Видя, как полная женщина покрывает его поцелуями, нет сомнения, что он вышел из цикла проклятий, из-за которого на протяжении десятка реинкарнаций родительница пыталась его уничтожить. Азиатский ребенок, следовательно, Жак, мой писатель. У него всегда была страсть к Востоку, ну вот он и там. Я отмечаю по ходу дела, что тот факт, что я освободил его от необходимости возрождаться, не заставил его стать ангелом… Он предпочел вернуться на Землю и стать бодхисатвой, просветленной душой, которые воздействуют на себе подобных на свой манер.

Новорожденные похожи на маленьких сморщенных старичков. В «Энциклопедии относительного и абсолютного знания» правильно говорилось, что в первые секунды после рождения ребенок еще имеет физиономию старика, каким он был в последней инкарнации. От нее у него остаются обрывки воспоминаний, пока палец ангела-хранителя не поставит под маленьким носиком желобок забвения. Ангельский поцелуй амнезии.

Несмотря на это, совсем маленькая девочка, старшая сестра новорожденного, шепчет ему на ухо фразу, которая приводит меня в замешательство: «Не забудь, главное, не забудь все, что с тобой было раньше. Не забудь, а когда сможешь говорить, расскажи мне, а то я все забыла».

25. Мифология: Кронос

Избавившись от своего отца Урана, оскопив его, Кронос захватил трон. Последний, удалившись от Земли, проявлял себя лишь спорадическими дождями. Что до Геи, матери-земли, то она избрала другого любовника из своего потомства и бросила его в Понтос, воду. Вместе они произвели множество водных существ. Титаны тоже вступили в отношения инцеста со своими сестрами. Старший, Океан, взял в супруги Тефиду, родившую три тысячи дочерей — океанид и реки, которые стали всеми потоками. От Никс произошли Гопнос — сон, Танатос — смерть, Эрида — раздор, Немесида — гнев.

Кронос в свою очередь сошелся со своей сестрой Реей, которая родила от него Эстию, Геру, Деметру, Гадеса и Посейдона. Вспомнив, однако, что отец проклял его и предсказал, что он тоже будет свергнут своими детьми, он проглотил их сразу после рождения. Раздраженная такими злодеяниями, Рея удалилась на Крит, где родила шестого ребенка — Зевса. Она последовала совету своей матери Геи, которая подсказала ей, как обмануть

Кроноса. Она должна была протянуть ему камень, завернутый в пеленку, сказав, что это их ребенок. Наивный родитель тут же проглотил камень. Спасенный благодаря этой стратегии, Зевс рос в гроте, лелеемый нимфами, которые пели вокруг него каждый раз, когда он хотел заплакать, потому что крики и плач могли насторожить Кроноса.

Таким образом Зевс достиг взрослого возраста. Тогда он предложил своему отцу очень вкусный алкогольный напиток, не забыв добавить в него сильнодействующее рвотное средство. Хитрость удалась. Вместе с проглоченным камнем Кронос изверг пять первых детей. И пока он не успел отреагировать, Зевс, Эстия, Деметра, Посейдон и Гадес укрылись на вершине горы Олимп.

Чтобы отомстить, Кронос призвал на помощь своих братьев и сестер титанов. Разгорелась битва между старыми и новыми бессмертными. Более опытные титаны сперва побеждали, но один из них, Прометей, встал на сторону Зевса и дал ему ценные советы. Он посоветовал позвать на помощь одноглазых циклопов и сторуких гекатонхейров. Они оказались прекрасными союзниками. Они подарили Зевсу гром, молнию и вспышки, Посейдону — трезубец, а Гадесу — каску-невидимку.

Борьба продолжилась до окончательной победы олимпийцев. Поверженные титаны были закованы в цепи в самой глубине Тартара. Кронос, отец, получил привилегию быть сосланным на остров вечно счастливых.

Эдмонд Уэллс,
«Энциклопедия относительного
и абсолютного знания», том 5
(со слов Франсиса Разорбака,
руководствовавшегося «Теогонией»
Гесиода, 700 г. до н.э.)

26. Суббота: лекция Кроноса

Восемь часов. Колокола бьют заутреню. Я заснул перед включенным телевизором, прямо в грязной тоге. Я принимаю душ и переодеваюсь.

Сегодня суббота, день Сатурна, древнеримское название греческого бога Кроноса.

Завтрака нигде не видно. Улицы Олимпии пусты, здесь и там висят еще клочья тумана. Влажные от утренней росы растения источают пряные ароматы. Несколько сбившихся с пути кентавров, сатиров и нимф, судя по всему, провели трудную ночь. Мне немного холодно в легкой тоге. Кучка учеников уже собралась под яблоней, они притопывают, чтобы согреться. Я был наверняка слишком занят в первые дни, разглядывая земных знаменитостей, если не заметил друзей по Империи ангелов. Рауль, занятый своими открытиями, тоже не заметил в амфитеатре собственного отца... На этот раз я сразу же замечаю моих теонавтов. Они все уже здесь, за исключением Рауля.

— А где Рауль?

Мэрилин и Фредди не знают. Эдмонд Уэллс думает, что он скоро появится, как и остальные ученики. Действительно, опоздавшие со всех сторон бегут на занятия.

Атмосфера напоминает мне начала занятий моего детства, когда мы ждали перед школой и обсуждали, что за учителя у нас будут.

Наконец появляется Рауль с повязкой на голове. К нам он не подходит и даже не отвечает на мое приветствие. Он демонстративно вступает в оживленный разговор с незнакомцами.

— Мне надоело ждать, — жалуется Мэрилин. — Мне холодно, я вся мурашками покрылась.

Фредди обнимает ее за плечи, чтобы согреть, и она нежно прислоняется к нему.

К нам подходит Мата Хари.

— Кажется, учеников стало меньше. Двое отсутствовали на перекличке. Нас теперь только 140.

— Они нас убивают, убивают одного за другим, — восклицает Прудон. — Тут не школа, а бойня. Дебюсси был первым, за ним последовали другие. Мы все там будем.

— А что случилось с этими двумя? — обеспокоенно спрашивает Люсьен Дюпре, бог-ученик с косоглазием.

— Они наверняка потерялись в лесу, — говорю я уклончиво.

— Вы думаете, они решились на ночную вылазку? — удивляется он.

— А может, они решили вернуться в Империю ангелов? — делаю я предположение.

— Афина говорила о наказании за богоубийство, — напоминает Мэрилин.

— Боги Олимпа мне всегда казались варварами. Наш сегодняшний профессор, Кронос, просто-напросто поедал собственных детей.

Ора Эвномия, по-прежнему безупречная в шафранного цвета одеяниях, приглашает нас следовать за ней на южный проспект.

Мы идем целой процессией. Я пользуюсь этим, чтобы найти Рауля.

— Я ударил тебя, чтобы спасти. Я знаю, ты хотел помочь отцу, но твоя жертва ему бы не помогла.

Он тяжело смотрит на меня, и я понимаю, что еще слишком рано для примирения и извинений.

Дворец Кроноса расположен по правой стороне проспекта. Благодаря пристроенной сбоку колокольне он похож на церковь. Колокола отчаянно звонят, напоминая о начале сессии.

Портал широко раскрыт, и ора Эвномия велит нам занять места на деревянных скамейках перед эстрадой, на которой стоит письменный стол, рядом с ним — огромная подставка для яйца метровой высоты, а у ее основания — две дыры и выдвижной ящик. Позади черная доска ожидает прихода профессора.

Рауль усаживается подальше от меня.

Я осматриваюсь. На полках по стенам в беспорядке расставлены будильники, настольные и напольные часы, часы с кукушкой, клепсидры, песочные и солнечные часы. Здесь есть коллекционные экземпляры, которые должны стоить целое состояние, другие поскромнее, из бакелита и даже из пластика. Все это беспорядочно тикает.

Мы ждем, шушукаясь, пока в глубине не открывается дверь и из нее появляется старик более двух метров высотой, лицо которого подергивается от нервного тика.

Не успевает он появиться, как все часы перестают идти. Он кашляет в руку, и мы замолкаем в ожидании.

— На Олимпе мы любим загадки, — начинает он. — Так вот я вам предлагаю одну:

«Он пожирает все:
Птиц, зверей, деревья, цветы.
Он грызет железо, кусает сталь,
Превращает твердые камни в пыль,
Убивает королей, разрушает города
И сравнивает самые высокие горы.
Кто он?»

Он смотрит на нас молча, потом садится со спокойным видом.

— Ни у кого нет идеи?

Никто не проронят ни звука. Тогда, как будто со вздохом, он бросает:

— Время.

Он встает и пишет на доске: «Кронос».

— Я Кронос, бог времени.

Он совсем не представителен в своих лохмотьях, этот бог времени. Конечно, его темно-синяя тога усыпана звездами, чтобы создавать иллюзию небосвода, но она вся дырявая и жалобно свисает на руках.

— Я ваш первый инструктор, но не ваш первый учитель. Я учитель ноль. Я научу вас создавать время, а также владеть им. Знайте, что я существовал до всех остальных богов и что я являюсь отцом Зевса.

Все, что я читал о нем у Франсиса Разорбака, приходит на ум. Этот... бог, если я правильно понял, самый молодой из титанов, отрезал причинное место собственного отца, чтобы стать его единственным наследником. Затем он убил всех своих детей, чтобы они не соперничали с ним.

— ...Первый пункт. Знайте ваши рабочие инструменты.

В то время как он пишет на доске «Божественные инструменты», он задает вопрос:

— Кто может мне напомнить пять рычагов, которыми вы располагали, будучи ангелами?

Поднимаются руки. Кронос выбирает брюнетку с ямочками на щеках. Она заученно перечисляет:

1. Сны.
2. Интуиция.
3. Знаки.
4. Медиумы.
5. Кошки.

— Очень хорошо, девушка. Вы все можете продолжать их использовать, но у вас будет еще один инструмент, свойственный только богам, — ваш крест.

Он вытаскивает из своей тоги крест намного большего размера, чем наши.

— Рассмотрим его вместе. Он снабжен тремя черными кнопками с белыми буквами. A, D, N. Я расскажу вам только о «D». «D» производит молнию. «D» разделяет, разрезает, уничтожает, дезинтегрирует. Что касается ваших народов, она позволит насылать гром и молнии, поджигать и убивать. Использовать экономно. Даже на Олимпе эта кнопка может убить. Поэтому вам запрещается направлять ваш крест на другого ученика, бога-учителя, химеру или любое другое живое существо. Если вы используете этот инструмент в плохих целях, вас постигнет кара. Я знаю, что один инцидент уже произошел, один ученик убил другого.

Когда Кронос холодно добавляет: «Этот богоубийца ждет напрасно», у меня такое впечатление, что он смотрит именно на меня и я содрогаюсь, в то время как он продолжает, пристально глядя на класс:

— Никогда не забывайте зарядить батарею вашего креста перед занятиями. Вы найдете у себя в комнате маленькую подставку с выемкой, в которую его нужно вставить. Для недавних душ уточню, что он функционирует как мобильный телефон.

Сказав этот, мэтр дергает за веревку справа от себя.

Раздается звонок, и другой огромный старик входит в класс, тяжело дыша под весом огромной, накрытой покрывалом сферы более трех метров в диаметре, которую он с трудом протискивает в дверь.

— Не слишком ли рано? — стонет грузчик, кряхтя. — Я больше не могу.

— Разрешите вам представить Атланта. Поаплодируйте, чтобы подбодрить его.

Мы аплодируем.

Дыша со свистом, тяжелым шагом Атлант направляется к огромной подставке для яйца и скорее бросает, чем кладет сферу, перед тем как вытереть струящийся со лба пот соответствующим его размерам платком.

— Вы не понимаете, это весит несколько тонн.

— Отдохни немного, — сочувственно говорит Кронос. — Будет лучше.

— Нет, не будет лучше. Мне надоели такие условия труда. Никто не понимает тягостей моей задачи. Мне нужен ассистент или по крайней мере тачка.

— Мы это обсудим позднее, — любезно говорит Кронос. — Сейчас не время и не место для такого рода дискуссий.

Подбородком он указывает на учеников. Дыша громче, чем кузнечный горн, гигант выходит, еле волоча ноги.

Кронос продолжает лекцию строгим голосом.

— Быть богом — значит перейти от микрокосмоса к макрокосмосу. Ангелами вы должны были кустарно работать для трех смертных, с их рождения до смерти, то есть на период, который редко превосходит один век. Теперь ваша божественная задача будет касаться человеческих толп в тысячи, а то и миллионы индивидуумов, за которыми вы будете следить многие тысячи лет.

Я весь обратился в слух, ловя каждое его слово.

Кронос снимает покрывало со стеклянной сферы. Внутри планета, поверхность которой едва касается сферы, находится в подвешенном состоянии.

— Подойдите поближе.

Мы собираемся вокруг, а он гасит свет, чтобы мы лучше видели планету, которая теперь излучает собственное свечение.

— Ваши кресты имеют дужку, окружающую лупу. Приставьте ее к поверхности и, поворачивая кнопку «N», которой вы уже переключали каналы телевидения, рассмотрите внимательнее район, который вас интересует.

Я поднимаю руку:

— А для чего предназначена кнопка «А»?

Кронос не обращает внимания на мой вопрос. Мы взбираемся на стулья, чтобы оказаться на высоте экватора, и прислоняем глаза к лупам креста, чтобы рассмотреть поверхность планеты.

— Этот мир находится физически здесь, внутри этого стеклянного шара? — спрашивает Жорж Мельес.

— Хороший вопрос, но ответ — нет. Эта сфера — лишь экран, и то, что вы видите внутри, — лишь объемная и рельефная проекция этой планеты. Что-то вроде голограммы.

— А как она освещается? — спрашивает другой ученик.

— Она отражает свет своего солнца. В то же время, если все, что вы увидите, происходит в действительности, то и все, что вы сделаете, также будет передано напрямую.

— А где в действительности находится эта планета? — спрашивает Гюстав Эйфель.

— Где-то в космосе. Вам нет необходимости это знать. Местонахождение не имеет никакого значения для вашей работы.

На поверхности планеты с помощью лупы я вижу огромный черный океан с тоненькими черточками белой пены, в котором находятся несколько континентов с неровными краями. Видны пляжи, долины, леса, горные цепи, иногда покрытые снегом, пустыни, потоки и реки. Отрегулировав зум креста с помощью кнопки «N», я вижу поселки, деревни и города и даже дороги и дома. Настоящий миниатюрный мир.

Я еще поворачиваю колесико на кнопке «N», и появляются поля и скот на них, пробки на дорогах, крошечные человечки, копошащиеся в городских артериях. Города кажутся целостными организмами, которые дышат, выпуская свои дымы как выдохи, мигают тысячами крошечных огоньков.

Но у меня нет звука. Кронос это знает, и он раздает нам наушники и объясняет, где они подключаются к кресту. Если я правильно понимаю, устройство функционирует как направленный микрофон. Там, куда я направляю лупу, я слышу звук.

Я выделяю двух маленьких человечков из множества. Где-то должен быть автоматический переводчик, потому что я сразу понимаю, о чем они говорят. Они жалуются на погоду, которая «испортилась». Чуть дальше, в храме, группа людей сожалеет, что «боги их покинули».

Мы все переводим лупы с места на место, восхищенные. Я вспоминаю время, когда я был ангелом и смотрел в сферах, что происходит с моими смертными. Я меняю угол зрения, как кинорежиссер, использующий все возможности.

Некоторые встают на кончики пальцев, чтобы рассмотреть Северное полушарие. Другие на корточках наблюдают за южными территориями. С наушниками и крестами мы напоминаем врачей, исследующих огромную живую бородавку.

Мы играем с непрозрачностью стен, мы можем проходить сквозь крыши, входить в жилища и узнавать секреты живущих там людей. В затененной зоне ночь. Некоторые спят, храпя, другие занимаются любовью. Некоторые не могут заснуть, встают выкурить сигарету на балконе, а заодно и полить цветы. Где-то еще не выключены телевизоры.

Дальше наступает утро. Дети людей встают, одеваются, умываются, быстро проглатывают завтрак. Некоторые готовятся к школе. Взрослые торопятся на завод или в учреждение.

Сколько суеты на переполненных улицах. Автомобилисты бибикают в пробках, пешеходы толкаются у входов в метро. Время проходит, и все начинается в обратном порядке. Зажигается свет в окнах и на улицах. Снова включаются телевизоры.

Это время новостей. Я вижу то, о чем рассказывает журналист. В гористом районе люди бряцают оружием. Они кричат, бегают, дерутся, стреляют друг в друга, корчатся от боли, умирают.

Война — это наверняка спектакль для богов, потому что большинство из нас направило лупы на поля сражений. Вскоре мы видим враждующих, не зная даже, против кого и почему они сражаются. Некоторые ученики заключают пари, считая, что победят темно-зеленые униформы, потому что они кажутся более умелыми, чем светло-зеленые. Но смерть есть и в городах. Люди собрались в кинотеатре, чтобы посмотреть романтическую комедию, когда здание взрывается. Крича и обезумев, они разбегаются во все стороны. С воем сирен приезжают машины «скорой помощи». Разорванные тела лежат на тротуарах и на проезжей части. Мужчины и женщины, с лицами, искаженными ужасом, плачут, стонут, заламывают руки.

Потом спасатели увозят тела, улицу убирают, жизнь возвращается в обычное русло, а люди — к своим обычным делам. Так муравьи снова организуют свою жизнь после того, как ребенок ударит ногой по муравейнику.

Мы подпрыгиваем, когда раздается удар колокола, и Кронос включает свет. Как будто пробужденные от глубокого сна, мы остаемся на своих местах, протирая глаза.

В какой-то момент нам показалось, что мы с ними. Мы отодвигаем лупы и отключаем наушники.

— Не дайте себя впечатлить кипучей человеческой деятельностью, — советует бог времени. — Вы должны понять это человечество в главном, в его стремлениях, в его надеждах, а не в его… жестикуляциях.

Из-под подставки Кронос достает большие настольные часы.

— Кто-нибудь поинтересовался календарем этой планеты?

Брюнетка, которая уже перечислила пять рычагов ангелов, снова поднимает руку.

— Они живут в 2035 году, — говорит она.

— В 2035 году «их» эры, — уточняет Кронос. — На самом деле эти люди живут через 15 миллиардов лет после большого взрыва, 5 миллиардов лет после рождения их планеты, 3 миллиона после рождения первого человека и в 6000 году после основания их первого города. Но для большей ясности демонстрации мы сохраним их ориентиры.

Он крутит зубчатое колесо, и число 2035 появляется на экране сверху часов.

— Это место напоминало нашу Землю, — шепчет какой-то ученик.

Мэтр соглашается:

— Нет тысячи способов создать мир, в котором живые существа смогли бы размножаться. — И к нашему облегчению, он добавляет: — Однако речь не шла о вашей Земле. Вы заметили некоторые различия?

Ответы сыплются один за одним.

— Одежда. У них странная одежда.

— Пища. Они глотают странные штуки, которые я не смог идентифицировать.

— Религия. Их религиозные символы неизвестны на Земле, и их храмы ничем не похожи на наши.

— На этой планете семь континентов, а не пять, и другой формы.

— У них машины большего размера.

Кронос одобряет кивком головы каждое высказывание. Он добавляет:

— Эта планета больше, чем Земля, и времена года на ней сильнее отличаются друг от друга: знойные лета, очень холодные зимы… К тому же на ней живут 8 миллиардов человек, — говорит он, выводя число на доске. — Мы, боги, идентифицируем каждую планету по отдельности. Эта называется «Земля 17». Земля, потому что такова ее категория с точки зрения гравитации, метеорологии, химии. Так же, как и откуда вы. 17 — потому что 17 курсов уже поработали над ней.

— В таком случае как называется наша Земля? — спрашивает Эдмонд Уэллс.

— «Земля 1».

Мы ощущаем общее чувство гордости от принадлежности к первой Земле, планете-оригиналу, планете, с которой сделаны лишь бледные копии. Кронос подтверждает:

— «Земля 17» действительно лишь эрзац вашей «Земли 1». Мы создали ее специально для упражнений богов. В общем, это планета-«черновик», и, как все черновики, она предназначена для опытов и экспериментов…

Я чувствую возбуждение от этой идеи.

— Я покажу вам то, что ни один из других ваших профессоров не сможет сделать.

С гордой усмешкой часового мастера он ставит свои странные часы под яркий свет одной из ламп, свисающих с потолка. Становится видно целое хитросплетение колес, зазубренных, гладких, трубок с разноцветными жидкостями. В центре этого механического переплетения большой круглый циферблат с двумя стрелками. Наверху цифровой экран с числом 2035.

Кронос осторожно открывает крышку, защищающую циферблат, и пальцем толкает вперед длинную стрелку. Быстрый взгляд на планету «Земля 17» позволяет констатировать, что там машины превращаются в болиды и люди бегают в убыстренном темпе.

Мы снова берем кресты, чтобы посмотреть на изменения на планете. Она как будто мигает… Свет, тень, день, ночь сменяют друг друга на полной скорости, а на экране меняются числа: 2036, 2037, 2038, 2039…

Считая, что время течет недостаточно быстро, Кронос отпускает длинную стрелку и берется за короткую, и теперь бегут не года, а десятилетия. Как застывшая «Земля 17» больше не мигает. На ее поверхности возникают дома, затем исчезают, чтобы на их месте появились еще более высокие, дороги извиваются, становятся шире, увеличивается число полос, а в небесах летают аппараты самых разных форм.

Потом города перестают расти, летательных аппаратов становится все меньше, наконец они исчезают совсем, дороги превращаются в тропинки…

2060, 2070, 2080, 2090… Мне хотелось бы, чтобы Кронос прекратил свои фокусы, и я смог понять, почему все так остановилось, но он продолжает свой бешеный бег.

2120, 2150, 2180, 2190… Наконец он останавливается на 2222.

— Посмотрите хорошенько, — приглашает он, — посмотрите, что произошло с этой планетой за два века.

Он снова выключает свет. Мы подключаем наушники.

Больше нет дымных и освещенных городов. Нет машин. Нет огней в ночи. Лишь несколько кочующих племен, вооруженных луками и стрелами.

27. Энциклопедия: три шага вперед, два шага назад

Цивилизации рождаются, растут и умирают, как живые организмы. У них свой собственный ритм: три шага вперед, два шага назад. Они дышат. Они знают моменты восторга, когда все кажется развивающимся по правильной спирали: больше комфорта, больше свобод, меньше работы, лучшие условия жизни, меньше несчастий. Это момент вдоха. Три шага вперед. А затем, достигнув определенного уровня, порыв заканчивается и кривая идет вниз. Приходят замешательство, потом страх, которые приводят к насилию и хаосу. Два шага назад.

Как правило, эта фаза соответствует минимальному уровню, а потом начинается подъем к новой фазе вдоха. Но сколько времени потеряно зря. Так Римская империя строилась, росла, процветала и была впереди других цивилизаций во всех областях: праве, культуре, технологии... А затем она была поражена коррупцией и тиранией и закончилась в полном упадке, под нашествием варваров. Пришлось ждать Средневековья, чтобы человечество принялось за работу там, где Римская империя остановилась в апогее. Даже цивилизации, управлявшиеся наилучшим образом и бывшие наиболее предусмотрительными, закатились, как будто падение было неизбежно.

Эдмонд Уэллс,
«Энциклопедия относительного и абсолютного знания», том 5

28. Время черновиков

Опустошенные поля. Разруха. Разбитые дороги, заросшие дикой ежевикой. Разрушенные здания, где прячутся редкие люди, готовые убить за кусок любой пищи. Орды одичавших детей, которые борются за пропитание с ордами хорошо организованных собак. Уцелевшие после войн солдаты, которые нападают на редких путешественников, ищущих лучшие места, чтобы их ограбить и убить.

В 2222 году на «Земле 17» человечество забыло про мораль и медицину. Эпидемии косят выживших. Нет ни телевидения, ни радио, ни видения мира в целом. На смену цивилизации пришло ожесточенное насилие, и главный закон — каждый за себя. Прижавшись к лупе, я ищу на всех семи континетах хоть что-то, напоминающее возрождение.

Благодаря настойчивости я наконец нахожу в глубине густого леса поляну, на которой племя, кажется, собралось в деревню. Хижины на сваях выстроены полукругом, одна рядом с другой. В центре большой костер согревает людей с прическами, блестящими от жира животных и утыканными птичьими перьями.

Возвращение в предысторию.

В уголке старик обращается к внимательно слушающим детям, и я одновременно с ними узнаю историю катастрофы этого мира, как ему ее рассказал отец, которому ее передал памятливый дед.

«Раньше, — рассказывает он, — люди летали по небу. Они разговоривали на расстоянии по всей планете. Они жили в особенных жилищах. У них были машины, чтобы думать лучше и быстрее. Они даже могли делать свет без огня. Раньше... сотня народов жила в мире благодаря их демократической цивилизации. А потом небольшая группа государств, богатых сырьем, начала отменять эти демократические ценности и заменять их религией, основанной на Запрете. Те, кто обращался в нее, назывались между собой „запретчики". Сперва они заставили говорить о себе, убивая приверженцев других культов и поджигая их храмы, потом они взялись за собственных умеренных и, конечно, за противников. Там, где собирались сторонники демократии, они взрывали бомбы, вызывая бесчисленные жертвы. Не зная, как реагировать на это бессмысленное насилие, не предавая своих ценностей, демократы сперва закрывали глаза на это, а потом попытались смягчить запретчиков, вежливо обращаясь с ними. Но те видели в этом лишь признак слабости и еще больше умножали свои жестокости. Чем больше запретчики свирепствовали, тем больше демократы искали оправдания их убийствам, находили им извинения и обвиняли самих себя, что это они их вызвали.

У запретчиков, по сравнению с демократами и приверженцами других конфессий, было то преимущество, что они были уверены в себе, убеждены в правоте своих идей и к тому же говорили простым языком. В то время как другие жили в сомнениях и сложностях, они спокойно запрещали своим женщинам получать образование и работать, принуждая их заниматься лишь домашним хозяйством и рожать детей. Демократы были убеждены, что такой обскурантизм должен быстро исчезнуть в мире, управляемом наукой, логикой и технологиями. Но ничего подобного не случилось. Движение запретчиков только росло и развивалось, в частности, среди всех противников прогресса. Это началось с наиболее обездоленных классов и в конце концов заразило интеллектуальные классы, которые находили в этом насилии и этой простоте форму нового проекта будущего.

Одна за другой демократические нации встали на колени, согнулись, попали под иго людей этой религии. Вместо того чтобы объединиться, они продолжали спорить между собой по поводу того, как можно остановить бедствие. И не находили такого способа. В то время как последние очаги сопротивления еще держались, повсюду уже царил террор. Только запретчики творили закон, и люди обращались в их веру, чтобы иметь спокойствие и спасти свою жизнь. Потом они принимали догмы запретчиков. Женщины повиновались мужчинам, мужчины своему шефу, а тот обладал всеми правами. Никто не осмеливался говорить, никто не осмеливался обучаться вне религии, никто не осмеливался иметь собственное мнение. Все должны были беспрерывно молиться в строго установленные часы. Тех, кто пытался уклониться, быстро выдавали соседи.

— Почему это действовало? — спрашивает один ребенок.

— У демократов были вопросы. У запретчиков — ответы. Когда выяснилось, что демократические зоны стали лишь небольшими островками, изгрызенными слепыми покушениями фанатиков, истинный шеф запретчиков наконец обнаружил себя. Это не был один из представленных повсюду шефов террористов, но руководитель самой богатой нации, производящей сырье. Человек, который всегда заявлял, что поддерживает демократию. В системе запретчиков двуличие рассматривалось как военная хитрость.

Этот руководитель объявил, что отныне он является единственным представителем религиозного слова, и установил мировую диктатуру. С этого момента он создал иерархию преданных ему шефов и подшефов. Закон навязывался политической и религиозной полицией. В то время как всему населению запрещались малейшие личные удовольствия, он, его семья и его приближенные жили в роскоши, пороке и разврате, наслаждаясь всеми богатствами. Они ничего себе не запрещали.

— И они по-прежнему летали, и перемещались без лошадей, и делали свет без огня? — спрашивает ребенок племени.

Старик прочищает горло, чтобы продолжить:

— Запретчики преследовали ученых и инженеров из страха, что те придумают новые средства борьбы с ними. Каждого, кто хотя бы был похож на образованного, пытали до смерти, чтобы никто не распространял теорий, заранее названных подрывными.

Запретчики стали сжигать научные труды, уничтожать все произведения искусства, которые были созданы до них. Врачей, которые были в основном демократами, считали колдунами и убивали, и стали свирепствовать эпидемии. После образования женщин, технологии и медицины запретчики запретили путешествия, музыку, телевидение, книги, они даже запретили птицам петь, считая, что их пение может отвлечь от призывов к молитве... Запретчики переписали историю по-своему, исключив из нее все развлечения, кроме обязательного спектакля казней на стадионах. Повсюду царил страх.

— Тогда как же выжили мы? — спрашивает другой ребенок.

— Тиран наконец умер от старости. Между его сыновьями началась ожесточенная борьба за наследство. Отныне не стало ни великой армии, ни единой великой религиозной полиции. Теократическая империя разлетелась на куски. Бывшие офицеры превратились в боевых командиров. Там и сям силой воцарились независимые банды. Убить, чтобы не быть убитым, стало правилом. Перед лицом закона сильнейшего некоторые, как наши предки, решили уйти из городов, спрятаться в лесах, подальше от солдат, фанатиков и бандитов. Вот почему мы до сих пор здесь, и я могу рассказывать вам эту историю, которая является и вашей историей.

— Чего бы только я не отдал, чтобы подержать в руках книгу, — говорит один ребенок. — Узнать, как человек сделал так, чтобы летать в небе, как птица, разговаривать на расстоянии или делать свет без огня...»

Я не верю своим ушам.

Как и я, другие ученики узнали тем или иным способом о событиях, происшедших между 2035 и 2222. Мы с недоверием смотрим друг на друга. Значит, так легко привести развитую цивилизацию к точке отправления?

Кронос спрашивает:

— Почему, по-вашему, эта цивилизация зачахла?

— Из-за диктатуры религиозного тирана, — предлагает кто-то.

— Это лишь симптом. Я жду больших перспектив от будущего бога.

— Демократы были убеждены, что их демократии сильнее, чем фанатичная религия, а когда они очнулись, было слишком поздно. Они недооценили противника.

— Это лучше.

— Слишком привыкнув к комфорту, демократы стали ленивыми и не хотели сражаться.

— Неплохо.

Каждый хочет предложить свою версию, и мы все говорим одновременно. Жестом Кронос приказывает говорить по очереди. Эдмонд Уэллс торопится поднять руку:

— Существовал слишком большой разрыв между наиболее образованными и большей частью населения. Элита развивалась все быстрее, в то время как большинство не имело ни малейшего представления о том, как работают машины, которыми они, однако, ежедневно пользуются. Зачем поднимать потолок, когда пол проваливается?

— Их беспокоил собственный успех. Потому что он был непонятен. В то время как их крах возвращал их в знакомый, а значит, успокаивающий мир. Мир прошлого, — говорит Сара Бернар.

— Все произошло так, как будто плохие ученики избавились от хороших, чтобы спокойно оставаться среди посредственностей, — усердствует Гюстав Эйфель.

— Они постепенно потеряли свободу мысли, прогресс, сумму знаний, равноправие полов и отдали свою судьбу в руки наиболее ретроградных и циничных людей во имя принципов... терпимости! — подчеркивает Вольтер.

— Они были слишко оторваны от природы, — говорит Руссо.

— Они потеряли чувство красоты, — предлагает Ван Гог.

— Они опирались на технологию. Они считали, что наука сильнее религии, — указывает Сент-Экзюпери.

— Они были недоверчивы в отношении науки и доверчивы в вере, — уточняет Этьен де Монгольфьер.

— Возможно, потому что религия бесспорна, в то время как наука все время ставится под вопрос.

— Все они были кретины... Так им и надо. Они получили то, что заслужили, — изрекает Жозеф Прудон.

— Ты не можешь так говорить, — возражает Вольтер. — У них почти получилось.

— Но... они провалились, — заключает анархист. — Религия — это ловушка для идиотов. И вот наглядное доказательство.

— Ты не можешь смешивать все религии в одну кучу. Была только одна, которая восхваляла насилие как мистический акт, именно так они установили террор, — говорит Люсьен Дюпре.

— Теперь, когда «Земля 17» вернулась в отправную точку, вы можете испытать свои силы в области божественной импровизации, — указывает Кронос.

В качестве правила игры бог времени предлагает выбрать каждому какое-нибудь человеческое сообщество из тех, что остались, и попытаться помочь ему развиться.

Мы беремся за работу. С помощью снов, молний, медиумов мы страемся повлиять на шаманов, колдунов, священников или людей искусства, чтобы лучше воздействовать на повседневную жизнь потерянных людей. С помощью кнопки «D» мы вмешиваемся в конфликты, поражая врагов избранного племени. Самым креативным мы пытаемся внушить технические, научные или художественные изобретения. Это нелегко. Люди забывают свои сны, проснувшись, интерпретируют наши знаки как попало. Медиумы понимают то, что хотят. Иногда я раздражаюсь от такого непонимания.

Понемногу «язычники» начинают осознавать мое существование, поклоняться мне, и я внушаю им хоть какой-то порядок.

Наши божественные проявления сперва удивляют, потом пугают, затем завораживают. На «Земле 17» появляются новые религии. Зло, чтобы уменьшить зло. У моих друзей — почитающие их народы. Обожатели восхищают Мэрилин. Даже во времена земной славы ей так не поклонялись.

Эдмонд Уэллс молчит и наблюдает за своими людьми, как раньше за муравьями.

Кронос ходит позади учеников и время от времени нагибается, чтобы посмотреть на нашу работу. Его морщинистое лицо остается непроницаемым, и мы не можем понять, доволен он или нет нашими вмешательствами. Марию Кюри нервирует суета ее человеческого стада. Сару Бернар веселят глупости ее людей. Эдит Пиаф поет, ведя свою орду. Мата Хари предлагает зашифрованное изображение Мадонны, не поддающееся расшифровке.

После двухчасового испытания нашей власти бог времени бьет в колокол и предлагает нам рассмотреть результаты работ. Большинству не удалось добиться лучших результатов, чем мне, за исключением, пожалуй, Люсьена Дюпре, сообщество которого, кажется, прогрессировало. Он действовал через потребление экзотических грибов. Живущие на острове, вне досягаемости хищных соседей, его люди практикуют искусство совместной жизни, похожее на сообщества хиппи 70-х годов. Они мирные и спокойные. У них свободные нравы, и каждый участвует во всех видах деятельности.

Кронос делает пометки в блокноте и спрашивает нас о первых впечатлениях.

— Если их слишком пугать, они становятся мистиками, — говорит один ученик.

— А если им все позволять, они делают еще больше глупостей в прямом смысле слова, то есть ведут себя как звери, — огорчается другой.

— Если они перестают бояться кары, они теряют уважение ко всему.

— А почему, как вы считаете? — спрашивает профессор.

У каждого своя идея.

— У них нечто вроде естественной тяги к смерти и разрушению. Без полиции и наказания они не уважают других, — говорит какая-то девушка.

— Почему? — тонко спрашивает профессор.

Ответы множатся.

— Может быть, потому что они не понимают в действительности, что это такое.

— Потому что они не любят друг друга.

— Потому что им не нравится глобальный проект их вида.

— Потому что они его не видят.

— Потому что они его не представляют.

— Потому что они постоянно живут в страхе, — говорю я.

Кронос оборачивается ко мне.

— Развивайте вашу мысль.

Я думаю:

— Страх ослепляет их и мешает предвидеть спокойное существование в долгосрочной перспективе.

Эдмонд Уэллс качает головой.

— Они боятся, потому что для эволюции их сознания было слишком рано, когда их технологии стали развиваться чересчур быстро. Они располагали необыкновенными орудиями, в то время как их душа была еще на уровне 3. Поэтому они вернулись к технологии, соответствующей их уровню души. Базовая технология для базовых существ.

Большинство учеников одобряют.

Кронос, кажется, также удовлетворен этим ответом.

— Подождите, — вмешивается Люсьен Дюпре. — Некоторые таковы, но не все. В моем сообществе, например, они вышли из состояния страха и движутся к любви. Они перешли через 3, они сейчас 4 и даже стремятся к 5.

— У тебя получается, потому что их немного, — заключает другой ученик.

— Их всего две или три сотни на человечество, которое раньше насчитывало двенадцать миллиардов челотилось до трех миллиардов из-за ре- тика, но это хорошее начало. И потом ре количество решительных людей смог- с помощью этой религии, другие смогут с помощью духовности.

их новая религия — это мы, — иронизирует Мы заменяем религию, которую они приду- которую им навязывают. Какая разница?

оворил не о религии, а о духовности.

ля меня это одно и то же.

для меня это две противоположности. Рели- это готовое мышление для всех, а духовность — развитое восприятие того, что может быть «над со- », — говорит Люсьен Дюпре. — И для каждого оно злично.

— Ну что, знаменитый Великий Бог, что ты думаешь, сидя там, наверху, это что, религия или духовность? — спрашивает Прудон насмешливо.

Дебаты разгораются. Кронос снова бьет в колокол.

— Пора перейти к следующему упражнению. То, что было сделано от нашего имени, будет от нашего имени уничтожено, — заключает бог времени, поглаживая бороду. — Пора обрушить на эту планету-«черновик» наш божественный гнев.

На всех часах и будильниках 19 часов вечера, сумерки снаружи начинают проникать в зал.

— Хорошо. Отрегулируйте ваши кресты, повернув колесико «D» на максимум.

— Но это будет геноцид! — восклицает Люсьен Дюпре.

Кронос пытается урезонить смутьяна.

— Твой опыт незначителен. Рядом с твоим маленьким успехом с несколькими сотнями индивидуумов су-

ществуют миллиарды людей, потерпевших пол
поражение, и нужно прекратить их страдания.

— Но мое сообщество доказывает, что их мож
сти. Мой «маленький» успех, как вы говорите,
быть заразен, — утверждает Люсьен Дюпре.

— Твой успех доказывает, что ты достаточно сп
ный бог, и я уверен, что в Большой Игре ты будешь в
колепен.

— Какой Большой Игре?

— Игре богов-учеников. Игре «Игрек».

— Но я не хочу играть в вашу игру «Игрек», я хо
продолжать помогать моему сообществу. Посмотри
как они счастливы. У них есть маленькая деревня, он
вместе ее убирают, у них нет ссор, они занимаются искусством, поют...

— Это лишь капля чистой воды в грязном океане. Теперь пора поменять таз, — нетерпеливо говорит Кронос.

— А нельзя их оставить в стороне, в колбе? — спрашиваю я на всякий случай.

— Нового не делают из старых материалов. Эти люди, к которым, как вам кажется, вы привязались, потому что начали их понимать, погрязли в дурных привычках, вышедших из миллионов лет ошибок и насилия. Они поднялись и опустились вновь. У них уровень сознания времен нашей Античности. Ментальность рабов. Из них ничего не получится. Это даже не «состоявшиеся» люди. У них уровень сознания на отметке 3,1. 3,1, вы меня слышите, в то время как у вас 7. Это... животные.

— Даже животные заслуживают жить, — говорит Эдмонд Уэллс.

— Вместо того чтобы награждать их добродетелями, вспомните их пороки. Вы что, не видели их пыток, их несправедливостей, их фанатизма, их трусости, их дикости, наконец? Неужели вы не поняли, с какой легкостью примитивная и жестокая религия воцарилась на всей планете безо всякого реального сопротивления? Это произошло. И произойдет снова. Очень жаль, мой бедный Люсьен, но это пропащие люди...

Несколько учеников одобрительно шушукаются. Кронос пользуется этим, чтобы поставить точку.

— Вы просто добьете агонизирующее человечество. Оно много пожило. Оно написало 2222 на своих календарях, но на самом деле ему уже три миллиона лет. Оно страдает от ревматизма и рака. Я уверен, что если бы оно могло говорить, оно умоляло бы о том, чтобы его страдания прекратили. Это не преступление, это эвтаназия.

Люсьен далеко не убежден.

— Если это — быть богом... то я предпочитаю уволиться.

Он поворачивается к нам.

— Вы тоже должны отказаться. Вы что, не понимаете, что вас заставляют сделать нечто недостойное? Берут планету, играют с ней, а потом уничтожают. Как будто давят... насекомых!

Лицо Эдмонда Уэллса передергивает гримаса, но он опускает глаза. Люсьен садится на стол.

— Эй, ребята! Проснитесь, боже мой! Вы не поняли, что должно произойти?

Никто не движется. Нужно сказать, что мы не очень довольны нашими человеческими сообществами. Только Люсьену Дюпре удалось добиться развития его человеческого стада. Ему одному есть что терять. Даже у моих людей из леса есть хронические проблемы со здоровьем, которые мне не удается решить. Дизентерия... Хоть они и жуют листья, обладающие болеутоляющими свойствами, это ничего не меняет. Думаю, у них в воде слишком много амеб.

Люсьен обращается к нам по очереди.

— А ты, Руссо, и ты, Сент-Экзюпери, и ты, Мельес, и ты, Эдит Пиаф, Симона Синьоре… Эдмонд Уэллс, и ты, Рауль, и ты, Мишель, и ты, Мата Хари, и ты, Гюстав Эйфель… вы оставите целый мир умирать?

Мы опускаем глаза. Никто не реагирует.

— Очень хорошо. Я понял.

Подавленный, Люсьен слезает со стола и идет к выходу.

— Останься! — бросает Мэрилин Монро.

— Мне больше не интересно быть богом-учеником, — говорит Люсьен, не оборачиваясь.

— Ты можешь помогать людям. Может быть, не этим, но другим, которых нам предложат позднее, — шепчет ему Сара Бернар, когда он проходит рядом с ней.

— Чтобы потом их убить? Хорошее дело. У меня та же власть, что и у животновода, выращивающего свиней для бойни.

Люсьен отталкивает руки друзей, которые пытаются его задержать, и направляется к двери. Кронос не делает ни одного жеста, не произносит ни единого слова, чтобы ему помешать. Лишь после того, как бывший оптик выходит, он бормочет:

— Бедный парень. Он не отдает себе отчета в том, что потерял. На каждом курсе бывают слишком чувствительные души, которые не выносят потрясения. В конце концов, чем раньше они уйдут, тем лучше. Есть еще нежные души, которые хотят выйти из игры? Они могут заявить о себе сейчас.

Никакой реакции.

Кронос отворачивается от двери.

— Теперь наступает момент, который я люблю больше всего, — объявляет он.

Он втягивает воздух, шумно выдыхает, сосредоточивается, как будто готовится попробовать вкусное блюдо.

— Огонь!

Прудон стреляет первым. Огромный айсберг откалывается от южного полюса и тает в мгновение ока. Другие ученики следуют его примеру. После некоторого колебания я настраиваю свой крест, вскидываю его и целюсь. Мы сперва удивляемся, видя, что когда стреляем здесь, это бьет там. Затем, как будто в исступлении, мы обрушиваемся на льды. Я осознаю, что получаю некоторое удовольствие от разрушения, возможно большее, чем от созидания. Мы испытываем чувство мощи. Мы — боги.

Таяние льдов привело к повышению уровня океана. Гигантские цунами обрушиваются на побережья, разрушают прибрежные деревни, затопляют земли, разбивают береговые утесы, поглощают долины, превращают вершины гор в острова, которые вскоре тоже скрываются под водой. Через несколько минут на всей планете не остается ни одного кусочка земли, который бы не был затоплен.

Когда Кронос приказывает: «Прекратить огонь!», там, где были семь обширных континентов, теперь только один черный глухой океан, по которому бегут пенистые волны. Самая высокая вершина находится на одном уровне с водой.

Редкие животные и люди, которым удалось чудом спастись, пытаются избежать смерти, хватаясь за плавающие обломки. Увеличив приближение с помощью креста, я замечаю что-то вроде Ноева ковчега. Потом еще один. Люди нашли способ выжить. Восхитительное упорство.

— Прекратите их страдания, — приказывает Кронос.

Отрегулировав кресты для точной стрельбы, боги поражают крошечные плавающие цели.

Никаких людей больше не видно. Не имея места, куда сесть, птицы кружатся в воздухе, перед тем как упасть, истощенные, в воду, где морской мир пытается восстановиться в правах.

Но, растопив полюса, мы вызвали также огромное облако пара, которое покрывает планету и закрывает небо. Солнечные лучи больше не доходят до поверхности, и температура резко падает. Так быстро, что через несколько мгновений вода замерзает.

Рыбы оказываются в воде, которая твердеет. Скоро планета «Земля 17» становится ледяной. Ее поверхность превращается в самый гигантский каток, какой только можно представить. Не существует больше никакой формы жизни: ни человеческой, ни животной, ни растительной.

Конец пути для «Земли 17», которая превратилась в идеально гладкую жемчужину, отливающую перламутровым блеском.

Летящее в космосе белое яйцо.

29. Энциклопедия: космическое яйцо

Все начинается и все заканчивается яйцом. В большинстве мифологий яйцо является символом рассвета и заката.

В самых древних египетских космогониях создание мира описывается как выход из космического яйца, содержавшего в себе солнце и зародыши жизни.

Для адептов орфики Кронос, пожирающий время, и Фаэтон, ночь с черными крыльями, снесли в темноте серебряное яйцо, содержавшее небо в верхней части и землю в нижней. Когда оно открылось, из него вышел Фанес, бог-разоблачитель, изображавшийся в виде жужжащей пчелы.

Для индусов Вселенная вначале была лишена сущности, пока не приняла форму яйца, скорлупа которого является границей между ничем и чем-то: Ираниягарба. Через год это космическое яйцо раскрылось, и его внутренний мешочек превратился в облака, вены стали реками, а жидкость — океаном.

Для китайцев вселенский хаос породил яйцо, которое раскололось, освободив землю — инь и небо — ян.

Для полинезийцев вначале было яйцо, содержащее Те-туму, основание, и Те-папа, скалу. Когда оно раскололось, появились три стоящие одна на другой платформы, на которых Те-туму и Те-папа создали человека, животных и растения.

В каббале Вселенная рассматривается как вышедшая из расколовшегося на 288 кусков яйца.

Яйцо можно найти также в центре космогоний у японцев, финнов, славян и финикийцев. Являясь символом плодородия у одних народов, у других оно, напротив, является символом смерти, и они едят яйца в знак траура. Они даже кладут их в могилы, чтобы придать скончавшемуся силы для потустороннего путешествия.

Эдмонд Уэллс,
«Энциклопедия относительного
и абсолютного знания», том 5

30. Вкус яйца

Яйца. Нам дают есть сырые яйца, стоящие в деревянных подставках. Ложками мы стучим по скорлупе, перед тем как тщательно удалить ее осколки, чтобы они не попали внутрь.

Мы сидим на длинных скамьях в расположенном в северной зоне Мегароне. Это большое круглое здание было построено как столовая для богов-учеников.

Мы усаживаемся за столы из древесины акации, покрытые белыми хлопковыми скатертями, где нас ожидают пирамиды яиц. Из-за жары двери раскрыты настежь. Сидя в стороне, Рауль нас избегает.

Я погружаю ложку в желток и подношу ко рту. Наконец я попробую настоящую пищу. Я так долго был этого лишен. Какое ощущение! Я чувствую вкус яйца на языке, на нёбе. Я отличаю белок от желтка. Это одновременно соленое, сладкое, терпкое и такое нежное. Миллионы вкусовых рецепторов просыпаются в удивлении. После зрения, осязания, слуха и обоняния я вновь обнаруживаю еще одно чувство: вкус.

Жидкое яйцо течет как ручеек по моему горлу. Я ощущаю, как оно скатывается по моему пищеводу, а потом ощущение исчезает.

Есть. Глотать этот поток белка и золотого желтка. Блаженство. Я выпиваю яйцо за яйцом.

— В Голландии, — говорит Мата Хари, — в моей родной деревушке Лееварден был обычай бросать яйцо через крышу нового дома. Там, где оно падало, нужно было закопать то, что от яйца осталось. Согласно народному поверью, считалось, что молния ударит в это место. Естественно, нужно было бросить яйцо как можно дальше, чтобы избежать опасности.

Эдмонд Уэллс крутит яйцо в руках.

— Я еще не думал о том, что до стадии 1, минерала, существовала стадия 0, яйцо. Кривая любви, но абсолютно замкнутая…

На белой скатерти он рисует пальцем ноль.

— Действительно, все отсюда выходит и все сюда возвращается, — подтверждает Гюстав Эйфель. — Яйцо, ноль. Замкнутая кривая.

Яйцо напоминает мне «Землю 17», замерзшую планету, и, охваченный приступом тошноты, я забываю новое удовольствие, снова вижу последних обитателей, машущих руками в воде, борющихся в ледяном океане, и не могу сдержаться. Я бегу в кусты, и меня рвет.

Эдмонду, который прибегает помочь мне, я бормочу:

— Люсьен, возможно, был прав…

— Нет, он был не прав. Подать в отставку — значит бросить партию. А поскольку мы в ней, можно попробовать улучшить ход вещей. Но если выйти из игры, все потеряно.

Мы возвращаемся за стол, где остальные, занятые дискуссией, предпочитают не замечать моего недомогания.

— Что будет с Люсьеном? — беспокоится Мэрилин.

Действительно, он не присоединился к нам за столом, и хотя я внимательно осмотрел все вокруг, в другом месте его тоже нет.

— Если он отправился на гору, его мог схватить кентавр, — делает предположение Эдмонд Уэллс.

— Или дьявол, — добавляет другой ученик.

Мы все содрогаемся. От произнесения этого слова по спинам присутствующих пробегает холодок.

Появляется Дионис и объявляет, что после обеда состоится церемония траура по человечеству «Земли 17». Мы должны переодеться, надеть новые тоги и собраться в Амфитеатре.

Мне не удается прогнать от себя образы этих человеческих «стад», утопленных нашими руками.

31. Энциклопедия: смерть

В картах марсельского таро смерть-возрождение символизируется 13-м арканом, арканом без названия. На ней изображен скелет телесного цвета, косящий черное поле. Его правая нога погружена в землю, а левой он опирается на женскую голову. Вокруг три руки, нога и две белые кости. Справа улыбающаяся голова с короной. Из земли торчат желтые и голубые ростки.

Эта карта отсылает к латинскому изречению: Visita Interiorem Terrae Rectificando Operae Lapidem. «Посети внутренность земли, и, исправившись, ты найдешь спрятанный камень».

Таким образом, нужно использовать косу и выровнять, срезать то, что выступает, чтобы из черной земли смогли возродиться желтые ростки.

Это карта самых сильных изменений. Именно поэтому она пугает.

Она также означает критический момент в игре.

Двенадцать предыдущих арканов рассматриваются как маленькие загадки. Но начиная с тринадцатого, следующие являются большими загадками. С этого момента появляются карты, украшенные облаками с ангелами или небесными символами. Вмешивается высшее измерение.

Все инициации проходят фазу смерти-возрождения. В эзотерическом смысле она означает глубокое изменение, которое трансформирует человека в ходе инициации. Если он не умрет как несовершенное существо, он не сможет возродиться.

Эдмонд Уэллс,
«Энциклопедия относительного и абсолютного знания», том 5

32. Траур

У меня во рту горечь. Я снова думаю о Жюле Верне. «Он слишком рано прибыл», — сказал Дионис. Слишком рано, чтобы увидеть что? Кулисы до представления?..

Здесь происходят странные вещи.

Оры встречают нас в Амфитеатре. Мы собираемся в центре.

Как и в прошлый раз, нас окружают кентавры с барабанами, вскоре к ним присоединяются другие с охотничьими рожками, издающими очень низкий звук. Они начинают речитатив, монотонную протяжную мелодию, переходящую в погребальную песню, когда Атлант ставит перед нами в стеклянной оболочке гладкое яйцо, в которое превратилась скончавшаяся «Земля 17».

Дионис встает.

— Умер мир. Подумаем все об этом человеческом множестве, которое сделало то, что смогло, но которому не удалось подняться.

Он делает благоговейный жест.

— Здесь покоится человечество, которое потерпело крах.

Он целует стеклянный шар. Кронос не делает никаких комментариев. Некоторые ученики, кажется, смущены.

Ритм барабанов убыстряется, и рожки начинают играть менее грустную мелодию. Начинается праздник, и ученики собираются в группы по интересам.

Среди влюбленных в завоевание неба Клеман Адер, пионер авиации, один из братьев Монгольфьер, пионер полетов на воздушных шарах, военный пилот и поэт Антуан де Сент-Экзюпери, воздушный фотограф Надар. Любитель пересечения океанов барон и корсар Робер Сюркуф беседует с маркизом де Лафайетом.

Артисты, художники, скульпторы и актеры собрались в другую группу. Здесь Анри Матисс, Огюст Роден, явно помирившийся с Камиллой Клодель, Бернар Палисси, Симона Синьоре и Сара Бернар. В стороне стоят писатели Франсуа Рабле, Мишель де Монтень, Марсель Пруст, Жан де Лафонтен. Я присоединяюсь к друзьям теонавтам: Фредди Мейеру, Мэрилин Монро и Эдмонду Уэллсу. Рауль по-прежнему где-то шатается, и некоторые ученики предпочитают тоже оставаться одни, как Гюстав Эйфель, Мата Хари, Жорж Мельес, Жозеф Прудон, Эдит Пиаф.

Но во всех группах царит оживленная дискуссия.

Каждый упорно пытается понять законы, которые руководят нашим новым миром. Мата Хари кладет конец догадкам, смело направившись в центр площадки.

Она проворно снимает тогу, стесняющую движения, и, оставшись в одной тунике, начинает томный восточный танец. Руки округляются, ноги сгибаются, красивое лицо остается неподвижным, а взгляд загадочным. Я понимаю, почему эта женщина могла обольстить столько мужчин.

Она кружится вокруг сферы с останками «Земли 17», как будто хочет ее разбудить. Три луны Олимпии отражаются в гладком стекле, и их бледные ореолы усиливают магию происходящего. Мата Хари кружится все быстрее. Ритм ускоряется, ее тело становится похожим на змею, содрогающуюся рывками, и наши рты открываются, чтобы произнести звук, который объединяет нас как единый голос: «Аааааааахxxxx», в то время как мы бьем в ладони, а кентавры — в барабаны.

Танцовщица движется с опущенными веками. Мое сердце бьется в унисон с барабанами, руки поднимаются, я скандирую что-то вместе с толпой. Мата Хари вовлекает нас в свой транс.

Вдруг она падает. Музыка смолкает. Мы обеспокоены, но она встает, улыбаясь.

— Какая танцовщица, какая удивительная танцовщица! — повторяет рядом со мной Жорж Мельес, аплодируя без остановки.

Но внимание уже отвлекает другая сцена. Входит группа главных богов, узнаваемых по их росту и тогам ярких цветов. Они расходятся по толпе, а потом снова собираются вместе. Последним в Амфитеатр проскальзывает грациозный силуэт. И хотя нам ее не представили, я знаю, кто это.

Это она.

Ах, отныне все для меня будет до того, как я увидел Афродиту, и после того. Красивая — сказать это — значит не сказать ничего. Она само воплощение Красоты.

В складках ее пурпурной тоги появляются и исчезают ноги идеальных очертаний, охваченные от лодыжек до колен золотыми ленточками сандалий.

Ее золотистые волосы каскадом падают на красную ткань. Ее грудь едва скрыта. На тонкой шее колье из драгоценных камней: аметистов, опалов, рубинов, бриллиантов, гранатов, бирюзы и топазов — лишь подчеркивает блеск изумрудных глаз. Высокие скулы подчеркивают плавные черты лица. В нежных ушах серьги, изображающие глаза.

Барабаны и охотничьи рожки снова начинают играть нежную мелодию. Им хором отвечают колокола из дворца Кроноса. Фредди Мейер и Мэрилин Монро открывают бал. На танцевальной площадке образуются необычные пары. Я не могу покинуть взглядом Афродиту, которая приветствует других главных богов.

— Все в порядке? — спрашивает Эдмонд Уэллс.

Он смотрит на меня с удивлением, а потом, качая головой, идет к Афродите, которая склоняет прекрасное тело, чтобы выслушать то, что он говорит ей на ухо, кажется удивленной и наконец поворачивает взгляд в мою сторону.

Боже мой.

Она на меня смотрит!

Она идет ко мне. Она со мной говорит!

— Ваш друг утверждает, что вы слишком застенчивы, чтобы осмелиться меня пригласить, — произносит льющийся откуда-то издалека голос с легким греческим акцентом.

Я чувствую совсем рядом ее запах.

Биение сердца заставляет колыхаться мою тогу. Мне нужно ей ответить, но пересохший рот больше не слушается меня.

— Вы, возможно, хотите танцевать? — продолжает она.

Она касается меня рукой. От контакта с ее кожей по мне как будто пробегает электрический разряд. Словно вслепую, я позволяю вести себя к танцевальной площадке, где она обхватывает меня другой рукой. Она выше меня больше чем на голову и вынуждена нагнуться, чтобы я услышал ее шепот:

— Скажите, вы... «Тот, кого ждут»?

Я прочищаю горло, чтобы освободить голосовые связки, и выдавливаю:

— Ээ...

— Сфинкс утверждает, что «Тот, кого ждут», знает ОТВЕТ.

— Ээ... а что за вопрос?

— Сфинкс сформулировал вопрос, чтобы узнать «Того, кого ждут».

— Это загадка: «Утром на четырех, днем на двух, вечером на трех»? Я знаю ответ на нее: человек. Ребенком он ползает на четырех конечностях, взрослый ходит на двух, а стариком, с палочкой, на трех.

Она доброжелательно улыбается.

— О, эту загадку богам-ученикам задавали три тысячи лет назад. Она очень пригодилась Эдипу, но Сфинкс с тех пор придумал много новых. Послушайте, вот последняя.

Прекратив танцевать, она шепчет мне на ухо, подчеркивая каждую букву. Я чувствую рядом с ухом ее горячее благоухающее дыхание.

«Это лучше, чем Бог.
Это хуже, чем дьявол.
У бедных это есть.
А у богатых нет.
А если это съесть, то умрешь.
Что это?»

33. Мифология: олимпийцы

После царствования бога Хаоса и Кроноса — бога времени наступила эра богов-олимпийцев. Зевс, новый владыка мира, распределил роли и почести в соответствии с усердиями его братьев и сестер в борьбе против титанов. Посейдон получил контроль над морями. Гадес стал владыкой царства мертвых. Деметра получила поля и урожаи. Эстия — огонь. Гера — семью, и так далее.

Закончив раздел, Зевс построил дворец на вершине горы Олимп и объявил, что там будут проходить все встречи богов, на которых они будут решать судьбы Вселенной.

Однако мать Гея была раздражена превосходством ее сына и родила ужасного монстра: Тифона. Это было чудовище с сотней драконьих голов, изрыгающих пламя.

Он был таких размеров, что малейшее движение вызывало бурю. И когда он появился на Олимпе, боги были так напуганы, что приняли вид животных и убежали в египетскую пустыню. Зевс остался один на один с Тифоном. Монстр победил короля богов. Он перерезал ему нервы и сухожилия и унес в пещеру. Однако Гермес, молодой шаловливый бог, ставший союзником олимпийцев, вооружился каской-невидимкой Гадеса и освободил Зевса. Он восстановил нервы и сухожилия и вернул царя на Олимп. Тифон вернулся, но на этот раз Зевс поразил его с вершины молнией. Монстр оторвал куски горы, чтобы бросить их на вершину, но Зевс молниями разрушил их. Обломки упали вниз и раздавили Тифона. Зевс заковал его в цепи и бросил в кратер вулкана Этна, где он иногда просыпается и снова плюется огнем.

Эдмонд Уэллс,
«Энциклопедия относительного и абсолютного знания», том 5
(с помощью Франсиса Разорбака, вдохновлявшегося «Теогонией» Гесиода, 700 год до н.э.)

34. В голубом лесу

Новый ночной побег. Все теонавты, Фредди Мейер, Мэрилин, Эдмонд Уэллс и я, собрались. Даже Рауль следует за нами, правда на расстоянии, поскольку он еще не победил свою злобу.

Эдмонд Уэллс идет рядом со мной.

— Ну и как она, Афродита?

— Лучше, чем Бог, хуже, чем дьявол… — Потом я добавляю: …У бедных это есть, а у богатых нет, а если это съесть, то умрешь. Что это? Вы так любите разгадывать загадки, вы сможете разгадать эту, загаданную мне богиней.

Он замедляет шаг.

— Ответ должен быть простым, — наконец произносит учитель. — Пока я его не нахожу, но я подумаю еще. Мне нравится эта загадка.

На берегу голубого потока мы начинаем строить плот, чтобы во время переправы нас не схватили сирены. Мы срезаем тростники и связываем их лианами. Мы работаем аккуратно, стараясь производить как можно меньше шума.

— У тебя нет в запасе какого-нибудь анекдота? — спрашивает Эдмонд у Фредди, не прекращая связывать тростники.

Раввин роется в памяти:

— Есть. Это история про одного типа, который провалился в зыбучие пески. Он погрузился уже по пояс, когда приехали пожарные его спасать. «Не утруждайте себя, — говорит тип, — я верю, Бог меня спасет». Он погрузился уже по плечи, когда пожарные возвращаются и предлагают бросить ему веревку. «Нет, нет, — повторяет тип, — вы мне не нужны. Я верю, Господь меня спасет». Скоро наружу торчит одна голова. Пожарные снова возвращаются, а тип опять повторяет: «Нет, нет, у меня есть вера. Господь меня спасет». Пожарные не настаивают. Начинает погружаться и голова. В песок уходят подбородок, нос, глаза, человек задыхается и умирает. Попав в Рай, он начинает упрекать Бога: «Почему ты меня покинул? У меня была вера, а ты ничего не сделал, чтобы меня спасти». «Ничего не сделал, ничего не сделал для твоего спасения? — восклицает Бог. — Какая неблагодарность! А эти пожарные, которых я посылал к тебе три раза?»

Общий смех помогает расслабиться. Ночь начинает казаться менее угрожающей. Со своей стороны Рауль бьет по зарослям. Может быть, он считает, что его отцу удалось ускользнуть из логова сирен и спрятаться в лесной чаще? Однажды он обнаружил его повесившимся в туалете, на полу лежала незаконченная книга. В следующий раз родитель показал ему фортель под названием «Покажи себя достойным меня после моей смерти», и он снова оказался неспособен последовать за ним. Я понимаю, что ответственность за это он перекладывает на нас — на меня, в частности.

Не обращая больше внимания на Рауля, мы продолжаем собирать тростник, как вдруг появляется грифон, странное создание с крыльями летучей мыши, орлиным клювом и телом льва. Мы поспешно достаем кресты, готовые стрелять и бежать. Зверь, однако, лишен воинственных намерений. Он не издает никаких криков, способных привлечь кентавров. Наконец, он даже дружески склоняет голову мне на плечо, и тогда я замечаю, что грифон косоглазит. Как Люсьен Дюпре! Неужели это он?

Но грифон оказывается здесь не единственной химерой. Сирена высовывается из воды и тянет руки к Раулю, который в страхе отступает назад. Она хочет что-то сказать, но лишь грустное протяжное пение выходит из пухлых губ. Рауль в замешательстве замирает. Моя интуиция быстро превращается в уверенность. Если грифон с косоглазием — превращение Люсьена Дюпре, эта сирена рядом с моим другом вполне может быть метаморфозой его отца Франсиса. Значит, выгнанные или наказанные ученики превращаются в химер. Вот где объяснение…

Эти кентавры, херувимки, сатиры, все эти удивительные создания — возможно, бывшие ученики, которые провалились. Теперь они немы и не могут ничего рассказать. Остается вопрос: связано ли превращение с местом, где они потерпели поражение? Убежав в лес, Люсьен стал грифоном. Исчезнувший в потоке Франсис теперь сирена. Прошлое личности также должно играть роль, поскольку рядом с нами садится приветливая птица-лира с переливающимися крыльями и уже выводит мелодичные трели. Клод Дебюсси? Вот почему кентавры так спешат унести жертву. Чтобы мы не увидели их превращений и секрет остался нераскрытым.

Эдмонд Уэллс отважно гладит львиную гриву грифона, а тот не противится. Сирена рядом с Раулем продолжает издавать жалобные звуки.

Мэрилин тоже поняла.

— Рауль, — кричит она, — возьми эту сирену на руки. Это твой отец.

Сирена кивает головой. Рауль недоверчиво застывает на месте, а потом решается неуверенно подойти к этой женщине-рыбе, тянущей к нему руки. Ему трудно представить отца в этом существе с нежными женскими чертами, длинные мокрые волосы которого спадают на впечатляющие груди... Его отец — это существо, которое тянет его за руку к нам, чтобы он тоже участвовал в строительстве плота...

— Но, отец...

Пение сирены велит ему слушаться.

— Твой отец знает, что делает, — говорит Фредди. — А что до нас, мы всегда тебе рады.

— Все мы, — подтверждает Мэрилин. — «Любовь как шпага, юмор как щит».

После недолгих колебаний Рауль повторяет вместе с нами старый девиз. Его хмурое лицо светлеет. Мы обнимаемся. Я счастлив вновь обрести друга.

Сооружение плота продолжается под внимательными взглядами грифона, сирены и птицы-лиры.

Когда в час утра встает второе солнце, наш чёлн готов. Мы спускаем его на воду и занимаем места. Мы движемся с помощью длинных веток, служащих веслами. Франсис Разорбак помогает, толкая плот крепкими руками и мощным хвостовым плавником.

А что другие сирены, спят? Легкое течение сносит нас вправо. Но с помощью весел мы не даем себя унести. Продолжая грести, мы следим за матовой поверхностью.

Из воды внезапно появляется рука. Я успеваю только крикнуть:

— Осторожно!

А из воды уже повсюду появляются женские руки, как внезапно выросшие кувшинки. Они хватают наши весла, тянут за них, пытаясь повалить нас. Большинство бросает ветки, чтобы не быть унесенными потоком. Рауль вынимает крест и устанавливает колесико D. Он стреляет в воду, но сирен больше не видно.

Франсиса Разорбака схватили две сирены, которые пытаются утянуть его на глубину, чтобы он не смог нам помочь.

Внезапно мы ощущаем движение под плотом. Они хотят нас перевернуть. Мы стреляем, но не можем их поразить. В конце концов из-за качки наш импровизированный плот переворачивается. И вот мы все в воде.

Я наглотался воды, прежде чем мне удается высунуть голову. Осматриваюсь, в каком направлении у меня больше шансов достичь берега. Ближе тот, от которого мы отплыли.

Мои компаньоны заняты тем же.

Сирены уже гонятся за нами. Одна из них хватает меня за пятку и сильно дергает. Я скрываюсь под водой. Я отбиваюсь.

В схватившую меня руку бьет молния. Сирена меня отпускает.

Кресты, когда они не в воде, действуют эффективно, и забравшаяся на дерево Мата Хари метко прицелилась.

— Поторопитесь! — кричит она.

Разряды бьют по рукам сирен. Они их не ранят, но из-за разрядов враждебные твари одна за другой отцепляются и с резкими криками выпускают добычу.

Задыхаясь, мы наконец достигаем берега, где танцовщица протягивает руку, чтобы помочь выбраться из воды.

— Спасибо, — говорю я ей.

— Не за что, — отвечает она. — Ваша идея была хороша, но я считаю, что нужно более устойчивое судно, чем плот, чтобы перебраться на другую сторону. У меня есть мысль на этот счет, но одной мне не справиться. Примете меня в вашу команду?

— Отныне можете считать себя теонавтом, — отвечает Эдмонд Уэллс.

Тем не менее я смотрю на Мату Хари с подозрением. Как давно она за нами следила? Как я ни стараюсь расшифровать выражение ее лица, я ничего не могу прочесть в ее ясных глазах.

35. Энциклопедия: зеркало

Во взгляде другого человека мы прежде всего ищем собственное отражение.

Сперва это взгляд родителей.

Потом взгляд друзей.

Потом мы отправляемся на поиски единственного зеркала — ориентира. Это означает отправиться на поиски любви, но на самом деле речь идет скорее о поисках собственной личности. Любовь с первого взгляда часто означает находку «хорошего зеркала», которое отправляет нам хорошее отражение нас самих. Тогда стараются любить друг друга во взаимных взглядах. Волшебный момент, когда два параллельных зеркала отправляют друг другу приятные отражения. Впрочем, достаточно поставить два зеркала одно напротив другого, чтобы убедиться, что они отражают изображение сотни раз в бесконечной перспективе. Таким образом, находка «хорошего зеркала» делает нас множественными и открывает бесконечные горизонты. Какое ощущение мощи и вечности!

Но два зеркала не стоят на месте, они движутся. Двое влюбленных растут, становятся более зрелыми, развиваются.

Они были лицом друг к другу вначале, но даже если они развиваются в параллельном времени, они не обязательно движутся с одинаковой скоростью и в одном направлении. Они также не ищут постоянно одинакового отражения самих себя. И тогда наступает разрыв, момент, когда другого зеркала больше нет перед тобой. Это не только конец любви, но и потеря собственного отражения. Человек уже не находит себя во взгяде другого человека. Он больше не знает, кто он.

Эдмонд Уэллс,
«Энциклопедия относительного
и абсолютного знания», том 5

36. Стадия зеркала. 2 года

Я намыливаюсь, моюсь и избавляюсь от пота, как от пластиковой пленки. Мускулы горячие, в висках стучит, в сердце пульсирует кровь.

У нас не скучные дни. Вчера убийство, встречи, праздник, еще одно убийство, экспедиция, новые встречи... Сегодня мои первые шаги в качестве бога-ученика, открытие миниатюрного мира, уничтожение этого мира, встреча с самой красивой женщиной Вселенной, строительство плота, пересечение голубого потока, борьба с сиренами!

Наконец я вернулся домой.

В мою ванную.

Афродита...

Как будто один ее вид стер все остальное, страх, любопытство, желание встретить Великого Бога.

Афродита...

«Лучше, чем Бог, и хуже, чем дьявол»...

В моих ноздрях еще ее запах, на моей коже еще воспоминания о ней, в ухе ее нежное дыхание.

«Лучше, чем Бог»... Что может быть лучше Бога? Супер-Бог. Король богов. Мать богов.

Я должен записать все гипотезы, малейшую возможность решения. Я выхожу из ванной, вытираюсь простыней, беру книгу с чистыми страницами и записываю все, что помню.

Больше не думать об этом. Повернуться к чему-то другому.

Я включаю телевизор. Когда я был смертным на «Земле 1», только эта машина могла прервать водоворот моих мыслей.

Посмотрим, как там трое моих реинкарнированных новорожденных.

Первый канал: маленькая азиатка (которая раньше была французом Жаком Немро) стала очаровательной девочкой двух лет. Это значит, что день на Олимпе соответствует двум годам там.

Ее зовут Юн Би и она живет в Японии. Не в Токио, а в маленькой современной деревне с высокими домами. Она неловко переворачивает стакан, который разбивается. Отец сердится, шлепает ее, ребенок начинает плакать. Тогда мать хватает ее и сажает в ванну, чтобы наказать. Она еще слишком мала, чтобы сама выбраться наружу. Она, однако, пытается это сделать, а потом сворачивается в комочек на дне.

В этот момент она обнаруживает зеркало, стоящее на эмалированном краю ванны. Она берет его, смотрит на себя и плачет еще сильнее. Выведенный из терпения отец приходит и выключает свет. Юн Би продолжает хныкать. В столовой мать упрекает отца, что он слишком строг с ребенком, но он возражает, что «это будет ей уроком». Родители ссорятся, и отец уходит в свою комнату, хлопнув дверью.

Второй канал: мальчика (который был бесстрашным русским солдатом Игорем) теперь зовут Теотим. Он тоже ест, но с большим аппетитом. Он говорит, что не хочет больше риса и рыбы в соусе. Мать, однако, подкладывает ему еще, заявляя, что нужно есть, чтобы расти. Я доволен, что новая мать его не мучает, как те, что были в предыдущих кармах. Она не только его хорошо кормит, но и когда он худо-бедно все доедает, встает и покрывает его влажными поцелуями. Отца это не интересует — он читает газету. За окном я вижу море и синее небо. В целом декорации напоминают Олимп.

Мать приносит мороженое, потом конфеты.

Наевшийся досыта, Теотим вылезает из-за стола. Он хватает пластмассовый револьвер и начинает стрелять из него стрелами с присосками (реминисценция бывшего Игоря?). Внезапно он целится в зеркало, подходит к нему и начинает играть, угрожая своему отражению. Он стреляет.

Третий канал: маленький африканец Куасси Куасси (который был раньше прекрасной американской топ-моделью Венерой) только что поел. Он роется в шкафу и находит зеркало. Ему нравится смотреться в него. Он показывает язык, гримасничает и давится от смеха. Старшая сестра приносит мангуста, что-то вроде большой крысы, которого она сажает ему на руки. Они вместе гладят зверька, потом она тянет его наружу играть в кустах в прятки вместе с их восемью братьями.

Бывшие клиенты меня умиляют. Венера считала свою предыдущую жизнь слишком искусственной и захотела вернуться к природе. Поэтому она выбрала Африку и джунгли. Жака всегда притягивал Восток. Он наверняка попросил изменить пол, чтобы лучше исследовать свою сторону инь. Что касается Игоря, он хотел противоположности своей предыдущей матери. Бывший ребенок, которого били, стал избалованным.

Каждый должен исправлять свой кармический невроз в новом теле. Я думаю о психоаналитиках, которые считают, что можно исправить душевные проблемы, вернувшись в детство. Если бы они знали, что вернуться нужно гораздо дальше… Намного дальше.

«Не нужно представлять душу в теле, но, напротив, тело в душе, — утверждает учение Эдмонда Уэллса. — Душа, великая как гора, лежит на теле, маленьком как камень. Душа бессмертна, тело эфемерно».

Я смотрю на себя в зеркало. Сколько мне было лет, когда я умер в последней жизни смертного? Я приближался к сорока. У меня были жена, дети, я был взрослым. Я внимательно изучаю собственную физиономию и замечаю, что в лице что-то изменилось. Я не такой напряженный. Я более мягкий. Отсутствие сомнений, денег, пары, налогов, каких бы то ни было семейных обязательств, проблем с машиной, квартирой, отпуском, наследством удалило несколько морщин. Здесь у меня ничего нет и, избавленный от этого веса, я чувствую себя легким.

В сравнении с тем, с чем мне приходилось сталкиваться на «Земле 1», мои истории с Афродитой, загадкой, работой бога-ученика, исследованием вершины горы кажутся мне детскими играми.

Я решаю лечь спать. Не забыть поставить крест заряжаться до того, как я засну. В этом волшебном мире они даже не додумались сделать крест, который бы заряжался сам по себе.

Наконец я закутываюсь в покрывало, сжимаю подушку и опускаю веки, как коммерсант опускает решетку, чтобы закрыть магазин. Но они поднимаются сами по себе.

А завтра кто у нас профессор?.. Ах да.

Гефест. Бог огня и кузнечного ремесла.

У меня мгновенное озарение.

А что если все эти истории были лишь сном?

Мне снилось, что я танатонавт.

Мне снилось, что я ангел.

Мне снилось, что я бог-ученик.

Когда я проснусь, я буду нести свой нормальный тяжелый груз, я обниму свою нормальную семью и потащусь на свою нормальную работу врача в больницу.

Я вспоминаю этот ужасный отрывок из Энциклопедии: «А что если Земля («Земля 1»?) единственная и уникальная обитаемая планета во Вселенной»… Тогда я осознал, что всегда смутно верил в инопланетян.

На самом деле даже самые скептичные и атеистичные земляне живут с верой. Просто потому, что это приятно. И, возможно, именно благодаря этим верованиям существуют ангелы, боги и инопланетяне. Даже если все это не так.

«Реальность — это то, что продолжает существовать, когда перестают в это верить».

Завтра я рискую получить прямо в лицо эту нормальную реальность.

Я пойму, что это приключение было просто сном.

Я вспомню сон про Империю ангелов и про Олимп и скажу себе: «Как жаль, что это не правда».

Я пойму, что нет реинкарнаций, нет ангелов, нет богов. Что все это придумано, чтобы лучше переносить стресс от жизни. Человек рождается из ничего. Никто наверху за нами не наблюдает и нами не интересуется. Во всяком случае, нет ничего над и под нашей реальностью. И после смерти тоже ничего нет. Просто мы превращаемся в мясо, которое едят черви.

Да, весь этот фантастический мир, возможно, только сон. И, поспав, я могу вернуться в «нормальную» реальность. Я закрываю глаза, с любопытством спрашивая себя, что произойдет завтра, когда я проснусь.

37. Мифология: Гефест

Чтобы доказать Зевсу, что она может обойтись без него, Гера родила сама, безо всякого оплодотворения, Гефеста. Его имя означает «Тот, кто сияет днем». Когда он вышел из живота матери, новорожденный оказался маленьким и очень уродливым. От злости Зевс схватил его и попытался убить, швырнув с высоты небес на остров Лемнос. Гефест выжил, но сломал одну ногу и навсегда остался хромым.

Нереиды Тетис и Эвриномия подобрали его и отнесли в грот в глубине моря, где в течение двадцати девяти лет он совершенствовал искусство кузнеца и волшебника. (Отметим: в Скандинавии и Восточной Африке также существует миф о покалеченном кузнеце. Надо думать, что его покалечили специально, наверняка чтобы он остался в деревне и не присоединился к возможным врагам.)

Когда обучение было закончено, Гера вернула своего сына на Олимп, где дала ему лучшую кузницу с двадцатью мехами, работающими круглые сутки. Произведения Гефеста стали шедеврами ювелирного дела и магии. Он стал повелителем огня, богом металлургии и вулканов.

Поскольку он был зол на свою мать за то, что она не взяла его раньше к себе, Гефест придумал для нее ловушку. Он выковал ей трон из чистого золота, и когда она на него села, то была связана магическими узами. Чтобы освободиться, ей пришлось пообещать хромому сыну, что он станет полноправным богом среди олимпийцев. С этого времени Гефест обслуживал всех богов, изготовляя ювелирные украшения для богинь и оружие для богов. В его активе, среди прочего, скипетр Зевса, лук и стрелы Артемиды, копье Афины.

Он слепил из глины девственную Пандору. Чтобы иметь помощников в работе, он создал двух золотых женщин-роботов. Для Ахилла он сделал щит, который позволил тому победить во многих битвах. Благодаря ему царь Крита Минос имел металлического робота по имени Талос. Единственная вена соединяла его шею с лодыжкой (техника, известная скульпторам, чтобы заставить течь воск). Робот каждый день трижды обегал вокруг острова, чтобы отбросить в море корабли захватчиков, приближавшиеся к побережью. Когда сарды вторглись на Крит и подожгли его, Талос бросился в огонь. Горя сам, он хватал одного за другим врагов, пока они все не превратились в пепел.

Гефест однажды стал свидетелем ссоры между Герой и Зевсом. Сын вступился за свою мать. Выведенный из терпения, Зевс второй раз сбросил его на остров Лемнос, сломав вторую ногу. С тех пор Гефест мог ходить только с помощью костылей. Однако его руки благодаря этому стали еще сильнее, что было полезно в профессии кузнеца.

Эдмонд Уэллс,
«Энциклопедия относительного
и абсолютного знания», том 5
(согласно Франсису Разорбаку,
вдохновлявшемуся «Теогонией» Гесиода,
700 год до н.э.)

38. Воскресенье. Лекция Гефеста

Я просыпаюсь, и побеждает реальность под названием «Олимп на изолированной планете во Вселенной», а не реальность «Париж на Земле».

Я почти разочарован тем, что я бог-ученик. Быть смертным было все-таки проще. И потом, когда ты ничего не знаешь, можно все придумать, а когда знаешь — такая ответственность.

Что же мне снилось? Ах да. Я вспоминаю, мне снилось, что я с семьей в отпуске. Мы едем на машине и оказываемся на много часов в пробке, чтобы выехать из Парижа через Орлеанские ворота. Дети разорались, потому что им осточертело часами сидеть взаперти. Мы приезжаем на Лазурный берег, там очень жарко. Мы обнаруживаем, что в квартире, которую мы сняли, текут краны и окна не закрываются до конца. Мы лежим на пляже посреди толпы людей, пахнущих солнцезащитным кремом, и я купаюсь в сине-зеленой воде. Моя жена Роза злится без причины. Мы искали ресторан и ели холодные мидии и картофель фри, прождав вечность, пока официант соизволил наконец заинтересоваться нами. Один из наших детей болен. Потом, поскольку жена рассердилась на меня по непонятной причине, она оставила меня одного в ресторане, и я пил горький кофе и читал газету, в которой рассказывалось о покушениях террористов.

Я приподнимаюсь на локтях. Значит, это был сон. А то, что я вижу сейчас, это «настоящая реальность». Я открываю окно, вдыхаю, и воздух с запахом лаванды входит в мои легкие. Значит, это продолжится…

Сегодня воскресенье, dies dominicus по латыни, «день владыки». Лучи солнца ласкают Олимп, когда звонит колокол Кроноса, чтобы напомнить нам, что уже восемь часов и пора отправляться на лекцию, нашу первую настоящую лекцию, поскольку урок бога времени был лишь подготовительным.

Я тащусь в ванную комнату и холодной водой удаляю последние остатки сна.

Я надеваю тунику, тогу, сандалии и какой-то момент наслаждаюсь благоуханием кипарисов в моем маленьком частном саду.

Быстрый завтрак сырыми яйцами в Мегароне. Мэрилин и Симона Синьоре забыли, что они были раньше соперницами в борьбе за любовь певца и актера Ива Монтана. Две актрисы спокойно болтают.

— Тогда я ему сказала: «У нас, женщин, есть только два оружия: тушь для ресниц и слезы. Но мы не можем использовать оба одновременно», — заявляет Мэрилин.

В стороне философы Вольтер и Руссо ничего не забыли из прошлых споров.

— Природа всегда права.

— Нет, всегда прав человек.

— Но человек — часть природы.

— Нет, он ее превосходит.

Как обычно, художники Матисс, Ван Гог и Тулуз-Лотрек собрались за одним столом, как и поклонники аэронавтики Монгольфьер, Адер, Сент-Экзюпери и Надар. Барон Жорж Южен Осман и инженер Эйфель обсуждают проблемы урбанизма. Осман признается, что ему не очень понравилась Эйфелева башня, которая, по его словам, ломает некие линии. Гюстав Эйфель, напротив, поздравляет Османа с идеей гармонизировать фасады домов и проложить Большие бульвары.

— Ах, вы знаете, — говорит Осман, — я действовал не по собственной инициативе. Я получил от коммуны директивы проложить большие проспекты, чтобы можно было стрелять по населению из пушек в случае восстания.

Смущенный Эйфель проглатывает яйцо.

Я смотрю на них и понимаю, что начинаю рассматривать их не как партнеров, а как конкурентов. В начале нас было сто сорок четыре. А сколько останется в финале?

Восемь тридцать.

Длинной цепочкой мы подходим к восточным воротам, откуда начинается проспект Елисейские Поля. Их охраняют два гиганта со скрещенными руками и закрытыми глазами. По приказу Сезона Осень они соглашаются открыть внушительные замки под звон и скрежет железа.

За воротами открывается длинный проспект, усаженный цветущими вишневыми деревьями, — Елисейские Поля. За деревьями херувимки ухаживают за изумрудным газоном и клумбами с разноцветными цветами. Они поливают растения из крошечных леек и ножницами срезают засохшие листья. По бокам высокие стены ограждают Елисейские Поля от остальной части острова. За ними наблюдают грифоны, чтобы предотвратить всякое вторжение или побег.

Мы останавливаемся перед кварцевым кристаллом двадцатиметровой высоты. Это и есть дворец Гефеста. Он бросает бирюзовые и зеленые отблески. Внутри выдолблено пространство для жилья, прозрачные стеклянные двери широко раскрыты.

Мы входим внутрь и видим множество полок, уставленных ценными минералами. Каждый образец стоит на подставке с этикеткой, указывающей его научное название: агат, боксит, цинк, пирит, топаз, янтарь, силикат... В глубине зала десяток мехов поддерживают огонь в печи, больше напоминающей вулкан.

В центре возвышение, на котором стоит рабочий стол и гигантская подставка для яйца, готовая принимать миры.

Когда мы входим, старик, склонившийся над верстаком, с лупой часовщика в глазу, разгибается и старается выпрямиться. На нем бирюзово-синяя тога и толстый кожаный фартук такого же цвета.

— Хорошо, хорошо. Располагайтесь, — бормочет он, указывая на скамейки.

Две золотые женщины-робота помогают старику сесть в кресло-каталку и подталкивают его к нам. Он нас разглядывает. Его угреватое лицо испещрено морщинами. Из ноздрей и ушей торчат пучки волос. Его атлетические руки толщиной с ляжку. Когда он поднимает их, чтобы вынуть окуляр, мы замолкаем.

Позади него встают женщины-роботы с правильными греческими чертами лица. Если бы не легкий шум гидравлических и механических деталей, сопровождающий каждый их жест, они могли бы показаться настоящими женщинами из плоти и крови. Что-то меня смущает. У них лица Афродиты.

Чтобы подтвердить, что настало время примирения и после трудностей наши отношения снова хорошие, Рауль садится рядом со мной, в то время как Гефест поднимается на помост.

На пороге появляется Атлант, пошатывающийся под тяжестью трехметровой сферы, которую он кладет на подставку. Он бормочет:

— С меня хватит. Не могу больше. Я подаю в отставку.

— Что ты сказал, Атлант? — сухо спрашивает Гефест.

Два старика пристально смотрят друг на друга. Атлант первым отводит взгляд.

— Ничего, ничего, — ворчит он.

Гигант смиренно сгибается и уходит.

Гефест с трудом поднимается с кресла, берет костыли и, опираясь на левый, пишет правой рукой на доске: «ПЕРВАЯ ЛЕКЦИЯ — СОЗДАНИЕ МИРА». Потом он снова падает в кресло-каталку, которое подкатывают его механические помощницы.

— Теперь, когда вы научились на подготовительной лекции с Кроносом использовать ваши кресты для «зла»…

При произнесении этого слова на его лице застывает усмешка. Он подходит к гигантской подставке для яйца, снимает покрывало и открывает «Землю 17», превратившуюся в белую жемчужину, висящую в середине стеклянной сферы.

— …Вы научитесь со мной, как их использовать для «добра». Один мир умер, дав место другому миру.

Яйцо-могила в центре сферы, кажется, смотрит на меня, как глаз. Я не могу забыть, что раньше целое человечество жило на его поверхности. Человечество, которое, конечно, совершило ошибки, — но заслуживало ли оно уничтожения за это?

— Подойдите поближе и установите кресты на максимальную мощность.

Он начинает читать как пономарь, как будто обращаясь к усопшей планете:

— Огнем ты была погублена, огнем ты и возродишься. Мы расплавим эту ледяную кору. Вы готовы… тогда, боги-ученики, огонь!

Со всех сторон молнии начинают поражать яйцо, которое пульсирует и корчится. Сфера становится похожей на живое существо, которое страдает, вибрирует, охваченное спазмами, и старается пробудиться от боли.

От таящего льда поднимается белый пар. Яйцо становится серым. Под облаками мы видим, как его поверхность желтеет, потом становится оранжевой, а затем красной.

— Продолжайте! — приказывает властелин кузницы.

Планета трескается, как пережаренный торт. Появляются вулканы, напоминающие напрасно зовущие на помощь рты, а затем из них извергается оранжевая жидкость. Мы продолжаем стрелять, и между кратерами появляются поджаренные пространства, сперва коричневые, а потом черные, почти обугленные. Гефест делает знак остановиться. Затем он рисует на доске круг:

— Планета покрыта эпидермой, ее коркой. Магма — ее кровь, которую качает горящее сердце планеты. Необходимо достичь внутреннего и внешнего равновесия.

«Гомеостазия», — пишет он на доске.

— Ее корка чувствительна и нежна, поскольку именно через нее устанавливается равновесие между внешней и внутренней частями этого мира. Поверхность должна быть толстой, но не слишком, иначе планета будет сдавлена, и это увеличит вулканические извержения. Запомните это понятие: «кожа крепкая, но мягкая».

Он делает знак продолжить.

Под нашими выстрелами «Земля 17» продолжает поджариваться. Она вздувается, дымит, набухает. Твердые куски поверхности скользят, открывая похожие на раны красные куски магмы.

— В бурлящих вулканических котлах вы теперь сможете создать первый этап материи — минерал.

Бог-учитель предлагает нам отрегулировать зумы крестов так, чтобы видеть на атомном уровне.

Наши лупы превращаются в микроскопы. В пекле хаотической поверхности отчетливо появляются ядра и электроны. Как луны вдалеке от планет, как планеты вдалеке от солнц.

Гефест продолжает:

— В первоначальном котле все элементы разделены. Вам предстоит гармонично собрать три элементарные силы: негативно заряженный электрон, позитивный протон и нейтральный нейтрон, чтобы создать первое архитектурное сооружение — атом. Внимание, недостаточно просто соединить ингредиенты, нужно их правильно расположить. Каждый электрон должен быть помещен на правильную орбиту, иначе он отсоединится. Если мы рассмотрим в достаточно мощный микроскоп окружающую нас материю, то сможем констатировать, что в основном она состоит из пустоты. Именно движение частиц производит эффект материи. Хорошо, перейдем к первому упражнению: создание водорода. Для этого простого атома достаточно одного ядра и одного электрона.

Водород становится нашим первым созданием ex nihilo*. Нам всем это удается без особых трудностей.

— Перейдем к гелию. Два электрона и один протон.

Здесь тоже никаких проблем. Тогда Гефест предлагает свободно применить нашу изобретательность.

— Вы создаете свой атом, вы присоединяете его к таким же атомам, как кирпичи, и вы получаете молекулы, а потом материю. Тщательно делайте эту работу на всех трех уровнях: атом, молекула, материя. Вам создавать самый красивый собор из атомов, на который вы способны. Я отмечу трех наиболее успешных учеников.

Я наугад пробую различные сочетания электронов, ядер и атомов, выловленных в пекле планеты, пока не начинаю понимать способ действий и не создаю прозрачный камень. Я тщательно отделываю его, убирая лишние атомы. Я увеличиваю размер ядра, добавляю атомы на некоторых орбитах, а другие устраняю. Несколько часов работы, и я доволен моим «пэнсонитом», кристаллом цвета индиго.

Как раз вовремя. Гефест останавливает практическую работу и предлагает посмотреть результаты учеников. Рауль сделал «раулит», прозрачный зеленый камень, похожий на изумруд, Эдмонд — «эдмонит», белый жемчужный камень с розовыми отблесками, Мэрилин выработала «монроит», желто-золотистый камень, похожий на пирит, а Фредди представляет «мэйерит», серебристый минерал с голубыми отблесками.

---

* ex nihilo (*лат.*) — из ничего.

Бог кузнечного дела подходит к каждому из нас с помощью женщин-роботов, изучает каждую композицию, кивая головой, спрашивает имя и делает пометки в списке. Наконец он возвращается за бюро. Оттуда учитель объявляет, что самым красивым произведением является «сараит», созданный Сарой Бернар. Он показывает камень в форме звезды, покрытый золотыми блестками, с бледно-розовыми и желтыми отблесками. Это похоже на морского ежа, и я спрашиваю себя, как она умудрилась расположить атомы так, чтобы получилась подобная форма. Изготовить призму или вытянутый кристалл мне уже кажется удачей, тогда как звезда...

— Можете ей поаплодировать, — говорит эксперт по ювелирному делу, — сегодня она оказалась самой лучшей.

Я ничего не понимаю в геммологии, но я прекрасно вижу, что Саре Бернар удалось поместить поразительное астральное мерцание внутрь ее камня в форме звезды.

— Я всегда имела страсть к ювелирным украшениям, — признается она.

Женщина-робот водружает венок из золотых лавровых листьев на голову лауреата. Гефест прерывает нежные излияния и заявляет, что, в соответствии с правилами, один или несколько самых плохих учеников будут отчислены.

— Кристиан Пулиньян, вы провалились.

Бедняга пытался построить что-то вроде атома урана, собрав больше сотни электронов вокруг орбиты ядра. В результате появилась очень неустойчивая молекула. В ней так много электронов и она так неуравновешена, что могла бы стать топливом для атомной бомбы.

— Вы проявили себя как самый неумелый богученик. Вы исключены.

Кристиан Пулиньян пытается протестовать:

— Если бы у меня было больше времени, я смог бы стабилизировать атомную структуру и… Я не понимаю, я уже почти… (Он поворачивается к нам.) Не бросайте меня одного… Разве вы не видите, что то, что происходит со мной, произойдет и с вами?

Кентавр уже вошел в класс и обхватил неуча. Никто из нас не вмешивается.

Гибрид уносит Кристиана Пулиньяна, протестов которого мы скоро уже не будем слышать. Странно, но это исчезновение меня совсем не трогает.

Рауль шепчет:

— Обратный отсчет: 140 – 1 = 139.

Гефест снова подошел к «Земле 17» и внимательно изучает ее поверхность с помощью лупы креста. Он достает окуляр, вносит молнией несколько исправлений и объявляет:

— На этой планете отныне присутствует достаточное количество минералов, чтобы ее стабилизировать.

Затем он роется в ящике под подставкой для яйца и вытаскивает из него часы Кроноса, которые все еще показывают 2222. Тогда он нажимает на кнопку, и цифры устанавливаются на отметке 0000.

— Сейчас мы видим новый мир, — заявляет бог кузнечного дела и пишет на доске: «ЗЕМЛЯ 18».

Он еще немного подогревает крестом поверхность, чтобы укрепить верхний слой, добавляет кое-где соляные слои.

У меня щемило сердце, когда я с грустью наблюдал смерть «Земли 17», исчезнувшей под наводнениями и льдами. Теперь, с рождением «Земли 18», я испытываю прилив надежды. Она похожа на шоколадный торт, теплый, только что вынутый из духовки. Хрустящий коричневый торт сферической формы.

39. Энциклопедия: рецепт шоколадного торта

Ингредиенты на 6 человек: 250 г черного шоколада, 120 г сливочного масла, 75 г сахара, 6 яиц, 6 столовых ложек муки, 3 столовые ложки воды.

Подготовка: 15 минут. Приготовление: 25 минут.

Налейте воду в кастрюлю и растопите в ней шоколад на очень слабом огне, чтобы получилась мягкая паста. Добавьте масло и сахар, затем муку, непрерывно перемешивая, чтобы масса стала однородной. Не переставая мешать, по одному добавляйте желтки.

Белки взбейте в густую пену и осторожно влейте в шоколадную массу. Вылейте полученную массу в форму, предварительно смазанную сливочным маслом. Запекайте в духовке приблизительно 25 минут при температуре 200 градусов по Цельсию (термостат 7).

Искусство состоит в том, чтобы верх получился твердым, а внутри масса осталась мягкой. Для этого необходимо следить за тортом и вынимать его время от времени примерно через 20 минут. Торт готов, когда внутри он уже не жидкий и воткнутый в центр нож лишь слегка смазан шоколадом.

Подавать теплым.

Эдмонд Уэллс,
«Энциклопедия относительного и абсолютного знания», том 5

40. Рождение мира

Соль. Съедобный минерал. Какой мощный вкус, я беру еще. Мы продолжаем наше вкусовое обучение. Я добавляю до тех пор, когда соль больше уже не пощипывает, а причиняет нёбу боль. Нам приносят сырые яйца, чтобы заедать ими соль. Таким образом, за каждым приемом пищи мы в прямом смысле проглатываем пройденный урок.

Мы возвращаемся в Амфитеатр на празднование рождения «Земли 18».

К глухим ударам барабанов, выводящих веселую мелодию, добавляется инструмент, связанный с нашим пребыванием у Гефеста: медные колокола трубчатой формы, которые выстроены в ряд и вместе издают звуки кузницы.

Образуются пары для импровизированного танца.

Руки соединяются и образуют круг вокруг «Земли 18», которая находится в центре арены, как на троне. Планета, кажется, подрагивает в ритм музыки всеми своими новенькими коричневыми континентами.

Я жду прихода Афродиты, но никого из главных богов сегодня нет, чтобы нам не мешать. Все происходит так, как будто они решили оставить нас веселиться одних с нашим новым миром. Рауль предлагает воспользоваться этим, чтобы незаметно ускользнуть и иметь больше времени для сооружения нового плавательного средства.

— Можно мне пойти с вами? — низким голосом спрашивает Эдит Пиаф.

— Вообще-то, нас уже…

— Мы всегда тебе рады, — прерывает меня Фредди Мейер в тот момент, когда я хотел избавиться от общества певицы.

Наша группа теонавтов вместе с Эдит Пиаф и Матой Хари удаляется и углубляется в туннель под восточной стеной. Через несколько минут мы вылезаем из него в голубом лесу и направляемся к потоку.

Мы поняли, что плот не защитит нас от сирен. Эдмонд Уэллс и Фредди Мейер делают план настоящего судна. Для большей устойчивости мы нагружаем его балластом из тяжелых камней. В полной тишине мы продолжаем связывать тростники. Эдит Пиаф затягивает узлы. Мэрилин и я готовим длинные ветки, чтобы отталкивать сирен. Фредди в стороне готовит что-то, что он прячет в большом мешке.

Медленно наступают сумерки. Светлячки освещают нас. Птица-лира и косоглазый грифон присоединяются к нам, чтобы чем-нибудь помочь. Но вот и более неожиданный посетитель. Украдкой появляется ребенок-сатир, который хватает Мэрилин за ляжку. Она отталкивает его, но он цепляется за ее тогу. Когда ей удается от него избавиться, он бросается к Эдит Пиаф, которая его тут же отгоняет. Тогда он начинает приставать к нам всем по очереди, как будто хочет показать что-то очень важное.

— Что ему нужно? — спрашивает Рауль.

Сатир тут же прекращает свои фокусы и отчетливо произносит:

— Что ему нужно. Что ему нужно. Что ему нужно.

Мы ошеломленно поворачиваемся к нему.

— Ты можешь говорить?

— Ты можешь говорить. Ты можешь говорить, — обезьянничает сатир.

— Он просто повторяет то, что ему говорят, — замечает Мэрилин.

— Он просто повторяет то, что ему говорят. Он просто повторяет то, что ему говорят, — отвечает сатир.

— Это не сатир, это эхо, — говорю я.

— Это эхо. Это эхо. Это эхо.

Он взмахивает флейтой Пана и выводит на ней три ноты. Немедленно появляются другие сатиры, мужчины и женщины с козлиными копытами.

— Дело осложняется, — вздыхает Фредди Мейер.

— Дело осложняется, дело осложняется, — хором затягивают сатиры, как будто поют песню дровосеков.

Они тянут нас за тоги, чтобы повести неизвестно куда, но мы сопротивляемся.

Я вспоминаю, что, когда я был смертным, один из моих детей хотел играть со мной в такую же игру и это мне ужасно надоело. Еще один эффект зеркала: «Я говорю тебе то, что ты мне говоришь». Изучая медицину, я узнал, что больные эхолатией не могут удержаться, чтобы не произнести последнюю фразу, кто бы ее рядом ни произнес.

Один из сатиров схватил лиану и тоже пытается связывать тростники. Они не только повторяют наши слова, но и то, что мы делаем. Дальше — больше.

— По-моему, они нам помогут, — смягчается Мэрилин.

Наши движения повторяют уже два десятка сатиров.

— Они нам помогут, они нам помогут.

Не пытаясь больше их прогнать, мы смиряемся с их присутствием.

Трудно назвать наше сооружением судном, но оно кажется все-таки более надежным, чем плот.

Перед тем как сесть в него, Фредди достает из мешка веревку и привязывает судно к стволу дерева. Раввин всегда знает, что делает, и мы не задаем лишних вопросов.

По очереди мы занимаем места и готовим весла. Сатиры подталкивают нас к потоку, но не пытаются подняться на борт.

— Спасибо за помощь, — говорю я.

— Спасибо за помощь. Спасибо за помощь, — хором отвечают они.

Вначале все идет без проблем. Светлячки летают над нами, освещая пену у носа судна. Вода матовая, чуть подрагивающая от небольших волн. На корме Фредди разматывает веревку. В черном небе светят три луны.

Отсутствие сирен меня удивляет. Может, они в это время спят, а возможно, пытаются усыпить нашу бдительность? Мы скользим по голубому потоку, и ответ не заставляет себя долго ждать. В воздухе раздается грустная мелодия, вскоре подхваченная многими сиренами. Женщины-рыбы вылезают из воды, садятся на торчащие из нее камни и приветливо смотрят на нас. Длинные волосы волнами спадают им на груди, и все они хором запевают гипнотическую мелодию, возможно ту же самую, которая околдовала моряков Одиссея во время его плавания. Франсиса Разорбака здесь нет. Наверняка его удерживают в глубине, чтобы не дать прийти к нам на помощь.

Тональность пения повышается, и оно становится более резким, сверлящим мозги. Фредди жестом показывает Эдит Пиаф, что настала ее очередь выступать. Она начинает петь во все горло, голосом, мощь которого в таком тщедушном теле удивляет, песню «Мой легионер». Сирены смолкают, удивленные, что на их песню отвечают другой. Однако понемногу они возобновляют свой концерт. Но Эдит Пиаф легко перекрывает их голоса: «Он был большой, он был красивый, он хорошо пах горячим песком, мой легионер...»

— Лишь бы весь этот шум не привлек кентавров, — опасается Мата Хари.

Одна за другой сирены отказываются нас околдовывать и погружаются в поток. Мы благодарим певицу, которая допевает «Легионера» до последнего куплета. Передышка, однако, оказывается короткой. Мы ускоряем курс и вдруг чувствуем тяжелый груз на веслах. Сирены вернулись и снова хотят нас перевернуть. Но наше судно устойчивее, чем кажется. Не успевает Мэрилин произнести «любовь как шпага, юмор как щит», как мы вытаскиваем кресты и целимся во все, что появляется на поверхности. Рауль наотмашь бьет шестом в надежде оглушить тварей, забравших его отца.

Светлячки улетают от вспышек молний. Уже не десяток, а сотня взбешенных сирен атакуют наше судно. Некоторые даже выпрыгивают из воды, чтобы ударить хвостом. Наша артиллерия стреляет, но руки у меня намокли, на ногах я чувствую гладкую чешую, а мягкие тела обвиваются вокруг лодыжек. В руки и запястья впиваются ногти. Зубы, острые, как у мурен, кусают мои ладони.

Мата Хари дерется врукопашную, женщина против женщины-рыбы. Рауль оказался в трудной ситуации. Одна из сирен прыгнула на него сзади и тянет с удесятеренной силой. Он падает в воду. Я выпускаю весло и хватаю крест, который, к счастью, не забыл перезарядить. Точной вспышкой я покончил с тварью, набросившейся на Мату Хари на корме. Другой я заставляю сирену выпустить Рауля и спешу втащить его на борт.

Однако наше судно больше не движется вперед: мы все заняты битвой. Весла потеряны, и для защиты остались только кресты. Но Фредди еще не сказал своего последнего слова. Из мешка он вытаскивает лук и плоскую стрелу, к которой привязывает конец веревки. Он прицеливается и стреляет в ближайшее дерево. Теперь у нас есть веревка, связывающая оба берега. Мы тянем за нее и набираем скорость. Одновременно мы распределяем задачи. Рауль, Мата Хари и я беремся за кресты. Эдмонд,

Фредди, Мэрилин и Эдит Пиаф хватаются за веревку, чтобы поскорее пересечь поток.

Сирены понимают нашу тактику и бросаются в атаку. Они разгоняются под водой, на уровне поверхности, прыгают в воздух. Наши кресты стреляют во все стороны, но внезапно моя кнопка D перестает отвечать: батарейка села.

Времени на размышление нет. Я бросаюсь на помощь тянущим веревку, и в этот момент наше судно переворачивается. Одной рукой мы хватаемся за него, а другой гребем. Как и остальные, я изо всех сил отбиваюсь ногами от врагов. Задыхаясь, мы добираемся до противоположного берега. В этот момент встает второе солнце.

Мы промокли до нитки, мы без сил, но у нас нет потерь.

— Как же мы вернемся без судна? — беспокоится, однако, Эдмонд Уэллс.

Фредди Мейер указывает на веревку:

— Оно нам больше не нужно, потому что у нас есть это.

Он забирается на дерево и закрепляет веревке за сук.

— Эта переправа называется тирольской. Альпинисты используют ее, чтобы перебираться через пропасти. А нам она позволит вернуться над потоком и избежать сирен.

Но водяные твари поняли, как мы надеемся использовать веревку, и выпрыгивают из воду, пытаясь ее достать. Одна из них разгоняется и выпрыгивает из воды на манер дельфина. Ей удается ухватиться за веревку. Другая следует ее примеру и хватается за первую, потом еще одна, потом еще и еще. Их уже целая гроздь. Под этим весом веревка прогибается, сук, к которому она была привязана, резко ломается.

Теперь вернуться будет нелегко.

— Тем хуже, — заявляет Рауль. — В конце концов, конкистадоры сожгли свои корабли, чтобы не испытывать искушения вернуться в море. У нас нет выбора. Остается только отвага.

В этот момент вдалеке раздается хриплый вздох, и мы все подпрыгиваем.

— А… А что если вернуться вплавь? — скромно предлагает Эдит Пиаф.

41. Энциклопедия: сверхсветовой человек

Среди самых авангардистских теорий понимания феномена сознания особенно выделяется та, что была предложена Режи Дютеем, профессором физики на факультете медицины Пуатье. Базовый тезис, разработанный этим исследователем, опирается на работы Фейнберга. Согласно им, существуют три мира, определяемые скоростью движения составляющих их элементов.

Первый — это «досветовой мир», в котором мы живем, мир материи, подчиняющийся законам классической ньютоновской физики и законам гравитации. Этот мир состоит из брадийонов, то есть из частиц, скорость движения которых меньше скорости света.

Второй мир — «световой». Этот мир состоит из частиц, движущихся с близкой к свету скоростью, луксонов, подчиняющихся законам относительности Эйнштейна.

Наконец, существует «сверхсветовое» пространство-время. Этот мир состоит из частиц, скорость которых превышает скорость света. Они называются тахионами.

Для Режи Дютея три этих мира соответствуют трем уровням сознания человека. Уровень чувств, который постигает материю, уровень локального сознания, являющийся световой мыслью, то есть тем, что движется со скоростью света, и уровень сверхсознания, мысли, движущейся быстрее света. Дютей считает, что сверхсознания можно достичь во сне, с помощью медитации и некоторых наркотиков. Но он говорит также о более широком понятии: Знании. Благодаря подлинному знанию законов Вселенной наше сознание ускорилось бы и достигло мира тахионов.

Дютей думает, что «для существа, живущего в сверхсветовой Вселенной, существовала бы полная спонтанность всех элементов, составляющих его жизнь». Таким образом, понятия прошлого, настоящего и будущего смешиваются и исчезают. Присоединяясь к выводам Дэвида Бома, он считает, что со смертью наше «сверхсветовое» сознание достигает другого уровня более развитой энергии: времени-пространства тахионов. В конце жизни Режи Дютей с помощью дочери Брижит разработал еще более смелую теорию, согласно которой не только прошлое, настоящее и будущее собраны здесь и сейчас, но и все наши жизни, предыдущие и будущие, протекают одновременно с нашей нынешней жизнью в сверхсветовом измерении.

Эдмонд Уэллс,
«Энциклопедия относительного и абсолютного знания», том 5

42. Берег

Ничего общего между двумя берегами голубого потока. С противоположной стороны почва черная, цветы черные, ирисы черные, а листья темные.

— Я могла бы спеть что-нибудь для воодушевления, — предлагает Эдит Пиаф.

— Нет, спасибо.

Внезапно раздается хриплое рычание, исходящее из огромных легких, которое заставляет нас содрогнуться. У нас плохое предчувствие.

— Что будем делать? — спрашивает Мэрилин.

— Возвращаться, — предлагает Эдит Пиаф.

В этот момент я слышу жужжание у себя над головой. Моя сморкмуха.

— Осторожно, шпионка! — восклицает Мата Хари, которая быстрым жестом ловит херувимку и держит ее в ладони.

— Надо ее раздавить, а то она нас выдаст, — говорит Эдит Пиаф.

Я напоминаю:

— Ее невозможно убить. Это химера, она бессмертна.

— Но мы можем закрыть ее где-нибудь, откуда она не сможет улизнуть, — уточняет Рауль.

Он хватает за крылья сморкмуху, все волосы которой уже взъерошены. Она потрясает кулаком, как будто угрожая нам, а из разинутого рта, показывающего язык бабочки, раздается сверхвысокий писк.

— Возможно, она издает ультразвук, как некоторые животные, чтобы предупредить кентавров, — указывает Мата Хари.

Куском льна, оторванным от тоги, она на всякий случай затыкает херувимке рот. Такое отношение еще больше выводит ту из себя, она корчится и извивается, пытаясь освободиться. Я вмешиваюсь:

— Отпустите ее. Я ее знаю.

Не слушая меня, Рауль привязывает нитку от своей тоги к ее ноге. Существо с трудом взлетает, вытягивает ногу и морщится, чтобы показать, что мучается от привязи.

— Она должна знать, что там, впереди, и хочет нас предупредить, — говорю я.

— Если только она не опасается, как бы мы не обнаружили, что же там, — отвечает Рауль недоверчиво.

Я пожимаю плечами и вытягиваю палец, как жердочку. Сморкмуха тут же садится на него. Я вытаскиваю у нее изо рта кляп.

— Нельзя постоянно жить в страхе. Иногда нужно рискнуть и поверить.

Восхитительная маленькая химера делает недовольную мину и подбородком показывает на нить, все еще держащую ее в плену. Я отвязываю ее. К удивлению друзей, она не улетает.

— Я знаю, что даже если ты не можешь говорить, ты нас понимаешь, сморкмуха. Ты хочешь нам помочь? Ты нам нужна. Если согласна, кивни головой.

Херувимка качает головой сверху вниз.

— Отлично. Ты хочешь предупредить, чтобы мы не ходили дальше?

Она утвердительно кивает.

— Ты знаешь, что мы не можем вернуться?

Она начинает делать знаки, показывая на веревку и берег.

— Похоже, она хочет сказать, что может укрепить веревку на другой стороне…

— Нет, ты, правда, думаешь, что она сделает это для нас? — удивляется Эдит Пиаф.

Но херувимка уже улетела, ничего не взяв с собой.

— В любом случае, эта веревка слишком тяжела для бабочки, — с пониманием говорит Мэрилин.

— Ну что ж, делать нечего, только оставаться здесь и ждать кентавров, — говорит Рауль. — Мы пропали.

— А почему не продолжать идти дальше? — спрашивает Эдмонд Уэллс. — Пропадать так пропадать, хотя бы узнаем, что там.

Снова хриплое рычание, и теперь еще звук тяжелых шагов, от которых дрожит земля.

— Я могу спеть, чтобы удалить угрозу, — говорит Эдит Пиаф, дрожа всем телом. — В прошлый раз это подействовало.

— Нет, спасибо, ни к чему.

Мы напряженно ждем, когда под шум крыльев появляется спасение в виде сморкмухи, вернувшейся в сопровождении косоглазого грифона. Она указывает ему на веревку с куском сучка. Крылатый лев с клювом орла поспешно хватает их и летит к другому берегу, чтобы закрепить именно так, как я объяснил херувимке. Его косоглазие мешает точности движений, но с помощью сатиров на другом берегу палку быстро укрепляют в земле. Фредди поднимает веревку повыше, чтобы сирены не могли ее достать. Он прикрепляет деревянную рукоятку, снабженную привязанной к дереву бечевкой, чтобы она могла вернуться обратно.

— Ну вот, тирольская переправа снова налажена.

Раввин отправляется первым, чтобы проверить надежность всей системы. Он тихо скользит над голубым потоком, недосягаемый для водяных тварей, которые пытаются его схватить.

— Все нормально, — кричит он нам с другого берега, укрепляя тирольскую переправу.

Мэрилин Монро тянет за бечевку, чтобы вернуть рукоятку, отправляется следующей и перебирается невредимой. За ней следуют Мата Хари, Эдмонд Уэллс, Эдит Пиаф, Рауль и, наконец, я.

Тем временем сирены объединили усилия. Мне навстречу в центре потока встает целая живая колонна. Они взобрались одна другой на плечи, чтобы подняться повыше. Мою ногу внезапно сжимает мертвая хватка.

Эта очаровательная рыба пытается утащить меня в воду. Херувимка садится ей на глаза, чтобы отвлечь внимание.

Крест Рауля еще действует, и точный выстрел освобождает меня от вражеского захвата.

Я наконец тоже добираюсь до другого берега.

— Спасибо, Рауль.

Херувимка жужжит, чтобы напомнить о своей роли в моем спасении.

— Спасибо тебе, сморкмуха. Мы чудом спаслись.

А сатиры уже повторяют хором:

— Мы чудом спаслись. Мы чудом спаслись.

И дергают нас за тоги.

— Что вам еще? — интересуется Рауль.

— Что вам еще. Что вам еще.

Раввин исследует тирольскую переправу.

— В следующий раз нужно будет укрепить веревку еще выше и поджимать ноги, тогда сирены нас не достанут, — замечает он.

— А пока не будем оставлять ее на виду, — советует Эдмонд Уэллс. — Не стоит привлекать внимания кентавров. Снимем ее.

Я весь вымок. Я рассматриваю черную листву на противоположном берегу, откуда еще раздается злое рычание. Находящееся там животное, кажется, разочаровано, что пропустило свидание с нами. Его рыки уже перекрываются грустной мелодией сирен, то ли чтобы поприветствовать наш уход, то ли чтобы пожалеть о своей неудаче.

43. Мифология: сирены

«Сирены» означает «привязывающие веревкой», потому что их пение считается способным приковать к себе мужчин. Эти дочери реки Ахелоя и нимфы Кассиопеи имеют лицо, руки и грудь женщины, которые продолжаются длинным рыбьим хвостом. Афродита якобы покарала их за то, что они не отдали свою девственность богу.

Благодаря своему волшебному пению сирены очаровывали моряков, которые неожиданно сбивались с курса. После кораблекрушения сирены пожирали их тела. У них различные имена, но больше всех знаменита Партенопа, которая, согласно легенде, была выброшена на берег Адриатического моря напротив Капри и положила начало городу Неаполю.

Для алхимиков сирены являются символом союза серы (рыба) и Меркурия, которые участвуют в создании великого произведения.

В сказке Андерсена «Русалочка» более прозаично рассказывается о том, как из любви к принцу сирена согласилась отказаться от своего рыбьего хвоста, чтобы пойти танцевать на женских ногах. Эта история является параболой: ценой тысячи страданий люди всегда пытаются выйти из животного состояния, чтобы стать прямоходящими.

Эдмонд Уэллс,
«Энциклопедия относительного и абсолютного знания», том 5
(согласно Франсису Разорбаку,
вдохновлявшемуся «Теогонией» Гесиода, 700 год до н.э.)

44. Смертные. 4 года. Испытание водой

Возвращение на виллу 142 857. Я хочу есть. Яиц и соли недостаточно, чтобы восстановить силы после стольких физических затрат. Сейчас я бы предпочел более существенные блюда. Завтра у нас лекция Посейдона, бога морей. Может быть, в меню будет рыба. Я не отказался бы даже от жареного хвоста сирены.

Я падаю в ванну. Каждый день, каждую ночь испытания становятся все сложнее. И каждое утро я одновременно истощен, возбужден и не способен уснуть, даже если изо всех сил закрываю глаза.

Шум за окном настораживает меня. Я открываю глаза и оборачиваю бедра полотенцем. Сморкмуха стучит в окно. Я приглашаю ее войти и возвращаюсь в ванну. Я колеблюсь, как показаться голым перед этим крошечным женским созданием, но в конце концов она херувимка, и не нужно испытывать стыд перед химерой. Впрочем, какого она была пола до мутации? Не разделяя мою щепетильность, сморкмуха спокойно садится на край ванны.

— Я хочу есть, а ты? Чем ты здесь питаешься?

Вместо ответа херувимка раскрывает рот и хватает муху, имевшую несчастье пролетать мимо. Два глотка, и насекомое исчезает.

— Теперь я понимаю, почему ты корчишь рожицу, когда я называю тебя сморкмуха. Это как если бы ты называла меня гамбургером.

Херувимка утвердительно кивает.

— Тем хуже. Я буду продолжать тебя так называть, потому что тебе это подходит.

Девушка-бабочка брызгает мне в глаза мыльной водой в знак протеста, но в то же время улыбается.

— Скажи, я уверен, что ты знаешь все секреты острова.

Моя спутница делает серьезное лицо, в то время как я продолжаю:

— Отвечай только «да» или «нет». Ты знаешь, что находится на вершине Олимпа?

Ни да, ни нет, только загадочное выражение лица.

— Существует ли Великий Бог над главными богами?

Она думает, потом утвердительно кивает головой.

— Ты его видела?

Она много раз повторяет головой отрицательное движение, как бы подчеркивая, что никто его никогда здесь не видел и не увидит.

— А дьявола?

При упоминании этого имени она содрогается так же, как Афина.

— На всякий случай, ты знаешь ответ на загадку: «Что лучше, чем Бог, и хуже, чем дьявол»?

Херувимка поднимает глаза к небу. Она ничего не знает. Я пробую еще один вопрос:

— Ты знаешь, кто богоубийца?

Она пристально смотрит на мой крест, а потом летит к выемке-розетке. Что она хочет этим сказать? Наконец я понимаю, что херувимка советует зарядить оружие, чтобы оно было наготове, если богоубийца нападет на меня.

— Ты думаешь, он хочет уничтожить учеников одного за другим?

Она с убеждением машет руками в знак отрицания.

— А были похожие убийства на других курсах?

Мимикой рта она говорит «нет».

Я решаю выйти из ванны, надеваю рубашку и кладу крест в зарядный цоколь. Сморкмуха одобрительно кивает головой.

Я спрашиваю еще:

— Ты знаешь смертных с планеты «Земля 1»?

Она отрицательно качает головой.

— Тогда разреши мне представить тебе некоторых из них.

На экране телевизора четырехлетний Куасси Куасси барахтается в похожем на болото пруду вместе со стаей веселых ребятишек. Они радостно брызгаются друг на друга и ныряют в грязную воду. Чуть подальше группа женщин стирает белье и переговаривается, время от времени поглядывая на своих отпрысков. Никто не беспокоится, когда появляется крокодил и направляется к детям. Те тут же принимают его за нового компаньона по игре. Они стучат ему по голове своими кулачками, забираются на спину и шлепают по бокам, дразнят его, как только могут. Ящер широко разевает пасть и издает крик, который не пугает ни малышей, ни их матерей.

— Забавно, да? Они такие, люди с моей планеты, — говорю я. — Я сам был такой… Впрочем, возможно, и ты тоже.

Она снова отрицательно качает головой, и я внезапно понимаю, что херувимка, может быть, вышла с курса, набранного на планете, о которой я ничего не знаю. Как эта планета Красная, которую я обнаружил, когда был ангелом.

Другой канал. На пляже мать Теотима прикрепила ему на руки надувные поплавки, а на шею — круг с головой утки. Ребенок счастливо барахтается. Он не боится воды, как и отец, который уплыл далеко в море в стороне от семьи. Мать поддерживает Теотима, а потом отпускает. Мальчуган сучит пухлыми ножками, наклоняется вперед, наглатывается воды и плачет. Я понимаю, что из-за чересчур доброй матери Игорь стал немного рохлей.

На третьем канале Юн Би хнычет в бассейне, в то время как мать прижимает ее к себе. Малышка побледнела от страха и орет, не обращая внимания на окружающую толпу. Здесь только несколько сантиметров воды, и люди не могут искупаться, не сталкиваясь с соседями. Купальщиков раздражают крики девочки, и они начинают выражать свое неодобрение. Мать достает Юн Би из бассейна, шлепает и бросает одну в воду, думая, что так она будет выкручиваться сама. Снова визг. Предоставленная самой себе, девочка барахтается, глотает воду, поднимает голову, чтобы кашлять и плевать. Теперь осуждение купальщиков распространяется и на девочку, и на мать. Последняя прекращает обучение плаванию и оставляет завернутую в полотенце и дрожащую от холода Юн Би в углу бассейна.

Сморкмуха таращит изумленные глаза.

Я выключаю телевизор и объясняю:

— Это мои бывшие клиенты. Я занимался ими в предыдущей жизни. Но, может быть, ты тоже раньше была ангелом? А потом ты должна была стать богомучеником или нет?

Хорошенькая херувимка пристально смотрит на меня безо всякого выражения, а затем улетает через раскрытое окно ванной комнаты.

Я смотрю, как она превращается в ночную бабочку.

Я собираюсь с мыслями. Кто у нас завтра читает лекцию?

45. Мифология: Посейдон

Сын Кроноса и Реи, Посейдон, «Тот, кто поит», был, как и братья, проглочен отцом после рождения, но Зевс вернул его к жизни. Поскольку он был его братом, то стал олимпийским богом и получил королевство морей. Он командовал волнами, вызывал бури, заставлял по своему желанию бить источники.

Рядом с Зевсом он бился с титанами и гигантами, обрушивая на них прибрежные скалы, которые он разрушал с помощью силы океанов.

Когда хозяин Олимпа прогнал своего отца Кроноса с трона, он предложил Посейдону дворец под водой у побережья Беотии в Эгах. Но этого было недостаточно, и бог морей метнул свой трезубец на акрополь Афин, где до сих пор можно увидеть колодец с соленой водой. Афина, неблагоразумно поселившаяся поблизости, вызвала гнев Посейдона, который наслал на город огромные волны. Чтобы он согласился прекратить бедствие, Афина отказалась от матриархальной системы и приняла патриархальную систему. Женщины города потеряли право голоса, а дети перестали носить их имена. Это не нравилось Афине, и царю Олимпа пришлось вмешаться, чтобы избежать войны между братом и сестрой.

Хотя Посейдон и женился на нереиде Амфитрите, он имел много романов с богинями и нимфами. После того как он вступился за Афродиту, застав ее в объятиях Ареса, она родила ему двух сыновей, Родоса и Эрофила. С землей Геей он зачал Антея, чудовищного великана, жившего в пустыне Ливии и питавшегося там львами. Чтобы ускользнуть от бога морей, Деметра приняла образ кобылы, но Посейдон настиг ее в образе жеребца, и она родила от него коня Арейона, имевшего человеческие ноги и способного говорить.

Бог морей также овладел Медузой прямо в храме Афины, и богиня, чтобы покарать ее, взмахнула копьем и отобрала красоту Медузы, заменив ей красивое лицо на пучок змей. Однако от этого союза родился Пегас, крылатый конь. Посейдон стал отцом еще множества ужасных детей, таких как Тритон — получеловек, полурыба, циклоп Полифем или великан Орион.

Посейдон, однако, всегда хотел расширить свои владения. Он вступил в заговор с Аполлоном против Зевса, который покарал их и приказал построить укрепления вокруг Трои, которой в то время правил царь Лаомедонт, не заплативший впоследствии обусловленной платы, и Посейдон наслал на город страшное морское чудовище, терроризировавшее Трою.

Эдмонд Уэллс,
«Энциклопедия относительного
и абсолютного знания», том 5
(согласно Франсису Разорбаку,
вдохновлявшемуся «Теогонией» Гесиода, 700 год до н.э.)

46. Время растений

Понедельник, день Луны. Лекция Посейдона. Дворец Посейдона на Елисейских Полях похож на недолговечный песчаный замок, построенный на пляже в ожидании прилива. Внутри он больше напоминает склад рыбака с лодками, сетями, раковинами и амфорами. Вдоль стен стоят аквариумы с водорослями, анемонами и переливающимися кораллами.

Наш сегодняшний профессор — гигант с белой квадратной бородой. Он не расстается с трезубцем, который с лязгом тащит за собой. В выражении лица нет никаких намеков на вежливость. Он смотрит на нас, как будто заранее злясь, и орет:

— Атлант!

Атлант прибегает, кладет «Землю 18» на подставку в центре зала и уходит, не пускаясь в обычные жалобы.

Посейдон приближается и начинает с помощью лупы своего креста изучать ее, как следователь изучает место преступления в поисках улик. Он тут же грохочет:

— И вы называете это миром!

Мы сидим молча, сжавшись на скамьях.

— ...А я говорю, есть планеты, от которых должны покраснеть те, кто их сделал! — прибавляет он, ударив трезубцем по столу. — С тех пор, как я стал олимпийским богом, я никогда, ну ни разу в жизни не видел такого ничтожного мира. И куда вы думаете отправиться с этим кошмаром, который даже не сферичен?

Мэтр встает и начинает ходить по возвышению, потрясая в нашу сторону угрожающим трезубцем и в ярости дергая бороду.

— ...Здесь повсюду шишки. С этим невозможно двигаться вперед. Эй, вы, там, внизу, пришлите-ка мне Кроноса.

Ученик, на которого Посейдон указал пальцем, не задавая лишних вопросов уходит в сторону жилища бога времени и вскоре возвращается с ним.

— Ты просил меня прийти?

— Да, отец. Вы видели, какой мусор этот новый курс хочет использовать в качестве отправного мира?

Кронос вставляет окуляр часовщика, чтобы лучше рассмотреть нашу работу, морщится и почти извиняется:

— Мне кажется, однако, что ничего не нужно было повторять, когда я дал им космическое яйцо…

— Значит, это Гефест все испортил. Ученик, приведите-ка мне его, — грохочет бог морей.

Тот же ученик убегает и возвращается с богом кузнечного дела, которого сопровождают две женщины-робота, старающиеся не дать ему потерять равновесие. Он тут же понимает, что с «Землей 18» возникла проблема, и с помощью лупы изучает нашу планету.

— Ох, ну ладно… нельзя быть совершенным во всем, — ворчит он.

— Ах да? Так вот я, я отказываюсь работать с «Землей 18». Выкручивайтесь как хотите: или вы мне ее чините, или даете нормальную «Землю 19».

Мы молчим. Если уж наши профессора не могут прийти к согласию, то нам, начинающим ученикам, тем более не стоит вмешиваться.

— Все-таки речь идет о новой планете, — протестует Гефест.

Бог времени добавляет:

— Начать ее снова означает отставание в лекциях. Это недопустимо, тебе придется довольствоваться этим несовершенным миром.

Отец и сын пристально смотрят друг другу в глаза. Посейдон первым опускает взгляд и вздыхает.

— Все-таки, Гефест, пригладь мне эти шишки.

Бог кузнечного дела неохотно берет крест и принимается за работу, в то время как бог времени помогает ему, ускоряя часы, чтобы вулканы остывали быстрее.

— Теперь твоя очередь, больше мы ничем тебе не можем помочь, — заявляет Гефест, делая знак женщинамроботам отвести его к двери в кресло-каталку, которую Кронос, которому тоже не терпится убраться, помогает им толкать.

— Мир, несовершенный на стадии минерала, никогда не превратится в совершенный на уровне самой развитой эволюции, — ворчит Посейдон, когда его коллеги уходят. — Планета как живое существо. Нужно, чтобы она дышала. Вы никогда не спрашивали себя, почему хлебная корка всегда в надрезах? И посмотрите на эту халтуру.

Молнией трезубца, установленного на максимальную мощность, он улучшает «Землю 18» то там, то здесь, потом устало выпрямляется.

Последние вулканы потухают, как свечи на торте именинника, испуская белый пар, который поднимается в небо, образуя облака. Они соединяются и создают атмосферу, постепенно покрывающую всю планету пушистой фуфайкой.

— Кто получил лучшую оценку на предыдущей лекции? — спрашивает бог морей, гася в зале свет.

Сара Бернар поднимает руку.

— Вам предоставляется честь первого удара. Выстрелите в облака. Простой маленькой вспышки будет достаточно.

Она повинуется. Хотя и немного удивленная этой просьбой, Сара Бернар направляет крест на облачную оболочку. Как только ее вспышка касается «Земли 18», белые облака собираются в тучи, которые становятся темно-серыми, а потом непроницаемо-черными. Появляются разряды молний, уже не вызванные нашими крестами. Со своих мест мы видим лишь белые точки, которые вспышками мерцают повсюду. Они образуют завесу, покрывающую всю планету. И в этот момент облака взрываются проливным дождем.

Посейдон жестом приказывает нам приблизиться к сфере и наслаждаться зрелищем. Все трещины планеты наполняются коричневатой водой. Разделяющие континенты глубокие впадины заполняются медленнее. Долины исчезают под потоками и образуют озера, которые порой выходят из берегов, переливаются реками и ручьями.

Затем, как будто тучи выплюнули все свое содержимое, дождь прекращается. Облака снова становятся серыми, потом белыми, потом полупрозрачными и наконец исчезают.

Между поверхностью планеты и атмосферой появляется воздух, а вода внизу становится темно-синего цвета.

Посейдон включает лампы.

— Вы дошли до самого интересного момента в вашем обучении. Здесь и сейчас мы создадим Жизнь.

Он пишет на доске: «СОЗДАНИЕ ЖИЗНИ», а внизу добавляет:

0 : отправная точка. Космическое яйцо.

1 : материя. Минерал.

2 : жизнь. Растение.

Мне на память приходит «Энциклопедия относительного и абсолютного знания» Эдмонда Уэллса. «2», растение: горизонтальная черта под кривой, связь с землей, любит свет…

Посейдон указывает нам, что нужно делать. Достаточно малейших разрядов на волокна ДНК, импульсов настолько точных, что они действуют на атомном уровне. Таким образом мы создадим программу живого существа, которым будем управлять. Как если бы мы перфорировали одну из этих древних ленточек, когда-то служивших информационными программами. Посейдон уточняет, что важно затем защитить эту память ядром.

Работая с волокнами ДНК, мы можем делать все, что хотим. Мы можем выбирать цвет, размер, форму, вкус, толщину кожи, вес, продолжительность жизни.

Просто невероятно, что можно сделать с водородом, кислородом, углеродом и азотом, поскольку все живое есть только комбинация этих атомов. Потом программа ДНК сделает все, что нужно.

— Каждому вашему созданию, — уточняет Посейдон, — вы должны найти:

— средство пропитания;

— средство воспроизведения.

Двигайтесь на ощупь, изобретайте, ищите собственные решения. Дайте волю своему воображению. Не колеблясь, захватывайте морские глубины, гроты, впадины и даже поверхности океанов. Делайте так, как считаете нужным. У вас есть несколько часов. К тому же у вас будет время исправить ваши труды и приспособить их к климатическим условиям, навязанным вашими соседями.

Как автомеханики с руками, выпачканными в грязной смазке, мы копаемся в сердцах клеток. Я роюсь в волокнах ДНК, как будто стараюсь починить мотор. Потом укладываю хромосомы в ядра, как провода в мешок. Сперва все мои структуры неудачны. Оболочка клетки недостаточно прочна, или ДНК ядер чересчур невероятны.

Понемногу я начинаю понимать, какие взаимодействия существуют в моих комбинациях, и получаю наиболее простую форму жизни: одноклеточную бактерию сферической формы, имеющую свое ядро и ДНК.

Отвечаю на первый вопрос Посейдона: «Как она питается?», моя бактерия поглощает свет с помощью фотосинтеза и крошки органических молекул, оставшиеся от черновиков работ моих однокашников. Ответ на второй вопрос «Как она размножается?» вполне прост — благодаря партеногенезу. Она делится на две новые клетки, абсолютно идентичные первой.

Я смотрю на работу Фредди Мейера, сидящего рядом со мной.

Он уже создал многоклеточное существо, похожее на водоросль. Рауль сделал очень простой вирус, способный питаться и размножаться внутри других организмов. Эдмонд Уэллс сконструировал губку, которая питается не только светом, но и газом. С помощью фильтрационной системы она переносит кислород, который до этого был ядом для любой формы жизни. Благодаря этой энергии она воспроизводит волокна, позволяющие перемещаться по поверхности. Со своей стороны, Мата Хари не стала мудрствовать. Она попросту создала сексуальность, сделав организмы, которые воспроизводятся не через деление, а через объединение двух разных творений, смешивающих свои ДНК.

— Неплохо.

— Это было не так-то просто, — признается она. — Мне пришлось пройти через фазу каннибализма. Один индивидуум поедал другого, чтобы объединить два ДНК. Я поняла, что смогу выполнить задачу в два шага: сперва слить две клетки в одну с двойным ДНК, а потом сделать третью, объединяющую обеих.

— 1 + 1 = 3, — шутливо заключает Эдмонд Уэллс.

Этот девиз кажется мне абсолютно правильным. Как только появляется жизнь, 1 + 1 = 3 указывает на секрет эволюции. Проходя между учениками, чтобы проверить наши успехи, Посейдон задерживается, чтобы похвалить Мату Хари. Внезапно другие ученики прибегают, чтобы перенять эту революционную систему, позволяющую выйти из цикла самовоспроизведения и перейти к двум разным индувидуумам.

Мы строим и разрушаем, улучшая свои прототипы, создавая все более сложные формы жизни. Уже есть планктон, дафнии, черви. Некоторым не терпится перейти к рыбам, но Посейдон их останавливает. Ничего с глазами, ничего со ртом. Пока что не нужно удаляться от растительного уровня. Мы остаемся на отметке «2».

Мы принимаем эти ограничения. Моя «пэнсонетка» — бледненький розовый водяной цветок, однако очень живучий. Он размножается очень просто благодаря системе фильтрации, которую я позаимствовал у Эдмонда Уэллса, а также изобретенному мной сексуальному механизму, направляющему гаметы в воду. Короче говоря, использует все последние достижения.

«Разорбакетка» Рауля — это анемона с длинными щупальцами. Эдмонд заботливо растит свою «уэллсетку», сиреневую водоросль, похожую на салат и снабженную наполненными воздухом капсулами, которые позволяют ей держаться на поверхности и таким образом получать больше кислорода и света. Она мне особенно нравится потому, что моя «пэнсонетка», живущая на глубине, использует только кислород, находящийся в воде, и слабый свет, отфильтрованный верхними слоями моря.

Мата Хари смоделировала «хариетку», простой красный цветок, прикрепленный к почве, который переваливается с боку на бок. Его сердце регулярно выплевывает в воду гаметы, которые, встречаясь с другими, дают начало новым растениям. Те тоже начинают размножаться в примитивном океане, и я замечаю, что благодаря наличию пола все они не одинаковы и по-своему приспосабливаются к месту, где растут.

Гюстав Эйфель создал поразительно красивое творение. Его коралловая структура растет совмещая в себе минерал и растение, а розовато-оранжевый цвет сияет в темно-синей морской воде. Более скромный Фредди Мейер придумал пену небесного цвета, прозрачную и тонкую, которая прикрепляется к скалам, окрашивая их в бирюзовый цвет. Куст с мягкими черными и желтыми ветками Сары Бернар очень красив, но у него проблемы с размножением.

Вокруг изобилие растений. Здесь больше ста пятидесяти разных видов, некоторые из них не принадлежат никому из учеников. Возможно, они возникли спонтанно. Посейдон советует, что не нужно недооценивать растения, поскольку они, несмотря на то что неподвижны, обладают большой властью.

— Вспомните, — говорит он. — В ваших последних жизнях смертных вы восхищались растениями и они влияли на ваше существование. Кофе пробуждает. Сахар из тростника или свеклы дает энергию, так же как шоколад, без которого некоторые просто не могут обходиться. Есть еще чай, табак. Ах, табак! Простой лист, но он действует на весь человеческий организм. Он вмешивается в регулирование жиров, сна, настроения... К тому же, конечно, есть растения, используемые как наркотики. Листья коки, марихуаны, конопли, мак... Растение, манипулирующее людьми, забавно, не правда ли? Сколько цивилизаций было деформировано растениями! Не стоит недооценивать масштабов эволюции, даже если сперва они кажутся очень маленькими. Тем легче вы можете попасть в ловушку.

Посейдон подергивает свою бороду, наклоняется, внимательно смотрит, делает пометки и наконец объявляет победителя. Золотой венок в виде лавровых листьев получает Бернар Палисси. Керамисту удалось создать очень компактное растение, которое быстро растет, питаясь лишь светом и несколькими химическими элементами, получаемыми из земли.

Поражение потерпел Винсент Ван Гог. Художник сделал желто-золотой водяной цветок, похожий на его знаменитые подсолнухи, но снабженный механизмом, о котором он один подумал. Это система изменения цвета, изначально предназначенная для камуфляжа, которую он быстро усовершенствовал, так что его «гогетка» меняет цвет без причины, просто для красоты.

— В природе эстетика является бесполезной роскошью, — скупо комментирует Посейдон. — На этой стадии эволюции нужно прежде всего думать об эффективности.

Некоторые художники среди учеников шепотом выражают солидарность с несчастным импрессионистом. Ван Гог не соглашается с поражением и протестует:

— Я не согласен. Целью эволюции является не эффективность, а красота. Моя «гогетка» — не ошибка дебютанта. Мое произведение является порывом к совершенству, и мне жаль, что вы не способны это понять.

— Очень жаль, господин Ван Гог, — сухо отвечает бог морей, — но не вы устанавливаете правила на Олимпе. Достичь успеха здесь — значит соответствовать требованиям преподавателей, а не создавать собственные законы.

Ван Гог выхватывает крест, но группа кентавров уже наготове. У них щиты, как у прибывшего на подмогу спецподразделения полиции. Художник направляет на них свой крест, но они хорошо защищены. Тогда, видя безнадежность ситуации, он приставляет крест к собственному уху, стреляет и падает. Кентавры уносят останки. Все произошло за несколько секунд.

Обратный отсчет: 139 – 1 = 138.

Никто не пошевельнулся. Теперь мы покорились. Удивительно, как легко мы приняли «их» правила игры. Лучшим — лавровый венец, худшим — уничтожение. Мы превратились в заурядный класс учеников, озабоченных лишь тем, как сдать экзамен и не быть выгнанными.

47. Энциклопедия: русские матрешки

Если бы электрон обладал сознанием, мог ли бы он догадаться, что включен в гораздо более обширное целое, чем атом? Мог ли бы атом понять, что он является частью большего единого целого, молекулы? А смогла бы молекула понять, что она заключена в чем-то гораздо большем, например в зубе? А зуб способен был бы предположить, что является частью человеческого рта? Тем более, может ли электрон сознавать, что является бесконечно малой частью человеческого тела? Когда кто-то говорит мне, что верит в Бога, то это напоминает мне утверждение: «Я, маленький электрон, претендую на то, что различаю молекулу». А когда кто-то говорит, что он атеист, это равнозначно заявлению: «Я, маленький электрон, уверен в том, что нет ничего над тем, что известно мне».

Но что бы они сказали, и верующие, и атеисты, если бы знали, насколько все больше и сложнее, чем даже может представить их воображение? Насколько потрясен был бы электрон, если бы знал, что он включен не только в атомы, молекулы, зубы, людей, но и что сами люди включены в планету, Солнечную систему, космос и еще что-то гораздо большее, для чего у нас сегодня нет названия. Мы являемся частью игры в русские матрешки, которая выходит за грань понимания.

Поэтому я позволю себе сказать, что изобретение людьми концепции Бога является лишь успокаивающим занавесом перед лицом головокружения, охватывающего их из-за бесконечной сложности того, что может находиться над ними.

Эдмонд Уэллс,
«Энциклопедия относительного и абсолютного знания», том 5

48. Морепродукты, устрицы и морские ежи

Сезон Осень приносит нам водоросли, а затем устриц, морских ежей и анемон. После яиц и соли мы радуемся этим блюдам. Это сочетание йодистого и растительного вкусов нас восхищает. Такое впечатление, что я полным ртом глотаю океанский концентрат.

Мы не попробовали наши растительные творения, и я спрашиваю себя, какого вкуса моя «пэнсонетка». И съедобна ли она?

Рауль сидит рядом со мной.

— Мы давно не общались, — говорит он. — Что ты обо всем этом думаешь?

Я отделяю устрицу от раковины и глотаю ее, а Рауль поглаживает подбородок.

— У меня такое впечатление, что я больше не нахожусь в реальности, что я лишь часть игры, которую не веду, что я просто пешка, которую кто-то двигает. Нас сделали частью фильма или реалити-шоу на телевидении... Отовсюду следят за нашими реакциями. Потом, эти гигантские боги, эти тоги, эти химеры, люди-лошади, девушки-бабочки, сирены, сатиры, грифоны. Можно почувствовать себя в обстановке, вышедшей из воображения какого-нибудь Сальвадора Дали… Когда мы были танатонавтами, я радовался, снимая один за другим слои, прячущие скрытые тайны. Мы шли против системы, медицинских архаизмов, догматических религий, поучателей всех мастей. Но здесь… кто наши настоящие враги?

Рауль наклоняется к блюду с морепродуктами, которое одна из ор ставит перед нами. Ножом он тщательно удаляет колючки с морского ежа.

— …Эти занятия, где нам, как детям, ставят оценки. Пряник — лавровый венок для хороших учеников, кнут — исключение для строптивых… Мне это не нравится. Ненавижу чувствовать себя зажатым. А мы зажаты гравитацией, прижимающей к земле, стенами этого города, морем, окружающим этот остров Эдем, который сам затерян на планете вдалеке от всего.

— Каждый или почти каждый вечер мы свободно выходим за пределы города, — говорю я.

Мой друг сомневается.

— Даже эти выходы слишком просты. Все происходит так, как будто перед нами ставят слишком маленькие преграды, чтобы убедить, будто мы нарушаем правила, в то время как…

— Что?

— Я себя спрашиваю, может быть, от нас ждут именно этого? Ты видел, как легко мы перебрались через поток? И как будто случайно всегда чудом спасались в последний момент. В прошлый раз нам даже помогли химеры… Тебе это не кажется подозрительным? Можно подумать, за всей этой игрой кто-то стоит.

— Да, но кто?

Устричным ножом он указывает на вершину горы.

— Кукловод. Великий Бог.

На лице у него застывает усмешка.

— Если только это не дьявол собственной персоной.

Сезон Весна, видя мое наслаждение, приносит новое блюдо.

— А все эти прекрасные девушки… — продолжает Рауль. — Можно подумать, что фирма провела кастинг в агентстве фотомоделей.

— Ты бы предпочел надменных старух?

Мой друг вздыхает.

— Не выношу роль игрушки. Это напоминает мне «Заключенного», помнишь? Сериал, в котором люди оказываются заперты во время отпуска в каком-то отеле и герой все время повторяет: «Я не номер».

— А я думаю скорее об «Острове доктора Моро», знаешь, там сумасшедший доктор проводит эксперименты над гибридами людей и животных.

Разговоры о кино нас разряжают.

— Мне это место напоминает «Охоту графа Зарова», — говорит Мэрилин Монро. — Вы видели этот фильм, в котором охотники используют вновь прибывших на остров как дичь?

Как с самого начала сказал Эдмонд Уэллс, у нас впечатление, что все это подделка. Нас не очень напугали ни смерть Дебюсси, ни исчезновение Ван Гога и других. Как будто мы сами участники фильма или романа. Персонажи исчезают, вот и все. И мы не чувствуем себя действительно в опасности, мы анализируем ее как загадку…

— А вы читали «Таинственный остров» Жюля Верна? — спрашиваю я.

По странной причине от этого вопроса пробегает холодок.

— Эта книга не имеет никакого отношения к нашей истории, — говорит Мэрилин Монро. — Мне кажется, это скорее история про людей, живущих как Робинзон Крузо.

— И потом, там нет города.

— Там есть капитан Немо, прячущийся где-то на острове и наблюдающий за ними… — говорю я.

— В таком случае я бы скорее процитировал «Повелителя мух», — говорит Прудон. — Помните этих детей на острове? Они остались без взрослых, предоставленные сами себе.

Я действительно вспоминаю это произведение Уильяма Голдинга, которое меня в свое время просто перевернуло. В конце образуются две банды детей. В первой те, кто хочет зажечь огонь, чтобы подать сигнал кораблям. Второй руководит мальчик, сделавшийся авторитарным начальником. Он хочет охотиться, а потом воевать. Он создает иерархическую систему инициаций и наказаний. Постепенно вторая группа уничтожает первую.

Мы вспоминаем другие истории, погружающие в ностальгию по «Земле 1». Я внезапно спрашиваю себя, существуют ли на других планетах культовые фильмы или сериалы. Возможно.

— А что, по-твоему, находится в черном мире?

Мы думаем о «Цербере», «Собаке Баскервилей», некоторые упоминают «Чужого». Странно, но голливудские названия или образы делают этого монстра менее ужасным.

— А я вспоминаю маленького белого кролика из «Монти Питон, Священный Грааль». Совсем крошечный крольчонок, который прыгает на всех и загрызает, до того как человек успевает отреагировать.

— Можно еще вспомнить чудовище из квартала Марэ, которое появляется в ночи, — говорит Мэрилин Монро.

— Или Дракулу.

И в этот момент снова раздается крик. Возвращение в реальность. Мы замолкаем. Второй, еще более ужасный крик заставляет всех похолодеть.

Мы больше не в кино. Прыжком все вскакивают на ноги. Мы выходим из Мегарона и направляемся туда, где произошло что-то страшное. Кентавры галопом несутся мимо нас.

Крики идут из виллы, дверь которой приоткрыта. Мы входим внутрь. Жилище похоже на мое. На полу валяется вилка, которой, очевидно, снаружи открыли деревянную задвижку.

Здесь было вторжение.

Салон пуст. На экране телевизора ребенок играет в классики. Он бросает кости, выпадает «7». На одной ноге он прыгает в квадрат «7», где мелом написано «Небо».

Я иду вперед и в ванной комнате вижу агонизирующего Бернара Палисси. От удара молнии у него обуглена половина лица. Один глаз еще широко открыт, но веко дрожит. Он не мертв, он бормочет:

— Богоубийца — это…

Он пытается выговорить имя, но теряет сознание.

— Кто осмелился? Кто позволил? — кричит Афина, рассекая толпу, чтобы приблизиться к телу.

Копьем она шевелит одежду жертвы, чтобы обнаружить другие ранения, а ее сова взлетает и осматривает окрестности. Они ничего не находят. Кентавры накрывают останки бедного Палисси простыней и выгоняют нас из дома.

Обратный отсчет: 138 – 1 = 137.

Снаружи Афина собирает нас.

— Здесь есть кто-то, решивший насмехаться над богами и бросить им вызов. Богоубийца хотел бы создать на Олимпе хаос, царствовавший на стольких планетах, и установить власть смерти и разрушения. В действительности, и это говорю вам я, богиня правосудия, он не уйдет далеко, преступления не останутся безнаказанными, а кара будет показательной.

Вместе с другими теонавтами я удаляюсь от грустного места, и весь город вдруг кажется нам полным скрытых ловушек.

— Он хотел сказать, сказать мне имя. Я слышал, как он произнес: «Богоубийца — это…»

— Он мог сказать «дьявол» или «бог чего-нибудь».

— Он мог сказать «она».

Мата Хари оглядывается в поисках знаков.

— На полу лежала вилка. Тот, кто проник в помещение, использовал ее, чтобы снаружи открыть задвижку, — говорит Эдмонд Уэллс.

— Если богоубийца уже врывается в дома, никто больше не может спать спокойно. Двери закрываются только на эту задвижку.

— Нужно приставить к двери стул, и если он перевернется, шум нас разбудит, даже если заснуть в ванне, — говорит методичная Мата Хари.

Мэрилин Монро выглядит потрясенной.

— Демон на острове, — говорит она. — Мы больше не сможем спать спокойно.

Рауль морщит лоб в раздумье:

— Если Афина права, богоубийца не дьявол и не демон.

Это ученик. Значит, мы способны защитить себя, бороться и победить его. Он не такой, как все эти монстры, которыми кишит остров и силы которых мы не знаем.

Прудон присоединился к нам и высказывает свою версию:

— В конечном счете все ошиблись в сценарии. Мы в романе «Десять негритят» Агаты Кристи. Мы все там будем, один за другим, и когда останутся только двое, они будут наверняка знать, кто виновен, а кто нет.

Я удивляюсь:

— Но вы скончались задолго до того, как детективные романы сделали Агату Кристи такой знаменитой.

— Конечно. Но когда я был ангелом, ее издатель был среди моих клиентов и я мог прочитать ее произведения еще до публикации.

Идея Прудона кажется мне плодотворной, и я развиваю дальше его мысль.

— Как в любом детективе, выдвинем гипотезы. Отныне нас сто тридцать семь. Я не виновен, так же как Рауль, Мэрилин, Фредди и Эдмонд, которые все были рядом, когда богоубийца нанес удар. Остается сто тридцать два подозреваемых.

— Сто тридцать один, — говорит Прудон. — Я здесь тоже ни при чем.

— У вас есть алиби? Есть свидетели? — спрашивает Рауль подозрительно.

— Ну вот! — восклицает Прудон. — Подозревая друг друга, мы не облегчим ситуацию. Пусть главные боги ведут расследование. У них есть средства, которых нет у нас.

Вмешивается Гюстав Эйфель.

— Мы не бараны, которых ведут на бойню. Мы сами способны себя защитить.

Потрясая крестом, он направляет его на воображаемого противника.

— Если богоубийца приблизится, я выстрелю первым.

— Если богоубийца приблизится, я закричу, — говорит Мэрилин Монро.

— Дорогая, они все кричали, — вежливо говорит Фредди, — но это их не спасло.

— Даже если мы предоставим расследование преподавателям, мы можем задавать вопросы, — предлагает Рауль. — Во-первых, почему убийца выбрал в качестве жертвы Бернара Палисси?

Мы садимся на большую мраморную скамью в форме подковы. Предположения множатся.

— Потому что легче напасть на кого-нибудь, кто один находится в ванной, чем на нескольких человек, которые вместе едят в общественном месте, — говорит Мэрилин.

— Потому что Бернар Палисси оказался лучшим учеником на последнем занятии, — напоминает Сара Бернар.

Нас одолевают раздумья. Неужели убивают лучших?

— Ты тоже получила лавровый венок, и тебя, насколько я знаю, не убили, — говорит Жорж Мельес.

— По правде говоря, я вам об этом не рассказала, но, когда я наблюдала по телевизору за моими смертными с «Земли 1», я услышала шум в комнате.

Она собирается с духом.

— Я взяла крест и пошла посмотреть.

— И что?

Мы смотрим на нее в ожидании.

— Окно было открыто. На полу были грязные следы.

Повисает долгое молчание.

Наступает ночь, и на вершине горы три раза вспыхивает свет. Как зов.

49. Энциклопедия: мистерии

Многие мистические учения скрывают эзотерическую фазу, доступную лишь для элиты посвященных (мистов). Их называют «мистерии». Из западных мистерий самыми известными и самыми древними являются Элевсинские мистерии, относящиеся к VIII веку до н. э. Они включали в себя очищение водой, посты, заклинания, представление о схождении мертвых в ад, их возвращении к свету и возрождении.

В орфических мистериях, ассоциирующихся с богом Дионисом, ритуал состоял из семи частей: 1. Осознание. 2. Принятие решения. 3. Принятие ритуальной пищи. 4. Сексуальное причастие. 5. Испытание. 6. Идентификация с Дионисом. И наконец, 7. Освобождение танцем.

Знаменитые в Египте мистерии Исиды насчитывали четыре испытания, связанные с четырьмя стихиями. В испытании землей посвящаемый должен был один сориентироваться с помощью масляной лампы в темном лабиринте, заканчивающемся пропастью, в которую необходимо было спуститься по лестнице. В испытании огнем он перешагивал через раскаленные докрасна металлические бруски, уложенные ромбами так, что оставалось место только для одной ступни. При испытании водой нужно было ночью переплыть Нил, не выпустив из рук лампу. В испытании воздухом посвящаемый вступал на подъемный мост, который проваливался под ним, оставляя подвешенным над пропастью.

Затем ему завязывали глаза и задавали различные вопросы. Потом снимали повязку и приказывали встать между двумя квадратными колоннами. Там он получал уроки физики, медицины, анатомии и символики.

Эдмонд Уэллс,
«Энциклопедия относительного и абсолютного знания», том 5

50. Экспедиция в черное

Грифон налаживает тирольскую переправу, и мы один за другим перебираемся через поток. На этот раз я как можно выше поднимаю ноги, чтобы сиренам не удалось меня схватить.

Эдит Пиаф не пошла с нами. Мы не знаем, испугалась ли она монстра или обиделась на то, что мы не дали ей спеть.

За голубым потоком начинается черный лес. Наша команда перегруппировывается, и когда на башне Кроноса бьет одиннадцать часов, мы цепочкой, как индейцы, углубляемся в незнакомую территорию. Когда часы перестают бить, только тихое пение сирен нарушает тишину, как бы напоминая о красоте потока и голубого леса.

— Вам страшно? — шепотом спрашивает Мэрилин Монро.

Эдмонд Уэллс достает из своего неисчерпаемого мешка горсть светлячков и раздает каждому члену экспедиции по три. Мы снова пускаемся в путь, возглавляемые самыми отважными — Раулем и Матой Хари.

В черном лесу все цветы мрачные, и я не удивляюсь, видя ноготки с антрацитовыми тычинками. Деревья с длинными ветвями похожи на многоруких индусских богов, угрожающе щевелящих ими на ветру. На востоке проглядывает силуэт горы, вечно скрытой в тумане и не дающей мне покоя.

На память приходит образ Жюля Верна.

«Не ходите туда, главное, не ходите туда...» В прошлый раз нас напугало хриплое рычание вдалеке. На этот раз даже ветер вдруг стих и перестал колыхать листву. Ничего не слышно. Эта тишина еще больше гнетет. Ни жужжания насекомых, ни шелеста крыльев, ни зайца или белки, выскакивающих из-под ног. Только давящая тишина и непроглядная темнота ночи.

Мы продвигаемся вперед в мире все более холодном, все более тихом, все более черном.

II.

ТВОРЕНИЕ В ЧЕРНОМ

51. В ЧЕРНОТЕ

Чернота.

Три луны опустились за горизонт, а звезды так далеки, что становятся почти неразличимыми. Деревья все более высокие и густые, они почти закрывают небо.

Идущая передо мной Мэрилин стучит зубами.

Вдалеке раздается хриплое дыхание.

Мы резко останавливаемся.

Все хватаются за кресты. Я устанавливаю свой крест на максимальную мощность. Хрип неожиданно прекращается, как будто мы разбудили спящее чудовище, которое замолчало,чтобы застать нас врасплох.

— А может, вернемся? — предлагает Мэрилин.

Рауль рукой делает знак замолчать. Мой друг кладет на землю светлячков и начинает потихоньку продвигаться вперед. Мата Хари следует за ним.

Фредди, Мэрилин, Эдмонд и я становимся в каре, чтобы смотреть во все стороны. Мы напряженно вслушиваемся в тишину.

Из долины раздается двенадцать ударов. В этот момент мы слышим сдавленный хрип, потом снова воцаряется тишина.

Мне кажется, что чудовище совсем близко.

Внезапно топот тяжелых шагов обращает нас в беспорядочное бегство. Бросив светлячков, мы несемся в темноту.

Наконец появляется голубой поток, обнадеживающая граница. Переправа по-прежнему на месте, привязанная к большому дереву. Мэрилин прыгает первой и быстро приземляется на другом берегу. Толкаясь, мы тянем рукоятку назад. Земля и дерево дрожат под нечеловеческими шагами. Фредди переправляется вторым.

У нас с Эдмондом уже нет времени ждать возвращения рукоятки. Мы карабкаемся на дерево и направляем кресты вниз, полные решимости не сдаваться без боя. Но монстр не появляется. Мы только слышим голос, искаженный ужасом:

— Бегите! — кричит Рауль откуда-то справа с такой же безнадежной интонацией, как и Жюль Верн, когда я видел его в первый и последний раз.

— Скорее возвращайтесь! — вторит ему Мата Хари, также напуганная.

— Мы на дереве, залезайте к нам, — отвечает Эдмонд как можно более спокойно.

Когда они забираются к нам, дрожа и задыхаясь, я спрашиваю:

— Вы его видели? Что это было?

Рауль не отвечает. Мата Хари тоже не может произнести ни слова. Я передаю ей рукоятку, которая наконец вернулась. Рауль, трясущийся от возбуждения, следует за ней. Я не люблю быть последним, но все-таки уступаю очередь Эдмонду Уэллсу, моему учителю. И когда рядом не остается никого, шаги чудовища начинают приближаться.

52. Энциклопедия: страх

В 1949 году Эгас Мониз получил Нобелевскую пре-
о за работы в области лоботомии. Он обнаружил, что
ние предфронтальной доли лишает человека страха.

Однако у этой доли есть особенная функция, она постоянно позволяет нам представить себе возможные варианты развития событий в будущем. Это открытие позволило осознать, что наши страхи вызываются способностью мысленно отправляться в будущее. Благодаря этому мы предчувствуем возможные опасности и к конечном счете осознаем, что однажды умрем. Из этого Эгас Мониз сделал вывод, что... не думать о будущем значит уменьшать свою тревогу.

Эдмонд Уэллс,
«Энциклопедия относительного
и абсолютного знания», том 5

53. Промежуточный лагерь

Он приближается. С каждым шагом, сотрясающим дерево, я чувствую, что чудовище должно быть огромным.

Я немедленно понимаю, что ждать возвращения рукоятки бессмысленно — монстр легко схватит меня на дереве. Тогда я спрыгиваю вниз с противоположной от чудовища стороны. Оно уже близко. Я бегу в другую сторону. Оно приближается. Я продолжаю бежать прямо, не разбирая дороги. Монстр движется гораздо быстрее меня. Сдавленное рычание преследует меня. Я бросаюсь в лесные заросли, продираюсь сквозь них, не оборачиваясь. Первые рассветные лучи, пробивающиеся сквозь листву, мне не помогают. Глухое рычание напоминает, что зверь догоняет меня.

Мои легкие разрываются, оцарапанные руки горят.

Вдалеке друзья зовут меня. Я не знаю, как долго я бегу. Неожиданно я падаю и качусь по склону. Я переворачиваюсь через голову, царапаясь о растения, за которые пытаюсь ухватиться. Мое падение заканчивается в лощине, где я замечаю деревья, не похожие на те, что были раньше.

Чудовище, по-видимому, не стало прыгать вниз за мной. Я встаю, отряхиваюсь, лижу царапины и оглядываю окрестности. На востоке, за горой, встает второе солнце. Значит, нужно идти в противоположную сторону. Я решаю обойти гору с юга.

Я иду вперед, пока не начинаю понимать, что с каждым шагом погружаюсь в вязкую глинистую почву. Вот я уже похож на человека из анекдота Фредди, который застрял в зыбучих песках и отказывается от помощи пожарных, потому что верит в Бога. Ах, если бы пожарные появились сейчас, я бы попросил их сделать все что возможно.

Медленно, неумолимо, не в силах шевельнуться, я погружаюсь в эту грязь. Я кричу: «На помощь!», но даже монстр не появляется.

Я уже по грудь в грязи, и ничего не происходит. Какой глупый конец!

Грязь уже набивается в рот, в нос. Я задохнусь. Я не попаду на другие лекции. Я не узнаю ответ на загадку Афродиты.

В последний момент я вижу херувимку, которая в ужасе кружится надо мной и дергает за уши, как будто может вытащить из этого болота.

Я закрываю глаза. Я уже полностью под землей и продолжаю погружаться. Но что это? Мои оледеневшие ноги теперь свободно болтаются в воздухе. Подо мной пустота. Скоро освобождаются и колени. Наконец мое тело попадает в подземную пустоту. Я падаю в реку и плыву по течению. Она переходит в бурный поток, который крутит меня как соломинку в каменном желобе. Я пытаюсь остановить свое падение, но скорость слишком велика. Я скольжу, как в водяной горке бассейна, но она никак не кончается, все несет и несет меня. Через какое-то время желоб заканчивается, и я падаю из него в ледяную воду.

Я плыву и поднимаюсь к поверхности, а белые светящиеся рыбы, похожие на глубоководных океанских чудовищ, смотрят на меня с удивлением. Мои легкие разрываются, наконец я поднимаюсь на поверхность. Я делаю большой глоток воздуха и кашляю, выплевывая воду, которой наглотался. Продолжая держаться на поверхности, я хватаю крест и стреляю. В свете вспышки я вижу, что нахожусь в подземном озере в глубине обширной пещеры. Я плыву к каменному берегу, снимаю мокрую и перепачканную тогу и сандалии. В новой вспышке я вижу сбоку проход.

Я попадаю в бесконечный лабиринт. Я иду по переходящим друг в друга туннелям, вырытым прямо в земле, которые время от времени сменяются естественными сводчатыми пустотами со сталактитами и сталагмитами. Я иду долго, иногда пригибаясь, потому что потолок опускается. В других местах он выше. Порой я иду по колено в грязной воде.

Неожиданно я оказываюсь в зале, где есть столы, стулья, различные деревянные предменты. На одном столе даже стоит свеча, и я зажигаю ее с помощью креста. Несомненно, люди здесь прятались. Может быть, бывшие ученики устроили здесь промежуточный лагерь? В углу куча книг, похожих на те, что у меня на вилле, и карты. Я поднимаю одну из них. Она заполнена текстом на неизвестном мне языке. Рисунки изображают судно на реке, борьбу с сиренами.

Гора тоже присутствует на рисунках, причем ее вершина заштрихована, как будто автор рисунков предупреждает: «Главное, не ходите туда».

Еще здесь есть обувь, походные и горные ботинки, веревки, крюки… Но все покрыто толстым слоем пыли. Ботинки мне малы.

У моих предшественников ноги были меньшего размера. Во всяком случае, сюда никто давно не возвращался.

Я беру книги, карты, альпинистское снаряжение и вхожу в один из коридоров, ведущих из зала, освещая себе путь свечой.

Я снова в лабиринте из коридоров, прорытых в скалах и земле. Путь длинный.

Я замерз, хочется есть, я совершенно разбит. У меня больше нет сил, и я избавляюсь от груды книг и вещей, которые рассчитывал принести на свою виллу.

В конце концов я прихожу в место, которое мне знакомо. Это пещера, где я приземлился вначале.

Я безнадежно вздыхаю. Я уже готов прекратить борьбу за собственную жизнь. Тем хуже, я не буду первым богом, превратившимся в химеру. Я реинкарнируюсь в гибрида, получеловека, полумуравья, ползающего по этому подземному лабиринту. Эдмонд Уэллс мог бы мной гордиться.

В греческой мифологии упоминаются такие химеры — мирмидоны. Я разражаюсь бешеным хохотом, который должен быть первым симптомом сумасшествия.

Неожиданно я вижу кролика-альбиноса. Я протираю глаза. Похоже, я брежу, это, наверное, из-за упоминания о злобном белом кролике из «Монти Питон»… если только это не веселый кролик из «Алисы в стране чудес». Маленький грызун пристально смотрит на меня красными глазами, а потом семенит по коридору, в который я уже вступил. Терять мне нечего, я следую за ним. Дойдя до перекрестка, где я уже был, кролик поворачивает налево, в то время как я повернул направо. Новый лабиринт. Кролик ведет меня к узкому проходу, вход в который скрывает сталагмит. По нему мы попадаем в следующий коридор. Вдруг сбоку, прямо в скалистой стене, появляются неровные ступени естественной лестницы. Я иду по ним вверх. Усталость пропала, а ступени все не кончаются.

Я вспоминаю отрывок из «Энциклопедии». Visita Interiorem Terrae Rectificando Invenies Operae Lapidem. «Посети внутренность земли, и, исправившись, ты найдешь спрятанный камень». Смерть-возрождение через спуск под землю.

Я спустился. Я поднимаюсь. Наконец свет. Глаза уже так привыкли к темноте катакомб, что утренний свет наверху меня ослепляет.

Кролик навостряет уши, шевелит мордочкой, ускоряет шаги. Я следую за ним. Вот и голубой поток, рядом черный лес, но монстра не слышно. Кролик спокойно скачет к водопаду, на первый взгляд непреодолимому. Я останавливаюсь и осматриваю окрестности в поисках переправы на другой берег. Мое колебание раздражает зверька, который бегает вокруг, приглашая следовать за ним. Наконец это ему надоедает, и он скрывается один под стеной воды. Дрожащий, он появляется с другой стороны у голубого леса.

Проход под каскадом воды! Я иду вперед. Это еще лучше, чем тирольская переправа, чтобы спокойно перебраться через поток.

Спасен.

На другом берегу кролик, пошевелив ушами на прощание, моментально исчезает.

54. Мифология: Арес

Сын Зевса и Геры, Арес, является богом войны. Его имя означает «мужественный». Его атрибуты — копье, коршун и собака. Он сам дух битвы. Он смеется над резней и хорошо себя чувствует только в бою. Он известен своим раздражительным характером и бешеным темпераментом, из-за чего периодически ссорится с другими богами. В Трое раздраженная Афина камнем ранила его в горло.

На самом деле Арес не всегда выходил победителем. Гиганты, сыновья Посейдона, от которых он хотел защитить Артемиду и Геру, захватили его в плен и тринадцать месяцев держали в бронзовой вазе. Для его освобождения потребовалось вмешательство Гермеса.

Будучи богом войны, Арес неравнодушен и к любовным приключениям, которые обычно плохо заканчиваются. Когда Афродита соблазнила его, ее супруг Гефест поймал любовников, накинув металлическую сеть на их ложе. Другие боги прибежали, чтобы посмеяться над незадачливой парой, и Арес, чтобы освободиться, должен был поклясться заплатить за ошибку. От этого союза, однако, родилась дочь Гармония, будущая супруга царя Кадма, основателя города Фивы. Афродита тем не менее продолжала ревновать Ареса. Она застала его в кровати с Авророй и в наказание приговорила послушную молодую девушку заниматься любовью постоянно.

С одной из сирен он породил Диомеда, будущего царя фракийцев, ставшего известным тем, что он кормил своих лошадей мясом странников. С нимфой Аглаей он породил Альсипею, которую украл один из сыновей Посейдона. Арес убил обидчика.

Перед трибуналом Олимпа тогда прошел первый процесс об убийстве. Посейдон обвинил Ареса в преднамеренном убийстве, но Арес так хорошо построил свою защиту, что боги простили его.

Арес был малопочитаем среди греков, которые предпочитали более мирных богов. Особенно их пугали его сыновья Деймос (ужас) и Фобос (страх), которые сопровождали отца верхом на лошадях.

Римляне продолжили его культ, отождествляя с богом Марсом. У египтян Анхур имеет схожие с Аресом черты.

Эдмонд Уэллс,
«Энциклопедия относительного
и абсолютного знания», том 5
(согласно Франсису Разорбаку,
вдохновлявшемуся «Теогонией» Гесиода,
700 год до н.э.)

55. Вторник. Лекция Ареса

Когда после короткого сна я появляюсь в Мегароне на завтрак, все друзья удивленно встают.

— Мишель, мы думали, что ты…

— Погиб?

Они рассказывают, что не бросили меня. Когда они увидели, что я не следую за ними, Рауль и Мата Хари вернулись и пошли по моим следам. Они внезапно кончились. Выбоины пересекали землю во всех направлениях, а потом исчезали в черном лесу. Тогда они решили вернуться назад и переправились через поток с помощью тирольской переправы.

— Что произошло? — спрашивают все.

Я не хочу говорить им все. Я не готов рассказать историю про большой подземный зал и то, что там находится. Я также хочу сохранить в секрете встречу с кроликом-альбиносом. Быстро глотая завтрак из устриц и водорослей, я просто говорю, что обнаружил проход под водяным каскадом.

На башне Кроноса часы бьют восемь тридцать. Пора прекращать дискуссию и идти на лекцию.

Сегодня вторник, день Марса. Марс — римское имя Ареса, поэтому мы спешим к жилищу этого бога войны на лекцию третьего преподавателя.

Мы поднимаемся по Елисейским Полям, минуем дворцы Гефеста и Посейдона. Дворец Ареса напоминает крепость с башнями, сторожевыми вышками и галереями с бойницами.

Попасть в него можно только по подъемному мосту, висящему надо рвом с зеленоватой водой. Внутри в большом зале выставлено все, что на протяжении истории человечества было предназначено для резни и убийств. Блики освещают дубинки, копья, топоры, пики, алебарды, нунчаки, шпаги, сабли, мушкеты, ружья, бомбы, гранаты, ракеты. Каждое оружие снабжено ярлыком, на котором указано место и дата его изготовления.

В черной тоге появляется бог Арес. Это гигант больше двух метров ростом, с густыми черными усами и ресницами и внушительной мускулатурой. На лбу у него черная лента. Его сопровождают лабрадор и коршун. Собака садится рядом с ним, а хищник усаживается на классную доску.

Стоя на возвышении, Арес пристально смотрит на нас, потом спускается.

Он встает позади нашей планеты, которую Атлант, по-прежнему морщась от боли, положил как можно более осторожно на подставку и выскользнул наружу, не сказав ни слова.

Арес направляет лупу креста на нашу работу.

— Я так и знал. Вы думали только о красоте, а не о выживании. Ни одного растения с колючками, ни одного ядовитого выступа!

В аудитории раздается шушуканье.

— Молчите! Вы что, думаете, миры делают так, как плетут кружева?

Прислонив свое оружие к рабочему столу, он пишет на доске:

1. Космическое яйцо.

2. Минерал.

3. Растение.

4. Животное.

Возвышаясь над всеми, бог войны разражается оглушительным смехом.

— Два рта «3», помните? Рот, который кусает, и рот, который целует. Убивать и заниматься любовью — вот секрет наполненной жизни. Что может быть радостнее предсмертного хрипа врагов, агонизирующих с кинжалом в животе, если только не женщина в ваших объятиях?

Несколько учеников мужского пола издают одобрительные возгласы. Женщины осуждающе перешептываются.

— Знаю, знаю, — сардонически продолжает Арес, — вас учили хорошим манерам. Но если мои слова некоторых из вас шокируют, знайте, мне на это наплевать. Обожаю драку, даже если сам получаю удары. Когда полубог Геракл разбил мне лицо, я подумал: «Наконец-то достойный противник!» Намотайте это себе на ус. Не бойтесь ничего и никого, даже ваших учителей.

Он бросает нам вызов.

— Если кто-то хочет помериться со мной силами, пусть выйдет вперед. Преимущество всегда у нападающего. Ударь первым, а потом рассуждай.

Подтверждая слова делом, он выбирает среди нас одного ученика с атлетическим телосложением и хватает его за тогу.

— Эй, приятель, хочешь подраться?

Не дожидаясь ответа, он бьет ему кулаком в живот.

Согнувшись пополам, ученик делает отрицательные знаки.

— А жаль, — говорит бог войны, швыряя того на пол.

Он указывает нам на свою жертву.

— Вы видите преимущества нападающего. Это действует всегда. Сперва ты бьешь, потом думаешь. А если противник сильнее, ты... извиняешься.

Повернувшись к жертве, он насмешливо говорит ему прямо в лицо:

— Очень жаль, дружок, я не нарочно. Этот удар у меня сам собой вырвался.

И он наносит ему второй, еще более сильный удар. Затем, повернувшись к классу, развеселившийся Арес продолжает:

— Это не только освобождает от комплексов, вас еще и уважают. Но... люди всегда хотят выглядеть «добрыми». Это не доброта, а манерность. Все цивилизации, которые делали маленькие скатерти, сладкие пирожные и эмалированную посуду, были уничтожены теми, кто делал дубинки, топоры и стрелы. Вот реальность Истории. И те, кто отказывается это понять, заплатят дорогую цену. Этот мир не для хлюпиков. Если вам нравится вышивать крестиком, лучше сразу бросьте божественные лекции.

Бог войны расхаживает между нами.

— С основания мира всегда была битва, и не добра со злом, как утверждают некоторые примитивно мыслящие люди, а борьба... шпаги со щитом.

Вышагивая между скамьями и отбивая шаги рапирой, он чеканит:

— Каждый раз, когда где-то создается новое разрушительное оружие, создается и защита от него. Стрела против доспехов, кавалерия против копий, пушки против стен, ружье против пуленепробиваемого жилета, ракета против противоракетной установки. Так развивается человечество. Война сделала больше для развития технологий, чем простое любопытство, эстетика или забота о комфорте. Вспомните, первая ракета «Земли 1» была создана на базе прототипа ракеты V1, задуманной, чтобы убить как можно больше невинных гражданских людей, и она открыла путь к завоеванию космоса.

Он смолкает, чешет густую темную шевелюру и меряет нас взглядом с высоты своего роста:

— И еще одно. Кажется, среди вас есть преступник, богоубийца, нападающий на своих соучеников.

Мы молчим. Никто не реагирует.

— ...Я против него ничего не имею. Я считаю, что все средства хороши для победы в божественной игре. Цель оправдывает средства. Это нагло, но нужно было об этом подумать. Мне это нравится. Я знаю, что другие главные боги возмущены, но я им сказал: «А не это ли в конечном счете смысл эволюции?» Сильный побеждает мягкотелого. Разрушитель побеждает труса. Так что браво тому, кто устраняет конкурентов. И не рассчитывайте, что система или администрация острова вас защитят, вы рискуете быть неприятно удивлены.

И он холодно добавляет:

— Богоубийца должен знать, что здесь у него есть союзник. И если вы хотите повеселиться, убивая друг друга, весь необходимый материал в этом зале к вашим услугам.

И он снова громогласно хохочет.

— Хорошо, а теперь перейдем к нашему миру, «Земле 18». Вы сделали красивый аквариум, замечательно украшенный анемонами и морскими звездами. Хорошие декорации, но теперь пришло время запустить в них настоящих актеров.

Изготовляйте плавники, рты и зубы и оживите мне этот океан. За работу! Метод тот же, что с растениями: гравируйте ДНК и программируйте. Но теперь у вас более широкое пространство для маневра. Дайте свободу своему воображению.

Арес усаживается в кресло, а мы принимаемся создавать животных. Я понимаю, что речь идет о настоящем художественном произведении. Я как скульптор создаю форму, крашу поверхность, применяю инженерные изобретения для разработки оригинальных способов перемещения. Мэтр советует испробовать все, что нам придет в голову, и от этого получаются гротескные, многоцветные, полупрозрачные чудовища.

Сперва все наши творения похожи на рыб.

Гюстав Эйфель первым решает снабдить своих тварей суставчатым позвоночником, чтобы у них был твердый стержень.

Жорж Мельес создал выпуклые сферические глаза, которые движутся, позволяя смотреть как вперед, так и назад. Рауль Разорбак задержался над усовершенствованием плавника, увеличивающего скорость плавания. Мата Хари изготовляет кожу, способную адаптироваться к любым условиям и менять камуфляж.

Мы сравниваем наши творения и комментируем их, что в конце концов выводит нашего сегодняшнего профессора из себя.

— Вы что, решили, что вы в отпуске? Думаете, вы здесь для того, чтобы развлекаться с маленькими скульптурками? Нет, мы здесь для того, чтобы нападать, захватывать, уничтожать друг друга! Закон джунглей — это и закон космоса. Сильный побеждает слабого. Острое втыкается в плоское. Даже галактики поедают друг друга.

Он бьет своей обоюдоострой шпагой по столу.

— Хватит развлекаться, теперь создайте жизнь с новой целью — «съесть и не быть съеденным», или, если хотите, «убить и не быть убитым».

Он пишет последнюю фразу на доске.

Он вращает глазами.

— Ну да, ребята. Жизнь она легкая, когда каждый сидит в своем уголке. И когда я делаю непонятно что, просто так. Но когда начинается борьба с другим, тогда-то и видно, кто что сделал и кто предвидел… трудности.

Он ходит между рядами.

— Выжить — вот цель. Средства нужно найти вам. Наказание будет простым. Теперь вас 137. Так вот, сейчас займемся морским разбоем. Вы будете сражаться между собой, проигравшие будут отчислены. Это заставит вас думать и, возможно, разовьет ваши маленькие божьи мозги.

Он встает перед сферой.

— Короче говоря, бейтесь насмерть!

Он сгибается и присоединяется к нам, чтобы наблюдать за работой.

Рядом с «Землей 18» он насмешливо произносит:

— Как это красиво, последние минуты живущего в мире мира!

Мы вновь принимаемся за работу. Наши прототипы развиваются, зреют, становятся прочнее и сложнее.

Мэрилин Монро делает медузу с длинными щупальцами, которая очередями выстреливает крошечные отравленные гарпуны. Очень хороша мурена Жоржа Мельеса, которая прячется в расщелинах скал и наблюдает за тем, что происходит поблизости. Слишком сильный противник, и она прячется в своей дыре; добыча, и она бросается в атаку.

Рауль трудится над суставчатой челюстью, усиленной множеством мускулов.

Мы пытаемся вспомнить животных с «Земли 1».

Некоторые ученики снабжают свои творения подобием крыльев, чтобы увеличить их скорость, другие добавляют колючки или крючки. Наши рыбы оснащены, как боевые корабли. Сперва мы немного копируем друг друга, но понемногу каждый находит собственный путь.

Рауль изготавливает ската ромбовидной формы с мягкими плавниками и длинным мягким хвостом с колючкой, бьющим, как кнут.

Эдмонд Уэллс увеличивает количество маленьких рыбок, плавающих густой стаей, как сардины. Их особенностью является наличие разведчиков, предупреждающих о добыче впереди или о приближении хищника сзади. Если последнему все-таки удастся подкрасться, за время, что он сожрет нескольких рыбок, вся стая успеет скрыться. Все происходит так, как будто сообщество рыбок образует одну огромную и сильную рыбу. Учитель снова изобрел принцип, согласно которому «сила в единстве».

Мата Хари совершенствует принцип камуфляжа. В добавление к тому, что ее создание, очень похожее на кальмара, плавает над поверхностью морского дна, оно плюется чернилами, если враг заметит его присутствие.

Едва будучи созданными, наши животные начинают искать друг друга, преследовать, драться и пожирать. Созданные нами раньше растения продолжают расти и размножаться, давая корм травоядным рыбам первого поколения. А те служат топливом для новых хищных рыб, находящих в животных протеинах калории, необходимые для молниеносной атаки или быстрого бегства.

За вторым поколением хищников следует третье поколение суперхищников.

Животные начинают общаться. Кальмары изобрели язык фотолиза, то есть они меняют цвет, причем иногда очень быстро, чтобы предупредить друг друга или попросить о помощи.

Вскоре появляется четвертое, еще более кровожадное поколение.

И великая подводная битва начинается.

Огромные всплески возникают на поверхности океана «Земли 18», которая покрывается мертвыми рыбами, вскоре съеденными своими соплеменниками — некрофилами. Моя соседка слева, некая Беатрис Шаффану, вспоминая советы Ареса, делает защитный щит. Она разрабатывает рыбу-броненосца, похожую на черепаху, с мягким телом, защищенным двумя толстыми костяными пластинами.

Жозеф Прудон нацелен на создание рыб-охотников, быстрых и мощных. Его прототип, над совершенствованием которого он беспрестанно трудится, похож на акулу. Он снабжен дробящими все челюстями с тремя рядами зубов треугольной формы, острыми как бритва, носом — детектором движений и имеет большую скорость. Другие твари боятся к нему приближаться, и животное скоро начинает наводить ужас на весь подводный мир.

Я решаю последовать его примеру, но делаю не такое агрессивное существо. Моя рыба тоже большая и длинная, с короткими закругленными плавниками, за которые трудно ухватиться хищникам, очень скользкой кожей. Я снабжаю ее острым носом, способным поразить точно в печень акул Прудона. В результате моя рыба напоминает дельфина. Таким образом, естественно, мы следуем известным архетипам.

Прудон также дал пищу для размышлений моему соседу справа, Бруно Балларду, моделирующему барракуду с устрашающими челюстями. Другой ученик трудится над большим угрем, бьющим разрядами электрического тока.

Рыба-клоун Фредди Мейера живет в симбиозе с ядовитыми морскими анемонами, которые защищают ее от врагов. Раввин первым придумал союз не только между двумя видами, но и между двумя различными формами жизни. Руководствуясь тем же принципом, еще один ученик поместил свою рыбу-пилота вблизи акулы Прудона, чтобы она вела хищника к добыче, а акула ее защищала. Дружить с сильными всегда было хорошим методом выживания.

Очертания животных в первозданном океане становятся более тонкими и точными. Усиливается защита там, где ее было недостаточно. Кожа становится более прочной, не теряя гибкости.

Арес снова требует внимания.

Он пишет на доске: «Все в стратегии».

— Некоторые из вас начали понимать, как укрепить своих питомцев. Но физическая сила и кровожадность имеют границы. Есть другие способы победить. Это будет новым поколением ваших прототипов.

Мы ищем другие пути, нежели чем сила, и находим их.

Стратегии воспроизводства иногда компенсируют недостатки в боеспособности. Так, вид, не слишком способный защитить себя, может выжить, откладывая огромное количество икринок или благодаря тому, что самка защищает мальков, укрывая их во рту в случае опасности и выплевывая потом. Производство детей может стать даже методом нападения. Некоторые крупные и хорошо вооруженные рыбы становятся беззащитны перед стаей мальков, ворующих их пищу и паразитирующих на теле.

Вдохновляясь идеями моего учителя Эдмонда Уэллса, я стремлюсь улучшить связь между своими существами. Теперь они живут семьей и разговаривают с помощью ультразвука. Вокруг идея создания группы не получает распространения. Напротив, процветает все, связанное с камуфляжем, мимикрией, обманом, челюстями, зубами, ядом или быстрым спариванием и размножением. Вскоре боги-ученики определяют своим созданиям территории, которые те защищают всеми зубами и плавниками. И каждый направляет разведчиков, чтобы проверить враждебные территории.

Рыбы предыдущих поколений брошены на произвол судьбы и, продолжая размножаться, разнообразят окружающую среду. Поскольку они менее совершенны, то выступают в роли дичи.

Это противостояние всех возбуждает. Рядом со мной ученики видят, как их творения разрываются, раздираются на куски из-за отсутствия правильной стратегии. Чтобы исправить положение, они начинают копировать победителей.

На поверхности скапливается все больше дохлой рыбы. Некоторые кусками падают в бездны, и одному из учеников приходит мысль создать питающегося ими краба-некрофага.

Успех такой, что краб быстро мутирует и даже пытается вцепиться в панцири черепах Беатрис Шаффану. Она вынуждена вдвое увеличить защитный слой. Она даже покрывает панцирь чем-то вроде гладкого лака, за который не могут ухватиться даже самые острые клешни.

Арес подбадривает нас, пришпоривает, призывает драться еще ожесточеннее. В какой-то момент, так что мы этого даже не заметили, наше возбуждение усилила музыка «Кармина бурана».

А война идет повсюду. Через некоторый промежуток времени, кажущийся мне довольно коротким, виды приходят в равновесие. Никому больше не удается захватить чужие территории, и каждый эффективно защищает свою.

Тогда Арес решает все прекратить и подвести черту.

Он объявляет, что сперва назовет двадцать победителей, а затем исключенных. Мы ждем затаив дыхание.

Первое место: Прудон получает лавровый венок за свою акулу, абсолютного хищника. Второе место: Жорж Мельес и мурена со сверхразвитым зрением. Третье место: Беатрис Шаффану с морской черепахой, панцирь которой ни один противник не может даже поцарапать. Используя лишь концепцию щита, она создала прекрасный образец. За ними следуют Бруно Баллард и Фредди Мейер, один с барракудой, другой с рыбой-клоуном. Затем Мата Хари и ее кальмар, Мэрилин и медузы. Сразу за ними скат Рауля. Наконец упоминают моих дельфинов, но Арес упрекает меня за их недостаточную боевитость. С его точки зрения, это животное удачно по форме, но неудачно по духу. Оно больше игривое, чем воинственное. На этой стадии эволюции игра является непозволительной роскошью, говорит он. Я напрасно возражаю, что игра — это подготовка к войне. Он отвечает, что сперва нужно подумать о выживании и хищничестве.

Внизу списка Арес собрал виды, неспособные ни к эффективному нападению, ни к защите. Слишком медлительные акулы, недостаточно ядовитые медузы, чересчур мягкие кальмары, осьминоги, у которых путаются щупальцы, плохо умеющие общаться сардины или нежизнеспособные угри. Вердикт не обсуждается. Неумелых устраняют. Одним махом двенадцать человек. Новый обратный отсчет: 137 – 12… Нас уже только 125.

Единственной знаменитостью среди исключенных является Монтень. Он поворачивается к нам и, как хороший игрок, желает удачи.

Кентавры появляются на пороге, чтобы выполнить свою задачу, приговоренных уносят, а мы собираемся встать, когда Арес нас останавливает.

— Подождите. Вы что думали? Занятие еще не окончено, оно только началось. После рыб вы займетесь наземными животными. Короткий перерыв — позавтракать и размяться, — и за работу.

56. Энциклопедия: насилие

До прибытия переселенцев с Запада североамериканские индейцы жили в обществе, придерживающемся концепции умеренности. Насилие, конечно, существовало, но оно было ритуальным. Не было сверхрождаемости, а потому и войн, связанных с перенаселением. Внутри племени насилие служило свидетельством храбрости при испытывании боли или в безвыходной ситуации.

Межплеменные войны возникали в основном из-за конфликтов, связанных с территориями для охоты, и редко перерастали в массовые убийства и резню. Важно было показать другому, что ты мог бы пойти дальше, если бы захотел. Но общепринятой была бесполезность идти дальше.

На протяжении длительного времени индейцы боролись с пионерами, просто хлопая их по плечу копьем, доказывая таким образом, что могли бы его воткнуть, если бы хотели. Те отвечали им с помощью огнестрельного оружия. Поскольку, чтобы не применять насилия, нужно как минимум быть богом.

Эдмонд Уэллс,
«Энциклопедия относительного и абсолютного знания», том 5

57. Время животных

Чтобы не терять времени, мы едим прямо на рабочих местах. Сезон Лето приносит корзинки с пищей. После морепродуктов наступает очередь сырой рыбы. В меню тунец, скумбрия и треска, подаваемые в виде карпаччо. Мы проголодались. Сырая рыба придает сил.

Не произнося ни слова, мы поглощаем энергию. Мы торопимся, поскольку знаем, что Аресу не терпится продолжить «игру». Впрочем, пока мы насыщаемся, бог войны, потрясая крестом, проливает дожди, чтобы покрыть пустынные континенты растительностью. Вне океана растения будут получать больше света, больше кислорода, и изобилие микроэлементов улучшит метаболизм наших пробных образцов.

Мы вытираем рты, когда Арес призывает к порядку:

— Хватит бездельничать. Ну-ка, подайте мне эту уху на твердую землю.

Войдя во вкус игры и повинуясь приказаниям бога-профессора, в следующие часы большинство наших рыб ползут на сушу, опираясь на плавники, превратившиеся в неловкие лапы. Они быстро приспосабливают свои легкие к воздушному дыханию и начинают размножаться на континентах и архипелагах, превращаясь в лягушек, саламандр, маленьких ящериц и больших ящеров, а потом в... динозавров.

И снова на «Земле 18» начинается рукопашный бой, где каждый верен своему стилю. Фредди превращает свою рыбу-клоуна в подобие длинного диплодока с щуплой шеей. Длина зверя достигает двенадцати метров, но он оказывается уязвимым. Рауль, оставаясь верен скату, производит вид птеродактиля, летающего ящера с длинным клювом и мелкими зубами. Его вид первым взлетает в воздух. Я узнаю своего друга — пионера танатонавтики, всегда стремившегося подняться и осмотреть все с высоты.

Следуя традициям акулы, Прудон делает огромное животное с узкими глазками и огромными челюстями, усеянными острыми зубами, похожее на тиранозавра. Бруно Баллард подражает ему, создав плоского крокодила с такой же страшной пастью.

Со своей стороны, я работаю над созданием небольшого динозавра полутораметровой высоты, способного вставать на задние ноги. И снова, верный идеям Эдмонда Уэллса, я вписываю в его генетический код групповое поведение, будь то нападение или защита. Мое создание, напоминающее стенонихозавра, охотится стаями по двадцать особей. Я снабжаю его собственным усовершенствованием: выдвижными когтями на концах лап, как у кошки.

Ящеры кишат вокруг, напоминая коллекции пластиковых игрушек, которые я расставлял по полкам после «Парка Юрского периода» и названия которых до сих пор помню: игуанодон, бронтозавр, цератозавр, трицератопс.

Арес вытаскивает часы из-под подставки и ускоряет время.

Мы должны быстро заставить свои прототипы мутировать.

Птеродактили Рауля утоньшаются и становятся похожи на археоптериксов. Фредди экспериментирует с теплокровными. В то время как другие зависят от внешней температуры и, когда она падает, испытывают все больше трудностей в движении, животные Фредди постоянно сохраняют одну и ту же внутреннюю температуру и остаются активными независимо от капризов погоды. Однако, не имея ни рогов, ни клыков, ни панцирей, эти звери вынуждены постоянно избегать опасных встреч и зарываться в землю. Я не знаю, почему мой друг сделал подобный выбор, но, во всяком случае, эти зверьки скорее забавны с их мордочками, напоминающими землероек. Сознавая, что рискует быть исключенным из игры, учитывая количество рыскающих вокруг хищников, Фредди, тем не менее, отказывается от концепции яйца и придумывает живорождение. Его детеныши выйдут уже готовыми из живота матери, которая будет вскармливать их молоком. Так появляются первые млекопитающие «Земли 18». Я следую этому примеру и отказываюсь от своего стенонихозавра.

Целиком занятый социальными проблемами, Эдмонд Уэллс стремится к самому многочисленному и самому маленькому и снова изобретает муравьев. На суше уже есть много насекомых, стрекозы, скарабеи, но его муравей крошечный, бесцветный, бескрылый, у него нет ни жала, ни яда. Его единственной особенностью является то, что он живет в сообществе и очень большими группами. Если в стаях сардин Эдмонд собирал сотни рыб, то теперь он объединяет тысячи и даже миллионы насекомых. Однако, как и млекопитающие Фредди, его муравьи, возможно опередившие свое время, вынуждены прятаться от многочисленных и более жестоких хищников. К тому же у других учеников тоже есть глаза, и начинает появляться все больше и больше зверей с длинными языками, способными проникать в муравейники и поедать его обитателей.

Мэрилин Монро интересуется насекомыми, и ее медуза превращается в осу, в то время как другая ученица, Натали Карузо, делает пчелу.

И снова столкновения идей, дуэли пробных экземпляров.

Внезапно, так что никто не успевает опомниться, Арес направляет на нашу планету мощный метеоритный дождь.

Начинаются землетрясения, извержения вулканов, обвалы. Это похоже на конец света «Земли 17». Мы ничего не понимаем. Что это, конец игры?

— Давайте приспосабливайтесь! — требует бог войны.

Метеориты, врезаясь в оболочку «Земли 18», вызывают природные катаклизмы. От массы извергаемой вулканами пыли все небо потемнело и не пропускает солнечных лучей. Наступила непрерывная ночь. Единственный источник света — лава, которая течет потоками, накрывая зажатых в скалистых отрогах динозавров. Мы спешим как можно скорее заставить наших животных мутировать. Беатрис Шаффану еще больше утолщает панцирь черепах. Трудно отказаться от системы, которая функционирует. Многие ученики начинают копировать землероек Фредди Мейера. Наличие шерсти и живорождение оказываются очень полезными в такой трудной метеорологической обстановке. Насекомые Эдмонда тоже многим нравятся, ведь небольшой размер и крепкая оболочка являются хорошим ответом на капризы погоды.

Я вижу кардинальные изменения курса. Гюстав Эйфель работает над термитами, которые могут закапываться в землю еще глубже, чем муравьи. Бруно Баллард ищет спасения в небе, он отказывается от своего крокодила, берет пример с археоптерикса Рауля и создает небольшую птицу, летающую над всем этим кошмаром. Что касается меня, то я отказываюсь от ходящих на двух ногах тварей и принимаю решение, которое может показаться отступлением: возвращение в море. В конце концов, под водой дельфины были защищены от землетрясений и извержений вулканов. Мои динозавры уже стали млекопитающими, и такими они возвращаются в воду. Они вдыхают воздух на поверхности, но способны задерживать дыхание и долго оставаться под водой. Компромисс кажется мне стоящим того. Когда они сталкиваются с проблемами на поверхности, дельфины ныряют. После всех передряг на земле я с облегчением обретаю успокаивающее морское пространство, в котором можно перемещаться как в ширину, так и в глубину. К тому же, поскольку многие ученики отказались от водного соперничества, я могу там развернуться в полную силу, развивая игры и средства общения.

На земле все кипит. Континенты перемещаются, сталкиваются, объединяются. Растения тоже мутируют. Огромные папоротники уступают место цветам и деревьям.

После тщетных попыток укрепить и увеличить свое млекопитающее, чтобы обеспечить его выживание, Фредди Мейер сделал тот же выбор, что и я. Он отправил его в воду, где существо стало похожим на кита.

Когда на земной коре устанавливается спокойствие, динозавров больше нет. Единственными свидетелями прошедшей эпохи остались несколько крокодилов, черепах, ящериц и варанов. Напротив, в небе летает множество птиц, в море все больше различных рыб, увеличивается число насекомых, так же как и небольших млекопитающих, похожих на землероек и мышей. На «Земле 18» в моде теперь не большие, тяжелые холоднокровные, но легкие, изворотливые, быстрые теплокровные. Мы изнурены усилиями по приспособлению своих творений к метеоритным дождям Ареса, но бог войны тем не менее продолжает подталкивать нас к продолжению борьбы за выживание.

— Еще не конец. Я не сказал, что это конец. Продолжайте сражаться. Приспосабливайтесь! — грохочет он.

И снова все бегут, преследуют друг друга, прячутся, убивают. Жорж Мельес изобретает лицевое зрение, что позволяет одной из его землероек трансформироваться в маленького лемура, способного точно измерять расстояние до находящегося перед ним объекта, совместив оба глаза. Так же изобретается рельефное видение. Много нововведений с передними конечностями. Сара Бернар придумала лемура с пятью пальцами. Она снабжает их не когтями, а ногтями, защищающами кончики пальцев.

Все ученики заставляют зверей эволюционировать. Появляются львы, пантеры, орлы, змеи, белки… Естественно, наши зоологические воспоминания о родной планете «Земле 1» сильно на это влияют. Однако наши создания не абсолютно идентичны. Есть даже совершенно невиданные. Тигры с флюоресцентной шкурой, слоны с несколькими хоботами, водяные скарабеи, зебры с пятнистой шкурой встречаются, бросают друг другу вызов, дерутся. Создаются союзы между различными видами. Некоторые животные исчезают, другие мутируют, чтобы легче ускользать от противника или лучше привлекать добычу.

Самые агрессивные не обязательно лучше всех приспособлены для выживания. Как и говорил бог войны, способам нападения противостоят все более совершенные способы защиты. Когтям и зубам противостоят толстые панцири и проворные лапы. Быстрота слабого берет верх над силой тяжелого. Стратегии камуфляжа или пахучей ловушки побеждают даже самых сильных хищников.

Фауна «Земли 18» все более насыщенна и разнообразна. К одним прототипам добавляются другие, черновые виды продолжают размножаться, в то время как боги уже не обращают на них внимания. Некоторые даже скрещиваются и образуют гибриды, никем не задуманные.

Жизнь распространяется. Существа в перьях, шерсти, чешуе, с клювами, клыками, когтями, самых разных цветов распространяются по всем континентам. Отовсюду раздаются рычание, шипение, уханье, вздохи, стоны, крики агонии. Все рождается, бегает, совокупляется, гоняется друг за другом, дерется, убивает, переваривает, прячется. Арес наблюдает за этим, поглаживая усы и хмуря брови. Время от времени он наклоняется и проверяет что-то с помощью креста, перед тем как сделать пометку в записной книжке.

Потом он смотрит на часы, указывающие время «Земли 18», и бьет в гонг.

— Время кончилось. Сдавайте ваши задания.

Переведя дыхание, мы рассматриваем работы друг друга и, не отрывая взгляда от Ареса, ждем приговора. Он не заставляет себя долго ждать.

Рауль Разорбак удостаивается лаврового венка и наших аплодисментов за своего «орла». Он хозяин неба, и никто не может его побеспокоить. Он все видит. Загнутым клювом он легко разрывает потроха и копается в них. У него мощные и острые как мечи когти. Гнездо на вершине горы защищает птенцов от опасностей, грозящих им на земле. Арес хвалит моего друга за логичность его создания.

На втором месте Эдмонд и его муравьи. Ему удалось представить силу, которой обладает масса индивидуумов, направить ее в правильное русло и подтолкнуть к созданию городов из песка.

Третье место у Беатрис Шаффану с ее черепахой — прочным животным, хорошо защищенным крепкими щитами.

Прудона хвалят за крысу, хорошо приспосабливающуюся, очень агрессивную, с острыми резцами, одновременно с этим быструю и умеющую прятаться. Мэрилин получает поздравления за осу с ядовитым жалом, также строющую надежные гнезда. Затем идут Фредди и его кит, снабженный ртом, фильтрующим криль, Клеман Адер и его летающий скарабей с бронированными надкрыльями, некий Ришар Сильбер, создавший антилопу, которую невозможно догнáть, Бруно Баллард и его коршун и потом я с дельфином. Затем следуют Тулуз-Лотрек, создавший козу, и несколько знаменитостей, сделавших, соответственно: Жан де Лафонтен — чайку, Эдит Пиаф — петуха, Жан-Жак Руссо — индюка, Вольтер — сурка, Огюст Роден — быка, Надар — летучую мышь, Сара Бернар — лошадь, Эрик Сати — соловья, Мата Хари — волка, Мария Кюри — игуану, Симона Синьоре — цаплю, Виктор Гюго — медведя, Камилла Клодель — морского ежа, Гюстав Флобер — бизона. Из неизвестных называют создателей сельди, лягушки, лемминга, крота, жирафа.

Каждое создание говорит о личности своего творца. У каждого свое тотемное животное.

Наступает очередь неудачников, которые будут исключены. Арес указывает на Марион Мюллер, сделавшую мадагаскарского додо, неудачную птицу, слишком тяжелую, чтобы летать, и со слишком изогнутым клювом, неудобным для охоты. Арес объясняет, что для каждой птицы есть соотношение между весом и размахом крыльев, которое необходимо учитывать. Пингвины тоже не идеальны, но, поскольку они хорошо плавают, их бога не исключат.

Появляется кентавр. Марион отбивается, кричит о несправедливости суждения, но кентавр уже обхватил девушку за бедра.

— Нет, я хочу играть еще. Я хочу играть еще, — хнычет она.

Арес продолжает список проигравших. Много ошибок совершили боги слонов, мамонтов, тигров с флюоресцентной шкурой, водяных скарабеев, а также кошки с такими длинными зубами, что она не могла толком закрыть пасть.

В конечном счете большинство видов-победителей похожи на живущих на «Земле 1». И я говорю себе, что не существует ста тысяч разных способов, чтобы создать жизнь.

Обратный отсчет: 125 – 6 = 119.

Арес усаживается в кресло.

— Совет для тех, кто продолжит игру. Отваги, всегда больше отваги. Для этого есть греческое название. Hubris. Houtspah на идиш. По-французски это дерзость. Не ограничивайте себя ничем. На следующем занятии вам придется управлять человеческими стадами. Если вы решите выбрать оборонительную тактику, вспомните черепаху Беатрис, если наступательную — орла Рауля и его владычество над небом. Но, между нами говоря, будьте оригинальны и отважны, иначе вы погибли.

Я смотрю на крест. 142 857… Это число не кажется мне абсолютно невинным. По-моему, оно мне встречалось в энциклопедии…

58. Энциклопедия: «142 857»

Приведем загадочное число, с которым связано много историй. Начнем с умножения и посмотрим, что происходит.

142 857 × 1 = 142 857

142 857 × 2 = 285 714

142 857 × 3 = 428 571

142 857 × 4 = 571 428

142 857 × 5 = 714 285

142 857 × 6 = 857 142

Постоянно появляются одни и те же цифры, меняя свое положение и двигаясь как лента.

А 142 857 × 7 ?

999 999 !

А если прибавить 142 + 857, получим 999.

14 + 28 + 57 = 99.

142 857 в квадрате дает 20 408 122 449. Это число образуется из 20 408 и 122 449. Если сложить их, получится… 142 857.

Эдмонд Уэллс,
«Энциклопедия относительного и абсолютного знания», том 5

59. Вкус крови

Мы обедаем в восемь вечера.

Эволюция блюд продолжается параллельно с нашими опытами. Тонкие ломтики карпаччо теперь не из рыбы, а из мяса животных. Когда я был смертным, ни разу не ел сырого мяса. Я с рождения не люблю вкуса крови. Здесь я поглощаю куски сырого филе козы, жирафа, бегемота и орла. Мой язык исследует протеины, не измененные никаким кулинарным приготовлением. Ни температурной обработки, ни соуса. Цапля на вкус горьковатая, фазан жирный, волокна буйволиного мяса застревают в зубах, зебра великолепна, еж горький, чайка воняет. Я не рискую попробовать слизняков, змей, пауков и летучую мышь.

Сперва мы почти не говорим, склонившись над тарелками. Я подкладываю себе мяса жирафа, оно в конечном счете довольно неплохое. Я даже различаю послевкусие лакрицы. После яиц, соли, водорослей, рыбы палитра моих вкусовых ощущений расширяется.

Как только желудки наполняются, языки развязываются. Мы начинаем обвинять друг друга в том, что хотели сделать свои творения победителями за счет других, а потом начинаем задаваться вопросом. Что это за «игра Игрек», упоминавшаяся Аресом и главными богами?

— После соревнования между животными наверняка будут соревнования между «человеческими стадами», как назвал их Арес, — заявляет Эдмонд Уэллс, напоминая, что человек теперь является следующим логическим уровнем эволюции. Номером 4.

— Надо взять обезьян и поставить их на задние лапы, чтобы освободить руки и изобрести орудия труда? — интересуется Гюстав Эйфель.

— И научить их охотиться? — спрашивает Мэрилин.

— Нужно еще будет опустить их голосовые связки, чтобы они смогли научиться говорить, — мечтает Фредди.

Нам не терпится перейти к абсолютной игрушке, homo sapiens sapiens.

— С помощью людей я создам памятники, — говорит Гюстав Эйфель.

— А я — балеты, — говорит Мата Хари.

— ...И песни, — продолжает Эдит Пиаф.

Нам хочется как можно скорее заняться себе подобными, вмешаться в качестве богов в жизнь имеющих мозг, способный думать, рот, способный говорить, руки, способные делать.

— Я научу их жить без богов и учителей, — заявляет Прудон.

— А я научу их любви, — мечтательно говорит Мэрилин. — Настоящей любви, без измен, без лжи. Мои люди не будут терять времени на то, чтобы от одной любовной авантюры переходить к другой. Они смогут сразу узнать родственную душу.

Мата Хари с этим не согласна.

— А какой интерес? Иметь только одного партнера за всю жизнь — как это ограничивает! Мне кажется, однако, что на Земле и ты, и я, мы обе умножали число наших опытов, возможно, получая раны, но и обогащаясь каждый раз.

Мэрилин настаивает:

— Если бы я встретила Фредди, когда была подростком, я бы не стала дожидаться Рая и не искала бы никого другого, я в этом уверена.

Эдмонд Уэллс размышляет:

— Когда я буду делать своих людей, я постараюсь, чтобы все друг друга понимали. Я изобрету язык, исключающий двусмысленности и недомолвки. Я посвящу себя до конца общению и обмену.

— А мои люди, — говорит Фредди, — будут постоянно жить с юмором. С утра кто-нибудь расскажет анекдот, над которым остальные будут смеяться весь день. Благодаря смеху мои люди достигнут духовности.

— А ты, Мишель?

Удар гонга не дает мне ответить, но я знаю, что моя задача будет заключаться в том, чтобы понять самого себя, наблюдая за людьми. Я, возможно, буду экспериментировать, чтобы посмотреть на их реакцию при самых загадочных обстоятельствах моей собственной жизни.

Появляются кентавры с барабанами и окружают нас, и мы больше не слышим друг друга. Добавляются другие инструменты: костяные флейты, гитары с корпусами из черепашьих панцирей. Молодые полубогини начинают играть на арфах со струнами из кошачьих кишок.

Следующая роль бога людей внушает мне опасения. Смогу ли я выполнить свою задачу? Когда я был смертным, меня бросила невеста и оставила бонсай. На прикрепленной к нему карточке с парфянской стрелой на прощание было написано: «Ты не смог позаботиться обо мне, сможешь ли ты позаботиться об этом растении?» Я принял вызов. Я купал свой бонсай, ухаживал за ним с помощью специальных лосьонов, давал удобрения, обрызгивал из пульверизатора листья. И все же, как я ни старался, деревце погибло у меня на глазах, и я не мог помочь простому растению.

С животным миром мне везло не больше. Намного раньше, когда я был мальчиком, гуппи в моем аквариуме всплывали кверху брюхом, и их поедали собственные собратья, тоже вскоре умиравшие. Я также помню, как ловил головастиков в луже неподалеку от загородного дома моих деда и бабушки. Я сажал их в банки из-под конфитюра, чтобы наблюдать, как они будут расти и превращаться в лягушек. Но я уехал на экскурсию с двоюродными братьями на несколько дней, а когда вернулся, обнаружил, что вода в банках испарилась и все головастики погибли, высохнув.

Еще у меня были хомячки, в начале двухмесячные самец и самочка. Через несколько дней самочка произвела на свет дюжину малышей, половину которых она съела. Другие стали спариваться между собой, братья и сестры, дети и мать, дочери и отец. Через несколько недель в клетке было больше тридцати хомячков, которые совокуплялись, резвились, пожирали друг друга. А я даже не осмеливался больше заглядывать в клетку: мне было стыдно за то, что я создал подобный мир.

В двенадцать лет мать подарила мне котенка, которого я тоже не смог сделать счастливым. Сперва он носился повсюду как бешеный и обожал писать мне на подушку. И даже несколько стирок в горячей воде не могли удалить неприятный запах. К тому же ему не нравилось, когда я его ласкаю, а самое большое наслаждение он испытывал, когда ложился на клавиатуру компьютера, в то время как я за ним работал. Повзрослев, он успокоился и начал толстеть, а его единственным занятием стало смотреть телевизор. Когда он умер от ожирения, ветеринар упрекнул меня, что я с ним не играл и перекармливал его.

А намного позже был ли я хорошим отцом для своих детей? А для моих смертных, был ли я хорошим ангелом-хранителем?

Какая тяжелая задача — быть ответственным за других, чья жизнь от вас зависит. В конце концов, я не уверен, что доволен моим статусом бога.

60. Энциклопедия: закон питера

«В служебной иерархии каждый сотрудник имеет тенденцию подняться до уровня своей некомпетентности». Этот закон был впервые сформулирован Лоуренсом Дж.

Питером в 1969 году. Он хотел создать новую науку — иерархологию, занимающуюся некомпетентностью на работе. Он хотел исследовать, проанализировать и измерить ее естественное развитие внутри организаций и предприятий. Питер сделал следующее наблюдение: в любой организации, если кто-то хорошо выполняет свою работу, ему поручают более сложную задачу. Если он и с ней хорошо справляется, то получает повышение по службе. И так далее, пока не получит место, превосходящее его возможности. Там он будет оставаться бесконечно. У «принципа Питера» есть два следствия. Во-первых, в организации работа выполняется теми, кто еще не достиг своего уровня некомпетентности. Во-вторых, квалифицированный и эффективный сотрудник редко соглашается оставаться на своем уровне компетентности. Он постарается сделать все для того, чтобы достичь уровня, на котором будет совершенно неэффективен.

Эдмонд Уэллс,
«Энциклопедия относительного
и абсолютного знания», том 5

61. Смертные. 8 Лет. Страх

После того как мы пересекаем поток под водопадом, Мата Хари находит в черном лесу большие и глубокие следы животного, которое должно быть таким же большим, как и тяжелым. В постепенно сгущающейся темноте мы слышим вдалеке хриплое дыхание.

Наша группа застывает на месте. Рауль хочет всех ободрить.

— «Он», наверное, спит.

Одной рукой, однако, он берет как дубинку толстую ветку, а другой — крест и кладет палец на кнопку D.

Я же считаю, что дыхание слишком учащенное для спящего животного, но ничего не говорю, чтобы не пугать еще больше остальных. Мэрилин в страхе хватается за мою руку.

Уже слышен шорох листьев, земля дрожит под шагами.

— «Любовь как шпага, юмор как щит», — выдавливает из себя Фредди Мейер.

Изо всех нас у Фредди лучше всего развито чувство ориентации. Длительная слепота развила его слух и обоняние. Он прекрасно ориентируется в темноте.

Тишина, и снова шум, но уже не впереди, а слева от нас.

Я чувствую себя усталым, таким усталым, просто на исходе сил. Слова сами срываются с губ:

— Очень жаль, друзья. Я слишком устал, чтобы идти дальше. Я слишком много перенес вчера. Я хочу спать и возвращаюсь. Продолжайте экспедицию без меня.

Я скорее представляю себе, чем вижу разочарованные лица теонавтов.

— Но, Мишель, в конце концов... — пытается остановить меня Мэрилин, руку которой я выпускаю.

Я отступаю назад и убегаю, я оставляю их там, я их бросаю. И вот я уже пробираюсь под водопадом и попадаю на спокойную голубую территорию. Пускай сами встретятся с чудовищем, как я вчера. Пусть сами выкручиваются. Завтра они мне расскажут, чем все кончилось.

Если мы находимся в фильме или романе, я, кажется, выдумал новый архетип, героя, который плюет на все в самый разгар действия...

Вернувшись на виллу, я плещусь и фыркаю под душем, испытывая огромное облегчение. В конце концов, я не обязан терпеть все эти неприятности. Я имею право отдохнуть, если хочу. Впрочем, я хотел бы знать, как обстоят дела у моих бывших клиентов, которых я в последнее время немного забросил.

Улицы Олимпии пустынны, когда я возвращаюсь в город, где херувимка ждет меня на вилле. Она приветствует меня, хлопая крыльями, и садится рядом на диван, в то время как я включаю телевизор.

— Тебе интересны смертные с «Земли 1», а? Посмотрим, что сегодня вечером по телевидению.

В школьном дворе в Гераклионе, где учится Теотимин, ученики ожесточенно дерутся. Они распределили между собой роли. Они называют друг друга Ахиллес, Агамемнон, Гектор, Парис или Приам и начинают битву за Трою. Греки окружают троянцев, прячущихся между нескольких деревьев на возвышении. Оба лагеря яростно нападают друг на друга. Греки, более сильные и целеустремленные, наконец захватывают бастион троянцев, которые спасаются бегством. Бедного Теотима, которому избыточный вес мешает быстро бегать, ловят дети, крича: «Смерть ему, Гектор, смерть ему!» Руки рвут его рубашку, дают затрещины. Однако мой бывший клиент с трудом вырывается и бежит за помощью к надзирателю. Не поднимая головы от газеты, тот раздраженно его отталкивает:

— Милый мой, жизнь — это джунгли. Каждый спасается, как может. Чем раньше ты поймешь, что здесь каждый за себя, тем лучше для тебя.

Херувимка жужжит в знак протеста. Окруженный Теотим закрывает голову руками. К счастью, бой часов, означающий конец перемены, прекращает его мучения.

Дома мать Теотима в ярости от его разорванной одежды. Стыдясь того, что он оказался беспомощной жертвой, неспособной защитить себя, мальчуган отказывается рассказать, что произошло. Он убегает к себе в комнату и выплакивает там всю свою горечь.

Видя такую несправедливость, херувимка жужжит изо всех сил. Я объясняю, что так велит карма моего бывшего Игоря. Эта простая душа совершенно подавлена образом матери. Хорошая она или плохая, в конечном счете ничего не меняет.

На другом канале африканские джунгли. Куасси Куасси идет вместе с отцом охотиться на льва. Отец учит его, как поразить зверя дротиком и избежать его клыков и когтей. Мальчик не боится или хорошо скрывает свой страх. Его грудь украшена множеством талисманов в виде бус и подвесок. А для лучшей защиты на лицо нанесены ритуальные узоры, которые считаются волшебными и отгоняющими злых духов.

Но, судя по всему, львы решили сегодня не покидать своего логова. Охотники рыщут по саванне в поисках хищников и, никого не найдя, решают вернуться домой с пустыми руками. По дороге отец рассказывает сыну, какой ужасной могла быть битва со львом и в деталях описывает собственную первую охоту. Куасси Куасси повторяет каждый его жест, сопровождая их громкими криками. Ребенок спрашивает, почему львов больше нет.

— Если бы у львов были рассказчики, — отвечает отец, — то смогли бы нам рассказать, как они исчезли. Но рассказчики есть только у людей, и однажды один из них передаст следующему поколению, почему исчезли мы.

Они наконец приходят домой и садятся перед телевизором, чтобы посмотреть вместе с другими членами семьи очередную серию «Тарзана», американского сериала, который они обожают.

Сидя дома, Юн Би склонилась над клавиатурой компьютера, подключенного к телевизору. Смысл игры в том, что нужно продвигаться вперед в трехмерном измерении с помощью оружия и приспособлений, позволяющих побеждать чудовищ и перебираться через препятствия. Нужно вскакивать на зверей, скользить по рельсам... Девочка от этого в восторге. Она уклоняется от стрел, бежит по коридорам, где вспыхивают огненные шары, обезвреживает охранников у ворот. В соседней комнате ее родители ссорятся, тогда Юн Би увеличивает громкость в наушниках, чтобы их не слышать.

Находясь полностью в своем воображаемом мире, занятая борьбой с ужасным монстром, она не слышит, как в соседней комнате бьют тарелки. Наконец она открывает сундук с сокровищами, и маленький гений предлагает ей перейти на следующий уровень. Там на нее немедленно нападает другое чудовище с огромными клыками и пожирает ее, а на ставшем красным экране телевизора загораются роковые слова: «Игра окончена».

Юн Би снимает наушники, но крики в соседней комнате не стихают, и она их снова надевает, чтобы возобновить игру там, где потерпела поражение. «Вы исчерпали ваши жизни. Желаете начать игру в новой жизни?» — спрашивает компьютер. Но в комнату входит мать с пунцово-красным лицом, кричит что-то, что девочка не может слышать, и это выводит женщину из себя. Мать дает ей пощечину и отключает компьютер.

Девочка встает и, избегая ироничного взгляда отца, который потягивает пиво, бежит закрыться в туалете. (Я узнаю старую привычку предыдущей инкарнации, Жака, который тоже делал из туалета святилище, над которым внешний мир не имел власти.) Но мать хорошо знает эту манию. Она становится около двери и начинает дергать за ручку, пытаясь таким образом заставить дочь выйти. Юн Би не реагирует — она уверена в своем убежище.

Она не обращает внимания на требования матери и берет книгу, в которой рассказывается о принцессе в волшебной стране.

Херувимка смотрит на меня в недоумении.

— Ты хочешь спросить, почему смертные причиняют столько боли своим детям? Я не знаю. Возможно, родители мстят им за боль, которую причинили им самим, и каждое поколение приходит на смену предыдущему... Если только насилие не присуще этому виду. Я вспоминаю одну историю, случившуюся в Англии. Там два восьмилетних мальчика поймали и пытали до смерти мальчугана трех лет, которого они даже не знали. Именно эта жестокость позволила животному по названию человек взять верх над всеми хищниками, а теперь, когда их больше нет, он принялся за представителей собственного вида.

Я говорю, что собираюсь лечь спать. Сморкмуха одобрительно кивает головой и безропотно улетает в открытое окно.

Я бессильно растягиваюсь на кровати. Неужели нужно было забыть, кто такие люди на самом деле, чтобы желать их спасти? Несомненно, боги снабдили наши жилища этими телевизорами для того, чтобы напомнить, в дополнение к макроскопическому видению, на что похожи наши подопечные в каждом отдельном случае. По правде говоря, они не далеко ушли от животных...

62. Мифология: Гермес

Зевс изнасиловал Майю, дочь гиганта Атланта, и от этого соития родился Гермес, которого римляне называют Меркурием и имя которого означает «каменный столб», по-гречески — герма.

В день рождения мать оставила его в корзине, но не успела она повернуться к нему спиной, как он сделал из панциря черепахи и кишок телки лиру и усыпил ее игрой.

Как только Гермес вырос, он отправился на поиски приключений. Благодаря своим воровским талантам он украл у Посейдона его трезубец, у Ареса — меч, а у Афродиты — пояс. Кроме того, он присвоил принадлежавших Аполлону пятьдесят белых коров с золотыми рогами.

Игрой на лире он привлек внимание Аполлона, который согласился оставить Гермесу свой скот в обмен на этот семиструнный музыкальный инструмент.

Одновременно с этим он на свирель выменял у Пана, бога пастухов из Аркадии, его посох с тремя белыми ленточками.

Когда Аполлон привел его к Зевсу, он очаровал отца своими ораторскими способностями, и Гермеса назначили посланцем богов Олимпа в обмен на обещание никогда больше не врать. Но хитрец изрек: «Я никогда не скажу неправду, но иногда я могу не сказать всю правду».

Он носил круглую шляпу, символизирующую облака над горами, и золотые сандалии с крыльями, делающие его таким же быстрым, как ветер. Пастуший посох означал его власть над дорогами, перекрестками, кораблями, а также рынками. Гермес был еще покровителем путешественников (в этом качестве он был ответственен и за переход душ в царство мертвых), помогал при заключении контрактов и сохранении частной собственности. Парадоксально, но одновременно он был покровителем плутовства и воровства. Фрии, крылатые нимфы, живущие на Парнасе, научили его также искусству предсказывать будущее.

Согласно легенде, Гермес придумал алфавит. Взяв пять гласных звуков, созданных парками, и одиннадцать согласных Паламеда, Гермес изобрел клинопись, наблюдая, как говорят, за полетом журавлиных стай в форме клина. Впоследствии священнослужители культа Аполлона добавили другие согласные и гласные, в частности длинное «о» и короткое «е», таким образом, чтобы у каждой из струн лиры Гермеса была своя гласная. Посланец богов славился и многочисленными любовными похождениями. С Афродитой он зачал Гермафродита, двуполое существо, объединяющее в своем имени имена родителей. Он также стал отцом Автолика, деда Одиссея.

Культ Гермеса был распространен в Греции, а дорожные указатели на всех перекрестках устанавливались рядом с его статуей. В его честь греки приносили в жертву телят, которым отрезали язык, символ красноречия бога. Позднее он стал богом всего, что перемещается и движется, а также богом фокусников, комедиантов и воров.

В египетской мифологии Гермесу соответствует Тот, бог мудрости, счета и письма, а в римской — Меркурий.

Эдмонд Уэллс,
«Энциклопедия относительного
и абсолютного знания», том 5
(согласно Франсису Разорбаку, вдохновлявшемуся «Теогонией»
Гесиода, 700 год до н.э.)

63. Среда. Лекция Гермеса

Сегодня среда, день Меркурия. Наши греческие профессора продолжают представляться в хронологическом порядке их древнеримских названий. Таким образом сегодня ученики собрались перед входом во дворец Гермеса для очередного занятия.

Я хожу от одной группы болтающих учеников к другой, приветствую знакомых, но вскоре вижу, с сердцем, сжимающимся от тоски, что никого из моих друзей-теонавтов нет. Что случилось с ними в черном лесу, рядом с монстром? Я настолько обеспокоен, что не особенно интересуюсь внутренним убранством бога путешествий, когда мы пересекаем порог его посеребренной пирамиды.

Классная комната украшена почтовыми открытками и различными предметами, принесенными из экспедиций на неизвестные планеты. В напоминание о различных увлечениях Гермеса вдоль стен стоят различные медицинские инструменты.

— Здравствуйте, устраивайтесь поудобнее, — приветствует нас приятный голос из-под потолка.

Мы поднимаем головы. Наш сегодняшний профессор висит над нами, махая крылышками сандалий. Он медленно спускается и усаживается за письменный стол, не расставаясь с круглой шляпой и пастушеским посохом. У него гладкое лицо, удивительно молодое и красивое.

— Со мной вы узнаете самую интересную стадию эволюции, — объявляет он. — Вы уже узнали: 1) минерал, 2) растение, 3) животное. Теперь перейдем к 4... «Человек», — пишет он на доске и посохом повторяет очертания цифры. — «4». Человек — это перекресток, крест, пересечение. Поэтому совершенно естественно, что именно я в качестве бога дорог расскажу вам о человеке. Почему он перекресток? Потому что благодаря своему свободному выбору он может двигаться вперед или... отправиться назад. Он уже больше не 3, животное, узник своих эмоций, страхов и желаний. Если он захочет, то сможет с помощью ума подавлять их, ориентировать, направлять, властвовать ими.

Продолжая говорить, Гермес то ходит, то летает вокруг, пристально разглядывая нас с высоты. Наконец он хлопает в ладоши, и появляется Атлант с глобусом.

— Не слишком ли рано? — ворчит он. — Я уже говорил об этом с вашими коллегами, но эти условия труда просто невыносимы и…

— Спасибо, Атлант, — отрезает Гермес, не удостоив ни единым взглядом несчастного, который шатается, с трудом кладя свой груз на подставку. — Я с тобой свяжусь чуть позднее.

Поскольку тот не движется, Гермес адресует ему широкую улыбку, а затем жестом предлагает освободить помещение. Атлант колеблется.

— Если ты забыл, ты должен уважать меня, я ведь твой дед…

— Я знаю, но сейчас у меня лекция, и это важно. Это их первое занятие с человеческими игрушками.

— Мне наплевать на игрушки.

Гермес делает усталое выражение лица.

— Ну ладно, что ты хочешь? Увеличения зарплаты?

Продолжая улыбаться, он пристально смотрит на гиганта.

Атлант первым отводит взгляд и, тяжело вздыхая, подавленно уходит.

— Так где мы остановились? Ах, да. Именно сейчас начинается Большая Игра, игра «Игрек», или игра богов. Каждый из вас получит стадо в сто сорок четыре человека, развившееся из стада приматов. Вы найдете в нем около тридцати властных самцов, пятидесяти плодовитых женщин, а также невластных самцов, стерильных женщин, детей и стариков. В отправной точке у каждого будут приблизительно одинаковые «пешки».

Он взмывает под потолок.

— Все человеческие прототипы более или менее идентичны. Две руки, две ноги, лицевое зрение, свободные руки, ногти, голосовые связки, ярко выраженная половая принадлежность. Вам запрещается менять их ДНК. В каждой стае есть одинаковый набор умных и глупых, добрых и злых, умелых и неумелых. Изменения будут зависеть от образования, от знаков, которые вы отправите им во снах, от вашей способности выбирать хороших медиумов и т. д. Говоря более прозаически, не забудьте отправить их на поиски источников питьевой воды, потому что без нее люди погибнут, защищайте их от хищников. И не только от зверей, потому что на «Земле 18» есть и «ненадежные» народы.

Он спускается и ходит вокруг планеты.

— Это народы, не имеющие наблюдающих за ними богов. Однако они могут быть верующими, потому что способны придумать себе богов.

Он прерывается, потому что в глубине класса раздается шушуканье. К моему облегчению, это вошли теонавты. Щеки Рауля расцарапаны, тоги Фредди и Мэрилин в лохмотьях, Эдмонд хромает, а смуглый цвет лица Маты Хари сменился белым, почти зеленоватым.

— Я не сверялся со списком, но мне сразу показалось, что в классе несколько человек отсутствует. Вот и наши опоздавшие! Надеюсь, что вы хотя бы не провели ночь вне города, — иронизирует бог путешествий, который все понял.

Гермес больше не обращает на них внимания, и вновь прибывшие молча рассаживаются среди нас. Проходя мимо, Рауль бросает мне укоризненный взгляд.

«Тотем», — пишет Гермес на доске и объясняет:

— Возьмите в качестве флага тотемное животное. Выберите его по своему усмотрению. У каждого животного есть свои особенности, свой способ поведения и приспособления к природе, которые будут вдохновлять людей, поклоняющихся ему.

Приглашая нас подойти к сфере, в которой вращается «Земля 18», он дает еще один совет:

— Слушайте, понимайте ваших людей, помогайте им. Скупо используйте гром и молнии. Избегайте чудес. Чудеса и пророки — орудия неумелых богов, неспособных вмешиваться незаметно.

Он сказал это презрительным тоном, как шкипер парусной яхты говорит о моторных кораблях.

— За работу — и постарайтесь создать человечество, которое не уничтожит себя через несколько веков.

С этими словами профессор с голливудской улыбкой взлетает под потолок, чтобы оттуда лучше наблюдать за нашей работой.

64. Энциклопедия. Революция Яхве

Шесть тысяч лет назад в Синайской пустыне жил малоизвестный народ — кениты. Они открыли металлургию, и в частности медь. Это была величайшая революция, поскольку для очистки металла требовались печи с высокой температурой, которые кениты раздували с помощью мехов. Таким образом им удалось достичь температуры более 1000 градусов по Цельсию, необходимой для плавки металла. Благодаря высокой температуре они также открыли стекло и эмаль.

Кениты обожествляли гору Синай и поклонялись Яхве, что означает дыхание.

Перейдя от камня — «lithos» к меди и бронзе — «chalcos» и обнаружив металлопроизводство, яхвисты осуществили революцию бронзового века. Плавление металла является первым актом тотального изменения материи человеком.

Из Синая кениты двинулись по Средиземноморскому побережью и основали порт Тур, чтобы отправиться на Кипр (называвшийся тогда «Киприс», что дало название меди — «cuprum») за драгоценным металлом. Они также основали Сидон (современная Сайда) и таким образом положили начало цивилизации, гораздо позже названной финикийской.

Поклонники Яхве использовали медь не для изготовления оружия, а для загадочных предметов явно культового назначения в форме бильбоке (ванька-встанька) непревзойденного качества металлургической обработки. По мнению профессора Жерара Амзаллага, долгое время изучавшего кенитов, их бог не был властным или жестоким, а скорее богом-«катализатором», способным вдохнуть и открыть силу существ и вещей своим «дыханием», поскольку «Yahuwa» обозначало у них шум плавильных мехов. Гораздо позже это понятие божественного создания появилось в Библии, где человек был создан из земли (adamah) дуновением Бога.

Эдмонд Уэллс,
«Энциклопедия относительного
и абсолютного знания», том 5

65. Время стай

Стая черепах

Ветер дул над равниной. Черные тучи сгущались, и вдруг молния расколола небо.

Внизу сто сорок четыре человека прижались друг к другу. Они стучали зубами.

Они не знали, откуда пришли.

Они не знали, кто они.

Они не знали, куда идут.

Они жили в страхе, голоде, холоде, и эта сверкающая вспышка в небе была сделана не для их успокоения.

Молния ударила еще раз, совсем близко, и они вместе побежали в противоположную сторону. Справа они пересекли косогор, и новая вспышка погнала их на север. Наконец спустилась ночь, и, чтобы не быть съеденными наземными хищниками, они решили забраться на дерево.

Среди этих ста сорока четырех людей маленькая черноволосая девочка с большими черными глазами и пухлыми губами уселась между двух толстых веток и, как и все, сжалась и ухватилась за ствол.

Девочка закрыла глаза, склонила голову, чуть не упала и, чтобы не свалиться с дерева во сне, восстановила равновесие. Она открыла глаза только тогда, когда кора затрещала под острыми когтями. Она знала, что означает этот звук. В темноте леопард хотел схватить одного из людей. Спастись от него невозможно, единственное, что можно сделать, — это стать еще незаметнее, еще слабее пахнуть, еще тише дышать. Нужно, чтобы леопард принял тебя за шум листьев или за ветку.

Проблема в том, что леопард видит в темноте, а люди — нет. Кого судьба выберет сегодня? Все ждали, стараясь быть ничем. «Лишь бы не меня, лишь бы не меня», — думала девочка, изо всех сил сжимая зубы, чтобы они не стучали и не выдали ее. Она слышала, как леопард лезет вверх по стволу совсем рядом с ней. «Пусть берет, кого хочет, но только не меня…»

Хищник выбрал одного из ее дядей. Он вонзил ему клык в сонную артерию и спрыгнул с дерева, унося человека так быстро, что тот даже не успел вскрикнуть.

Все было кончено. Ночь, тьма, все стало на свои места, кроме изменившегося распределения веса на ветвях, и девочке пришлось изменить свое положение.

Темень. Чернота. Ребенок закрыл глаза, чтобы наступил сон, приносящий забытье. Она постаралась забыть о леопарде, бегущем во весь опор с окровавленной пастью. Не надо плохих снов. Завтра она сделает вид, что все забыла. Луна наполовину скрыта облаками. Вернется ли завтра солнце? Каждый вечер она задавала себе один и тот же вопрос. Вернется ли солнце?

Еще неяркая звезда их разбудила, и сто сорок три человека спустились с дерева, как будто ничего не произошло. Никто не упомянул отсутствующего дядю. Но девочка с черными глазами не могла днем забыть свои ночные кошмары. Каждый вечер она боялась быть разорванной во сне. И каждый вечер она боялась, что солнце не встанет.

Утром они шли под сводом из облаков, и девочка надеялась, что они наконец направляются в спокойное место. Но, может быть, такого места нигде нет, может быть, ее стая дойдет до края света и не обнаружит тихую гавань.

Они шли. Они прошли мимо сборища стервятников. Эти хищные птицы — любители падали доедали останки дяди, которого леопард дотащил сюда. Иногда им случалось ждать, пока стервятники не закончат трапезу, чтобы доесть остатки, но сегодня они прошли мимо, отводя взгляды в сторону.

Поскольку они не могли считать, то не могли и произвести мрачный обратный отсчет: 144 – 1.

Стая спустилась с холма, поднялась по косогору, прошла мимо деревьев, пошла вдоль ручья. Разведчик сообщил, что другая группа людей идет навстречу. Испугавшись, вождь приказал остальным спрятаться в высокой траве. Девочка съежилась и закрыла глаза. Ей казалось, что если она их не видит, то и они не видят ее. Они долго ждали, пока вождь не поднимется и даст знак, что опасность миновала и можно продолжать путь. Все понимали, что нужно держаться подальше от незнакомых людей.

Поэтому они быстро пошли в противоположную от незнакомцев сторону. Их силы уже иссякали, когда вождь приказал остановиться. Мужчины пошли охотиться. Молодежь отдыхала или придумывала игры.

Маленькая девочка с черными глазами решила исследовать окрестности. Через несколько шагов она нашла большой камень и захотела взять его и бросить подальше. Но камень отказался ложиться в руку и тяжело уполз в траву. Ребенок догнал его и загородил дорогу. Девочка весело смотрела на него. Впервые за долгое время улыбка появилась на ее лице. Это было так удивительно: новое событие, от которого не было страшно. От этого она чувствовала веселье. Она схватила камень и увидела с другой стороны шевелящиеся лапы и маленькую голову. Какое замечательное животное.

На земле черепаха осталась неподвижной, спрятав голову и лапы в панцирь. Девочка рассмотрела животное со всех сторон. Она его полизала, укусила, понюхала, поцарапала. Она постучала по нему, и черепаха никак не отреагировала. Она бросила ее на землю, потом швырнула вдаль и пошла на поиски, а когда нашла, обнаружила, что черепаха невредима и все ее мягкие части тела защищены.

«Это она меня боится», — подумала девочка, восхищенная тем, что может внушать другому существу чувство, которое ее постоянно мучило.

Предоставленная самой себе черепаха начинала ползти. Взятая в руку, она снова превращалась в камень. «Она боится, но она защищена», — сказала девочка. Здесь было над чем подумать. Она принесла животное на стоянку и показала матери, объяснив как могла, что это очень сильное животное, потому что у него есть панцирь, чтобы прятаться.

Мать схватила черепаху, рассмотрела ее и, не видя смысла заниматься круглым камнем, выбросила его под смех старших братьев девочки. Вернулись охотники. Они принесли жалкие останки зебры, убитой и обглоданной сперва львами, потом гиенами и, наконец, стервятниками. Скелет был гнилой и пах падалью, но люди с жадностью набросились на него, так как были голодны.

Позднее они улеглись прямо на земле равнины, где не было деревьев. Стая львов неожиданно напала на спящих людей. Ночью девочка не столько увидела, сколько почувствовала ужас. Она слышала крики, ощущала особенный запах хищников, смесь человеческого и звериного пота и перекрывающий все запах — крови, крови ее стаи. Бегство лишь привлекло бы внимание хищников. Она хотела защитить одного из младших братьев, прижав его к себе, но появилась львица и вырвала его у нее из рук... Девочка осталась в живых, но одна.

Борьба и пиршество длились долго, пока тишина не накрыла тяжелым гнетом сократившееся племя. Девочка знала, что нужно дождаться утра, чтобы оценить масштабы ночного несчастья. Ей приснился странный сон, который нужно было обязательно запомнить, но она забыла его, проснувшись. Это было связано с черепахой, но в чем именно был его смысл?

Девять взрослых мужчин и трое молодых погибли. Львы не поскупились.

Девочка подумала о прожитых днях и следовавших одно за другим несчастьях. Она попыталась представить будущие дни, но не могла, настолько была уверена, что скоро погибнет. До этого она спасалась лишь благодаря случайности и жертвам близких.

Как избавиться от страха?

«Последовать примеру черепахи. Защититься панцирем, как она», — прошептал тихий голос в ее голове. Панцирь...

Племя снова отправилось в путь, руководимое новым вождем. Подталкиваемый предчувствием, он решил следовать за солнцем и направиться на запад. В конце концов каждое утро солнце вставало перед ними, поднималось и заходило там. Тогда почему бы не последовать за ним?

Охотники принесли умершего от старости полевого грызуна и горсть ягод. Этим не наполнишь животы выживших.

Небо снова нахмурилось. Загрохотала гроза. Молния, казалось, преградила им путь на запад и заставила пойти на северо-запад. Они продвигались вперед под проливным дождем. Наступающая ночь сулила новые испытания, но молния внезапно подожгла куст, осветив впадину в скале. Пещера.

И тогда девочка вспомнила свой сон. Защитный панцирь. Спрятаться в пещере — панцире.

Она подбежала к новому вождю и попыталась уговорить его спрятаться в пещере, но раскаты грома убедили того скорее, чем девочка. В панике люди поспешили ко входу. Сперва они испытали облегчение: они были вне досягаемости львов и ливня. Но огромная тень появилась в глубине пещеры, племя спряталось в берлоге медведя. Вот почему львы не пошли за ними.

Один из братьев девочки, умевший быстрее других бегать, решил испытать судьбу. Он стал дразнить огромного хозяина пещеры, а потом выбежал наружу от разъяренного животного, которое оказалось проворнее, чем он думал. Медведь быстро догнал смельчака, убил и съел. Но жертва не была напрасной. Этого времени хватило, чтобы люди забаррикадировали камнями и палками вход в пещеру и, как черепаха, защитились от хищников. Медведь напрасно много раз подходил, рыча, к бывшему жилищу. Люди отвечали ему градом камней, показывая, что отныне они здесь хозяева. Медведь наконец отказался от своих попыток и отправился на поиски другой берлоги, откуда без труда смог выгнать менее сильное животное, чем он сам.

Люди победили. Девочка вздохнула... Значит, они не приговорены постоянно страдать.

В тепле пещеры они почувствовали себя в безопасности. Тогда они решили больше не скитаться без конца по равнине, а обосноваться здесь.

Здесь им больше был не страшен дождь и ветер. Здесь они могли создавать запасы пищи, не опасаясь, что она будет украдена маленькими млекопитающими или птицами.

Поведение людей изменилось. Сами того не подозревая, они изобрели оседлый образ жизни, и это потрясло ее основы. Мужчины отправлялись на охоту, не опасаясь, что в их отсутствие на женщин и детей нападут. Не спеша обратно, они стали приносить больше мяса и разработали новую тактику охоты.

В пещере женщины начали говорить друг с другом. К простым практическим сообщениям прибавились описания, обмен чувствами, нюансы, личные мнения. Они комментировали действия своих самцов, обсуждали, как лучше сохранить и приготовить пищу. В тепле пещеры они начали воспитывать детей. Одной женщине пришла в голову мысль использовать кожу для защиты своего тела. Так была изобретена одежда, защищающая не только от холода, но и от укусов змей и царапин колючих растений. Ее подруги начали тщательно разрезать шкуры и кожу убитых животных и скреплять их кишками, чтобы покрывать тело. Так, не зная сами, они изобрели стыд, а значит, и эротику. Ведь то, что скрыто, дает простор воображению.

Однажды маленькая девочка с черными глазами обнаружила, что без страха и тоски любуется горизонтом. Следуя примеру черепахи, она поняла, как существовать в спокойствии и, значит, обсуждать что-то еще, кроме простого выживания.

Через несколько недель после того, как люди поселились в пещере, молния ударила в дерево неподалеку от входа. Вместо того чтобы сразу сгореть и потухнуть, дерево превратилось в красный жар и яркие языки пламени. Сперва напуганные, женщины и дети затем подошли поближе. Один ребенок захотел потрогать желтый свет, похожий на солнце, и тут же закричал. «Это» кусалось.

Все отступили назад, но черноволосая девочка, движимая интуицией, бесстрашно схватила горящий обломок. Ее примеру последовал взрослый, потом еще один. Ветви поглощали друг друга, не трогая людей. Главное, нужно было держать их не с красной стороны, и тогда они распространяли свет и тепло безо всякой опасности.

Другой мужчина обратил внимание на то, что огонь передается. Если поднести к горящей ветке нетронутую, то она тоже загоралась, а потом оставался черный пепел.

Раздираемые страхом и любопытством, люди принялись экспериментировать. Наклоненный вниз кусок дерева горел быстрее. Однако простого порыва ветра было достаточно, чтобы потушить его. Сухие листья легко загорались. Зеленые листья обугливались, выпуская черные дым. Песок тушил пламя.

Девочка надела кусок мяса на палку и поднесла к огню. Все опарыши попадали, а мясо из коричневого стало черным. Она подождала, пока мясо остынет, попробовала, ей понравилось. С тех пор племя могло есть горячую и жареную пищу.

С помощью огня люди стали отпугивать диких зверей и, находясь в безопасности, спокойно рожать и производить на свет больше детей.

Наконец пещера стала слишком мала для всех, люди покинули ее и отправились на север искать другую, более обширную. Когда они нашли ее, то выгнали оттуда медведей при помощи горящих веток, которые принесли с собой.

Они зажгли большой костер, чтобы освещать новое жилище. В глубине текла вода, и они могли утолять жажду, не покидая пещеру. Но разгоревшийся огонь начал наполнять пещеру дымом. Все кашляли и терли глаза, пока не поняли, что нужно устроить костер совсем рядом с выходом, иначе они не смогут дышать.

Девочка с черными глазами не забыла, как они перестали бояться. Она взяла уголек и на стене пещеры сделала рисунок. Подошли другие, посмотрели на него, узнали животное и решили, что отныне черепаха станет их знаком. Они будут людьми-черепахами.

Стая крыс

Ветер дул над горой.

Черные тучи сгущались, и вдруг раздался удар молнии.

Внизу сто сорок четыре человека собрались в кучу, вспышки освещали искаженные от страха лица.

Вождь племени перестал нервно жевать листья. Он больше не мог терпеть плача детей. Он занял устрашающую позицию, как будто собирался драться с бурей. Он зарычал, забарабанил в грудь кулаками, напряг мускулы рук. Его ужасные вопли наверняка напугали бы какое угодно животное. Такими же криками он подчинял себе более молодых самцов племени. Он подпрыгивал, показывал зубы, шипел, как бы бросая вызов небу.

Молния поразила его в самый разгар боевой пляски.

Люди не успели моргнуть, и там, где только что был вождь, осталась кучка дымящегося пепла с обугленным позвоночником в центре.

Всех охватила паника. Люди побежали в разные стороны, но потом постепенно снова собрались вместе, поскольку контакт с другими успокаивает. Надо покинуть это проклятое место. И они пошли, согнувшись, под проливным дождем.

Они заметили пещеру, занятую не животными, а другими людьми. Они решили уйти и спрятаться подальше, сжавшись в тесную группу.

Из ста сорока трех уцелевших после бури Прудон выбрал молодого человека, который не был самым сильным в племени, но обладал некоторым любопытством. Он был широкоскулым и светловолосым, с постоянно настороженным взглядом серых глаз. Когда он шел один в поисках пищи, молния ударила в дерево, стоящее на холме, и оно загорелось. Его первой реакцией было убежать и присоединиться к остальным, но второй было подойти поближе и посмотреть. Любопытство взяло верх над страхом.

Молодой человек залез на вершину холма. Там, у корней дерева, его взору предстало странное зрелище. Сотня черных крыс противостояла сотне коричневых крыс, шипя от злобы.

Крысы против крыс.

Молодой человек с серыми глазами застыл на месте.

Бросив друг другу вызов, взъерошив шерсть, встав на задние лапы для устрашения, два главаря стай начали бой. Они крутили хвостами, раздувались, чтобы казаться сильнее, и вдруг черная крыса прыгнула на коричневую. Грызуны сцепились и стали кусать друг друга. Бой длился долго. Наконец коричневая крыса вонзила резцы в шею черной. Брызнула кровь.

Две черных крысы убежали. Остальные остались на месте, склонив головы и вжав плечи в знак повиновения. Тогда коричневые загрызли черных, оставив только плодовитых самок, которые тут же подчинились победителям.

Последнее унижение врага: главарь коричневых помочился на трупы врагов и сожрал мозг главаря черной стаи.

Столько животной злобы удивило молодого человека с серыми глазами. Он вспомнил, что много раз видел вдали незнакомых людей, но до настоящего времени человеческие стаи предпочитали избегать друг друга.

Он подошел к полю битвы, подобрал тело черной крысы со съеденным мозгом и в память об этой сцене решил сделать себе из ее шкуры головной убор. На обратном пути он начал размышлять.

Внизу его стая обсасывала кости скелета, брошенного даже падальщиками. Снова загрохотала гроза. Молния ударила недалеко от них, и одна из женщин закричала.

Молодой человек поймал ее и сильно укусил. От неожиданности самка тут же успокоилась, но он швырнул ее на землю и стал избивать кулаками. Такое необычное поведение успокоило других. Поглощенные сценой насилия, люди больше не думали о грозе.

Охваченный бешенством молодой человек решил убить самку. Движимые незнакомым инстинктом самцы племени подошли, чтобы выразить ему свою преданность. Они склонили головы и подставили зады. Молодой человек в головном уборе из черной крысы выбрал из них самого покорного и укусил его, чтобы утвердить свою власть. Жертва закричала, и все склонили головы в знак уважения.

Молодой человек только что изобрел принцип «беспричинное насилие как средство отвлечения внимания». Стая больше не боялась грозы, она боялась его. Останки крысы, которые показались им сперва смешными, теперь стали символом его власти.

Но молодой человек с серыми глазами не хотел останавливаться на этом. Он решил использовать свои открытия для того, чтобы лишить племя страха.

На следующий день, когда вдалеке показалось другое племя, он, вместо того чтобы не обращать на него внимания, приказал напасть.

Они бросились вперед с яростными криками. Чужаки были так удивлены, встретив столь свирепых людей, что даже не подумали защищаться. И для тех, и для других все было «новым».

Молодой человек пришел к выводу, что нападать легче, чем защищаться. Он сам не участвовал в нападениях, этим занимались самцы его племени. Чем более жестоки они были, тем легче сдавались чужаки.

Так было до того дня, когда один из мужчин атакованной группы достал палку, заканчивающуюся острым камнем. Этим оружием он убил нескольких противников. Этот инструмент невероятно заинтересовал молодого человека с серыми глазами. Он сзади напал на мужчину и обезоружил его. Затем он приказал своим бойцам не добивать противника.

В конце битвы выжившие предпочли подчиниться. Вождь с крысиной шкурой на голове издал победный крик.

Его самцы закричали вместе с ним, а их самки завизжали от радости.

Несколько молодых самок чужого племени подошли к молодому человеку с серыми глазами, чтобы показать, что они готовы к случке, но он был занят тем, что разбивал череп побежденного вождя, чтобы съесть его мозг.

Его стая весело и возбужденно жестикулировала.

Следуя, как всегда, примеру коричневых крыс с горы, он приказал уничтожить уцелевших чужаков и старых самок, но оставить плодоносящих молодых самок, а также мужчину с острым камнем на палке.

Он потребовал раскрыть секреты изготовления оружия, и побежденный научил его, как пользоваться твердым камнем, чтобы сделать из другого режущий треугольник... похожий на зуб крысы... Потом чужак рассказал, как прикрепить его к куску дерева, чтобы получился дротик, и вожак с серыми глазами велел всем самцам сделать себе такое полезное оружие. Он понял, что нападение на других людей позволяет не только укрепить свою власть, объединить стаю и обеспечить себя привлекательными самками, но и приобрести их технологии.

Поскольку отныне начиналась война между людьми, нужно было к ней подготовиться. Женщины должны были рожать одного ребенка за другим, чтобы у племени было многочисленное войско для будущих битв. Подбодренные этим самцы жадно набрасывались на молодых пленниц.

Потомство множилось, его нужно было кормить. Благодаря копьям и дротикам мужчины смогли добывать крупную дичь. Из падальщиков они превратились в охотников. В это время вожак продолжал наблюдать за поведением крыс. Он понял смысл дуэлей, позволяющих отбирать лучших, подталкиваемых перспективой обладать самыми плодоносящими самками. Дуэли вскоре стали основой воспитания молодых самцов. Вождь сделал из них ритуал, похожий на крысиный, чтобы самому определять самых сильных и избавляться от слабых.

Молодой человек с серыми глазами не принимал участия в играх, которые навязывал другим. Он был историческим вожаком, и ему не надо было доказывать свою силу. Его люди совершенствовали отточенные камни, еще острее натачивали их, прикрепляли к длинным палкам. С этими копьями они легко побеждали других людей, на которых не раздумывая нападали.

Вожак обнаружил, что у крыс есть правило, встретив незнакомую пищу, поручить одному члену стаи попробовать ее и затем поместить дегустатора в карантин, чтобы посмотреть, отравится он или нет. Он приказал своим людям поступать так же с грибами и ягодами, которые они собирали, с незнакомым мясом, которое приносили охотники, с лужами стоячей воды. Кто-то пробовал пищу, и если он не умирал, она считалась съедобной. Эта техника позволила избежать массовых отравлений, поскольку в природе ядовитость является правилом, а съедобность — исключением.

Поскольку самцы и самки с энтузиазмом откликнулись на призыв размножаться, детей становилось все больше, и вожак решил, что настало время установить систему отбора самых слабых. Дуэли уже были первым этапом, нужно было идти дальше. У крыс все постоянно бросают вызов всем, а тот, кто уклоняется, считается больным, и его изгоняют или пожирают.

Пусть так же будет и в стае.

Стерильные или рожавшие слишком много девочек самки были обречены. Старых и больных убивали, как только им было трудно идти. Нельзя было и подумать о том, чтобы они стали обузой в походе или попали в руки врага. Немедленно самые пожилые стали делать упражнения, чтобы поддерживать себя в форме.

Направляемые молниями, люди с серыми глазами шли на север, уничтожая все другие встречавшиеся им племена и обращая женщин в рабство. Однажды, когда он поедал мозг побежденного вожака, молодой человек снял с головы крысиную шкуру и взмахнул ей перед собой.

Все поняли, что отныне это будет объединяющий их знак.

Они были людьми-крысами.

Стая дельфинов

Ветер дул над пляжем.

Черные тучи сгущались в небе, внезапно ударила молния.

Внизу сто сорок четыре человека собрались в группу.

Вспышки освещали их.

Дети были напуганы. Чтобы их успокоить, матери выбирали вшей из волос. Даже если они их не находили, приятное чувство ласки утешало.

Когда дождь кончился, они уснули.

Утром старая женщина пошла на песчаный берег и увидела дельфина, выпрыгивающего из воды. Это не было новым, но удивительно было то, что водное животное резвилось так близко от берега и от нее.

Ее люди знали, что море является источником опасности. Они редко подходили к воде. Никто из людей еще ни разу не погружался в воду выше пояса. Однако этот дельфин, кажется, звал старую женщину к себе.

Тогда, подталкиваемая каким-то странным инстинктом, ведомая незнакомым голосом, который звучал в самой ее глубине, она решилась на невообразимое: она вошла в воду. Она содрогнулась от неприятного ощущения холода и влажности.

Дельфин поплыл ей навстречу. Он издавал щелчки и высокие звуки. Она попробовала отвечать рычанием и свистом. Так они общались какое-то время. Потом животное приблизилось, и она потрогала его нос. Но он повернулся и подставил ей свой плавник. Значит, он хотел, чтобы она потрогала его плавник... Она колебалась, опасаясь быть укушенной этой рыбой, которая была намного больше ее.

Дельфин издал стон, который означал приглашение.

Она инстинктивно отступила назад. Страх воды был таким древним, и к нему прибавлялась боязнь всего, что было другим, незнакомым...

«Иди в воду и потрогай его спинной плавник!» — сказал голос в ее голове. Это требование звучало так сильно, что у нее заболела голова. «Иди туда. Сейчас».

И тогда она решилась.

Плавник был гладким, но теплым на ощупь.

Дельфин пригласил ее пойти дальше в море.

Старая женщина последовала за ним. Она вошла в воду до паха, потом до живота, потом до шеи и обнаружила, что, болтая ногами, она может держаться на плаву в прибое.

Все утро она провела в новой для себя среде.

Другие с берега наблюдали за ней издалека, уверенные, что старуха сошла с ума и что ее в конце концов съест рыба. Только голова торчала из воды, и они не слышали, что она отвечает дельфину звуками, похожими на его. Они, однако, заметили, что эти двое как будто общаются друг с другом.

Неожиданно дельфин нырнул, а когда появился вновь, он держал в зубах сардину. Дельфин предложил ей пищу, чтобы поздравить с тем, что она превозмогла боязнь воды.

Когда женщина выбралась на берег с рыбой в руке, остальные уже не считали ее сумасшедшей.

В следующие дни сто сорок четыре человека на пляже научились плавать и ловить рыбу, хотя сперва им удавалось поймать только самых медленных из них. Дельфины их не покидали, показывая, как надо вести себя в воде. Они оказались терпеливыми инструкторами.

Люди стали обращаться друг к другу на языке дельфинов. Как и дельфины, они стали издавать щелчки и свист. Дети весело играли в воде, заплывая все дальше в море с помощью китообразных.

Однажды вдалеке показалось другое племя.

Люди на пляже собрались вместе, чтобы противостоять им.

Стоя друг против друга, люди замерли. С обеих сторон вперед вышли самцы, чтобы напугать противника. Они разглядывали друг друга, когда вперед вышла старая женщина, подошла к группе чужаков и протянула руку тому, кто показался ей самым большим и сильным.

Сперва они не поняли этот жест.

Поведение было таким новым. Вождь другого племени подумал некоторое время, а потом тоже протянул руку.

Две ладони коснулись друг друга. На лицах появились улыбки. Две руки пожали одна другую. Старая женщина знала, что так поступить ей подсказал пример дельфинов. Дельфины научили их предпочитать союз войне.

Отныне они стали стаей дельфинов. Они начали с того, что стали есть вместе с чужаками. Потом они попытались общаться жестами, звуками и вскоре словами.

Так стая дельфинов узнала, что другие были стаей муравьев.

Два племени долго общались. Люди-дельфины научили людей-муравьев плавать, ловить рыбу, говорить, играть, петь, делать все, чему они научились от дельфинов.

Другое племя научило их рыть туннели, как муравьи. Так они получили убежища от всех остальных животных. Они объяснили, что, наблюдая за любимыми насекомыми, поняли, что не нужно бросать слабых, но оставлять их для выполнения задач, которые не хотят делать охотники и женщины. Раненые и покалеченные придумывали себе различные занятия, чтобы стать незаменимыми в сообществе. Они занимались малышами и плели из растений различные поделки.

Одна из привычек муравьев очень удивила дельфинов. Поклонники насекомых целовали друг друга в губы, чтобы доказать взаимные хорошие чувства. Они видели, как муравьи касаются друг друга усиками, а потом лижут их, очевидно, в знак социального единства.

Стая муравьев поэтому предложила стае дельфинов ротовые поцелуи. Сперва те плевались от отвращения, но в конце концов эти прикосновения стали им нравиться. Они даже стали касаться друг друга языками, хотя и смоченными слюной.

Теперь их было двести сорок восемь человек, пожимающих друг другу руки. Вместе они построили подземный город на холме над пляжем, защищенный от приливов.

Они придумали общий язык, совмещающий слова муравьев и дельфинов. У самок и самцов двух стай вскоре начали рождаться дети, и на одной территории появились три группы: стая муравьев, стая дельфинов и стая метисов.

Последние, к общему удивлению, оказались более крепкими, чем малыши из внутриплеменных союзов. Однако все они жили вместе и в согласии, следуя принципу «Сила в единстве».

66. Энциклопедия: муравьи

Муравьи существуют на Земле сто миллионов лет, люди максимум три миллиона. На протяжении ста миллионов лет муравьи строят все более крупные Города, в некоторых из воздвигнутых ими муравейниках живут десятки миллионов особей.

Но если рассмотреть их цели, они покажутся нам сегодня довольно необычными. Во-первых, большинство муравьев не имеет пола. Размножается лишь ничтожно малая часть населения: принцессы и принцы. Поскольку последние умирают от удовольствия во время брачного акта, часто во всем муравейнике нет ни одного самца. Вскоре остается лишь одна матка, которая несет яйца. Постоянно получая информацию о потребностях муравейника, она поставляет необходимое количество именно тех особей, которые нужны ее обществу. Таким образом, каждый рождается с заранее определенной функцией. Здесь нет безработицы, нищеты, личной собственности, полиции. Нет также иерархии и политической власти. Это республика идей. Каждый, каков бы ни был его возраст и функция, может предложить свою идею всему муравейнику. С ней поступят в соответствии с качеством принесенной информации.

Муравьи занимаются сельским хозяйством. Прямо в муравейнике они выращивают грибы. Им знакомо и разведение других насекомых. Они пасут стада тлей на розовых кустах. Они делают орудия, например челноки, позволяющие сшивать между собой листья. У них есть представление о химии, поскольку они используют слюну в качестве антибиотика для лечения личинок и кислоту для нападения на врагов.

В области архитектуры муравейники предусматривают устройство соляриев, складов продовольствия, грибниц, королевской ложи.

Неверно, однако, было бы думать, что в муравьином Городе все работают. На самом деле треть населения бездельничает, спит или гуляет просто так. Вторая треть занята бессмысленными вещами, иногда мешающими другим. Например, прокладкой туннеля, из-за которого обрушится другой. Последняя треть, наконец, исправляет ошибки двух первых, строит и управляет городом. И в конечном счете, это работает.

У муравьев бывают войны, но не все они должны сражаться. Зато все должны заботиться о коллективном благополучии муравейника. Это для них важнее, чем личные интересы. Когда муравейник исчерпал всю дичь в окрестностях, он перемещается весь, целиком. Жители мигрируют, чтобы построить Город в другом месте. Таким образом создается равновесие между муравейником и природой, поскольку муравьи ничего не разрушают, а, напротив, способствуют аэрации почвы и циркуляции пыльцы.

Муравьи являются примером успешного социального животного. Они колонизировали практически все природные зоны, от пустыни до Северного полюса. Они выжили после ядерных взрывов в Хиросиме и Нагасаки. Они функционируют не стесняя друг друга и находятся в прекрасном симбиозе с планетой.

Эдмонд Уэллс,
«Энциклопедия относительного и абсолютного знания», том 5

67. Гермес подводит итог

Включается свет. Мы протираем глаза, уставшие, как Юн Би, когда она слишком долго сидит за компьютерной игрой.

Человеческий спектакль, без сомнения, гораздо интереснее, чем растительный или животный.

Гермес летает вокруг «Земли 18» и интересуется каждой стаей. Он предлагает нам посмотреть на других людей, разбросанных по всей планете. Из соседних я уже узнал стаю черепах Беатрис, стаю крыс Прудона и стаю муравьев Эдмонда Уэллса. Кроме того, я замечаю, что на «Земле 18» больше человеческих стай, чем учеников в классе. Это как раз то, о чем говорил бог путешествий: стаи без богов являются частью декораций. Судя по всему, они преуспели не хуже наших. Я вижу, что благодаря «персональной интуиции» стаи без богов сделали гораздо более полезные открытия, чем мы внушали во снах медиумам. Это сбивает спесь.

В то время как остальные прикованы к планете, я шепотом спрашиваю Эдмонда:

— Что произошло вчера на черной территории?

Жестом он дает понять, что сейчас не время и не место об этом говорить. Поэтому я возвращаюсь к наблюдению за эмбрионами человеческих сообществ.

Мэрилин отмечает:

— Жизнь в пещере все изменила. Как только у стаи есть убежище, мужчины отправляются на охоту, а женщины остаются у огня коротать время, и все исходные данные меняются. Теперь я понимаю, почему Джо Ди Маджио, мой смертный муж, был неспособен найти кусок масла в холодильнике. Он был чемпионом бейсбола, и из-за постоянных тренировок у него было узкое видение, и он мог сконцентрироваться только на удаленной цели.

Эдмонд соглашается:

— А женщина, сидя в пещере, должна одновременно поддерживать огонь, следить за тем, чтобы внутрь не проникли звери и чтобы дети не делали глупостей. Поэтому у нее развивается одновременно и широкое, и узкое видение.

— И более богатый словарный запас, чем у мужчин. Потому что, если женщина болтает с подругами, мужчины на охоте молчат, чтобы не вспугнуть дичь, — говорит Мата Хари.

— В то же время, — добавляет Антуан де Сент-Экзюпери, — понятно, что эти нравы способствовали развитию лучшей ориентации у мужчин, ведь это необходимо на охоте.

— Поскольку у них беспорядочные половые связи, женщины получили более тонкий слух и эмоциональный язык.

Другие ученики вступают в обсуждение.

— Соперничество в ловкости на охоте сделало мужчин более умелыми в изготовлении поделок, — говорит один.

— Уход за детьми заставил женщин больше уважать жизнь, в то время как на охоте мужчины почувствовали вкус убийства, — замечает Симона Синьоре.

Гермес призывает к тишине. Он закончил свои наблюдения. Пришло время объявить победителей.

— Я объявляю победителем первого этапа игры «Игрек» Беатрис и ее стаю черепах, которую можно соотнести с силой N. Найдя убежище, ее стая изобрела оседлый образ жизни. Человечество наконец увидело возможность другого решения, кроме бродяжничества.

Он водружает на ее голову золотой венок.

— Второе место: Прудон и его стая крыс. Изобретя войну, он не только позволил своим людям больше не страдать, но и научил руководить своей судьбой. Его метод отбора бойцов оказался эффективным, как и демографическая экспансионистская политика. Он довольно неплохо представляет силу D.

— Но все-таки, — протестует шокированная Симона Синьоре, — Прудон убивает мужчин и стариков. Он бесстыдно похищает чужих женщин, потом их насилуют и принуждают без конца рожать, чтобы у крыс было достаточно бойцов и...

Бог-профессор ее сухо прерывает:

— Мы здесь не для того, чтобы судить или читать мораль. Война является таким же средством экспансии, как и другие. Уничтожая соседние стаи и захватывая их плодоносящих женщин, стая крыс действует в интересах своего будущего выживания. Одновременно с каждым вторжением она завладевает технологиями и открытиями побежденных, что позволяет продвигаться вперед в области науки, не занимаясь исследованиями как таковыми. Наконец, создание военной элиты является залогом безопасности. Цель оправдывает средства.

Шум усиливается. Женщины явно не согласны с таким видением мира.

Гермес, не утруждая себя даже репликой, вызывает Прудона и надевает на него серебряный венок. Он продолжает:

— Третий и последний победитель за силу А: Мишель Пэнсон.

Я подскакиваю.

Я доволен, но странно оказаться в тройке, где у превзошедшего меня совершенно противоположные ценности.

Бог путешествий и воров объясняет, что ему понравилась моя стая за открытость морю, дружбу с дельфинами и альянс с чужаками, которые оказались стаей муравьев. Я, однако, удивляюсь:

— В таком случае почему я не наравне с Эдмондом Уэллсом?

— Потому что это ты или, по крайней мере, один из твоих, кто первым предложил альянс, который Эдмонд лишь согласился принять. Ты изобрел концепцию сотрудничества. Так что логично, что ты пожинаешь плоды своей инициативы.

Эдмонд Уэллс, названный в результате четвертым, одобряет. За ним следуют: стая павлинов художника Анри Матисса, стая китов Фредди Мейера, стая оленей Жоржа Клемансо, стая чаек де Лафонтена, стая морских ежей Камиллы Клодель, стая свиней Франсуа Рабле, стая львов Монгольфьера, стая орлов Рауля, стая ос Мэрилин.

Золотой венок Беатрис, серебряный Прудону и бронзовый мне.

Гермес подлетает к доске и пишет: «Ассоциация, Доминирование, Нейтральность» — и объясняет:

— Три наших победителя защищали каждый на свой манер три основные силы Вселенной. Вы, как и ваши люди, могли констатировать, что лишь три эти типа поведения эффективны. Кусочком мела он добавляет на доске:

«С тобой».

«Против тебя».

«Без тебя».

Мы роемся в голове в поисках другого возможного поведения и не можем ничего найти. Бог путешествий улыбается.

— Эти три энергии действуют на уровне частиц, создавая или разрушая атомы, на уровне молекул, создавая или разрушая жизнь, на уровне звезд, создавая или разрушая солнечные системы, и они же руководят человеческими отношениями, будь то на микрокосмическом уровне встречи двух людей или макрокосмическом уровне встречи двух цивилизаций.

Он взмывает в воздух.

— Вот почему это называется игрой «Игрек». Потому что в финале каждой партии мы смотрим на трех победителей. Каждый из них представляет силы Любви, Доминирования и Нейтральности — которые образуют три руки буквы Y.

Теперь очередь проигравших. Гермес называет исключенных: стая лемуров, неспособная сражаться. Стая панд, слишком ленивая, чтобы охотиться, и испытывающая недостаток протеинов из-за того, что питается только бамбуком. Стая леммингов, настолько подвластная вождю, что идет за ним, даже когда он ошибается, и к тому же имеющая досадную тенденцию к массовым самоубийствам. К эти трем добавляются семь уничтоженных племенем Прудона.

Обратный отсчет: 119 – 10 = 109.

— Я все же не понимаю, почему Прудон с его жуткими людьми-крысами получил лучшую оценку, чем Мишель с его миролюбивыми дельфинами, — возмущается Мэрилин Монро.

Нежное личико и впечатляющие формы бывшей звезды смягчают даже богов, и Гермес охотно летит к ней, чтобы дать дополнительные разъяснения и частный урок:

— Дорогая Мэрилин, у богов, вбейте себе это в голову, не существует хороших и плохих. Важна только эффективность. И поскольку вы, кажется, загрустили, я более детально уточню вам критерии отбора, существующие в игре «Игрек», которых я придерживаюсь и сам. Раскройте ваши хорошенькие ушки и записывайте, если необходимо.

Первый критерий: захват территорий и контроль над ними.

Рассмотрим цифры. Стая крыс контролирует территорию в девяносто квадратных километров против тридцати у стаи дельфинов, даже в союзе с муравьями.

Второй критерий: демография.

Крысы, благодаря их политике увеличения рождаемости, насчитывают пятьсот тридцать четыре человека против только четырехсот одиннадцати у альянса дельфины — муравьи, и это число нужно разделить пополам, поскольку речь идет о двух игроках. Для нас, богов, ребенок всегда ребенок, даже если он появился в результате изнасилования. Люди рождаются, и мы не учитываем, как именно они были зачаты. Я повторяю, здесь не судят, здесь констатируют.

Третий критерий: владение природными ресурсами.

Основными источниками этой эпохи являются дичь и собирательство. Уничтожая другие племена, крысы присвоили богатые дичью территории и зоны собирательства. Согласно нашей системе оценок, у них пятьдесят шесть урожайных единиц охоты и собирательства против тридцати пяти у альянса дельфины — муравьи.

Четвертый критерий: научные открытия.

Здесь альянс дельфины — муравьи имеет преимущество с пятнадцатью единицами открытий против восьми у крыс. Однако не будем забывать, речь идет об ассоциации двух стай.

— Вот именно, разве мы не имеем право на бонус за то, что создали удачный альянс? — вмешивается Эдмонд Уэллс.

Летающий бог смотрит на моего учителя и охотно отвечает.

— Отношения с другими как раз и являются пятым критерием, мой дорогой профессор Уэллс. Я хочу вам указать, что люди из стаи крыс боятся встречи с незнакомцами гораздо меньше ваших подопечных.

— Я вас не понимаю.

— Сила на первом месте. В этот неустойчивый период обладание эффективной армией является лучшим способом выбирать те альянсы, которые хочешь. Шестой критерий: хороший дух и самочувствие населения. Я знаю, некоторым трудно согласиться с тем, что захват территорий стоит на первом месте, а хорошее самочувствие на последнем. Но даже если поменять их местами, крысы все равно останутся впереди. Сила их армии обеспечивает определенное спокойствие, а значит, хорошее самочувствие населения. В конце игры их сообщество меньше других испытывало стресс. Если вдуматься, стая крыс могла бы даже быть впереди черепах, но мне было важно поддержать инициативу жизни в пещере, поскольку это является определяющим новаторством для будущего развития.

Я думаю, что дискуссия закончена, но Гермес подлетает к шкафу со множеством ящиков, роется в них и возвращается, я не могу поверить своим глазам, потрясая большой книгой в голубом переплете с надписью золотыми буквами: Энциклопедия относительного и абсолютного знания.

— Моя энциклопедия! — восклицает Эдмонд Уэллс, удивленный так же, как и я.

— Вот именно, — веселится наш сегодняшний профессор. — У нас тут все есть, а по поводу крыс, несомненно, вы лучше всех пишете об их поведении и сходстве с людьми. Люди — вы их ставите как раз посередине между крысами и муравьями. Крысы связаны со всем, что отвечает за примитивные эгоистические побуждения и насилие, а муравьи — цивилизаторские побуждения и солидарность.

Я чувствую, что мой друг Эдмонд Уэллс очень тронут тем, что его читают боги Олимпа, он, который думал, что пишет лишь для просвещения смертных.

— Я хотел бы вам прочитать отрывок, который некоторым уже знаком, но который даст всем основополагающие моменты, важные для понимания человеческих стад.

68. Энциклопедия: иерархия у крыс

Исследователь лаборатории биолигического поведения университета Нанси Дидье Дезор поместил в одну клетку шесть крыс с целью изучить их плавательные способности. Единственный выход из клетки вел в бассейн, который было необходимо переплыть, чтобы добраться до кормушки с пищей. Вскоре выяснилось, что крысы не плыли вместе на поиски пищи. Все происходило так, как будто они распределили между собой роли. Там было два эксплуатируемых пловца, два эксплуататора, которые не плавали, один независимый пловец и один неплавающий козел отпущения.

Две эксплуатируемые крысы ныряли в воду за пищей. По возвращении в клетку два эксплуататора били их до тех пор, пока они не отдавали свою еду. Лишь когда они насыщались, эксплуатируемые имели право доесть за ними. Эксплуататоры никогда не плавали. Они ограничивались тем, что постоянно давали взбучку пловцам, чтобы наесться досыта.

Автоном был довольно сильным пловцом, чтобы самому достать пищу и, не дав ее эксплуататорам, самому же и съесть. Наконец, козел отпущения не мог плавать и устрашать эксплуататоров, поэтому доедал оставшиеся крошки.

То же разделение — два эксплуататора, два эксплуатируемых, один автоном, один козел отпущения — вновь появилось в двадцати клетках, где эксперимент был повторен.

Чтобы лучше понять этот механизм иерархизации, Дидье Дезор поместил шесть эксплуататоров вместе. Они дрались всю ночь. Наутро были распределены те же роли. Два эксплуататора, два эксплуатируемых, козел отпущения, автоном. Такой же результат исследователь получил, поместив в одной клетке шесть эксплуатируемых, шесть автономов и шесть козлов отпущения.

Каковы бы ни были индивидуумы, они всегда в конце концов распределяют между собой роли. Опыт был продолжен в большой клетке, куда посадили двести крыс. Они дрались всю ночь. Утром трех крыс, с которых содрали кожу, нашли распятыми на сетке. Мораль: чем больше численность населения, тем больше жестокости по отношению к козлам отпущения.

В то же время эксплуататоры в большой клетке создали иерархию заместителей, чтобы навязывать свою власть с их помощью, а самим даже не утруждать себя, напрямую терроризируя эксплуатируемых.

Исследователи Нанси продолжили эксперимент, исследуя мозг подопытных. Они пришли к выводу, что наибольший стресс испытывали не козлы отпущения или эксплуатируемые, а как раз наоборот — эксплуататоры. Они, несомненно, опасались потерять свой статус привилегированных и быть вынужденными однажды самим начать работать.

Эдмонд Уэллс,
«Энциклопедия относительного
и абсолютного знания», том 3

69. Территория и агрессивность

Опыт, о котором рассказал Эдмонд Уэллс, приводит всех в замешательство. Так значит, какой бы путь мы ни выбрали, все усилия будут напрасны, поскольку такова природа живых существ. Они всегда распределяют между собой одни и те же роли: эксплуататоры, эксплуатируемые, автономы, козлы отпущения.

Зависнув перед нами в воздухе и шевеля время от времени золотыми крылышками, Гермес подтверждает:

— Как и крыса, человек является животным территории и иерархии. «Территория» и «иерархия» — два фундаментальных понятия, важных для понимания всего человеческого общества.

Пометить территорию охоты, помочиться в углах зоны воспроизведения, найти место между стоящим выше и ниже тебя — эти виды поведения успокаивают и приносят облегчение.

Ну а потом начинаются словоизлияния, чтобы облегчить свою совесть, сказать, что любишь свободу и не хочешь больше начальников, но если внимательно посмотреть на всю Историю, то все как раз наоборот. Люди любят быть в рабстве и поклоняться вождю. И чем страшнее их начальники, тем более защищенными они себя чувствуют.

Бог путешествий и воров делает разочарованное лицо.

— Но ведь есть и автономы! — восклицает Жорж Мельес.

— Ах да, несколько несчастных, которые цепляются за свои принципы... Действительно, они есть. Свобода дорого им стоит. Они трудятся больше, им нужно зарабатывать хлеб насущный и драться, чтобы его не украли. Они в противофазе с остальным населением, разделенным на угнетателей и угнетаемых, а значит, обречены на одиночество и отчаяние. Ах, насколько нужно быть готовым переносить одиночество, чтобы чувствовать себя свободным.

Гермес снова разочарованно улыбается.

— Вот вы сами, Жорж Мельес, вы знаете, чего стоит быть независимым. Вы разорились, изобретая различные трюки и спецэффекты. Вы были вынуждены продать свой кинотеатр и от досады сожгли свои бесценные пленки.

От этих воспоминаний о временах презрения Мельес растроган. Он кусает губы. Камилла Клодель обнимает его рукой за плечи, чтобы успокоить. Она тоже разрушила свои произведения, видя непонимание окружающих.

— А козлы отпущения, — спрашивает Мата Хари, — зачем нужны они?

— Это ключ к социальному равновесию. Искупительное жертвоприношение. Козлы отпущения служат оправданием всех официальных должностных преступлений. Начальник совершает убийство, кражу или несправедливость, после чего, чтобы не беспокоиться, выдумывает козла отпущения и предает его народному преследованию... Вы сами это хорошо знаете, мадам, вы ведь сами стали козлом отпущения в заговоре двух шпионских сетей. Козлы отпущения служат своего рода катарсисом. Прудон это прекрасно понял, используя убийства невинных людей как объединяющий массы спектакль. В вашей последней жизни вы хотели управлять людьми, как большими стадами, которые нужно обучать, не правда ли, Прудон? Для того, чьим девизом является «Ни Бога, ни начальника», это по меньшей мере парадоксально.

Анархист не соглашается. Он встает и заявляет:

— Важно образовывать людей, чтобы научить их свободе!

— Насилием? Массовыми убийствами? — спрашивает Гермес, уже уставший от всех нас.

Прудон в некотором замешательстве, однако не собирается отказываться от своих убеждений.

— Если необходимо принуждать людей быть свободными, что ж, тем хуже. Извините, но я их заставлю. Если им нужны начальники, которые научат обходиться без начальников, я их найду.

— А если им нужны боги, которые научат их обходиться без богов? — мягко спрашивает Гермес. — Ах, Прудон, ваша точка зрения меня поражает. Вы первый анархист, придумавший власть.

Озадаченный теоретик нигилизма садится на место.

Трудно спорить с таким опытным профессором, исходившим столько дорог.

— В прошлом даже было выражение, которое защищали не анархисты, а другие экстремисты: «диктатура пролетариата». Ах, сколько в этих словах парадоксов... Диктатура пролетариата...

— А что в этом такого смешного? — возмущается Мария Кюри, которая в свое время выступала в поддержку коммунистической партии и запомнила выражение, сотни раз повторявшееся на митингах.

— Это значит «тирания эксплуатируемых», если вы хотите синоним. Как говорил один из юмористов «Земли 1»: капитализм — это эксплуатация одного человека другим, а коммунизм... — наоборот, другого человека первым. Наконец, дорогая Мария Кюри, если у вас короткая память, я хотел бы напомнить вам про советско-германский пакт. В то время думали, что противоположностью коммунизму является нацизм. А потом оп-ля! Гитлер и Сталин пожимают друг другу руки. Вот так вы попадаете в ловушку, наклеивая ярлыки. В то время как для нас, богов, кровавый диктатор есть просто диктатор, будь он под черным флагом, красным или зеленым. Как только появляется милиция с дубинками, а интеллектуалов сажают в тюрьму, все ясно. Нужно понимать «знаки».

Меня тоже мучает один вопрос:

— Значит, все наши люди будут навсегда зажаты в тех же самых ролях, что и общество крыс?

— Нет, не обязательно, — говорит Гермес. — Но вести себя как крысы — их самое естественное стремление. Насилие их завораживает. Система иерархий успокаивает. Они обеспокоены, когда у них есть ответственность, и успокаиваются, как только лидер освобождает их от нее. Все ваши усилия свернуть их с этого пути могут потерпеть неудачу, поскольку они противоречат их глубоким естественным устремлениям.

Встав между нами, бог путешествий и воров склоняется над тяжелой сферой «Земли 18» и надевает на нее покрывало, скрывая таким образом от нас дальнейшие приключения наших племен.

— На настоящий момент на этой планете нет наций, нет королевств, нет границ. Есть только охотничьи угодья, население которых мигрирует, исчерпав их запасы. Технологии распространяются в зависимости от вторжений и альянсов, и не забывайте: чем меньше территория, тем больше агрессивность.

Во время следующей партии игры «Игрек» подумайте, как создать столицу и действовать из этой определенной точки.

Появляется Атлант, чтобы забрать свой тяжкий груз, который он взваливает на спину со вздохами, которые говорят сами за себя о том, что он думает об обязанностях внука по отношению к деду.

Кентавры уносят проигравших, которые на этот раз не сопротивляются — они смирились.

— Детство цивилизации, — заявляет наш профессор в заключение, — как детство человека. Именно на этой стадии все решается. Люди и народы воспроизведут позднее те же реакции перед лицом всего нового, и их трудно будет изменить.

70. Мифология: человеческие расы

Так же, как было много поколений богов, появилось и пять человеческих рас. Первые люди произошли от Гайи, богини Земли во времена Золотого века. Они жили при царствовании Кроноса в счастье и мире. Земля снабжала их всем необходимым, люди не знали ни работы, ни болезней, ни старости, а их смерть была похожа на сон. Символом этого периода является девственница в венке из цветов, держащая рог изобилия. Рядом с ней рой пчел вьется вокруг оливкового дерева, дерева мира. Это была раса Золотого века. Золото ассоциировалось с солнцем, огнем, днем и мужским началом.

Следующей была раса Серебряного века. Боги-олимпийцы создали ее после падения Кроноса, когда он стал жить в Италии и обучать людей сельскому хозяйству. В это время люди были злыми и эгоистичными. Они не любили богов. Символом этого периода стала женщина с плугом и снопом пшеницы. Серебро связано с луной, холодом, плодоношением и женским началом.

Зевс уничтожил серебряную расу и создал новую.

Раса Бронзового века состояла из людей распущенных, несправедливых и жестоких. Эти воины поубивали друг друга, все до последнего. Символом эпохи является нарядная женщина в шлеме и со щитом. Кстати, из бронзы делали жертвенные колокольчики.

Затем Прометей создал расу Железного века. Ее люди оказались и того хуже. Они проводили время за тем, что строили друг против друга козни, дрались и убивали один другого. Они были мелочными и жадными. Земля перестала плодоносить, поскольку за ней не ухаживали. Железный век символизирует грозная женщина в шлеме, украшенным головой волка, с мечом в одной руке и щитом в другой.

Тогда Зевс решил уничтожить все человечество за исключением одной «правильной» пары: Девкалиона, сына Прометея и Пандоры, и Пирры, дочери Эпиметея. Он утопил землю в потопе. В течение девяти дней и девяти ночей Девкалион и Пирра жили в ковчеге, а когда вода отошла, они бросили за собой камни, из которых родилась пятая раса. Среди их отпрысков — Эллин — родоначальник эллинов, Дорос — родоначальник дорийцев и Ахей — родоначальник ахейцев.

Эдмонд Уэллс,
«Энциклопедия относительного и абсолютного знания», том 5
(согласно Франсису Разорбаку, вдохновлявшемуся «Теогонией» Гесиода, 700 год до н.э.)

71. Она здесь

За обедом я чувствую, что в общей атмосфере есть некоторая напряженность. Я узнаю вокруг привычные группы авиаторов, писателей, кинематографистов, но новые группы уже собираются вокруг троих победителей первой партии игры «Игрек» — Прудона, Беатрис и меня. Обожатели Прудона в основном мужчины, Беатрис — женщины. Вокруг меня, как обычно, теонавты. Это не мешает Раулю сказать мне с горечью:

— Ты нас вчера бросил.

Мэрилин пытается помешать ссоре между друзьями. Она хочет повернуть разговор в другую сторону, поздравляя меня с удачной игрой, но Фредди не следует ее примеру.

— К счастью, Мата Хари нас спасла, — говорит он.

— Пустяки, — говорит танцовщица, — я люблю сражаться.

— Так что же все-таки произошло?

Они смотрят друг на друга в нерешительности.

— Мы его видели. И он вошел в нас...

— Ты это точно знаешь, потому что он за тобой гнался, — отчитывает меня Рауль.

Я не осмеливаюсь сказать, что слишком испугался, чтобы вернуться и посмотреть.

Мэрилин, всегда стремящаяся сохранить единство группы, объясняет мне:

— Это существо с тремя головами, одна голова дракона, плюющаяся огнем, голова льва с острыми клыками и голова козла с длинными тонкими рогами.

— В мифологии этот зверь называется «большая химера», что отличает его от других, называемых «маленькими химерами», — добавляет Эдмонд Уэллс.

Рауль сжимает кулаки.

— Мы чудом спаслись. У нее такая толстая кожа, что даже кресты ее не берут.

— К тому же эта большая химера издает ужасный запах серы, — шепчет Мэрилин с отвращением.

Они замолкают и странно смотрят на меня, и я вдруг чувствую себя чужим среди своих. Фредди Мейер пытается в свою очередь разрядить обстановку.

— Смешно. Все происходит в точности так, как предсказал Гермес. В классе образовались три группы. А... D... N...

— Ложное впечатление, — резко говорит Рауль. — Есть только одно деление. С одной стороны победители, с другой — побежденные.

— Все-таки это замечательная игра... Они мне очень нравятся, мои люди-дельфины...

— Готово дело, — иронизирует Рауль. — Ты начал к ним привязываться. Вспомни, что произошло с Люсьеном, который тоже помешался на своих творениях.

— У них все-таки есть свободный выбор, — отмечает Мата Хари. — Мои люди-волки ничего не понимают в знаках, снах и вспышках, которые я им посылаю. Медиумы остаются глухи к моим призывам. Они делают то, что им придет в голову, настоящие аутисты.

Сезоны прерывают нас, принеся обеденные блюда. После яиц, соли, овощей и сырого мяса настала очередь жареного мяса для новой вкусовой информации.

Жареная куропатка, теплая и волокнистая, тает во рту. Деликатес. Как это отличается от сырой цапли, даже тонко нарезанной в карпаччо. Я сразу понимаю всю важность появления огня для цивилизации. Теплое мясо согревает пищевод и приятно успокаивает. Я подкладываю себе несколько порций подряд. Горячий жир течет по горлу как сладость.

После жареной куропатки следует рагу из мяса бегемота. Радикальное изменение. У этого мяса более сильный и стойкий вкус. Никто больше не говорит, все наслаждаются пищей.

Когда я снова возьмусь за свое племя, я пошлю молнию на их рыб, чтобы они тоже познали счастье есть жареное мясо.

Сезоны ставят на столы кушанья, служившие пищей первобытным людям: корни растений, а также насекомые, саранча, личинки термитов, муравьиные матки, жесткокрылые, пауки...

Я спрашиваю Сезон Осень:

— Наши предки, они действительно это ели?

Она кивает головой.

— В Африке люди до сих пор едят саранчу, — говорит Мата Хари. — Это протеины.

В моей тарелке снова жареное мясо, которое я сразу не могу идентифицировать. Вкусно. Немного волокнистое… Возможно, свинина? Мэрилин первая подпрыгивает, бормоча в ужасе:

— Это… это… человечина!

С приступом тошноты мы немедленно выплевываем все изо рта. Нашему примеру следуют ученики за другими столами, тоже понявшие, в чем дело.

Сезоны, напротив, смеются над нашей брезгливостью. К моему великому удивлению, я вижу среди учеников нескольких отважных, которые хотят доесть содержимое своих тарелок, и среди них Рауль. Мата Хари колеблется, потом все-таки не решается.

— Это не кашерная пища, — просто говорит Фредди.

Со своей стороны, я набиваю рот различными овощами: луком, чесноком, капустой, корнишонами, — чтобы забить жуткий вкус, остающийся во рту.

Дионис объявляет, что после обеда мы приглашаемся на праздник, посвященный нашим дебютам в игре «Игрек».

В Амфитеатре к тамтамам, ксилофонам, арфам и гитарам вскоре добавляется хор сирен. Кентавры принесли их сюда в огромном передвижном бассейне.

Я следую за взглядом Рауля, ищущего среди водяных существ своего отца, но, как и он, вижу, что Франсиса Разорбака здесь нет. Эдмонд Уэллс шепчет мне на ухо:

— Знаешь, со своей стаей сардин я обнаружил странную вещь. Когда первая рыба получает информацию, ее получает вся стая.

— Ты хочешь сказать, что она передает информацию другим?

— Я тоже сперва так думал, но это не так. Это сложнее. На самом деле, рыбы в голове стаи и в хвосте реагируют одновременно. Как будто информация распространялась мгновенно.

— Как в едином организме?

— Да. Они все «закоммутированы». Я думаю, что муравьи тоже. Представляешь, если бы удалось создать закоммутированное человеческое сообщество?

— Как только один человек получает информацию, ее получает все человечество?

Я пытаюсь переварить эту идею.

— Не стоит мечтать… Мы еще слишком далеки от этого.

Начинает играть восточная мелодия, и Мата Хари снова извивается на танцевальной площадке. У меня такое впечатление, что каждый день я проживаю одну и ту же историю, только с небольшим дополнением. Другой бог-профессор, другое подопытное животное, другая пища, другой инструмент.

Уставшие от долгого ухода за своими племенами, некоторые ученики отправляются спать, некоторые наедаются фруктами, чтобы забыть вкус человеческого мяса.

— Вы нашли? — спрашивает голос за моей спиной.

Ее запах. Я оборачиваюсь. Она здесь.

— Нашел… Нашел что?

— Решение загадки.

— Нет, не нашел.

— Тогда вы, может быть, не «Тот, кого ждут»?

Охваченный внезапной интуицией, я пробую:

— Это могут быть дети. Они лучше Бога в тот момент, когда появляются на свет, хуже дьявола, когда растут. У бедных их больше, чем нужно. Богатые испытывают проблемы с заведением детей. Если их съесть, умрешь, поскольку каннибализм приводит к отмиранию клеток.

Она мило смотрит на меня.

— Нет, не это.

Я любуюсь ею. Прелестные ямочки на гладких щеках. Я вдыхаю кисловатый запах ее кожи, смешанный с ароматом карамели… Ее глаза, в упор смотрящие на меня, смеются.

— Вы танцуете? — спрашивает она.

— Конечно, — отвечаю я в тот момент, когда сирены начинают медленную мелодию.

Она берет меня за руку.

Ее тело под тогой касается моего.

Вокруг нас образуются другие пары. Фредди обнимает Мэрилин, Рауль приглашает Мату Хари.

— Я смотрела вашу партию игры «Игрек», — шепчет она мне на ухо. — Мне нравится ваш стиль игры.

Я сглатываю слюну.

— Однако альянс является наименее естественным поведением, — продолжает моя партнерша. — Момент, когда необходимо преодолеть страх и предложить союз, всегда деликатен.

Мне кажется, что она немного приблизилась ко мне.

— Эта старая женщина, которая плавает, нужно было это придумать. Не знаю почему, но боги-ученики, как правило, выбирают слишком молодых людей в качестве медиумов. Да, действительно, вы хорошо сыграли эту партию.

— Спасибо.

— Не благодарите меня. Я видела рождение и смерть стольких народов. Я видела, как многообещающие цивилизации погибли из-за того, что в нужный момент не подали руку незнакомцам или, наоборот, не уничтожили их, когда они стали опасны.

Очарованный прикосновением к ней, я с трудом слежу за ее мыслью. Я бормочу:

— Я… я не понимаю.

— Не стоит обманывать себя. Люди с «Земли 18» пока только улучшенные бабуины.

— Они... они больше не приматы.

— Я не сказала приматы, я сказала бабуины. Бабуины — социальные животные, которые в стае могут обратить в бегство львов, а в одиночку, как и люди, могут быть симпатичными. Лишь собравшись в стаю, они становятся свирепыми и спесивыми. Чем их больше, тем они агрессивнее. Именно поэтому, говорю вам, протягивать руку всем племенам может быть и является в идеале замечательной концепцией, но в отдельных случаях это опасно. Это может означать ваше поражение. Не забывайте о поведении людей-крыс.

— А чем предложение союза опаснее драки?

— Я видела столько предательств между народами, вождями, богами... Сперва нужно быть сильным и только потом великодушным.

Она продолжает говорить, но я ее больше не слышу. Я дрожу и покрываюсь мурашками. Я чувствую ее маленькие груди прижатыми к моей груди. Я чувствую биение ее сердца, сердца богини любви.

— ...Вы теперь не ангелы. У вас больше нет моральных обязательств. Научитесь абсолютной свободе по отношению к себе и по отношению к другим.

Я закрываю глаза, чтобы лучше слышать ее голос и чувствовать ее запах. Никогда мне не было так хорошо, так спокойно, как рядом с ней, Афродитой. Я хотел бы, чтобы время остановилось. Я хотел бы покинуть свое тело, чтобы посмотреть со стороны на нас, танцующих, прижавшись друг к другу. Я бы подумал тогда, что этому Мишелю Пэнсону очень повезло обнимать такую женщину.

— …Быть свободным опасно. Вы не можете не знать, как реагируют люди, предоставленные сами себе. Почему вы хотите, чтобы боги вели себя иначе?

— Я… У меня есть друзья. Они… Они мои союзники.

— Не будьте наивным, Мишель. Здесь у вас нет друзей, только соперники. Каждый за себя. В финале останется лишь один победитель.

Мы кружимся, а музыка немного ускоряется.

— Мой бедный Мишель, ваша проблема в том, что вы… добрый. Как же вы хотите, чтобы женщина полюбила доброго мужчину? Можно простить мужчине все, кроме этого.

Мы танцуем, и я хотел бы, чтобы это состояние чистого счастья продолжалось бесконечно… Она немного отстраняется от меня, и я погружаюсь в ее изумрудные глаза, в которых, как мне кажется, отражается карта этого острова, на который меня отправили. У меня нет времени ее рассмотреть. Пропасть ее зрачков захватывает и притягивает меня.

— Послушайте. Я помогу вам.

— Решить загадку?

— Нет, лучше играть, а также жить в Олимпии. Выслушайте внимательно три совета:

1. Не верьте всему, что вам говорят. При всех обстоятельствах полагайтесь только на собственные чувства и интуицию.

2. Постарайтесь угадать за игрой другую игру.

3. Не доверяйте никому и в особенности остерегайтесь своих друзей… и меня. (Она прижимает губы к моему уху, чтобы еле слышно прошептать последний совет.) …Не ходи с твоими друзьями сегодня на гору… Присоединись к другой группе. Некоторые, фотограф

Надар в частности, уже исследовали пути, которые тебя заинтересуют.

Значит, главные боги в курсе наших ночных похождений. Почему же они нас не арестуют?

Внезапно раздается крик.

Сирены прекращают петь. Оркестр оставляет инструменты. Мы уже поняли, что произошло. Мы к этому привыкли.

Единственный вопрос — кто новая жертва?

72. Энциклопедия: три унижения

Человечество знало три унижения.

Первое унижение: Николай Коперник открыл, что Земля не находится в центре Вселенной, а вращается вокруг Солнца, которое, возможно, находится на периферии еще большей системы.

Второе унижение: Чарльз Дарвин объявил, что человек не есть существо, стоящее над другими, но такое же животное, как и все остальные.

Третье унижение: Зигмунд Фрейд заявил, что человек думает, создавая произведения искусства, завоевывая новые территории, делая научные изобретения, разрабатывая философские или политические системы, что им движут высшие, превосходящие его стремления, в то время как на самом деле им движет лишь желание понравиться сексуальному партнеру.

Эдмонд Уэллс,
«Энциклопедия относительного
и абсолютного знания», том 5

73. Беатрис убита

Чья-то рука поднимается из кустов, и все мы бежим туда. Скрючившись, там лежит девушка с плечом, обугленным от выстрела креста. Она стонет и прижимает руку к ране, дергается в последний раз, и ее глаза закатываются.

— Кто это? — спрашивает Рабле, в то время как кентавры подбегают с носилками и покрывалом.

— Беатрис Шаффану, — с грустью говорит Прудон. — Обратный отсчет: 109 – 1 = 108.

С неба возникает Афина, копье наперевес, сова вся взъерошена, сама богиня в гневе и ярости.

— Один из вас явно виновен в этой гнусности. Ваш курс особенно неконтролируемый. Эти преступления… И эти кражи… Были похищены вещи, принадлежащие главным богам. Пропали кухонные принадлежности, инструменты из кузницы, шлемы, веревки.

Мы склоняем головы.

— Я вас уже предупреждала, богоубийца понесет примерное наказание. Так вот, я решила, он заменит Атланта и будет носить мир.

Носить мир? Но мы меньше его и не такие сильные.

Она рыщет взглядом по толпе и внезапно останавливается на мне.

— У вас есть алиби, Пэнсон?

— Я… я танцевал с Афродитой.

Я ищу ее глазами, но ее здесь нет. Я приглашаю других учеников подтвердить это, они должны были видеть меня танцующим, но все отводят глаза. Не думают ли они, что я мог убить Беатрис?

— Хм… Ведь это вы руководите стаей дельфинов, не правда ли? Стая, находящаяся после черепах Беатрис Шаффану. Это могло бы стать… мотивом.

— Это не я, — говорю я как можно увереннее.

На ее лице под шлемом появляется усмешка.

— Мы это узнаем, господин бог дельфинов. Во всяком случае, если вы надеетесь выиграть с помощью убийства, боюсь, этого будет недостаточно.

Она смотрит на меня с жестокостью.

— Я видела вашу игру и догадываюсь, как вы будете продолжать. Думаю, вас быстро исключат. Легко понять бога-ученика по его манере посылать сны своим людям, вмешиваться тонкими намеками или сильными ударами. Вы, вы слишком…

Она ищет подходящее слово. Что еще она мне скажет? Слишком… добрый?

— …Слишком кинематографичный. Вы играете так, чтобы ваши люди понравились тем, кто будет смотреть фильм. Плевать на зрителей. Важны актеры. Они проживают фильм изнутри.

Она не ждет, чтобы я собрался с мыслями для ответа. Прыжком она вскакивает на Пегаса, крылатого коня, и исчезает в небе вместе с летящей за ней совой.

Кентавры велят нам расходиться по домам.

— Если мне придется нести мир, я не сделаю и ста шагов, — вздыхает Гюстав Эйфель на ходу. — Никогда не был тяжеловесом. Атлант гигант, мы просто карлики рядом с ним.

Эдмонда Уэллса больше интересует преступление, чем возможное наказание.

— Смущает то, что Беатрис Шаффану убили, когда она вела в игре «Игрек».

— Если богоубийца нападает на победителей, я буду следующим, — ухмыляется Прудон.

— А потом моя очередь, — заключаю я.

— Боги держат нас в напряжении, а богоубийца лишь усиливает его, — заявляет Фредди.

— Ты думаешь, что он не существует и что «они» его придумали, чтобы увеличить наш стресс?

— Но ведь мы сами видели останки жертв, — замечает Эйфель.

— Вы в основном видели, как кентавры уносят их под покрывалом, — возражает Мэрилин.

Прудон подходит ко мне и бросает:

— Мишель, береги свое племя: если оно встретится с моим, шансы на союз ничтожны.

— Не беспокойся, — говорит Рауль, обнимая меня узловатой рукой за плечи. — Мои орлы тебя защитят. Давай пошли с нами, мы идем охотиться на большую химеру.

Я замираю на месте.

— Нет.

— Что нет?

Я не могу признаться, что Афродита просила меня не доверять друзьям, не ходить с ними и присоединиться к другой группе, руководимой Надаром. Поэтому я бросаю:

— Сегодня я слишком устал. Нет, я не в состоянии пойти с вами.

— Тебе больше не интересно узнать, что там на вершине?

— Во всяком случае, не сегодня.

— Если мы доберемся туда без тебя, ты будешь кусать себе локти.

— Тем хуже для меня.

Я поднимаю глаза к вершине горы и не вижу никаких вспышек за постоянно окутывающими ее облаками.

74. Энциклопедия: священная гора

Возвышаясь над миром людей, гора символизирует встречу неба с землей. Шумеры считают, что на вершине горы Шоуван, изображаемой в виде треугольника, возникло мировое яйцо, из которого произошли десять тысяч первых существ. Иудаисты верят, что на горе Синай Моисей получил от Бога десять заповедей.

Для японцев восхождение на Фудзияму является само по себе мистическим опытом, требующим предварительного очищения. Мексиканцы думают, что бог дождя живет на горе Тлалок в горном массиве Ицтак-Киатль. Индусы считают гору Меру центральной осью космоса, а китайцы помещают пуп Вселенной на горе Куен-Луен, представляя его в виде пагоды с девятью этажами, символизирующими ступени к выходу из мира. Греки поклоняются Олимпу, жилищу богов, персы — горе Албори, приверженцы ислама — горе Каф, кельты — Белой горе, тибетцы — горе Потала. В даосизме упоминается гора в центре мира, на которой живут бессмертные и вокруг которой вращаются Солнце и Луна. На ее вершине находятся сады королевы Запада, где растет персиковое дерево, плоды которого дают бессмертие.

Эдмонд Уэллс,
«Энциклопедия относительного и абсолютного знания», том 5

75. Исследование с воздуха

Где находится вилла Надара? Оставшись один, я не могу представить, что буду стучаться во все двери в поисках его адреса. В этот момент появляется херувимка.

— Ты знаешь, где найти Надара?

Сморкмуха выводит меня из города, мы попадаем в северную часть голубого леса, в незнакомые мне заросли, крылатая проводница показывает пещеру, вход в которую замаскирован кучей веток, и улетает в направлении Олимпии.

В пещере Клеман Адер, Надар, Антуан де Сент-Экзюпери и Этьен де Монгольфьер возятся с кучей различных предметов, предназначенных, несомненно, для строительства летательного аппарата. Кражи, о которых упоминала Афина, видимо, были сделаны именно этой группой богов-учеников.

Мы сделали судно, чтобы пересечь голубой поток. Сооружение воздушного шара, бесспорно, более амбициозный проект.

Они сидят при свечах и сшивают большой кусок непромокаемой ткани, который должен служить оболочкой воздушного шара. В качестве гондолы они собираются использовать обвитый лианами круглый стол, перевернутый вверх ножками. Неглупо. По шуму шагов заговорщики догадываются о моем присутствии.

— Шпионишь за нами? — спрашивает Клеман Адер, в то время как Монгольфьер и Надар уже направили на меня кресты.

— Я хочу пойти с вами.

Они не опускают оружие.

— А почему мы должны взять тебя с собой?

— Потому что я знаю, что находится за голубым потоком.

— Мы это скоро сами узнаем.

— А если вы меня не возьмете, что тогда? Вы рискуете, что я вас выдам... Убьете меня? Рискнете стать богоубийцами? Хотите носить «Землю 18»? Вчетвером будет не так тяжело.

Я вижу, что они колеблются, и продолжаю настаивать:

— Я могу помочь строить воздушный шар. Я много чего умею. Я был врачом...

Они тихо переговариваются, и я слышу, как Сент-Экзюпери шепчет: «В конце концов, что мы теряем?»

Надар поворачивается ко мне:

— Хорошо, мы тебя берем. Но знай, если ты нас предашь, мы избавимся от тебя без пощады. А к тому времени, когда твое тело найдут, настоящий богоубийца наверняка будет обнаружен.

— Зачем мне вас предавать? Мы здесь все в одной упряжке. Мы все хотим узнать, что находится над нами.

Клеман Адер кивает и протягивает мне иглу.

— Тебе повезло. Мы уже почти закончили. Этой ночью попробуем взлететь. Если ты поможешь, мы отправимся раньше. Сперва нужно дошить оболочку.

Как будто участок головного мозга вспомнил это занятие. Шитье. В современном обществе, где я прожил последнюю жизнь смертного, все действовало с помощью кнопок: кнопки дистанционного управления, выключатели, кнопки лифта, клавиатура компьютера. Используя пальцы только для того, чтобы нажимать, я утратил их ловкость, но она быстро возвращается. Пещерный человек, сидящий во мне, в моем ДНК, помогает освоить одну из древнейших наук — науку узлов. Я шью, завязываю узлы, заплетаю, и после многих часов работы, когда уже начинают сгущаться сумерки, оболочка готова. Мы привязываем ее к ножкам стола, превращенного в импровизированную гондолу.

Монгольфьер ставит посередине жаровню, а рядом кладет запас сухой древесины. Мы вытаскиваем летательный аппарат в центр небольшой поляны и нагружаем его камнями. Блок, перекинутый через ветку дерева, помогает поднять мембрану. Затем Надар зажигает огонь и ставит жаровню так, чтобы горячий дым шел внутрь шара, а не нам в глаза, которые уже и так покраснели.

Наконец ткань надувается. Мы знаем, что нужно спешить. Хотя мы и скрыты в лесу, нас могут заметить. Кентавров поблизости нет, мы отвязываем держащую шар веревку и начинаем медленно подниматься.

Этьен де Монгольфьер говорит, что нужно сбросить балласт, чтобы ускорить взлет, и мы выкидываем из гондолы несколько камней.

Три луны светят в небе, а земля удаляется. Внутри гондолы ужасная жара, и мы поддерживаем огонь, раздевшись по пояс. А ведь раньше я мог летать только благодаря силе мысли…

Все утомительно. Мы уже выбились из сил, но по мере того, как шар поднимается все выше, нам открывается захватывающий вид: остров сверху, весь целиком.

Эдем…

— Это потрясающе, не правда ли? — восклицает Сент-Экзюпери.

Мелкие брызги ласкают кожу, а вокруг летают странные птицы. Я наклоняюсь. Остров имеет форму треугольника. Два холма, возвышающиеся над городом, делают его похожим на лицо, носом которого является Олимпия. Освещаемый лунами океан бросает золотистокоричневые отблески, а пляжи из мелкого песка окаймлены белой пеной прибоя. От земли поднимается аромат кокосовых орехов, заглушающий даже запах дыма из жаровни.

Решив, что мы поднялись на достаточную высоту, Монгольфьер говорит, что нужно перестать поддерживать огонь. Но мы поднимаемся еще.

— Красота, — говорит Надар.

В его жизни смертного фотограф был первым, кто сделал снимки с высоты. Именно он подтолкнул Жюля Верна написать «Пять недель на воздушном шаре».

Я вижу гору с по-прежнему скрытой в облаках вершиной, голубой поток и светящихся рыб, заметных через густую листву. В это время мои друзья-теонавты, наверное, уже его пересекли, а может быть, сражаются с большой химерой.

На башне дворца Кроноса бьет полночь. Сверху мне видны вспышки света на побережье. Это Мария Кюри, Сюркуф и Лафайет строят судно, способное выйти в море.

— Наверное, они хотят обогнуть остров, чтобы найти менее охраняемые подходы, — замечает Клеман Адер.

Мы продолжаем подниматься. Надар суетится, привязывает ленточки к вантам, чтобы определить направление ветра. Сент-Экзюпери тянет за веревки, стремясь изменить направление дыма. Внезапно я понимаю, что их беспокоит: мы не летим в нужном направлении.

Я спрашиваю:

— А мы не можем подлететь поближе к горе?

— Это воздушный шар, а не дирижабль, — отвечает Клеман Адер. — Можно только подниматься и опускаться, но не лететь вправо или влево.

— К тому же континентальный ветер уносит нас в сторону моря, — озабоченно говорит Монгольфьер.

Гора удаляется, а морской горизонт становится все ближе.

Из воды бьет фонтан. Должно быть, вокруг острова водятся киты.

Монгольфьер командует снова зажечь огонь и продолжить подъем. Он надеется найти встречный поток воздуха, который вернет нас на остров.

Последние камни, служащие нам балластом, падают в океан. Но шума не слышно — мы слишком высоко.

Ветер продолжает уносить нас от острова, и Монгольфьер задумчиво смотрит на шар.

— У нас только один выход — спуститься как можно скорее, иначе нас унесет в открытый океан.

Мы гасим огонь, а Монгольфьер тянет за веревку, закрывающую клапан мембраны. Горячий воздух начинает выходить из шара, и мы теряем высоту.

Спуск гораздо быстрее подъема. Наконец наш летательный аппарат с силой врезается в водную поверхность. Не будучи водонепроницаемой, гондола быстро набирает воды, а нам даже нечем ее вычерпывать. Нет и весел, чтобы грести. Когда думаешь о небе, не готовишься оказаться в воде.

Клеман Адер торопит выбросить за борт все тяжелые вещи, и мы оказываемся скрюченными на круглом столе, превратившемся в плот.

И в этот момент совсем недалеко из воды вырывается фонтон, который я видел сверху, сопровождаемый тонким свистом.

— Кит слева! — говорит Надар.

— Нет, это не кит, — поправляет его Монгольфьер.

Приближающаяся рыба по размерам действительно с кита, но кажется мне гораздо более опасным чудовищем.

От китообразного у него только большие глаза. Во рту у него не китовый ус, а острые зубы, каждый величиной с меня.

76. Энциклопедия: левиафан

В финикийской мифологии Левиафан описывается как большой кит, покрытый сверкающей чешуей, или как гигантский морской крокодил тридцатиметровой длины. У него такая толстая кожа, что ее нельзя пробить никаким гарпуном. Он изрыгает пламя изо рта и дым из ноздрей, его глаза горят внутренним светом, а море вокруг него закипает, когда он поднимается на поверхность. Он происходит от мифической змеи Лотан, противника ханаанского бога Эл.

Согласно легенде, Левиафан может мгновенно проглотить солнце, отчего происходят солнечные затмения. Миф о Левиафане можно найти в Новом и Ветхом Заветах, псалмах царя Соломона, книге Иова и Откровении Иоанна Богослова.

«Поймаешь ли ты Левиафана на крючок?»

«Волны дрожат перед его величием, воды отступают, железо для него, как солома, бронза, как трухлявое дерево, он кипятит пучину, как котел, и море претворяет в кипящую мазь, никому на Земле не обуздать его» (Книга Иова, 4, 41).

Левиафан олицетворяет первобытные разрушительные силы водного мира. Похожие на него чудовища есть в египетской, индейской и вавилонской мифологиях. Однако, судя по всему, именно финикийцы придумали историю о нем, чтобы сохранить свое превосходство на море. Страх перед Левиафаном помог им сократить число конкурентов на торговых морских путях. Мясо Левиафана вместе с двумя другими чудовищами послужит пищей на пиру праведников во время пришествия Мессии.

Эдмонд Уэллс,
«Энциклопедия относительного и абсолютного знания», том 5

77. В животе у монстра

Я выпрыгиваю из гондолы, плыву, барахтаюсь в воде. Левиафан приближается, рассекая волны, разбрызгивая тонны воды. А я еще боялся, когда смотрел фильм «Челюсти». Эта маленькая акулка удрала бы от такого морского монстра без оглядки. Подумать только, ведь я отправился вместе с компанией Надара, потому что боялся встретиться с большой химерой в черном лесу.

— Я не умею плавать, я не умею плавать! — кричит Этьен де Монгольфьер рядом со мной.

С людьми, занимающимися воздухоплаванием, проблема в том, что они слишком узкие специалисты. Я обхватываю рукой его подмышки и стараюсь поддерживать на поверхности.

Левиафан разевает пасть и глотает круглый стол, ткань воздушного шара и Антуана де Сент-Экзюпери, непредусмотрительно оставшегося в гондоле. В одну секунду поэт-авиатор исчезает за острыми зубами, которые захлопываются, как борона.

— Нужно плыть к пляжу! — кричит Надар.

Я плыву брассом, стараясь держать голову де Монгольфьера над водой, но больше не могу тащить его за собой. Я начинаю тонуть и поручаю своего подопечного Клеману Адеру. На горизонте уже появляется второе солнце.

— Осторожно, он возвращается!

Мы разделяемся. Явно голодный, Левиафан приближается. Я уже не могу перейти на кроль, который в рекордное время доставил бы меня к берегу. Я барахтаюсь на месте, смирившись с судьбой.

Зверь спокойно проглатывает меня. Потом все происходит очень быстро. Я миную решетку зубов, падаю на язык, ударяюсь о нёбо и бьюсь о голосовую щель, которая отправляет меня обратно на язык.

Потом все останавливается. Я в полной темноте, кругом сыро и тихо. Отвратительно воняет гнилой рыбой. Внезапно язык бьет меня. Я достаю крест и стреляю. Для чудовища это все равно что укол булавкой, но в свете вспышки я успеваю рассмотреть внутренности дворца, похожего на собор с серыми сводами. По слизистой оболочке течет странная светящаяся жидкость. Передвигаясь во рту, я обнаруживаю в дырке гнилого зуба крест, видимо принадлежавший Сент-Экзюпери. Я забираюсь на коренной зуб и начинаю стрелять с обеих рук. Никакого эффекта.

Язык снова бьет меня. Липкая слюна облепляет со всех сторон. Двигаться становится сложнее. Я барахтаюсь в слюне. Конец языка сталкивает меня в шершавое горло. Я миную голосовую щель и скольжу по горлу. В пищеводе не за что ухватиться. В тщетной надежде, что чудовище закашляется, я стреляю в перегородку. Падение не прекращается.

Много историй связано с китами и Левиафаном. Библейский пророк Иона спасся благодаря киту. Похожая история рассказывается в сказке Карло Коллоди

«Пиноккио». Мифологический полинезийский герой Нганоа спустился в желудок кита, чтобы спасти своих родителей…

Я скольжу, а туннель регулярно сокращается и колышется, ускоряя падение. Я знаю судьбу всех кусков мяса, проглоченных в моих предыдущих жизнях, но у них не было глаз и светового оружия, чтобы рассмотреть мои внутренности.

Наконец мое путешествие заканчивается в огромном овальном зале, наполовину заполненном дымящейся жидкостью, из которой торчат желудочные выросты, похожие на небольшие острова. Рыбы, которые падают рядом со мной в желудочный сок, моментально растворяются. Боюсь, меня ждет такая же судьба. К счастью, я нашел останки лодки, ржавый корпус которой еще сопротивляется кислоте.

Вот я и в желудке.

В центре этого смертоносного озера появляется водоворот, который неожиданно всасывает меня вместе с лодкой и отправляет в кишечник, где я теряю сознание. Когда я прихожу в себя, я по-прежнему в лодке, надо мной мягкий свод. Этот туннель более узкий, и здесь еще сильнее пахнет разлагающейся рыбой. Когда я стреляю в стенки, они слегка сокращаются.

Я продолжаю продвигаться по пищеварительной системе, думая, что унизительно для такой души, как моя, поднявшейся до уровня ангела, а потом бога, закончить свой путь… в экскрементах кита.

В туннеле моя лодка наталкивается на другие предметы, обломки, человеческие скелеты (может быть, принадлежащие другим неудачливым ученикам). Выход снизу более вероятен, чем сверху. Запах гниющей органики становится все более невыносимым. Неожиданно я вижу в этой грязи силуэт человека, которому удалось избежать растворения.

— Кто здесь?

— Сюда, — отвечает голос Сент-Экзюпери.

Я беру кусок гнилого дерева и гребу им.

— Как тебе удалось выжить среди этого ужаса?

— Как и тебе. Благодаря импровизированному плоту. Мы будем переварены, а?

— Человек переваривает пищу в течение трех часов, — говорю я, вспоминая свои познания в медицине. — Пищеварительный процесс Левиафана может занимать несколько недель.

— Нужно ускорить этот процесс, — замечает авиатор, сохранивший всю свою боевитость.

Я погружаю край тоги в жидкость за бортом, чтобы проверить, растворится ли ткань. Ничего не происходит. Я замечаю:

— Здесь больше нет кислоты. Мы может двигаться вперед без лодки.

Пока мы идем по кишечнику, Сент-Экзюпери замечает два креста у меня на шее и просит вернуть ему его крест, что я и делаю.

— Каждый раз мне кажется, что я пережил самое опасное приключение в своей жизни, и каждый раз бывает еще хуже, — говорю я.

Он невесело смеется.

— Мы сами этого искали, — замечает он. — В конце концов, мы могли бы спокойно сидеть у себя на вилле и наблюдать по телевизору за жизнью клиентов. У тебя кто?

Какой замечательный спутник для совместной прогулки по пищеварительному тракту чудовища. Продолжая время от времени освещать крестом дорогу, я отвечаю:

— У меня африканский принц, корейская девочка, воспитывающаяся в Японии отцом-японцем и матерью-кореянкой, и маленький грек, у которого обожающая его мать. А у вас?

— Пакистанская девочка восьми лет, постоянно носящая паранжу, которую родители уже сосватали за богатого старика, лапландец-ипохондрик, увлекающийся охотой на тюленей, и полинезиец, который безо всякой причины смеется с утра до вечера и не хочет работать.

— Неплохой коктейль.

Сент-Экзюпери в этом сомневается.

— Мне кажется, что никто из них не способен поднять свой уровень сознания.

— А я верю в мою маленькую кореянку. Не знаю почему, но, несмотря на все неудачи, я чувствую в ней сверходаренную душу. И потом, мне нравится эта страна... Корея.

— Вот как, а что ты знаешь об этой стране?

— Она расположена на перекрестке цивилизаций между Японией, Китаем и Россией и сумела храбро противостоять этим трем завоевателям. У корейцев замечательная культура, очень утонченная и малоизвестная. У них уникальные музыка, живопись, алфавит.

Странно говорить о Корее в таком месте.

— Ты уже бывал там?

— Да, в Сеуле — столице и в Пусане — крупном городе на побережье. Когда я был студентом, я жил с кореянкой, и она захотела познакомить меня со своей семьей, живущей в Пусане.

Он стреляет вниз, и вспышка освещает еще более крупные рыбьи скелеты.

— Странно, что твоя смертная решила родиться там. Возможно, несмотря ни на что, существуют определенные связи... Я вот никогда не был ни в Полинезии, ни в Пакистане, ни в Лапландии. Расскажи мне еще о Корее. Ты знаешь историю этой страны?

— Это была самостоятельная цивилизация, но в течение многих десятков лет она была порабощена японцами, которые практически уничтожили их культуру. Они разрушили храмы, изменили язык. Когда после войны Корея была освобождена, народу было трудно обрести старые корни. Они восстановили храмы благодаря воспоминаниям стариков.

— Понимаю. Это, должно быть, было ужасно.

— И как только они освободились от японского владычества, началась гражданская война между двумя Кореями. Между коммунистической Северной Кореей и либеральной Южной. Проблема в том, что Северная Корея находится под игом сумасшедших диктаторов, связанных со всеми тиранами планеты и поставляющих им ядерные материалы.

— Удивительно, как тоталитарные негодяи всегда хорошо ладили между собой. Гитлер и Сталин, как говорил Гермес, но можно привести и много других. Между диктаторами есть взаимопонимание.

Обогнув остов рыбы величиной с кита, мы возвращаемся к печальной действительности.

— Все-таки... Я никогда не мог представить, что меня проглотит такое чудовище, — говорю я.

— У меня такое ощущение, что я снова стал зародышем, — удивляется Сент-Экзюпери.

— Ты думаешь, это самец или самка?

— Надо прокопать внутренности и посмотреть, что там, матка или простата, — шутит мой компаньон.

— Дионис сказал мне, что здесь место последней инициации. Если бы я знал, что превращусь в крота, роющегося в Левиафане…

— В этом и заключается принцип инициации: опуститься, чтобы подняться, быть проглоченным, чтобы прославиться, убитым, чтобы возродиться.

Воздух вокруг становится более разреженным, и нам все тяжелее дышать. Проход сужается, мы идем среди коричневых червей толщиной с подушку. Из-за зловония мы закрываем лица туниками.

— Сдается мне, мы пришли в конец туннеля.

Действительно, мы попадаем в закрытое помещение.

— Как открыть анальное отверстие Левиафана?

— Мне кажется, это ты врач.

Я размышляю:

— Обычно анус реагирует как электрический выключатель. Когда экскременты попадают в эту зону, они начинают давить на контактные точки.

Действительно, мы различаем обнаженные вены и нервные окончания. Мы начинаем со всей силы бить по ним кулаками и ногами, и через какое-то время стенки начинают сокращаться, а потом раздвигаются. В конце открывшегося туннеля мы видим свет и вместе с другими остатками вылетаем наружу, в море. Мы стараемся как можно быстрее всплыть на поверхность, к дневному свету. Легкие разрываются, но нужно держаться.

Это всплытие напоминает мой танатонавтический полет, когда я покинул свое тело, притягиваемый потусторонним светом. Однако с одной существенной разницей: когда я был умершим смертным, я ничего не чувствовал, став начинающим богом, я испытываю мучения.

Всеми силами стараясь выбраться на поверхность, я проклинаю мифологию, все легенды и всех водящихся там чудовищ. Я ненавижу Левиафана, сирен, больших и маленьких химер, главных богов и всех богов-учеников. Сент-Экзюпери притягивает меня к себе, и мы какое-то время с облегчением плывем по спокойному морю. Нам удалось выбраться, мы спасены.

Наша передышка оказывается недолгой. Бьющий из воды фонтан свидетельствует о возвращении Левиафана, который развернулся и снова движется на нас.

Мы смотрим друг на друга недоверчиво. Только не во второй раз, нет, только не это…

В ответ на мою немую мольбу как чудо из волн появляется белый дельфин с красными глазами и плывет наперерез Левиафану. К нему присоединяются другие дельфины, чтобы преградить путь чудовищу и защитить нас. Воздух наполняется высокими звуками.

Левиафан хочет прорваться силой, но дельфины окружают его и бьют по бокам носами, как шпорами. Морское чудовище хочет их проглотить, но они очень увертливы и продолжают нападать на эту тушу. Сражение напоминает мне картину, изображающую битву Непобедимой армады в XVI веке, когда огромные испанские корабли грузно маневрировали между маленькими английскими парусниками, которые быстро уворачивались от них и топили один за другим.

Левиафан раздражается, вздымая волны высотой со стены, но дельфины, будучи полуводяными, полувоздушными существами, ныряют, прыгают, веселятся и продолжают изводить зверя, который наконец убирается восвояси. Тогда дельфины подплывают к нам и резкими криками приглашают ухватиться за спинные плавники.

Мы немедленно повинуемся. Остров уже скрылся из вида, а мы потеряли много сил в этой эпопее. Я сажусь на белого дельфина верхом, как на лошадь, упираюсь ногами в боковые плавники, и он везет меня вперед. Я чувствую себя как на скутере.

Я вижу, что Сент-Экзюпери взобрался на другого дельфина. После ужаса наших похождений в темноте счастье оказаться на свободе кажется еще большим. Воздух, свет, скорость — все приводит нас в восторг.

Мы скользим по гребням волн, несомые быстрыми боевыми конями.

Наконец дельфины добираются до пляжа и оставляют нас на берегу. Мы машем им руками, а они встают на хвосты и издают пронзительные звуки. Белый дельфин прыгает высоко в воздух и продолжает кувыркаться.

Этьен де Монгольфьер, Надар и Клеман Адер здесь, они потрясенно смотрят на нас.

— А вы как вернулись? — спрашиваю я.

— Вплавь, — отвечает Клеман Адер хриплым голосом, все еще обессиленный, поскольку тащил на себе пионера воздухоплавания.

— Нам не повезло, — говорит Монгольфьер, — судьба обернулась против нас.

78. Энциклопедия: законы Мерфи

В 1949 году американский инженер капитан Эдвард А. Мерфи работал по заказу американских ВВС над проектом МХ 981. Целью его было изучить, что испытывает пилот во время аварии. Для опытов нужно было разместить шестнадцать датчиков на теле пилота. Это было поручено технику, знавшему, что каждый датчик можно установить в двух положениях: правильном и неверном. Техник установил все датчики неправильно. В связи с чем Мерфи произнес фразу: «If anything can go wrong it will» («Если что-то может не получиться, оно не получится»). Этот пессимистический закон, который также называют законом бутерброда (потому что бутерброд всегда падает маслом вниз), стал настолько популярен, что везде стали появляться как поговорки другие «законы Мерфи», основанные на том же принципе. Вот некоторые из них:

«Если все идет хорошо, вы наверняка что-то упустили из вида».

«Каждое решение приносит новые проблемы».

«Все, что поднимается, в конце концов опускается».

«В очередях соседняя всегда движется быстрее».

«Действительно интересные мужчины и женщины уже разобраны, а если это не так, то должна быть скрытая причина».

«Если это слишком хорошо, чтобы быть правдой, то, скорее всего, так и есть».

«Женщину привлекают в мужчине те же качества, которые она не сможет выносить через несколько лет».

«Теория — это когда ничего не получается, но известно почему. Практика — это когда ничего не получается, и не известно почему. Когда теория подкрепляется практикой, ничего не получается, и не известно почему».

Эдмонд Уэллс
«Энциклопедия относительного и абсолютного знания», том 5 (народные мудрости)

79. Смертные. 10 лет

Я устраиваюсь перед телевизором. Я слишком возбужден, чтобы сразу заснуть. Тело после стольких приключений требует отдыха, но мозг бурлит.

На первом канале Юн Би, которой уже 10 лет, одна скучает во дворе, в то время как ее подруги прыгают через веревочку. Одна из девочек неожиданно подходит к ней и бросает: «Грязная кореянка».

Такая агрессивность удивляет Юн Би. Она безуспешно пытается дать пощечину обидчице, которая убегает. Весь класс смеется над неумехой, дети хором скандируют: «Грязная кореянка». Звонок на урок кладет конец этой сцене.

Юн Би плача приходит в класс. Учительница спрашивает, в чем дело, и соседка по парте говорит ей, что девочку назвали грязной кореянкой. Учительница кивает головой. Понимая проблему, она смотрит на Юн Би, колеблется какое-то мгновение, но ничего не говорит. Но поскольку Юн Би не прекращает плакать, она велит ей успокоиться или выйти из класса. Юн Би пытается сдержаться, но не может. Учительница говорит, чтобы она вышла и не мешала уроку, а успокоившись, вернулась. Юн Би возвращается домой и плачет на кровати. Мать спрашивает, что произошло.

— Ничего, ничего, — говорит Юн Би. — Я хочу побыть одна, вот и все.

Она отказывается обедать, даже проглотить хоть что-нибудь, и только к вечеру соглашается рассказать матери, которая принесла ей стакан воды, что произошло.

— Девочка, которую я даже не знаю, обозвала меня грязной кореянкой.

— Понимаю. И что ты сделала?

— Я хотела ее ударить, но она бежала быстрее меня. Потом учительница выгнала меня из класса, потому что я всем мешала.

Мать обнимает дочку.

— Я должна была тебя предупредить. Мы, корейцы, живущие в Японии, можем подвергаться таким унижениям.

— Но почему?

— Японцы причинили нам много страданий. Они вторглись в нашу страну. Они убили много наших людей. Они осквернили и разрушили наши святыни. Они хотели заставить нас забыть наш язык и культуру. Они...

— Но почему тогда мы живем в Японии, а не у нас в Корее?

— Это долгая история, дочка. Очень давно они похитили твою бабушку и привезли на архипелаг, так же как и многих других женщин. Теперь они... Ты еще слишком мала, чтобы понять. Потом ты все узнаешь.

Юн Би не отрываясь смотрит на стакан с водой.

— Но как же я смогу вернуться завтра в школу, после того как показала себя слабой перед всеми?

Мать нежно обнимает ее.

— Ты должна это сделать. Иначе победят они. Ты должна научиться быть сильной и противостоять. Как я противостояла. Не опускать руки. Твоя бабушка вынесла гораздо больше и не опустила руки. То, что тебя не убивает, делает сильнее. Хорошо учиться — вот лучший способ отомстить. Так ты им покажешь, чего стоишь на самом деле.

В темных глазах матери Юн Би читает, что та пережила свою боль и стала выше ее.

— Мама, почему японцы так нас ненавидят?

Мать колеблется, а потом говорит:

— Потому что палачи всегда ненавидят своих жертв. Особенно если те простили.

— Мама, расскажи, что произошло с бабушкой. Я уже готова.

Мать раздумывает, но потом решается.

— Как я тебе говорила, с 1910 по 1945 год Корея была оккупирована Японией. Тридцать пять лет японцы пытались заставить корейцев забыть, кто они. Они захватывали самых красивых женщин, к радости солдатни. Позади огромных колонн их войск постоянно были десятки тысяч корейских пленниц, предназначавшихся для «разрядки».

Юн Би охотно зажала бы руками уши, чтобы не слышать этот взволнованный, дрожащий голос, который продолжает:

— Среди них была и твоя бабушка. Японцы убили всех мужчин из ее деревни и забрали с собой всех женщин. Во время отступления они привезли их с собой в Японию, где они продолжали считаться вульгарными... рабынями.

— Они не взбунтовались? В конце концов, война кончилась и Япония проиграла.

Мать тяжело вздыхает и сжимает руки.

— Несколько лет назад кореянки, удерживавшиеся в Японии, попробовали поднять голову. Они потребовали, что им предоставили право вернуться на родину. Они напомнили о обязательствах, связанных с их историческими перипетиями, и потребовали компенсаций за свои страдания. Какое возмущение это вызвало! Японцы плевали им в лицо, и расизм достиг своего апогея.

— А папа?

— Твой отец — японец. Он хотел доказать, что лучше своих сограждан. Он женился на мне, несмотря на стыд, который его семья вынуждена была испытывать от этого брака. Твой отец проявил большую смелость в это время, потому что любил меня. И я его любила.

Мать умолкает на минуту, поглощенная воспоминаниями.

Потом, держа дочь за руку, она продолжает:

— ...Ты должна это знать, малышка. Для нас, кореянок, в Японии все сложнее, чем для остальных людей. Стисни зубы и не давай им повода получить удовольствие от твоих страданий. Завтра ты пойдешь в школу и сделаешь вид, что ничего не произошло. Если тебя будут обижать, не плачь, не делай им этого подарка. Им это наконец надоест. Получай хорошие отметки и оставайся невозмутимой. Это лучший ответ.

Весь остаток дня и весь вечер Юн Би играет в очень жестокую компьютерную игру. На следующий день она невозмутима перед пошлыми шутками, не реагирует на «грязную кореянку» и отворачивается, когда кто-то пытается в нее плюнуть. За все задания она постоянно получает лучшие отметки.

Я потрясен тем, что узнал, а ведь я так любил Корею.

Я слышал об этом, хотя в учебниках истории этого нет. Но этот рассказ кореянки, живущей в Японии, отправляет меня в мое смертное прошлое и в путешествие по Корее, Стране спокойного утра.

Я не хочу знать, что происходит с Теотимом и Куасси Куасси.

Я засыпаю под грустную мелодию, звучащую у меня в голове. Как будто все мои переживания бога-ученика отступили назад перед мучениями этой маленькой 10-летней смертной. Бог потрясен девочкой. Фраза ее матери остается в моей памяти: «Предполагается, что мы, жертвы, должны извиниться за неудобство, которое мы причиняем своим палачам».

80. Мифология: Деметра

Деметра означает «земля-мать». Дочь Кроноса и Реи, она является богиней земли, пшеницы и плодородия. У нее светлые волосы цвета спелой пшеницы. Она возбуждала желания богов, но никому не удалось ей понравиться, хотя все пробовали различные тактики, чтобы соблазнить ее. Чтобы избежать ухаживаний Посейдона, она приняла образ кобылы, но он настиг ее в образе жеребца. От этого родился говорящий конь Арейон с человеческими ногами. После того как Деметра скрылась, Зевс превратился в быка, и от их соития родилась Персефона. Однажды девушка любовалась нарциссом на поле Вечной весны, как вдруг земля разверзлась и Гадес, ее дядя, властитель ада и царства мертвых, появился на черной колеснице, запряженной двумя конями. Он уже долго выслеживал понравившуюся ему красивую девушку. Он похитил ее и увлек с собой в подземное царство.

В течение девяти дней и девяти ночей Деметра искала дочь по всему свету. На десятый день Гелиос сообщил ей имя похитителя. Возмущенная мать отказалась возвращаться на Олимп до тех пор, пока дочь будет оставаться в плену у Гадеса, и скрылась в доме царя соседнего с Афинами Элевсина.

Земля, лишенная богини плодородия, стала засыхать. Деревья перестали давать плоды, травы высохли. Зевс приказал Гермесу спуститься за Персефоной, но Гадес отказался ее освободить. Он объяснил, что она не может вернуться жить среди живых, поскольку вкусила пищи царства смерти.

Боги согласились на компромисс. Персефона полгода жила с матерью, а другие полгода — с Гадесом. Шесть месяцев, весну и лето, она проводила с Деметрой. Шесть других, осень и зиму, — с повелителем царства мертвых. Это символизирует цикл вегетации, поскольку зерно остается в земле, прежде чем прорасти.

Однажды, чтобы отблагодарить царя Элевсина за прием, богиня решила сделать бессмертным его сына Демофонта. Для того чтобы «забрать его человечность», она натирала мальчика амброзией и закаляла над огнем. Но когда царица Метанира неожиданно увидела эти магические действия и закричала, Деметра уронила малыша в пламя. Чтобы утешить мать, она дала другому сыну царя, Триптолему, пшеничный колос, научила возделывать землю и печь хлеб и послала его передать эти знания всем жителям Греции.

Эдмонд Уэллс,
«Энциклопедия относительного
и абсолютного знания», том 5
(согласно Франсису Разорбаку, вдохновлявшемуся «Теогонией»
Гесиода, 700 год до н.э.)

81. Четверг. Лекция Деметры

Сегодня четверг, день Юпитера, это римское имя Зевса. Однако сегодня нашим профессором будет его сестра Деметра.

Идя по Елисейским Полям, мы минуем дворец Кроноса, где еще звонят заутреню, проходим мимо изумрудного кристалла дворца Гефеста, черной крепости Ареса, серебряного дворца Гермеса и наконец приходим к ферме, похожей на нормандскую, с белыми стенами и крышей, крытой желтой соломой. Повсюду чаши, наполненные зернами пшеницы, кукурузы и рапса. Сбоку загоны с козами, баранами, коровами и свиньями.

Подобный сельский пейзаж удивляет в Олимпии. Я вижу гогочущих, крякающих и кудахтающих уток, кур и гусей и готов снова представить себя на «Земле 1».

Не знаю, какое сражение ночь уготовила моим друзьям-теонавтам, но у Рауля на лбу большая ссадина.

Одна из ор открывает деревянную дверь, и мы попадаем внутрь помещения, выкрашенного в карминно-красный цвет. Под потолком балки такого же цвета. В зале можно видеть самые разные предметы, связанные с сельским хозяйством: косы, серпы, цепы, жнейки… Справа в стеклянных колбах различные злаки, а рядом с ними украшенные клеточкой караваи, как в частных маленьких булочных моего детства. Дальше стоят банки с сушеными томатами, кабачками и баклажанами в масле.

В заднюю дверь входит Деметра. Это крупная женщина с густой рыжей копной волос, перевязанной колосками пшеницы. Поверх желтой тоги у нее надет крестьянский фартук в черных квадратиках. Ее белые руки и исходящий от нее запах парного молока излучают гостеприимство, и я понимаю, почему она вселяла уверенность во многие поколения крестьян Эллады.

Она улыбается нам с возвышения и, прежде чем начать лекцию, предлагает попробовать злаки, раздавая их в стаканчиках. Потом проходит по рядам с амфорой и угощает жирным молоком. Я помню такие завтраки по своей жизни смертного.

— Эти продукты, новые для вас здесь, дают силу и энергию, — говорит она, усаживаясь за дубовый стол и упершись в него локтями. — Меня зовут Деметра, я богиня сельского хозяйства и ваш пятый преподаватель.

Она хлопает в ладони, чтобы вызвать Атланта, который появляется и сбрасывает «наш» мир на подставку.

— Если бы ты знала, дорогая, сколько весит эта штука…

— Но, Атлант, это не работа, это наказание, — говорит богиня понимающе.

Гигант топчется на месте перед сферой и наконец уходит.

«Сельское хозяйство», — пишет Деметра на доске и добавляет:

— Так вот, я — главная богиня Деметра, и со мной вы узнаете о значении сельского хозяйства в истории человеческих цивилизаций.

Ходя между рядами и встряхивая пышными волосами в такт фразам, она объясняет:

— Как только человек начинает сеять, он начинает и собирать урожай. Таким образом он назначает себе встречу во времени.

С крестом в руке она изучает наших людей на «Земле 18».

Мы присоединяемся к ней и констатируем, что время сделало свое дело. Все изменилось. Наше человечество «созрело» само по себе. Стаи превратились в племена.

Двое учеников замечают, что их люди исчезли безо всякой причины.

Деметра объясняет ворчащим ученикам, что непредвиденные обстоятельства являются частью игры. Ученики дают импульсы, порывы во время игры, но в ожидании следующего этапа люди сами идут по избранному пути, и если их направили неверно, они могут исчезнуть за это время, что и случилось. Богиня объясняет, что есть и другие случайности — в любой момент могут произойти землетрясения или другие катастрофы.

— Даже если вы хорошо играли, остается доля случайности. Эпидемия, неожиданная встреча с лучше вооруженными людьми, внутренний конфликт, ведущий к гражданской войне, альянс, в результате которого одни подчиняют себе других… Все возможно. Работа богов и заключается в том, чтобы предусмотреть ход истории, когда вас нет рядом.

— Но как предусмотреть непредвиденное? — спрашивает Мэрилин.

Приветливая богиня в крестьянском наряде успокаивает:

— Существуют средства, с помощью которых можно уменьшить риск, например расселение. Создавайте несколько поселений, несколько городов, несколько стай. Если кого-то поразила эпидемия, захватчик или наводнение, другие выживут. А здесь что? Вы все предпочли остаться в одном месте. Вы положили все яйца в одну корзинку. Так что не удивляйтесь, получив омлет.

Нам казалось так трудно управлять одним человеческим сообществом, но никто не подумал разбить его на подгруппы.

— Однако, — замечает Эдмонд Уэллс, — именно так поступают муравьи и пчелы. Их матки создают дочерние колонии. Мы должны были об этом подумать.

— Многие думают об этом только в конце партии, когда им приходится спасать своих людей в последний момент. А спасение в последний момент, — говорит Деметра, — практически уже означает поражение.

Значит, время продолжает там идти, даже когда мы за ними не наблюдаем. Таким образом, игра продолжается от момента запуска до самого конца. Я понимаю, что игра «Игрек» действует как тамагочи, эти японские электронные игры, в которых нужно растить виртуальное животное, развивающееся даже тогда, когда машинка выключена, но действует встроенный часовой механизм.

Это наводит на мысль о лозунге для буддистского защитника окружающей среды: «Пожалуйста, умирая, оставьте это человечество таким же чистым, каким хотите найти его, возрождаясь».

Я понимаю также, что время, возможно, ускоряет все процессы в геометрической прогрессии. Сперва люди делали мало открытий, рожали мало детей, потом все ускорилось с точки зрения как роста населения, так и накопления знаний. Со временем все явления увеличиваются в масштабе…

Ученики, люди которых полностью исчезли, продолжают протестовать и кричать о скандале. Деметра кладет конец их попрекам, вызвав кентавров.

Мрачный обратный отсчет продолжается: 108 – 2 = = 106. Богиня возвращается к лекции.

— Так вот, сельское хозяйство… Некоторым вашим группам придется мигрировать на более плодородные земли после того, как они научатся обрабатывать их, что отрицательно скажется на тех, кто живет в горах, но благоприятствует жителям равнин.

Также в благоприятном положении будут те, кто живет вблизи рек и источников. Ирригация и обустройство водоснабжения, борьба с засухами и наводнениями станут новыми заботами ваших подопечных.

Она пишет на доске: «Ирригация».

— Не опасаясь умереть завтра от голода, ваши люди станут свободнее и смогут строить планы на будущее.

«Будущее», — пишет богиня плодородия.

— Сельское хозяйство приводит к появлению понятия будущего. И это меняет все. Иметь власть над временем так же важно, если не больше, чем иметь власть над природой. Человек является единственным животным, которое проецирует себя в будущее время и таким образом предвидит рождение детей и собственную старость. Вы заметите это в процессе игры, с сельским хозяйством человек начинает настолько представлять себя в будущем, что думает о «после-жизни», о том, что будет по ту сторону смерти. Таким образом, с сельским хозяйством появляется религия.

Она пишет: «Религия».

— Когда человек начинает выращивать зерна, он сравнивает себя с растением. Он видит себя растущим, цветущим, приносящим плоды. Он видит себя возвращающимся в землю и оставляющим семена, которые прорастут в свою очередь. Эти семена — его дети… В то же время человек видит, как возрождаются деревья, потерявшие все листья и явно умершие. Он видит, как они снова начинают зеленеть и давать плоды, и мечтает о реинкарнации. После зимы и смерти почему не может быть другой жизни и другой смерти? И потом, ему на ум приходит вопрос: а есть ли садовник, следящий за всей этой природой, которая раз за разом возрождается и умирает? Да, сельское хозяйство изменяет духовность смертных.

Деметра приглашает нас повнимательнее присмотреться к нашему миру, и мы все склоняемся над ним, спеша увидеть, как эволюционировали наши люди.

Не находясь под нашим наблюдением, они продолжали размножаться. Многие мигрировали в лучше орошаемые зоны, как и сказала богиня плодородия. Ровные разноцветные поля простираются вокруг поселений.

Моя стая построила деревню на сваях. Они единственные, кто отважился плавать на плотах, помогая себе веслами. Если другие развивают сельское хозяйство в долинах, мои люди собирают урожай в океане.

— Ваши бродячие народы в большинстве своем построили деревни. Огонь и частоколы защищают их от хищников.

«Деревня = безопасность», — пишет она на доске.

Деметра ходит по центральному проходу и прогоняет на улицу уток и гусей, которые вошли в помещение.

— Человек теперь меньше зависит от капризов погоды. Он решает, где собирать урожай. Он вынужден работать еще напряженнее, поскольку обработка полей требует гораздо больше энергии, чем охота или собирательство. Некоторые специализируются на определенных культурах, что приводит к иерархизации, призванной упорядочить принятие решений. Где лучше выращивать ту или другую культуру? Какая зона более благоприятна для разведения скота? Прошло время, когда охотники или собиратели зависели только от прихотей природы. Землепашцы подчиняют ее своим идеям. Они расчищают и вырубают леса, чтобы заменить их полями и пастбищами.

Она поправляет рыжеволосую шевелюру и подтягивает рукава, обнажая белые руки.

— Землепашество, запомните это, всегда предшествует животноводству. Почему? Потому что сперва домашние животные были лишь паразитами, которые приходили время от времени поближе к деревням, чтобы порыться в отбросах в поисках пищи.

Интересно. Значит, это не человек решил, каких животных приручить, а животные сами выбрали его в спутники, исследуя его человеческие отходы.

— То, что одни животные питаются отходами других, называется сапрофитизмом. Мнемотехническое средство: подумайте о «са профит»*. Корова, баран, коза

* это выгодно (*фр.*).

являются сапрофитами человека. Они также сыграли свою роль, объедая молодые побеги и способствуя таким образом уничтожению лесов и эрозии почвы.

— А собаки? — спрашивает один из учеников.

— ...Волков привлекали наши отбросы, и они мутировали, чтобы жить рядом с человеком. Они стали менее агрессивными, более готовыми к совместным действиям. Это было в их интересах, поскольку избавляло от необходимости охотиться.

— А кошки?

— Рыси действовали так же.

— А свиньи?

— Это были кабаны-гурманы, которым нравились наши кучи отбросов.

— А крысы? — спрашивает Прудон.

— Единственные сапрофиты, которые не стали полностью сотрудничать с человеком, но остались жить скрытно, как воры, в своих норах и стенах. Они знали, что должны быть незаметными, чтобы их терпели.

Деметра возвращается к рабочему столу.

— Но среди сапрофитов появились и новые, вредные. Вы вскоре увидите появление целых полчищ землероек. Их не было до появления сельского хозяйства. Именно выращивание одних и тех же растений на больших территориях привело к распространению их потребителей. Одна землеройка безобидна, но когда их слишком много на поле, они становятся бедствием.

Она берет мел и пишет на доске: «Работа», «Обезлесение», «Специализация» и, наконец, «Будущее».

— Некоторые люди уже заметили переход от одного времени года к другому и их повторение. Сельское хозяйство составляет основу того, что позднее другие люди усовершенствуют: календарь, символ овладения человеком временем. Благодаря календарю люди стали лучше понимать, что они живут в повторяющемся мире, где друг за другом беспрерывно следуют весна, лето, осень, зима. Они перестали бояться холодов, поскольку знали, что за ними наступят теплые дни.

Я растроган мыслью о первых людях, которые с наступлением зимы должны были думать, что холодно теперь будет всегда и их замерзшие тела никогда больше не почувствуют тепла... Какое облегчение, когда приходит весна.

— Кроме того, с календарем человек смог определять свой возраст и изобрести понятие дня рождения.

Когда я был смертным, один из сотрудников службы социальной помощи нуждающимся рассказывал, что недостаточно раздавать бездомным еду. Важно отмечать их дни рождения, поскольку для них это является средством ориентации во времени. Он записывал дни рождения всех своих подопечных и всегда приносил им в этот день торт. Метод был прост, но благодаря ему люди, стоявшие на краю пропасти, получали частичку человеческой доброты. В то время я думал, что этот человек обладает по-настоящему щедрым сердцем, истинным, не как те, кто довольствуется малыми добродетелями, чтобы иметь спокойную совесть. Он вдыхал в этих клошаров чувство времени.

— С появлением календаря, — продолжает Деметра из-за стола, — человек назначает себе встречи не только со сбором урожая, но и с мертвыми, поскольку везде существуют поминовения мертвых, и с самим собой, с солнцем, снегом и дождем. Он создает «историю». Как это ни парадоксально, по мере того как человек начинает управлять своим будущим, он хочет также измерить свое прошлое.

Богиня плодородия подходит к «Земле 18».

— Для усовершенствования земледелия подумайте о прокладке дорог, по которым мулы смогут перевозить урожай с отдаленных полей. Подумайте об ирригации этих полей с помощью рвов и канав, подводящих воду от рек и источников. Самые предприимчивые могут осушить болота. Я уверена, что люди уже знают о проблемах, связанных с комарами.

Многие ученики рядом со мной одобряют эту идею, вспоминая о жертвах внезапных эпидемий малярии, которую они были неспособны излечить.

— По мере развития земледелия и животноводства приготовьтесь к резкому росту населения в деревнях. Лучше питающиеся матери будут рожать более крепких детей, что приведет к снижению детской смертности. Лучше питающиеся дети будут расти сильными и проживут дольше. В связи с этим деревни должны будут увеличиваться или разделяться на несколько поселений. В обоих случаях это означает опасность территориальных конфликтов с соседями. Подготовьтесь к войнам. Вас испугали битвы, в которых друг другу противостояли десятки человек? А что будет с сотнями, тысячами? С появлением сельского хозяйства войны станут еще ужаснее. Бойцы будут тем более заинтересованы в победе, что они будут сражаться не только за собственное выживание, но и за будущее своих детей на плодородных землях.

Наша преподавательница возвращается к доске и крупно выводит на ней мелом цифру «5».

— Я ваш пятый профессор, профессор уровня сознания «5». «4» соответствует человеку, вы это уже знаете, но «5» — это мудрый человек, связанный с небом и любящий землю. С появлением сельского хозяйства зарождаются города, где люди встречаются, общаются и вместе рассуждают. Они избавлены от постоянного страха перед голодом и хищниками, и это приводит к новому феномену: появлению людей, которые думают, первых сознательных людей... Защищайте их, давайте им возможность общаться, чтобы их мудрость распространялась. Пусть люди постепенно освобождаются от страха. Появление в их сознании будущего является позитивной вещью. Пусть они создают проекты, лелеют надежды, строят честолюбивые планы.

Деметра указывает на нашу планету:

— Следующая игра будет решающей. С появлением сельского хозяйства, религий и календарей все примет другой масштаб. Ваши люди достигли уровня зрелости пятилетнего ребенка, а большинство психотерапевтов считает, что все решается именно в этом возрасте. Так что действуйте тонко.

Не бойтесь развиваться, менять поведение людей, приспосабливаться к меняющимся условиям, вплоть до того, чтобы они занимали позиции, противоположные тем, что двигали ими раньше.

Эдит Пиаф поднимает руку.

— Но, мадам, если мы изменим мышление наших подопечных, они будут совершенно сбиты с толку!

Деметра вздыхает, усаживаясь за стол и разглаживая фартук дородными руками.

— Иногда я думаю, что все несчастья людей происходят от недостатка воображения у богов-учеников, которые призваны им помогать.

82. Энциклопедия: календарь

Первые календари — вавилонский, египетский, еврейский и греческий — были лунными просто потому, что лунные циклы проще наблюдать, чем солнечные. Но найти регулярность в них было очень трудно.

Египтяне первыми отказались от лунных месяцев как основы календаря. Они установили длительность месяца в 30 дней, а года в 12 месяцев, то есть в 360 дней. Но определенная таким образом продолжительность года оказалось слишком короткой. Тогда, чтобы исправить неточность, они прибавили 5 дней в каждом году после окончания двенадцатого месяца.

Вначале древнееврейский календарь также был лунным, но позднее стал учитывать солнечные циклы. Царь Соломон назначил двенадцать ответственных за каждый месяц. Год начинался с месяца созревания зерен. По истечении трех лет появлялась нехватка одного месяца. Ее ликвидировали путем добавления лишнего месяца по приказу суверена.

Современный мусульманский календарь отверг обычай прибавлять месяцы. Он основывается на принципе лунного года, состоящего из 12 месяцев по 29 и 30 дней.

В календаре майя было 18 месяцев по 20 дней, к которым добавлялись дополнительные месяцы по 5 дней, считавшиеся неблагоприятными. Майя вели свой календарь от даты разрушения мира гигантским землетрясением. Они вычислили его дату, исходя из предыдущих землетрясений.

Традиционный японский календарь включает в себя цикл из 19 лет, 12 лунных лет по 12 месяцев из 30 дней и

7 високосных годов по 13 месяцев. Эта система оказалась самой эффективной и позволила без ошибки подсчитывать дни на протяжении двух тысячелетий.

Эдмонд Уэллс,
«Энциклопедия относительного и абсолютного знания», том 5

83. Время племен

Племя ос

Оса была их тотемным животным.

За несколько лет их стая выросла от ста сорока четырех человек до семисот шестидесяти двух. Благодаря осе они узнали много вещей. Когда на них напали другие бродячие племена, они выработали естественное оружие этого насекомого — отравленные стрелы. После нескольких неудачных попыток они начали смачивать наконечники стрел и копий соком ядовитого цветка. Затем люди-осы стали думать, как метать их на большие расстояния, и изобрели сарбакан, плевательную трубку.

Люди из стаи ос много путешествовали и много наблюдали. Они видели вдалеке людей, прячущихся в пещерах, и стали подражать им. Они видели людей, добывающих огонь, и также стали подражать им. Но они всегда старались избегать любого контакта с другими племенами.

Постепенно стая ос увеличилась. Она стала племенем, которое покинуло пещеры и жило в хижинах в центре долины, окруженной холмами.

Поколение за поколением женщины в основном рожали детей женского пола. Так что в конце концов вождем племени ос стала женщина, более умная и целенаправленная, чем другие. Кроме того, они заметили, что в осиных гнездах живут только самки, а самцов пускают лишь на один день для оплодотворения, а потом изгоняют как ненужных нахлебников. Поэтому они решили действовать так же. Мужчин растили и кормили до тех пор, пока они не достигали половозрелого возраста, а использовав один раз, выгоняли.

Год за годом такое поведение вошло в традицию. Как только мальчики достигали половой зрелости, они оплодотворяли женщин и уходили. Им запрещалось возвращаться обратно, поэтому они скитались по окрестностям и чаще всего погибали.

Кроме матриархата и жал, они научились у пчел делать искусственные гнезда, такие же прочные, как пещеры. Подражая своему тотему, женщины-осы жевали древесину и получали из этого цемент, из которого делали жилища. Но поскольку это вызывало судорогу челюстей, было слишком утомительно в производстве и к тому же легко воспламенялось, они улучшили состав вещества, смешивая песок с глиной и торфом. Они строили из этого материала круглые жилища, достаточно прочные, чтобы выдержать дождь, ветер и даже вражеские стрелы. У пчел женщины научились есть очень питательную пищу: мед. Они начали разводить пчел, питаться медом, а еще использовать его как клей, шпатлевку, антибиотик, дезинфецирующее средство для ран и как лак. Они также делали изящные изделия, а факелы у них горели дольше всех.

Поскольку многие изгнанные мужчины пытались вернуться обратно в племя, женщины-осы изменили свое поведение по отношению к ним. Чтобы не обрекать их на мучения и скитания, они стали избавляться от детей мужского пола. Каждый год в день «Праздника воспроизводства» они отправлялись на охоту за чужими самцами-производителями. Команда ос нападала ночью на племя, похищала мужчин, убивала тех, кто сопротивлялся, и возвращалась с ценной добычей. Мужчин держали взаперти и распределяли женщинам в зависимости от важности их положения в племени. Лучшие амазонки имели приоритет в выборе любовника. Их кормили и нежили, а затем их семя собиралось во время оргаистического праздника. Затем мужчин отправляли в родное племя. Проблема была в том, что пленники часто влюблялись в своих сексуальных партнерш и умоляли оставить их.

Сперва женщины-осы убивали чужаков по примеру того, как их сестры-насекомые поступают с трутнями. Потом они поняли, что от пришельцев можно получить пользу. Они разрешили самым умным остаться среди них, чтобы в обмен на снисходительность мужчины способствовали улучшению жизни женщин. Так, пленники из племени муравьев научили их сельскому хозяйству, из племени лошадей — животноводству, а люди-пауки научили делать ткани.

Но как только их познания были исчерпаны, у мужчин оставалось лишь несколько недель для того, чтобы представить новое изобретение. В противном случае они должны были или убежать, или их убивали. Пленники ломали себе головы, чтобы стать нужными. Десятерых, особенно способных в области сельского хозяйства или рукоделия, оставили в качестве «постоянных ученых». Появилось даже несколько супружеских пар, которых терпели, потому что мужчины оказались очень изобретательны.

Амазонки со своей стороны поняли, что в интересах племени нужно постоянно держать небольшую группу производителей на случай неудачной охоты.

Как ни странно, эти мужчины, узнав о правилах игры, нисколько не возмутились и не стали бунтовать, а, напротив, проявляли чудеса изобретательности. Будучи кровно заинтересованы, они делали успехи в науке. Конечно, некоторые сразу выдавали все свои знания и, став бесполезными, приносились в жертву. Другие поняли, что нужно распределять знания по капле, хотя бы с целью выиграть время.

Благодаря этим странным, но эффективным методам деревня женщин-ос росла, сельское хозяйство развивалось так хорошо, что охота и собирательство стали не нужны. Благодаря ткачеству людей-пауков они стали делать себе одежды из материи, а не из шкур животных. Они даже стали сажать хлопок, чтобы изготовлять из него волокна. Другой пленник научил их использовать некоторые растения и кровь насекомых для получения пигментов и окрашивать ими ткани.

Пленник из племени людей-пауков изобрел лук. Он придумал его, пытаясь запустить стрелу с помощью шнура. Лучшим способом оказалось прижать стрелу к натянутому шнуру, а потом отпустить ее. Исходя из этого, он придумал форму лука и выемку в нем. Кроме того, лук оказался более точным оружием, чем трубка, потому что позволял приложить глаз к оси стрелы.

Женщинам-осам так понравилось изобретение, что они вознаградили его автора, сменяя друг друга на протяжении многих ночей в его ложе.

Амазонки создали команды кавалеристок, вооруженных луками с отравленными стрелами. Для удобства стрельбы некоторые пошли на то, что ампутировали себе правую грудь. Так они смогли нападать даже на хорошо вооруженные племена и легко приносить трофеи в дополнение к пленникам-производителям.

Мужчина — изобретатель лука пытался снова привлечь к себе внимание, чтобы еще раз получить в награду ночи любви с красавицами. Однажды вечером он в задумчивости трогал тетиву одного лука, а затем другого и обнаружил, что звук меняется в зависимости от размеров объекта. Он поместил рядом несколько луков разного размера, чтобы сочинить мелодию, а затем решил, что проще натянуть несколько струн на один лук. Он сделал семиструнную арфу. С тех пор ему не нужно стало беспокоиться о других открытиях. Женщины толклись у его ног, лишь бы послушать мелодии, которые он извлекал из семиструнного инструмента. Он стал «пожизненным пенсионером» племени женщин-ос. Он только что изобрел музыку.

Племя крыс

Племя людей-крыс насчитывало уже тысячу шестьсот пятьдесят шесть человек. Оно мигрировало на север, по дороге встретило других людей, напало на них и победило.

Они хранили в памяти воспоминания о том, кого называли первым вожаком, человеком легенды, который наблюдал за крысами и понял, что для того, чтобы развиваться, необходимо нападать, подчинять себе и уничтожать других людей. И от вожака к вожаку передавали шкуру черной крысы, символ их могущества.

Их первой стратегией нападения было окружение, но со временем они стали отдавать предпочтение более сложным движениям. Они научились делать засады на другие бродячие стаи, врываться в центр, чтобы убить главаря, или нападать с тыла.

После победы они сортировали побежденных. Вожаки и лучшие воины получали самых молодых, красивых и плодоносящих женщин, менее храбрые — остальных. Наконец, старух и некрасивых систематически убивали. Сперва они убивали всех пленных мужчин, но потом люди-крысы поняли, что выгоднее превратить их в рабов и заставить делать самую тяжелую работу: носить тяжести, чистить лошадей. Лучших иногда брали в бойцы, чтобы они приняли на себя первый удар при столкновении с врагом.

Главный вождь хранил в мешке черепа вражеских начальников, мозг которых он съел, и любил расставлять их на бивуаках вокруг своего ложа, чтобы вспоминать о жестоких битвах, которыми был отмечен его путь.

Когда люди-крысы захватывали другую стаю, они присваивали себе не только человеческую добычу, но и чужие технологии.

Они решили, что «чужими» были все, кто не принадлежал к их племени. Племена они делили на «более сильных», «таких же сильных», «менее сильных» и «с неизвестной силой».

Люди-крысы выработали язык, основанный на их боевых тактиках. Вначале это был только свист, напоминающий крысиный. Понемногу он превратился в крики, а потом в короткие слова, означающие лучшие места во время засады. Словарь стал усложняться, и вскоре лучшими воинами стали те, кто знал больше всего слов, определяющих нужную тактику. Естественно, женщины и рабы ничего не понимали в этом эзотерическом языке.

Однажды разведчики обнаружили стаю, прячущуюся в пещере, перед входом в которую была нарисована черепаха. Вход в пещеру был забаррикадирован каменной стеной, оставляющей только пространство для вентиляции сверху.

Командир людей-крыс немедленно потребовал, чтобы ему принесли черепаху. Стоя перед воинами, он показал им животное и как оно прячет голову в панцирь. Из своего головного убора он достал длинный острый зуб и воткнул его в отверстие панциря, куда черепаха спрятала одну из лап. Сперва ничего не произошло, потом зуб вонзился в плоть и наружу потекла мутная густая жидкость. Вожак стал пить ее как изысканный сок, и воины издали боевой клич людей-крыс.

На следующий день солнце было уже высоко, когда люди-крысы запустили стрелы в пещеру поверх стены.

Как только первая стрела попала в убежище, люди-черепахи ответили, швыряя камни. В обоих лагерях начали подсчитывать потери. Камни против стрел. Каждая смерть вызывала радостные крики в лагере противника.

В следующие дни битва продолжилась. После молниеносной войны люди-крысы открыли принцип осады.

У людей-черепах воды было в избытке, но запасы пищи стали истекать. Они ели летучих мышей, червей, змей, пауков и слизняков. Дети плакали. Страдая от голодных галлюцинаций, мужчины не могли точно целиться. Они напрасно искали запасные выходы — они были в ловушке.

Как черепаха в панцире.

Когда очередная атака людей-крыс была отбита градом камней, молния разорвала небо.

Вспышки попали в каменную стену, защищающую людей-черепах, и разрушили ее. Люди-крысы ворвались в пещеру и легко взяли верх над небольшой группой истощенных голодом людей.

Мозг вождя людей-черепах был съеден, а его череп занял место в коллекции вождя людей-крыс. Истощенные голодом, многие женщины побежденного племени были признаны «бесполезными» и убиты, как и мужчины, которых наказали за то, что они слишком упорно сопротивлялись. Но людей-крыс удивило то, что огонь продолжал освещать пещеру.

Главарь потребовал от одной из уцелевших женщин, чтобы она объяснила ему, как он действует, и та под угрозами согласилась. Отныне люди-крысы оценили вкус жареного мяса, свет и тепло огня, а также его способность менять все, что к нему прикасалось.

Люди-крысы устроили большой праздник и направляемые вспышками молний отправились на завоевание новых племен.

Во время марша они столкнулись с племенем людей-лошадей. Она напали на них ночью. Горящими факелами люди-крысы испугали лошадей, сделав невозможной эффективную оборону. Но большая часть племени успела спастись в последний момент.

Теперь у крыс была кавалерия, воины, вооруженные копьями и даже горящими факелами. Можно было напасть на людей-кротов, которых они выкурили из подземных ходов! У них люди-крысы научились копать траншеи и делать шахты для добычи металла, который они плавили, чтобы делать из него мечи.

Племя людей-крыс процветало, насчитывая теперь более двух тысяч человек. Но в его рядах борьба за власть становилась все более ожесточенной, дуэли все более свирепыми, а главный вождь — самым хитрым.

Образовалась иерархия: после вождя бароны и герцоги, затем лейтенанты и солдаты. Потом кузнецы, делавшие из металла оружие, конюхи, женщины, рабы из других племен и на последнем месте рабыни.

Каждая каста обладала правом жизни и смерти над стоящей ниже. Высшие касты использовали обороты речи, известные только им. Достаточно было обратиться к кому-то, чтобы сразу понять, идет ли речь о начальнике, равном тебе или стоящем ниже, и вести себя соответственно. Неуважение к высшему могло наказываться смертной казнью.

Положение женщин ухудшилось. Каждый мужчина из высшей касты имел право обладать многими из них, а те были лишены права выбора. В системе ценностей крыс они были только средством сексуального удовлетворения и материалом для воспроизводства воинов. Образование молодежи ограничивалось военной подготовкой. Самых неумелых отправляли на конюшню, к великому стыду их родителей.

Когда племя не вело войну, воины упражнялись в верховой езде и занимались охотой, считавшейся полезной для образования детей.

Чем больше росло население племени, тем сильнее было презрительное отношение к женщинам и чужакам со стороны воинов. Они хотели иметь только сыновей — предмет гордости и не хотели иметь дочерей — источник унижения. Распространилась практика избавляться от девочек с момента рождения в каждой семье, где уже была одна дочь.

Племя людей-крыс встретило по пути деревни крестьян, которых оно ограбило и уничтожило, но у которых научилось сельскому хозяйству. Тогда они подумали о том, чтобы начать вести оседлый образ жизни, но затем решили, что деревня, даже укрепленная, может стать легкой добычей для осаждающих и продолжили бродячий образ жизни.

Слух о свирепости племени опережал их, и многие предпочитали сдаться без боя. Такое отношение разочаровывало людей-крыс и делало их месть еще более жестокой. На самом деле они искали настоящее сопротивление, и от слишком легких побед им казалось, что они застаиваются, вместо того чтобы развиваться. Опустошив все на своем пути, они однажды узнали, что другое племя страшных воинов свирепствовало в окрестностях. Надеясь, что те, по крайней мере, не склонят голову, люди-крысы отправились на их поиски, исходили вдоль и поперек всю местность, но так и не встретили ни одного из этих мифических воинов.

Тогда люди-крысы пошли на запад, а затем на юг, где, как донесли их разведчики, в небольшом заливе на побережье жило очень развитое племя.

Племя дельфинов

От ста сорока четырех человек племя дельфинов выросло до трехсот семидесяти.

Они рожали мало детей, но уделяли их воспитанию много времени. Их учили плавать, ловить рыбу с помощью крючков, сделанных из кости, передвигаться по морю на плотах при помощи весел. Они питались ракушками, ракообразными, водорослями и рыбой, стаи которой им помогали найти их компаньоны — дельфины.

Дельфины позволяли детям садиться на них верхом и катали по морю, а потом осторожно высаживали на пляж. Некоторые ребята установили с дельфинами такие тесные отношения, что даже общались с ними резкими криками и голосовыми модуляциями.

Они теряли эту способность во время ломки голоса, потому что утрачивалась прежняя пронзительность. Люди-дельфины продолжали жить в союзе с людьми-муравьями. Те построили невдалеке земляной купол, скрывающий их подземную деревню.

Вместе оба племени образовали сообщество, в котором жило восемьсот восемьдесят человек. Как и мозг, оно было разделено на две части — правое полушарие, представленное людьми-дельфинами, в основном мечтателями и поэтами, и левое, представленное людьми-муравьями, более практичными и стратегически мыслящими.

Каждое племя накапливало знания в излюбленных областях, а потом делилось ими с другим. Они меняли грибы на рыбу и ракообразных, учились друг у друга плаванию и ткачеству.

Люди-муравьи добились успехов в ткацком деле, наблюдая, как их любимые насекомые используют личинок в качестве челноков.

Люди-дельфины воспользовались этим открытием и стали делать сети с мелкой ячеей для рыбной ловли, которые просто забрасывали в воду.

Согласие между двумя племенами прошло испытание временем и с каждым днем оказывалось все более плодотворным.

Живя в мире, наши два племени развивали искусства, на первый взгляд ненужные для сиюминутного выживания. Люди-дельфины устраивали полифонические хоры и с помощью музыки общались с дельфинами.

Поскольку муравьи выращивают тлей, защищают божьих коровок и питаются их молочком, люди-муравьи тоже решили заняться животноводством. Они начали с разведения крыс, потом нутрий, но вкус этого мяса им не нравился, и они заменили их антилопами и кабанами. Поскольку этим животным нужен свет, для них сделали специальные загоны на открытом воздухе, где растет трава и овощи.

Затем, следуя примеру муравьев, они начали доить скот и получили молоко, что их очень обрадовало. Но развитие на этом не остановилось. Грибницы за пределами подземной деревни стали истощаться, и они заинтересовались другими растениями, в первую очередь злаками. Действуя методом проб и ошибок, как и в животноводстве, они пытались проращивать различные зерна, пока не нашли пшеницу. Оказалось, что ее очень удобно выращивать, а из раздавленных семян можно делать муку.

Совместно оба племени разработали общий язык, состоявший из шестидесяти слов, каждое из которых состояло из трех букв. Значение слов менялось с помощью добавления суффиксов или префиксов. Таким образом, при общении стало меньше недоразумений, и оно ускорилось.

Для счета они использовали пальцы, считая сначала до десяти, а потом до двадцати восьми, включая фаланги. Они смотрели на небо и видели в нем неподвижные источники света — звезды и движущиеся — планеты.

Благодаря воткнутой в песок палке они научились определять циклы времен года. Составлению первого календаря помогли наблюдения за луной. Теперь люди знали, когда те или другие виды рыб подойдут к побережью, когда нужно сеять и собирать урожай.

Сложились новые альянсы с проходившими мимо людьми. У людей-хамелеонов они научились маскировке, а у людей-улиток — рисованию и использованию пигментов. Для получения желтого цвета они использовали серу, для красного — кошениль, для синего — разводили незабудки, а камни марганца давали черный цвет.

Некоторые люди-дельфины поплыли на плотах вдоль побережья, исследуя мир.

Именно так они узнали, что с севера приближается полчище людей, называющих себя крысами. Они сидят на чудовищах и обладают неизвестным оружием. Они уже уничтожили многие племена и по приблизительным оценкам должны достичь их территории меньше чем за месяц.

Тогда люди-дельфины и люди-муравьи собрались вместе. До этого момента у них было лишь несколько мелких стычек с бандами воров, которые оказалось легко разогнать камнями и палками. Но перед лицом опытных бойцов они не выдержат — у них нет никакого эффективного оружия. Предложить захватчикам союз? Об этом не стоит думать. Странствующие люди рассказали им в ужасе, что люди-крысы предпочитают убить и ограбить, а не разговаривать.

Собравшиеся были в панике.

В следующую ночь одному старику из племени дельфинов приснился удивительный сон. Он видел приближение орды людей, решивших уничтожить его народ, но ему удалось спастись на борту плота в форме миндального ореха, корпус которого был частично под водой. На верхней части был укреплен большой кусок ткани, надувавшийся ветром. Благодаря этому сооружению им всем удалось выйти в открытое море.

Старик был таким убедительным, рассказывая эту историю, что оба племени решили объединить усилия и построить этот суперплот, способный спасти их всех.

Корпус решили сделать из дерева и придать ему форму миндалины, как во сне старика. Все занялись строительством. Нашли высокое дерево, ствол которого должен был поддерживать большой кусок ткани. Принцип стал быстро понятен, когда ветер надул ее и повалил сооружение набок.

На следующую ночь старик получил во сне идею руля. Затем каждый сон приносил новые идеи для улучшения корабля. По его совету внутрь принесли земли и посадили пшеницу и грибы. Оборудовали загон для антилоп, чтобы питаться молоком во время плавания, поскольку никто не знал, как долго оно продлится.

Некоторые не видели смысла в подготовке к подобному мероприятию, думая, что в конце концов найдут спокойное место на побережье. Но старик заявил, что видел во сне повсюду агрессивные племена — на севере, на юге, на востоке, и только на западе, далеко в океане, могло быть спасение.

Люди-дельфины и люди-муравьи работали над сооружением корабля днем и ночью. Каждое утро они с нетерпением ждали появления старика с новыми рекомендациями.

Но однажды уставшее сердце медиума внезапно остановилось, и он умер во сне. Все пришли в замешательство. Все строилось вокруг старика. Они привыкли, что каждая проблема находила решение в его снах. Теперь они оказались одни между морем и неминуемым приходом людей-крыс.

Тогда одна из женщин-муравьев в расцвете сил поняла, что должна вмешаться. Сидя на куче досок, она объяснила людям, что важно было следовать последним советам старика: укреплять корабль, загрузить на него как можно больше продовольствия, запасы пресной воды, запасные паруса, рыболовные сети и крючки. После некоторого колебания ее послушали. Тогда женщина напомнила, что старик был исключительным человеком и нельзя бросить его останки в помойку, как обычно поступали с умершими. Охваченная интуицией, она потребовала, чтобы его закопали в глубине подземной деревни людей-муравьев.

Идея была новой. Однако все приняли ее единогласно. Они покрыли редкими раковинами останки старого наставника, которого отнесли на руках в самую глубину муравейника. А потом на больших раковинах сыграли что-то вроде похоронной мелодии.

В этот момент снаружи им ответили звуки других ракушек. Наблюдатели! Они увидели облако пыли, поднимаемой огромной толпой захватчиков.

Люди-муравьи и люди-дельфины бросились навстречу, чтобы перекрыть дорогу наступающим, но было слишком поздно. Сидя на лошадях, люди-крысы держали в одной руке факел, в другой меч и сжигали все на своем пути.

Женщина из племени муравьев лишь успела в отчаянии крикнуть: «Все на корабль!» В суматохе несколько сот уцелевших вплавь добрались до корабля. Люди-крысы сперва не поняли, что противник ускользает. Судно, подняв парус, стало набирать скорость. Но с неба вдруг ударила молния, и ветер стих. Судно остановилось. Пересиливая водобоязнь, люди-крысы залезли на маленькие плоты с веслами, оставленные на берегу, и стали догонять беглецов.

Зажженные стрелы вонзились в большой корабль, безоружные пассажиры которого пытались тушить начавшийся пожар.

Приближалась ночь, а битва все еще продолжалась. Вдруг женщина из племени муравьев приказала не терпящим возражений тоном бросить с носа корабля в воду веревки с затягивающимися петлями. Дельфины впряглись в них и стали буксировать судно в открытое море, куда маленькие плоты побоялись плыть.

Оказавшись наконец в безопасности, люди избавились от трупов и пересчитали уцелевших. На борту корабля их осталось только тридцать раз по восемь, то есть двести сорок человек.

Тех, кто остался на берегу, постигла участь, которую люди-крысы уготовили побежденным: смерть или подчинение. Подчиненных было мало, мертвых много. Люди-дельфины и люди-муравьи слишком долго жили свободными, чтобы смириться с игом захватчиков.

Люди-крысы разграбили дома на сваях, а потом подожгли их. Они попытались поджечь и купол подземной деревни людей-муравьев, но земля не хотела гореть. Где-то в глубине брошенного муравейника останки старого мудреца, накрытые раковинами, остались нетронутыми.

84. Энциклопедия: церемония похорон

Первые церемонии похорон появились вместе с современным человеком — homo sapiens — приблизительно 120 тысяч лет назад. Захоронения были обнаружены на территории Израиля недалеко от побережья Мертвого моря. Археологи откопали останки скелетов и предметы, предположительно принадлежавшие усопшим.

С церемонии похорон начинается представление о том, что будет после смерти, понятие рая и ада, суда над прошлой жизнью и позднее — религия. Когда люди бросали трупы своих соплеменников в помойку, смерть была концом всего. С того момента, как человек стал особым образом обращаться с умершими, родилась не только духовность, но и фантастический вымысел.

Эдмонд Уэллс,
«Энциклопедия относительного
и абсолютного знания», том 5

85. Итог Деметры

Когда Деметра включает свет, мы все хлопаем глазами, как будто только что очнулись от кошмарного сна. Я не хочу бросать партию, я чувствую себя неудовлетворенным, я хочу еще. Мне было знакомо это чувство по игре в покер: напряженное ожидание, животное чувство страха, когда другие открывают свои карты.

«Хороший игрок тот, кто умеет выигрывать с плохими картами», — говорил Игорь, мой «клиент», когда я был ангелом.

Карт у меня теперь осталось только двести сорок. И практически всех я знаю по именам. Гёрмес говорил правду. В конце концов привязываешься к своим людям. Эдмонд, кажется, в таком же состоянии, как и я.

Больше всего меня беспокоит то, что для них история будет продолжаться, а я не смогу вмешаться. И у них так мало запасов... У них больше нет деревни, нет территории, только куча досок, которая перемещается ветром посередине океана. Что с ними успеет произойти до того, как мы вернемся к игре? Время может оказаться для них роковым. Но Деметра категорична. Пока мы должны оставить наших людей на волю судьбы. Мы вернемся к игре «Игрек» завтра. Только завтра.

Сколько дней, недель, месяцев пройдет для них, пока я буду спокойно спать у себя на вилле?

Я нервно грызу ноготь. В классе начинаются споры. Боги-ученики сводят счеты за войны, убийства, предательства... Я бы охотно предъявил счет Прудону, который, уничтожив людей-черепах Беатрис, заставил мое племя отправиться в неизвестность на утлом корабле, но поскольку Эдмонд остается невозмутимым, я воздерживаюсь. Какой смысл жаловаться? Во всяком случае, я уже знаю, что бы мне ответил анархист: «Жизнь — это джунгли, и пусть победит лучший». Или даже: «Горе побежденным». Банальные выражения оправдывают худшие жестокости. Но, как нам говорят, это всего лишь игра.

Разве жалеют пешек, которых съедают в шахматной партии? Однако я хотел бы, чтобы меня отправили туда помогать моим людям моими руками и мускулами, натягивать вместе с ними паруса и успокаивать.

Я смотрю на соседние племена.

На юге, на другом континенте, Фредди тоже построил деревню на морском побережье. Его люди выбрали в качестве тотема кита, соорудили лодки с веслами, которые меньше моего последнего корабля.

Рауль держит своих людей-орлов в горах, откуда они время от времени делают налеты на проходящие мимо племена. Рауль и Прудон разделяют достаточно близкие по сути воинственные ценности, но если первый предпочитает небольшие набеги и налеты, то второй движется вперед, как каток, уничтожающий все на своем пути. Оба не признают союзы. Они берут то, что можно взять, и оставляют за собой дымящиеся руины.

Рауль создал очень мобильное войско, которое предпочитает хитрость силе. Информация у него определяет действия, и он наносит удар только тогда, когда уверен, что победит. Он забирает у других научные и технические достижения, все, что может усилить знания его людей.

Племена Руссо и Вольтера, естественно, воюют, однако их поселения, основанные на таких разных концепциях, удивительно похожи между собой.

Богиня плодородия сперва называет проигравших. В общей сложности тринадцать племен исчезли. Девять были завоеваны, порабощены и уничтожены племенами захватчиков, два погибли в результате неизвестных эпидемий, а еще два — из-за междуусобных войн. Кентавры уносят тринадцать богов-учеников, и мы продолжаем обратный отсчет: 106 – 13 = 93.

Затем Деметра объявляет победителей.

Золотой венок: Мэрилин Монро и ее женщины-осы.

— Браво, Мэрилин, ваши женщины являются примером для подражания. Ваши феминистки постоянно улучшают свою технику, и вы не забыли хорошо их вооружить. В то же время они интересуются искусством и ценят музыку. У них появились арфа и ксилофон. Они заслуживают первого места на пьедестале.

Мы аплодируем. То, что такая утонченная молодая блондинка смогла создать цивилизацию амазонок, одновременно умелых в бою и сладострастных в отдыхе, меня удивляет и радует. Однако я вспоминаю одну из фраз, сказанных актрисой: «Мы, красивые женщины, обязаны казаться глупыми, чтобы не беспокоить мужчин». Во всяком случае, это доказывает, сколь она способна.

Серебряный венок: Прудон и его люди-крысы. Он изобрел наделенную логикой социальную систему каст и сумел овладеть настолько сложной техникой, как плавка металлов.

— Но он украл ее у людей-кротов! — возмущается Сара Бернар.

Деметра игнорирует это замечание:

— Люди-крысы Прудона научились использовать кавалерию и хорошие боевые стратегии. К тому же их численность постоянно растет.

— Но он увеличил ее с помощью рабов побежденных племен! — продолжает Сара Бернар.

Раздаются аплодисменты, но не такие единодушные, как для Мэрилин. Слышен даже свист некоторых учеников, племена которых не поладили с людьми лауреата.

Бронзовый венок: Мария Кюри и ее люди-игуаны. Что же это за игуаны, которых мы ни разу не видели? Мы склоняемся над сферой и направляем лупы на другой континент на севере, сильно удаленный от того, где играли почти все. Мы видим людей, строящих огромные населенные пункты посреди пустыни.

Овация для богини игуан.

Деметра продолжает комментарии. Саре Бернар нужно быть осторожнее: ее люди-лошади находятся на последнем дыхании, и она рискует быть отчисленной в следующую партию.

— А кто виноват? — ворчит бывшая актриса.

Племя людей-собак влачит жалкое существование. Ученица Франсуаза Манкузо должна придать ему больше динамики, если не хочет, чтобы оно исчезло. То же самое касается людей-тигров Жоржа Мельеса и людей-термитов Гюстава Эйфеля, которые, по словам профессора, топчутся на месте и не могут найти собственного стиля. Конечно, они построили красивое поселение, но только и делают, что нежатся там и никуда не выходят.

— Больше отваги, — требует Деметра. — Недостаточно просто управлять, нужно осмелиться. Прудон получил хорошие отметки потому, что по крайней мере не боится рисковать.

— Естественно. Если это для того, чтобы все разрушать… — пережевывает одно и то же Сара Бернар.

— Прудон не бог-разрушитель, — поправляет Деметра. — Это суровый бог, как суровые родители. Но вспомните, дети суровых родителей часто лучше образованы, чем дети мягких. Ведь проще во всем уступать ребенку, чем заставить его следовать строгим правилам поведения! Со своей стороны, я ничего не имею против выбора Прудона. Война является одной из главных составляющих игры «Игрек». Прудон поставил на нее, это такой же выбор, как и любой другой. Я его уважаю, так же как уважаю тех, кто основал свою цивилизацию на дипломатии, сельском хозяйстве, науке или искусстве. Важен только результат.

Деметра поднимается к доске и пишет на ней: «Похороны».

— Сегодня я присутствовала на появлении первого ритуала похорон у людей-муравьев Эдмонда Уэллса. Это событие следует отметить специально. С этого момента вы увидите появление религий и у всех наметится новое социальное разделение на три класса: крестьяне, солдаты, священники.

— А артисты? — спрашивает Мэрилин, очевидно думая о своем игроке на арфе.

— Их слишком мало, и они слишком слабо влияют на историю человечества, по крайней мере на этом этапе эволюции. Мишель Пэнсон и вы дали людям музыку, но знайте, что без крестьян, чтобы их кормить, и солдат, чтобы защищать, артисты долго не проживут.

Когда Деметра заканчивает разбор игры, мы с Эдмондом Уэллсом замечаем, что находимся на предпоследнем месте. Позади только один ученик. Пещерные люди-летучие мыши некого Шарля Малле пытались подражать своему тотемному животному, привязывая лианами к рукам кожаные крылья. Многие из них погибли, прыгая с высокого обрыва.

— Когда идея оказывается неплодотворной, не нужно настаивать. А вы заупрямились. Из восьмисот человек в начале у вас теперь не больше пятидесяти. Не забывайте, если людей меньше тридцати, ученик автоматически исключается.

Так что Шарль Малле уцелел чудом.

— Как ты думаешь помочь своим? — спрашивает меня Рауль вполголоса.

— Буду молиться, — говорю я. — Другого выхода я не вижу.

По его удивленному взгляду я понимаю, что Рауль спрашивает себя, не смеюсь ли я над ним.

— Молиться? Здесь? В царстве богов?

Я подбородком указываю на вершину горы, по-прежнему скрытую шапкой облаков.

— Ах да, конечно. «Он» там, наверху. Надеюсь, Мишель, что ты не становишься... мистиком. Бог-мистик... я много видал, но такое!

Фредди берет меня за руку.

— Забавно, мы оба выбрали альянс с китообразными. Я взял китов, а ты дельфинов, и, однако, ты строишь большие суда, а я маленькие.

— У меня не было выбора.

— Если тебе нужно что-нибудь, не колеблясь обращайся к моим людям-китам.

— Ты тоже можешь рассчитывать на меня, но сейчас мои дельфины не в лучшем положении.

— А почему бы тебе не сделать поворот и отдохнуть у меня? Киты покажут путь дельфинам. Твои люди залечат раны, пополнят запасы пресной воды и продовольствия, обогатятся открытиями моих. Они научились делать свечи из топленого жира. Они шьют красивые одежды, которые понравятся женщинам из твоего племени.

— Ты приглашаешь меня на китовый показ мод? Спасибо, но думаю, уже слишком поздно. Я запрограммировал дельфинов, которые поведут их далеко на запад, на закат солнца.

— Почему ты так решил?

— Надеюсь, мои люди найдут спокойное место, где будут в безопасности. Тайное место, остров. Достаточно большой, чтобы заниматься земледелием и скотоводством, но не слишком, чтобы привлекать внимание соседей. Я больше не хочу рисковать и все потерять из-за захватчиков-варваров.

Рауль шепчет мне на ухо:

— Освободись от Эдмонда Уэллса. Он помог тебе в начале партии, согласен, но теперь это обуза. Его люди-муравьи никудышны в море, в рыбной ловле, значит, и на острове будут никудышны.

— Мы заключили союз.

— Возможно. Но в конце отстанется только один победитель. Чем раньше ты научишься летать сам по себе, тем лучше для тебя.

Можно подумать, что это говорит его отец.

Надевая венок из золотых лавровых листьев, Мэрилин вступает в разговор с женщинами, которых, естественно, привлекает сохранение жизни и гармония между существами, отличающимися от мужчин, склонных к насилию и доминированию. В классе слышны плоские мужские шутки.

— О, — говорит она, — я знаю, что вы думаете. Вы уверены, что мои девушки-осы долго не продержатся. Но они не только хорошие матери и прекрасные работницы, они умеют отлично сражаться и могут себя защитить.

Тут в рядах учеников раздается смех, но Мэрилин не отступает:

— Я бросаю вам вызов. Всем вам. Пусть тот, кто считает себя способным сразиться с моими амазонками, попробует прийти!

Сара Бернар и Мария Кюри шумно одобряют. Деметра хлопает в ладони, чтобы успокоить собравшихся, пока ссора не переросла в войну полов. Думая, что она зовет его, ждавший снаружи Атлант входит забрать «Землю 18» и после нескольких дежурных вздохов уносит ее.

Я не могу отвести взгляд от удаляющейся планеты, где в океане плывет хрупкое судно с уцелевшим экипажем...

Деметра приказывает занять места на скамьях.

— Гермес, — объявляет она, — уже рассказал вам про опыт с крысами. В завершение этой лекции, перед тем как вы пойдете обедать, я хотела бы рассказать вам об опыте, объясняющем некоторые особенности поведения ваших подопечных.

86. Энциклопедия: опыт с шимпанзе

В пустой комнате пять шимпанзе. В центре комнаты лестница, сверху лежит банан.

Когда первая обезьяна замечает банан, она лезет за ним по лестнице, чтобы схватить и съесть. Но как только она приближается к фрукту, с потолка на нее обрушивается струя ледяной воды и сбивает вниз. Другие обезьяны тоже пытаются забраться на лестницу. Всех сбивает вниз струя холодной воды, и они отказываются от попыток взять банан.

Воду выключают, а одну вымокшую обезьяну заменяют новой, сухой. Не успевает она войти, старые пытаются не дать ей забраться на лестницу, чтобы ее тоже не окатило водой. Новая обезьяна не понимает, в чем дело. Она видит только группу собратьев, мешающих ей взять вкусный фрукт. Тогда она пытается прорваться силой и дерется с теми, кто не хочет ее пропускать. Но она одна, и четыре прежние обезьяны берут верх.

Другую промокшую обезьяну заменяют новой сухой. Как только она появляется, предшественник, подумавший, что именно так нужно встречать новичков, набрасывается на нее и колотит. Новичок даже не успевает заметить лестницу и банан: он уже вне игры.

Затем третью, четвертую и пятую вымокших обезьян заменяют по очереди сухими. Каждый раз, как только новички появляются, их колотят.

Прием становится с каждым разом все более жестоким. Обезьяны все вместе бросаются на новичка, как будто стараясь улучшить ритуальный прием.

В финале на лестнице по-прежнему лежит банан, но пять сухих обезьян оглушены постоянной дракой и даже не думают приблизиться к фрукту. Их единственной заботой является следить за дверью, откуда появится новая обезьяна, чтобы скорее напасть на нее.

Этот опыт был проделан с целью изучения группового поведения на предприятии.

Эдмонд Уэллс,
«Энциклопедия относительного
и абсолютного знания», том 5

87. Фокус

Сегодня к обеду большой зал Мегарона украшен синими цветами. Мата Хари садится напротив. Она мне улыбается, я улыбаюсь в ответ. Меня мучает судьба моих людей-дельфинов, скитающихся по морю.

Эдмонд Уэллс, сидящий рядом со мной, кажется, не так беспокоится за своих людей-муравьев. Он мирно беседует с Жоржем Мельесом, который утверждает, что вначале важнее всех других профессия кузнеца.

— Поймите, — настаивает он, — кузнецы — это первые маги. Им дают камни, и они с помощью магии высоких температур превращают их в материалы, которых не существует в природе.

— Действительно, — соглашается Эдмонд Уэллс, вспоминая отрывок из своей «Энциклопедии» о кузнецах с горы Синай. — Жители деревень настолько ценили их, что порой даже приковывали в кузницах, чтобы у мастеров не было искушения присоединиться к другим племенам, где бы им больше платили. Раньше кузнецов даже меняли на выкуп или дарили в знак признания союза.

Симона Синьоре и Мария Кюри обсуждают за соседним столом моды на одежду в своих племенах. Полячка по происхождению, физик признается, что в ее местах так холодно, что она в первую очередь обеспокоена созданием теплой одежды.

Ученики говорят о строительстве мостов и дорог, способах хранения пищи.

Чем лучше крыть дома, соломой или сланцем? Как устроить систему фильтрации, чтобы бактерии не попадали в хранилища, куда стекает дождевая вода? Здесь мясо хранят в соли, там рыбу в масле. Амфоры, закупоренные пробками, хорошо сохраняют продукты, но нужно еще иметь гончаров и пробковую кору. Клей, вязальные спицы, материалы, пригодные для ткачества, дезинфецирующие средства для ран (лук, лимон или соленая вода) — все дает материал для обсуждения. А мухи и комары? Как бороться с этими разносчиками болезней, которые уже принесли столько вреда?

Жорж Мельес объясняет, что его люди-тигры провели много опытов и создали компост, способствующий росту овощей и не имеющий много бактерий, а значит, не токсичный.

Сезоны вкатывают тележки с едой.

Они подают зерновые. Здесь есть рис, пшеничная мука, ячмень, просо, сорго и даже хлеб. Это логично, поскольку сельское хозяйство вошло в нашу жизнь.

Хлеб — как это вкусно. Я с хрустом ем корочку, наслаждаюсь мякотью, соленой и сладкой одновременно, ищу замечательное послевкусие ферментации.

Сезоны ставят на столы кружки с молоком коров, коз, овец и других лактирующих животных.

Устрицы возвращаются в меню, но сегодня я не в силах проглотить живое существо, возможно наделенное сознанием. Вольтер же им очень рад и поедает дюжинами, объясняя, что достаточно немного лимонного сока, чтобы проверить свежесть продукта.

Более привычные трупы также есть в меню — говядина, баранина, ягнятина, курица. Я замечаю, что это мясо не такого характерного вкуса, как у бегемота или жирафа.

Мельес утверждает, что его люди-тигры с наслаждением едят головы обезьян, которые нам вскоре подают вместе с маленькими ложками, чтобы попробовать мозг. Большинство с отвращением отказывается.

Это напоминает мне опыт с шимпанзе, рассказанный Деметрой. Человечество с «Земли 17» потерпело поражение именно по этой причине. Они забыли, зачем здесь находятся, и думали лишь о повторении традиций, не зная смысла их появления.

— О чем ты думаешь? — спрашивает меня Мэрилин, присоединяясь к группе теонавтов.

— Ни о чем… Что с вами случилось вчера?

— Мы попытались пройти, но большая химера была там.

— Сегодня, — добавляет Рауль, — ты пойдешь с нами. Ты ведь не бросишь нас снова.

Я не отвечаю, оставляя за собой право выбора.

На десерт нам подают пирожные и французскую медовую запеканку.

— Не хватает только чашечки хорошего кофе, чтобы достойно завершить эту трапезу, — заявляет восхищенный Мельес.

Вечером нас ждет концерт. Кентавры, сирены, птицы-лиры присоединяются к нам в Мегароне. К обычным инструментам добавляется музыкальный лук, на котором играет один из кентавров. Музыка тихая.

Вместо кофе Жорж Мельес предлагает продемонстрировать фокус, не требующий никаких специальных инструментов. Мата Хари охотно соглашается принять в нем участие.

— Загадай цифру от 1 до 9 и умножь на 9.

Танцовщица закрывает глаза и говорит:

— Готово.

— Вычти из этого 5.

— Есть.

— Прибавь к этому сумму цифр, из которых состоит твой возраст. Например, тебе 35. Сложи 3 и 5 и получишь 8. Если сумма состоит из более чем двух цифр, сложи их, чтобы получить простую.

— Понятно.

— Хорошо. Теперь прибавь твое число к букве алфавита по принципу А = 1, Б = 2, В = 3 и т. д. Теперь ты получила букву.

— Есть.

— Выбери название европейской страны, начинающееся на эту букву.

— Долго еще?

— Нет. Мы подходим к концу. Посмотри на последнюю букву этого названия и с каким фруктом она ассоциируется.

— Готово.

Жорж Мельес делает вид, что сосредоточился, и объявляет:

— Твой фрукт — это киви.

Мата Хари поражена. Я ищу разгадку и, не находя ее, спрашиваю кинематографиста:

— Как ты это делаешь?

— Скажем, есть связь между этим фокусом и тем, что происходит здесь. Мы думаем, что делаем выбор, но мы его не делаем…

Фокусник подмигивает мне и требует еще кофе.

Сара Бернар садится за наш стол.

— Мы должны объединиться против Прудона, — шепчет она. — Иначе он всех нас уничтожит.

— Он выиграл, значит, главные боги согласны с его методами игры, — говорит Рауль успокаивающе.

— Грабежи, убийства, изнасилования, рабство, терроризм, лицемерие, возведенные в систему мышления и управления?

— Не суди. Приспосабливайся, — говорю я.

Сара Бернар взрывается:

— И это говоришь мне ты? Но вы не отдаете себе отчет, он победит, и его ценности восторжествуют на всей планете. Вы хотите крысиных ценностей? Мы видели, к чему это привело на «Земле 17».

Все помнят уничтожение этой планеты.

— Если не реагировать, он…

У Прудона тонкий слух. Он оборачивается к нам из-за своего стола и саркастически бросает:

— Я делаю вам всем вызов, насколько вы способны остановить воинов моего племени…

Сара Бернар не находит что ответить. Она знает, что ее племя обескровленных лошадей не выдержит столкновения.

— Тогда приходи сразиться с моими амазонками! — восклицает Мэрилин Монро.

Прудон поворачивается к ней.

— Приду, приду, красавица, жала твоих ос меня не пугают…

И анархист провокационно посылает ей воздушный поцелуй, дуя на ладонь.

— Я тебя предупреждаю, если ты приблизишься к моим девушкам, мы не будем отступать, как люди-дельфины.

— Отлично, — говорит тот, потирая руки. — Намечается хорошая драка.

У меня такое впечатление, что я вернулся в начальную школу, когда мальчишки кричат друг другу на переменах: «Иди драться, если не боишься».

— Есть не только сила! У моих девушек больше мозгов и храбрости, чем у твоих скотов!

— С нетерпением жду этой встречи! — восклицает бог людей-крыс.

— Готов принимать ставки, — предлагает Тулуз-Лотрек.

Маленький бородатый человек забирается на стол и делает вид, что ждет ставок.

— У нас нет денег, — замечает Гюстав Эйфель.

— Тогда давайте играть на тоги. Они быстро пачкаются, а мне их нужно много, — говорит художник.

Он достает блокнот и разделяет страницу на две колонки, тех, кто ставит на Мэрилин, и тех, кто отдает предпочтение Прудону.

Эдмонд Уэллс ставит на актрису одну тогу.

— В животном мире осы одерживают верх над крысами, — объясняет он.

Мне всегда не везло в игре, и я воздерживаюсь. К тому же я слишком обеспокоен судьбой своего несчастного племени на утлом судне, чтобы интересоваться исходом этой борьбы. Если в следующем раунде я не спасу своих людей, мне останется только превратиться в кентавра или сирену. Прожить, развиваясь, столько жизней, собрать столько мудрости, чтобы закончить химерой... Нет, я должен найти средство помочь моим людям, прежде чем думать о развлечениях.

— Думаешь о наших племенах? — шепчет Эдмонд Уэллс.

— А вы нет?

— Да. Самое худшее в том, что после битвы люди-крысы дали свою версию событий. Для них мы банда диких трусливых бродяг, которых их блестящая цивилизация познакомила с культурой. Они даже выдумали историю, согласно которой мы занимались любовью с дельфинами... Ты что, не видел?

— Нет, не видел... Это невероятно. Они нас истребляют, а потом переписывают историю, чтобы представить себя в выгодном свете.

Я вижу, что мой друг очень обеспокоен. Он достает «Энциклопедию» и начинает быстро записывать. Я не решаюсь его прерывать. Кажется, ему пришла в голову идея.

— Мы не можем бросить их просто так... — говорю я.

Продолжая писать, он отвечает:

— Слишком поздно.

— Никогда не слишком поздно, — возражаю я.

— Мы провалились. Нам не повезло, вот и все.

— «Те, кто провалился, находят оправдания. Те, кто побеждает, находят средства», — говорил мой отец. Всегда можно найти средство.

— Нет, не на этот раз.

Он продолжает писать, перечитывает написанное, кажется удрученным тяжестью того, что записал. Потом встает, закрывает книгу и говорит мрачным голосом:

— Пожалуй, ты прав. Те, кто побеждает, находят средства… какими бы они ни были.

88. Энциклопедия: память побежденных

О прошлом мы знаем лишь версии победителей. Так, о Трое мы знаем только то, что рассказывают греческие историки. О Карфагене тоже то, что рассказывают греки. О галлах известно только то, что написал в своих воспоминаниях Юлий Цезарь. Об ацтеках и инках известно лишь по рассказам конкистадоров и миссионеров, приехавших силой обращать их в свою веру.

И во всех случаях редкие достижения, приписываемые побежденным, упоминаются лишь для того, чтобы прославить заслуги тех, кто смог их уничтожить.

Кто осмелится говорить о «памяти побежденных»? Исторические книги приучают к мысли о том, что, согласно дарвинскому принципу, если цивилизация исчезла, значит, она была плохо приспособлена. Но рассматривая события, понимаешь, что часто именно самые цивилизованные были уничтожены самыми жестокими. Их единственной «неприспособленностью» было то, что они верили в мирный договор — в случае с Карфагеном, в подарки — в случае с Троей (ах, апология «хитрости» Одиссея, которая была лишь вероломством, закончившимся ночной резней...).

Хуже всего, возможно, то, что победители не только уничтожают исторические хроники и памятные предметы своих жертв, но и оскорбляют их. Греки придумали легенду о Тесее, победившем чудовище с головой быка, которое пожирало девственниц, для того чтобы оправдать вторжение на Крит и разрушение великолепной минойской культуры.

Римляне утверждали, что карфагеняне делают жертвоприношения своему богу Молоху, что, как сейчас известно, совершенно не так.

Кто осмелится когда-нибудь говорить о великолепии жертв? Возможно, только боги, которым известны красота и хрупкость цивилизаций, исчезнувших под огнем и мечом...

Эдмонд Уэллс,
«Энциклопедия относительного
и абсолютного знания», том 5

89. Время опытов

Дворец Атланта, окруженный смоковницами, расположен на юге Олимпии, в квартале, удаленном от нашего жилья.

— Это просто сумасшествие, они нам никогда этого не позволят.

— Нужно попробовать.

— Но ты отдаешь себе отчет, если они узнают, что мы...

— Что? Навестили Атланта? Мы имеем право ходить по городу, как мне кажется.

Мы пробираемся вперед.

Жилище гиганта одноэтажное, оно сложено из неотесанных глыб мрамора.

В нем не меньше десяти метров высоты.

Эдмонд Уэллс и я проникаем внутрь через приоткрытое окно. Внутреннее убранство отражает любовь великанов к массивной деревянной мебели и ярким тканям.

Стараясь не шуметь, мы пробираемся между гигантских кресел и канапе.

В кухне, похожей на деревенскую, супруга Атланта Плейона отчитывает титана суровым голосом:

— Ты слишком добрый. Вот они и используют тебя.

— Но...

— А когда они потребуют, чтобы ты носил Олимп, что ты ответишь?

— Но, Плепле, это не просто работа...

— Ах вот как, а что же это?

— Наказание. Потому что я выступил с Кроносом против Зевса и мы проиграли, ты прекрасно знаешь.

Находясь в салоне, мы представляем себе упершуюся руками в бока жену, говорящую громким голосом, и виноватого Атланта.

— Как просто, наказание. Сколько времени прошло... Они думают, с тебя можно семь шкур драть за спасибо, вот и все. Ты как бык вкалываешь ни за грош, а если ты возражаешь, тебе напоминают, что это кара и ты должен молчать. Подними голову, Атлант, напомни о своих законных правах.

— Но, сладкая моя, я проиграл войну...

— Это было тысячи лет назад! Ты путаешь слабость и доброту, Атлант.

Звук поцелуя. Я представляю объятия этих двух гор. Ах… нежность гигантов…

Пользуясь тем, что у пары есть другие занятия, кроме как прислушиваться к посторонним звукам, мы проскальзываем в коридор в поисках места, где Атлант хранит миры.

Как два мальчика-с-пальчика, мы встаем на цыпочки, чтобы открыть двери трехметровой высоты. За одной мы видим кровать величиной с сад, в других комнатах — кладовки, туалетная комната, мастерская. Наконец за одной из створок мы чуть не падаем с винтовой лестницы, ведущей в пещеру. Мы спускаемся по ней, освещая дорогу крестами.

Внизу при свете огромных восковых свечей, которые мы зажигаем крестами, видно пустое пространство, выбитое прямо в скале. Здесь на полках вдоль стен покоятся не трехлитровые бутылки шампанского, а десятки сфер, лежащие на подставках.

Сколько же здесь миров? Я думал, что кроме «Земли 1» есть только черновики, и по мере того, как одна планета уничтожается, на ней появляется следующая цивилизация. Но нет, главные боги сохраняют другие планеты. «Земля 17», возможно, и превратилась в «Землю 18», но рядом с ней существует целая коллекция других миров с этикетками до номера 161.

Эдмонд Уэллс разделяет мое восхищение. Мы думаем об одном и том же.

А что если все планеты Вселенной, где существует сознание, хранятся здесь?

Мы подходим к одной из сфер. Настраиваем лупы. Поверхность планеты как будто покрыта бородавками. Ультрасовременные мегаполисы целиком скрыты под огромными куполами, защищающими от окружающей загрязненной среды. Возможное будущее человечества…

Рядом другой мир сделал свой выбор. Несомненно, из-за ядерных войн жизнь стала невозможна в отравленной атмосфере. Поэтому люди построили подводные жилища. Целые города находятся под водой, защищающей от радиации.

Дальше, в мире, лишенном океана, люди закопались в городах в виде пирамид, чтобы спрятаться от палящего солнца и сохранить немного влаги.

Мы замечаем, что большинство этих миров более «зрелы», чем «Земля 1». Судя по их виду, им не меньше 3000 лет. Как это возможно?

— А может, это практические работы, оставленные предыдущими учениками? — шепчет Эдмонд Уэллс.

— В этом случае они больше продвинулись вперед, потому что Кронос, возможно, ускорил созревание.

Мы также находим миры, вернувшиеся в предысторию на загадочных руинах мегаполисов. Может быть, как и бедная «Земля 17», они забыли про все достижения прошлого.

Сколько различных метеорологических условий! Вот очень жаркий мир, где люди живут голышом, вот ледяной мир, где они прячутся в снежных хижинах, вот очень влажный, где дома строят на деревьях…

Эдмонд Уэллс указывает на мир, где клонирование настолько вошло в привычку, что все люди стали близнецами. Они выбрали самого красивого, самого умного и самого жизнеспособного и уничтожили всех остальных.

Рядом планета, населенная исключительно женщинами, совсем как у муравьев. Здесь только самки, делящиеся на бесплодных и приносящих потомство. Как и муравьи, эти люди выбрали матку, которая, к моему огромному удивлению… несет яйца. Я настраиваю зум и действительно вижу женщин, носящих в рюкзаках на животе яйца и высиживающих их дома.

Присмотревшись, можно понять, что это человечество находится не в 3000 или даже 5000 году, но на уровне развития, который поставил бы его на наших календарях в 2-миллионный год после Рождества Христова. Значит, будущее за несущими яйца женщинами. Внезапно это мне кажется логичным…

Я продолжаю зачарованно рассматривать этот женский мир, но что-то меня смущает — они все красивые. Какой смысл в естественном отборе на основе красоты на протяжении веков?

— Мы здесь для того, чтобы найти «Землю 18», — напоминает Эдмонд Уэллс.

Мы поняли, что Атлант складывает миры по уровню развития сознания, самые низшие находятся в глубине. Поэтому мы направляемся в глубь пещеры и находим «Землю 18» среди других миров, где дикие люди уничтожают друг друга дубинками — пешком, верхом или на плотах.

Мы достаем сферу, чтобы лучше рассмотреть ее в свете свечей.

Наши люди кажутся истощенными и отчаявшимися на ненадежном судне в открытом море. Оно должно вот-вот разбиться о рифы, которых неопытные моряки не заметили. Мы как раз вовремя. В последний момент я делаю крестом бурю, которая уносит их в сторону от самых опасных скал. Затем я концентрируюсь и велю женщине-лидеру, заменившей мудрого медиума, снова бросить лассо в воду. Она слышит меня, но большинство спасшихся не подчиняются. Они слишком устали, чтобы верить в ее предсказания.

Как вдохнуть в них надежду? Я отправляю интуиции, но это ничего не дает. Какой-то бородач даже пытается организовать бунт, чтобы убедить остальных повернуть назад. Во время грозы, которую я устраиваю, чтобы впечатлить их, Эдмонд Уэллс точным выстрелом приканчивает бунтаря. Этого оказывается достаточно, чтобы успокоить тех, кто хотел последовать за ним.

Я лишний раз убеждаюсь в том, что богов уважают только тогда, когда их боятся.

Теперь, когда спасенные готовы слушать нашего медиума, я пытаюсь наладить связь с дельфинами, чтобы они оттащили судно подальше от опасных рифов. Богу так же легко общаться с дельфинами, как ангелу с кошками. Проблема в людях. Они недостаточно восприимчивы.

Наконец судно меняет курс. Эдмонд Уэллс и я с облегчением вздыхаем. Катастрофы удалось избежать.

Я отступаю назад и переворачиваю сферу и ее подставку. Она разлетается вдребезги. Осколки стекла разлетаются вокруг. Неужели я уничтожил мир?

Но нет… Внутри сфер ничего нет. Это просто объемные экраны, в которых отражаются далекие миры.

Эдмонд Уэллс спешит затушить свечи. И вовремя, поскольку дверь в пещеру уже открылась и появился Атлант.

— Что случилось, любимый? — спрашивает издалека его супруга.

— Ничего, Плепле. Мне послышался шум, — говорит титан, освещая помещение большим факелом.

Мы прячемся в дальнем углу.

Атлант идет по проходу, проверяя сферы.

— Наверняка крысы, — говорит его жена.

Пройдя совсем рядом и не заметив нас, он тяжелыми шагами поднимается обратно.

Мы спешно зажигаем свечи и устраиваемся поближе, чтобы завершить спасение наших подопечных. Что еще с ними произойдет?

90. Энциклопедия: Нострадамус

Мишель де Ностр-Дам, известный как Нострадамус, родился в 1503 году в Сен-Реми-де-Прованс. С молодых лет он увлекся математикой, алхимией и астрологией. Но всю жизнь, преследуемый инквизицией за свои еврейские корни, был вынужден находиться в бегах. Блестяще выучившись на врача в Монпелье, он в 1525 году отправляется бороться с эпидемиями чумы в Европе. Он разрабатывает собственную медицину, очень сильно отличающуюся от практиковавшейся в ту эпоху. Он не делает кровопусканий. Он выступает прежде всего за чистоту и гигиену. Он вводит в обиход бумажный конус, который для защиты от миазмов нужно помещать под носом. Он кладет себе под язык таблетку из роз, чтобы предохраниться от «паров» пациентов.

Одновременно он пишет трактаты о приготовлении конфитюров и изобретает духи на основе сантала и кедра.

В 1537 году Нострадамуса считают лучшим врачом Европы. Борясь с эпидемиями, он заражает собственную семью. Его жена и дети умирают от чумы.

После периода депрессии он начинает свой духовный путь. В Сицилии суфии посвящают его в технику транса. Употребление мускатного ореха позволяет перейти барьер сознания. Он предается медитациям, в ходе которых в ауре пламени свечи или медного сосуда с водой, стоящего на треножнике в форме пирамиды Хеопса, наблюдает за будущей эволюцией человечества.

Трансы Нострадамуса могли продолжаться всю ночь, после чего он записывал знаменитые четверостишия своих «Веков».

Его стихи могут порой показаться невразумительными, но некоторые видят в них предвидение пришествия к власти императора Наполеона Бонапарта, Третьего рейха, Франко, а также атомную бомбардировку Хиросимы и Нагасаки.

Основываясь на его предсказаниях, Джин Диксон пыталась с 1956 года предупредить Джона Фитцджеральда Кеннеди о смертельной угрозе, висящей над ним.

Нострадамус датирует приблизительно 2000 годом первые признаки глобальных политических и климатических потрясений. Он предсказывает сближение Америки и России перед угрозой растущих опасностей, исходящих первоначально с Ближнего Востока.

Прорицатель, кроме того, предсказал природные катаклизмы, торнадо и землетрясения, показывающие гнев Земли на людей, которые ее разрушают. В письме королю Франции Генриху II Нострадамус сообщает, что в 2250 году человечество ждут радикальные изменения. Он считает, что Земля исчезнет в 3797 году из-за сильного повышения температуры, совпавшего с падением огромных метеоритов — обломков взорвавшейся планеты Меркурий. Это приведет к наводнению, которое затопит всю Землю.

Однако к тому времени, заверяет медик из Сен-Реми-де-Прованс, человек уже покинет Землю и доберется до других планет Солнечной системы, чтобы там воссоздать новые цивилизации.

Предсказания Нострадамуса распространяются на период до 6000 года. По всей Европе короли и принцы принимали прорицателя. Им восхищалась королева Екатерина Медичи, мать Генриха III. В июне 1566 года, очень уставший, Нострадамус позвал своего ассистента и друга Шавиньи, чтобы сообщить ему последнее предсказание: «Завтра я умру». Что и произошло. Согласно завещанию, его тело было замуровано в стену церкви Салон-де-Прованс: «Чтобы никакой трусливый глупец не топтал мою могилу».

Эдмонд Уэллс,
«Энциклопедия относительного и абсолютного знания», том 5

91. Спокойный мир

Все были истощены. Сколько страданий перенесено. И по-прежнему бесконечный горизонт вокруг, насколько хватает глаз. Те, кто не умер от дизентерии, цинги, других незнакомых болезней или не покончил с собой, начали терять надежду.

Они опробовали новые методы рыбной ловли и вытащили на борт странных рыб, некоторые из которых оказались ядовитыми.

Благодаря дождям они избегали обезвоживания. С первыми каплями они подставляли пустые амфоры, в которых уже не было зерен.

Большую часть времени они отдыхали на палубе, поскольку их тела были так истощены, что они с трудом двигались и только смотрели пустыми глазами на горизонт, где не было видно ни клочка земли.

Женщина-лидер продолжала подбадривать их, рассказывая свои сны. Она видела, да, именно видела идеальный остров, спокойное место, где они заживут счастливо.

— Терпение, верьте мне, мы туда плывем, — повторяла она, убеждая и саму себя.

Первый бунт начали люди-муравьи, захотевшие вернуться на твердую землю. Они предпочли бы стать рабами людей-крыс, чем постоянно раскачиваться на море. Их удалось легко усмирить. Второй бунт, организованный самыми отчаявшимися, почти удался, но во время грозы молнией убило его предводителя.

Небо заговорило. С этого момента как будто что-то наверху вернулось... И это «что-то», казалось, говорило, что нужно продолжить плавание.

Затем дельфины провели их судно мимо рифов, и все согласились выполнять требования женщины, которую они назвали «королевой двух племен», людей-дельфинов и людей-муравьев, оказавшихся солидарными в общем испытании. Направляя судно, дельфины придали бодрости путешественникам. Отныне сны королевы стали более конкретными. Она постоянно говорила о священном острове, где никто больше на них не нападет.

Усталость, голод, болезни — все это привело к новым потерям. Но королева запретила есть трупы, хотя они и являлись источником протеинов, и приказала бросать их за борт.

И она постоянно повторяла: «Верьте, сны и дельфины показывают нам дорогу». И действительно, видя бедствия людей, которых они сопровождали, дельфины не только направляли их, но и ловили им рыбу, спасая от голода. Они даже забрасывали пойманных рыб на палубу.

«Там, — говорила королева, — на земле, которую мы скоро обнаружим, будут гигантские фрукты, дичь и ручьи с чистой водой».

Во сне она узнала, как улучшить состояние людей, скрестив ноги и медленно дыша. Поскольку она была их королевой, никто не потребовал объяснений, когда она приказала, чтобы все оставались неподвижными в странных позах или вытягивались и думали только о вдохах и выдохах. Лучше питаясь благодаря дельфинам и став более гибкими с помощью необычной гимнастики, люди обрели новую форму.

Были еще смерти, но выжившие чувствовали себя лучше. Никто больше не хотел покончить с собой. Переселенцы медитировали, делали дыхательные упражнения, потом вместе пели, и дельфины отвечали им в унисон.

Судно продолжало плыть на запад, все дальше на запад, и они больше не знали, сколько времени плывут. Они не говорили между собой о побоище, ставшем причиной бегства, чтобы думать только о движении вперед. У них были мрачные лица, они редко улыбались, но ссор больше не было.

Однажды, когда они смирились с тем, что закончат свои дни на воде, и рисовали на коже рыб карту звездного неба, наблюдатель на мачте издал крик, которого они уже не ждали:

— Земля! Земля на горизонте!

Чайки в небе подтвердили близость земли. Крики раздались на судне. Плача, они стали обниматься. Подойдя к берегу, они бросились в воду и вплавь добрались до земли. Они вышли на галечный пляж, над которым возвышались желто-красные песчаные холмы. Они качались, отвыкнув от твердой земли за столько времени, проведенного на плаву.

Они поели крабов и водорослей и уснули под луной, прижавшись друг к другу в эту первую ночь на их новой земле.

Утром они пересчитались. Их осталось шестьдесят четыре: сорок два человека-дельфина и двадцать два человека-муравья. Вместе они начали исследовать остров. Он был еще красивее, чем в их самых смелых мечтах. Здесь были пышная растительность, деревья с незнакомыми плодами, журчащие ручьи. Они углубились в лес, где на них внезапно стали падать камни. Сначала люди подумали, что это напали враги. Но это были кокосовые орехи, которые шаловливые обезьяны весело бросали вниз. Разбиваясь о землю, они открывали свою белую плоть и молоко, ставшие настоящей манной.

Наконец успокоившись, они решили дать острову название: остров Спокойствия.

Они прошли в глубь его и не нашли никаких следов человека. В следующие дни люди-дельфины и люди-муравьи начали совместно строить деревню на побережье.

На небольшой поляне королева обнаружила муравьев и обрадовалась, что, как и они, насекомые достигли этого острова. Она последовала за ними и увидела большой муравейник в форме пирамиды. Она положила обе ладони на стенку муравейника и попросила насекомых помочь ей, как они помогли старому медиуму, ее предшественнику.

Она закрыла глаза, и видения появились. Гигантская пирамида как у муравьев. Кладовые — как у муравьев. Связь — как у муравьев. Единый большой коллективный дух — как у муравьев. Дух для завоевания новой земли.

Их было шестьдесят четыре, и вместе они начали строить пирамиду девятиметровой высоты. Когда две трети были готовы, королева устроилась в ложе, чтобы «принимать», и она «приняла». Она добавила неподвижные позы к гимнастике медитации и хорошего самочувствия. Они придумала лечение, основанное на меридианах, по которым жизненные силы текут по телу и которые нужно разблокировать, чтобы они лучше циркулировали. Она определила центральные точки, где аккумулируется энергия. Эти точки расположены вдоль позвоночника. Одна находится над половым органом, вторая под пупком, третья напротив сердца, четвертая на уровне горла, пятая между глаз и шестая на верхушке черепа.

Сны не переставали ее удивлять.

Женщина получила интуитивное представление о политической системе, в которой, как муравьиная матка, она будет не лидером, а «несушкой». Одна будет производить потомство, а другая, медиум, порождать идеи. Эта будет республика идей, в которой каждый, как у муравьев, будет иметь право свободно высказываться на общих собраниях, выдвигая свои аргументы. Отсутствие централизованной власти, но власть, соединенная общением. Так все будут принимать в ней участие, и никто не будет считать себя незаменимым.

Люди-дельфины и люди-муравьи придумали слова с абстрактным содержанием. Появилось слово, означающее циркулирующую в теле жизненную энергию, другое, означающее дух, поддерживавший их в походе, третье для снов королевы, еще одно для определения полученных от дельфинов знаний, которое использовалось также для образования молодежи.

Они решили не зачинать больше детей, чем смогут любить и воспитывать. Однако сообщество быстро росло. Они уделяли детям столько любви и внимания, что детская смертность резко уменьшилась.

Проходили недели, они забыли ужас нападения людей-крыс, ужас и тяготы морского перехода и открыли ощущение того, что они одни на свете.

Дети плавали вместе с дельфинами и развлекались, отвечая на их крики. Забирались на них верхом, как на лошадей, и давали растущую на земле пищу — кокосовые орехи и финики, которые животные с любопытством пробовали. Тогда они издавали крики, похожие на смех, и, подражая им, люди вновь обрели привычку смеяться.

Тогда королеве пришла в голову идея: муравьи будут их скрытым тотемом, а дельфины — открытым. Они будут муравьями внутри и дельфинами снаружи.

Я иду еще дальше в дерзости, вытаскиваю из-под подставки часы и кручу стрелку, чтобы их местное время ускорилось.

Деревня растет, становится селом, потом городком с портом, где много парусников. В центре по-прежнему находится большая пирамида, в которой умерла первая королева, которую вскоре сменила другая, также обладающая даром предвидения.

Объединенное племя обнаружило новый злак, кукурузу, и начало его выращивать.

К крестьянам и рыбакам прибавилась группа тщательно отбираемых людей, способных решать практические проблемы, мудрецов, единственной задачей которых являлось управление городом. Целители стали специализироваться в изучении меридианов тела. Астрономы создали карты неба и пытались понять его детали. Инструкторы учили детей. Во всех областях были представлены и мужчины, и женщины, а каждое задание поручалась в зависимости от способностей человека. Другие критерии исключались.

Они увидели, что в муравейнике треть обитателей спит, отдыхает или гуляет без дела. Другая треть занимается бессмысленным трудом, копая туннели, из-за которых обрушиваются кладовые, или передвигая веточки, которые загораживают нужные проходы. Наконец, еще одна треть исправляет ошибки неумелых рабочих и делает все необходимое для развития города. Так же поступили и обитатели острова. Они никого не принуждали к труду, но внушали желание участвовать в общем успехе всего племени. Они изобрели концепцию передаваемого энтузиазма.

Но самым характерным для этого человеческого сообщества стал новый элемент: люди были избавлены от страха.

92. Энциклопедия: Атлантида

Миф об Атлантиде дошел до нас благодаря двум произведениям древнегреческого философа Платона «Тимей, или О природе» и «Критий, или О Атлантиде», написанным около 400 года до нашей эры.

Однако в этих текстах делаются ссылки на произведения Солона, который, по словам Платона, узнал об этом от египетских священников.

В «Тимее» Платон помещает загадочный остров над Геркулесовыми колоннами, как в античные времена назывался Гибралтарский пролив, то есть в Атлантическом океане между Португалией и Марокко. Он также упоминает столицу Атлантис, имевшую круглую форму. Диаметром в сто стад, то есть примерно в двадцать километров, город состоял из сужающихся к центру кругов.

Согласно Платону, там поселились бог морей Посейдон и смертная Клито. Они породили пять пар близнецов, которые стали десятью царями Атлантиды, правя каждый десятой частью острова. Платон оценивает его общую площадь примерно в два миллиона квадратных километров, то есть почти треть Австралии.

По словам Платона, атланты были намного выше, чем другие люди их времени, и составляли сильный и одновременно мудрый народ. Они установили современную политическую систему, основанную на ассамблеях, и овладели совершенно особенными техниками. В частности, у них были так называемые «сверла», медные палочки, обернутые в кожу и имеющие на конце кристалл кварца, с помощью которых они лечили больных и ускоряли рост растений.

Платон считает, что Атлантида исчезла за 9000 лет до написания «Крития», что означает 11000 лет до н. э.

В египетских письменах этот остров упоминается под названием Ха мем Пта. О нем также упоминается в текстах африканского народа йоруба. Все описывают это место как идеальный город и потерянный рай.

Слово «парадиз», рай, является персидским и означает «сад». Его происхождение, возможно, также связано с Атлантидой. Упоминание о таинственном острове, населенном людьми со сверхъестественными медицинскими способностями, можно найти и в Китае под названием Кун Лун. Китайцы считают, что этот «остров вечной молодости» находится по ту сторону океана.

93. У Эдмонда неприятности

Эдмонд Уэллс и я смотрим друг на друга с облегчением. Наши люди пока в безопасности, вдалеке от варварства остальной игры. Мы горды этим, как родители, которым в последний момент удалось спасти тонущих детей.

Он мне нравится, этот народ, который мы вместе смоделировали. Конечно, численность населения невелика, наши люди вдали от всего, но они живы, здоровы и осознают необходимость жить правильно и думать о будущем. До того момента, когда Прудон даст людям-крысам технологию, которая позволит им высадиться на остров, наши ученые, возможно, найдут спасение.

Мы ставим «Землю 18» на место и собираемся уходить. Скоро наступит утро. Увлекшись работой, мы забыли о времени. Плохая новость: поднявшись, мы обнаруживаем дверь запертой на ключ. Мы в ловушке. Мы не только рискуем быть пойманными гигантом, когда он вернется за очередной планетой, но и не можем вовремя вернуться домой.

— Подставь мне спину, — спокойно говорит Эдмонд Уэллс.

Он взбирается мне на плечи, чтобы рассмотреть замок.

— Ключ в замочной скважине, — объявляет он.

Мы меняемся ролями. Более ловкий, я подсовываю тогу под дверь, потом забираюсь на спину Эдмонда и толкаю ключ, запирающий огромный замок. Наконец он падает с другой стороны, где ткань смягчает звук удара. Нам остается лишь подтянуть обратно тогу и взять ключ.

Ключ длиной с руку и удивительно тяжелый. Трехметровому гиганту, может, и легко с ним обращаться, но человеку ростом метр семьдесят пять двигать им не так уж просто. Я пытаюсь повернуть его много раз под одобрительный шепот Эдмонда.

Наконец замок со скрежетом открывается.

— Ты слышала, Плепле? — спрашивает Атлант.

— Не беспокойся. Наверняка это опять крысы, — отвечает Плейона.

Мы покидаем лестницу до того, как он вступает на нее, и бежим к окну спрятаться за занавеску.

Атлант уже поднимается, вопя:

— Кто-то вошел в пещеру и разрушил мир!

— Крыса?

— Нет, ученик. Нужно было поставить ловушки на людей. Всегда есть нечестные боги-ученики.

— Смотри, вон там один! — кричит гигантская женщина. Тяжелые шаги приближаются к нам.

— Бежим скорее, — выдыхает Эдмонд, подталкивая меня и следуя позади.

Атлант схватил швабру, а его жена — крышку от кастрюли. Мы мечемся в поисках выхода, а они гоняются за нами.

— Их двое, — говорит Плейона. — Вон они, вон они. Видишь?

— Быстрее накинь тогу на голову, — советует мой товарищ по несчастью.

Привыкший следовать его советам, я не задаю лишних вопросов и, как и он, разрываю в ткани две дырки для глаз. Гиганты приближаются.

— Теперь разделимся.

Прыгая по кухне, чтобы уклониться от ударов крышкой кастрюли, я думаю, что дырка для носа тоже не помешала бы. Ткань не дает мне дышать. Что до Эдмонда, то он бежит зигзагами, пытаясь уклониться от швабры Атланта. Он прячется за огромным креслом, которое гигант тут же отодвигает. Я запрыгиваю на спину жены титана, которая не может до меня дотянуться и визжит:

— Он меня укусил, он меня укусил!

Пока она мечется, я замечаю открытое окно и прыгаю в него. Я еле попадаю в оконный проем — и, уф, я снаружи. Спрятавшись в кустах, жду моего друга.

Внутри Атлант радостно кричит:

— Есть, Плепле, я поймал одного.

Боже мой, Эдмонда Уэллса поймали. Я колеблюсь — бежать или попытаться спасти моего наставника?

— Давай бросим его в море. Он превратится в кита, дельфина или в того, кого захочет, — советует мегера.

Я решаю прийти на помощь. Я возвращаюсь и вижу Эдмонда Уэллса, который отбивается в руках Атланта. Он тоже замечает меня.

— Нет, беги, — кричит он.

Но я пытаюсь сделать отвлекающий маневр. Эдмонду Уэллсу удается вытащить что-то из тоги, и он бросает мне это.

— Держи, теперь продолжать придется тебе.

Я хватаю «Энциклопедию относительного и абсолютного знания» и бегу, прижимая ее к себе.

Выпрыгиваю в окно и продираюсь сквозь колючие заросли. Сзади меня совсем близко трещат ветки под ногами Атланта.

Я бегу, понимая, что раз он меня не поймал, то не знает моего лица. Теперь он пытается разбудить весь город, чтобы устроить на меня охоту.

Но «Энциклопедия» стучит рядом с моим сердцем. Мне предстоит продолжить произведение, это самое маленькое, что я могу сделать в память об Эдмонде Уэллсе. Спасти наш народ, спасти свою жизнь, продолжить «Энциклопедию».

Отовсюду появляются кентавры, пытающиеся меня поймать. Даже грифоны приходят к ним на помощь. Я бегу изо всех сил. Слишком много поставлено на карту, чтобы я сдался.

94. Энциклопедия: движение энциклопедистов

Составление описи всех знаний эпохи стало вызовом, принятым многими учеными на протяжении веков.

Первые обширные энциклопедические работы датируются III веком до н. э. Богатый китайский купец Лу Бувей, ставший премьер-министром во времена централизованной империи Цинь, призвал ко двору три тысячи знающих грамоту людей с тем, чтобы они записали все, что знают.

Затем он выставил толстую стопку исписанных ими листов у входа на столичный рынок и положил сверху тысячу золотых монет. Рядом он вывесил объявление, гласившее, что всякий, кто сможет хоть чем-то дополнить собранные там знания, получит деньги из казны.

На Западе Исидор Севильский начал в 621 году составление первой современной энциклопедии под названием «Этимологии», в которой были собраны познания римлян, греков и иудеев его времени.

В 1153 году появляется «Secretum Secretorum» — «Секрет секретов» — Иоганна Хиспаленсиса. Это произведение имеет форму письма Аристотеля Александру Македонскому во время похода на Персию. Там советы по политике и морали соседствуют с правилами гигиены и медицины, познаниями в области алхимии и астрологии, наблюдениями за растениями и минералами. Переведенный на все европейские языки, «Секрет секретов» пользовался большим успехом до эпохи Возрождения.

Инициатива была подхвачена в 1245 году Альбером Леграном, профессором Парижского университета и учителем Фомы Аквинского. Он составил энциклопедию, куда вошли данные о растениях и животных, философские и теологические учения.

Более провокационный, но и более веселый Франсуа Рабле в произведениях, публикуемых после 1532 года, интересуется медициной, историей и философией.

Он мечтает об образовании, которое стимулировало бы жажду знаний, а сам процесс передачи информации проходил бы в радостной атмосфере.

Свои личные энциклопедии написали также итальянцы Петрарка и Леонардо да Винчи и англичанин Фрэнсис Бэкон.

В 1746 году книготорговец Лебретон получил на двадцать лет королевскую привилегию, дающую право на публикацию «Толкового словаря наук, искусств и профессий». Он поручает его редактирование Дени Дидро и Д'Аламберу, которые с помощью величайших ученых и мыслителей того времени, среди которых были Вольтер, Монтескье и Жан-Жак Руссо, составили описание всех познаний и технологий своего времени.

В это же время в Китае под руководством Чен Мен Ли составлялась «Большая энциклопедия прошлых и настоящих времен», над которой работали более двух тысяч ученых и двухсот писцов. Эта энциклопедия объемом 800 тысяч страниц была напечатана в шестидесяти пяти экземплярах. Но император умер, и старший сын, боровшийся за власть, изгнал Чен Мен Ли.

Эдмонд Уэллс,
«Энциклопедия относительного
и абсолютного знания», том 5

95. Смертные. 12 Лет

Уф, я благополучно добрался до дома. Я снимаю матерчатую маску. К счастью, Эдмонду Уэллсу пришла мысль скрыть лица под тогами. Я падаю на диван.

Меня заполняет огромное чувство одиночества. Такое же чувство я испытал в последней жизни смертного после кончины моего отца. Впечатление того, что больше нет посредников между мной и ничем.

Эдмонд Уэллс был моим учителем и инструктором в стране ангелов, суровым, строгим, требовательным, но способным дать мне открытое сознание, необходимое для моих поисков.

Он пожертвовал своей жизнью ради меня, попросив лишь о том, чтобы я продолжил его труд, аккумулирующий знания, которые отдаляют нас от варварства и приближают к более высокому уровню сознания.

Вот только способен ли я на это? Для начала я запишу по памяти все идеи, которые он передал мне устно. «Говори о том, что знаешь», — сказал как-то он.

На протяжении веков люди перед лицом долга памяти пытаются передать сумму своих знаний. Эдмонд Уэллс уже взял на себя заботу об изысканиях Франсиса Разорбака. Теперь ответственность за продолжение работы висит на мне. И я с тяжелым сердцем подвожу в уме новый обратный отсчет: 93 – 1 = 92.

Сегодня я не смогу обогатить энциклопедию. Достаточно того, что я посмотрю по телевизору, как дела у моих смертных.

Я сразу включаю первый канал, где Юн Би, которой уже 12 лет, оказывается сверходаренной ученицей, обладающей к тому же бесспорным талантом рисовальщицы.

На своих тетрадях она рисует ярко раскрашенных страшных чудовищ. Ее рисунки нравятся в классе, причем как ученикам, так и преподавателям. Внезапно кореянку оставляют в покое. Вечером дома Юн Би хочет забыться, играя в компьютерные игры. Она больше не спрашивает мать про историю семьи. В то же время она ищет в библиотеках книги на эту тему. Таких произведений в Японии мало, и она продолжает поиски в Интернете.

Когда мать сообщает, что бабушка больна, девочка интересуется, где она живет.

— В Хоккайдо.

Юн Би просит номер телефона старой дамы, который мать дает ей после некоторых колебаний.

Девочка спешит к телефону.

— Я очень долго ждала твоего звонка, — отвечает усталый голос.

Они долго говорят друг с другом, старая женщина и подросток, и все страдания, все унижения прошлого всплывают на поверхность. Юн Би наконец узнает то, что хотела. Затем бабушка объявляет, что у нее тяжелая болезнь и ее дни сочтены. Тогда мать Юн Би берет трубку и начинает говорить со своей матерью, несмотря на старые ссоры.

Когда отец возвращается домой, он застает жену и дочь расстроенными и спрашивает, что случилось. Бабушка больна? Тогда почему бы не последовать японскому обычаю, согласно которому старики из приличия, став лишним ртом, уходят в горы и теряются там, чтобы не быть обузой для семьи? Он приводит в пример фильм «Баллада о Нарайяме». Пример, которому нужно следовать…

По третьему каналу Куасси Куасси участвует в похоронных церемониях в честь своего деда — вождя племени. Тело лежит на столе, устланном ветвями, а вокруг него виртуозы тамтама барабанят в ритм ударов сердца.

— Когда тамтамы разыграются, все племя впадает в транс и можно проводить дух умершего в страну великих духов леса, — объясняет отец.

Куасси Куасси все утро рисовал на своем лице ритуальную маску и смазывал волосы мазью из птичьего жира и меда. У него на лбу белая лента, на щеках красные полосы, деревянные палочки поднимают прическу.

— Тамтамы будут играть весь день, — поясняет отец, — но чтобы праздник состоялся, нужно поесть священного мяса.

— Что такое священное мясо?

— Мясо человека-антилопы. Люди-антилопы сами так себя назвали, они принадлежат к одному из северных племен. А мы люди-львы. Нормально, что львы едят антилоп.

Ребенок тоже хочет участвовать в облаве, но отец считает, что эта охота слишком опасна для мальчика.

Поэтому Куасси Куасси смотрит, как мужчины с копьями и сетками уходят вдаль.

Вечером они возвращаются, неся на длинной палке связанного живого человека. Мальчика удивляет, что он похож на его соплеменников. Он представлял его рогатым, но нет, он похож на них, только лицо более длинное, а взгляд добрый. «Как у травоядного», — думает Куасси Куасси.

Несчастного, который не успел убежать, приводят в центр площадки под удвоившийся ритм тамтамов.

— Мы все съедим? — спрашивает мальчик.

— Конечно нет, — отвечает отец. — Каждый имеет право на кусок, соответствующий его положению. Мы не дикари. Мы не едим бедра, руки и ноги.

— А что тогда едят?

— Ну, сперва печень, которую отдадут тебе и мне как наследникам умершего. Потом другие получат мозг, нос, сердце, уши, глаза — все, что священно.

Куасси Куасси это не кажется вкусным. Но отец объясняет, что этот символический акт позволит душе дедушки подняться прямо в небо.

— ...Куасси Куасси, однажды придет твоя очередь стать вождем. Дух семьи тебе поможет. Тебе нужно будет просто найти его рядом с большим баобабом, внутрь которого он был помещен. Обычаи составляют суть нашего племени, нужно следовать им, чтобы никакая чужая магия не причинила нам зла.

На втором канале 12-летний Теотим сильно растолстел. Мать, хорошая кухарка, кормит его вкусными блюдами, приготовленными на оливковом масле. Когда он возвращается из школы с посредственными оценками, она ругает школьную систему, неспособную оценить одаренность ее отпрыска. Затем она утешает сына пирожными, только что вынутыми из плиты, и покрывает его мокрыми поцелуями.

— Мама, дай мне спокойно поесть, — протестует мальчик.

— Это выше моих сил, — восклицает женщина. — Ты такой хорошенький. Ты ведь не станешь запрещать маме целовать своего сына?

Смирившийся Теотим выносит это море привязанности, продолжая есть. Я вспоминаю, что прежняя мать Игоря хотела только одного — убить своего ребнка...

— Ты знаешь, что значит твое имя. «Тео» означает Бог, а «тим» — страх. Теотим — страх Бога.

Теотим, слышащий эту историю в тысячный раз, не поднимает голову от пирожного. Он не реагирует и когда звонит телефон. Ему никогда не звонят.

Мать подходит к телефону и возвращается удрученной.

— Деда отправили в госпиталь. Они больше не хотят держать его в хосписе под предлогом, что у него ухудшилось здоровье. И это со всеми деньгами, которые платят за его содержание... Нужно туда поехать.

В центральном госпитале Гераклиона дедушка весь утыкан пластиковыми трубками, торчащими из вен, и датчиками, подключенными к компьютерам. Теотим ищет место, куда его поцеловать. Он наклоняется к щеке. Старик что-то бормочет.

— Что ты сказал, дедушка?

Старик пытается произнести что-то, но его рот слишком сух, чтобы он мог говорить. Медсестра вливает ему в рот стакан воды, как если бы она поливала цветок.

— Бедняга, у него болезнь Альцгеймера, он нас больше не узнает, — огорчается мать. — Как ужасно заканчивать жизнь вот так.

Старик издает несколько звуков, и отец предлагает немного приподнять его. Может быть, так он сможет сказать то, что хочет.

Вся семья участвует в операции, чтобы не отключились датчики. Прислонившись к подушкам, старик набирает в грудь воздуха и с трудом произносит:

— Дайте мне... умереть.

Мать Теотима немедленно хмурит брови.

— Злой папочка. Злой. Мы приходим навестить тебя, приводим сюда малыша, и все, что ты нам говоришь, это то, что хочешь умереть. Но мы тебя не бросим! Ты будешь жить.

— Я хочу умереть, — повторяет старик.

Появляется врач и успокаивает семью. Он объясняет, что старик страдает из-за пролежней, а у них не хватает антипролежневых матрасов. Но жизненно важные органы функционируют. Бронхи немного засорены, но их прочистят.

— Во сколько это нам обойдется?

Врач делает понимающий вид.

— Не беспокойтесь, мадам. Хоспис передал нам его историю болезни, там все в порядке. Ваш отец находится на попечении системы социального страхования. Он может оставаться у нас намного дольше своих ста лет.

— Ты слышишь, папочка? За тобой будут хорошо ухаживать.

Но что это за запах?

Врач поднимает одеяло, и Теотим видит, что на старике памперсы. То, что со стариком обращаются как с младенцем, пугает мальчика, и он говорит, что хочет уйти. Мать соглашается, похвалив сына за храбрость, с которой он вынес эту картину конца жизни.

Я выключаю телевизор. Моим смертным удалось заставить меня забыть про боль от потери Эдмонда Уэллса. «Там, внизу, ничто не длится долго», — часто повторял он. Я удивлен, до какой степени смертные не могут спокойно принимать то, что в главе их существования есть последняя точка.

Я ложусь в кровать и закрываю глаза. Смогу ли я сам принять свой конец? Насколько легко умирать, когда не знаешь, что будет потом, настолько невыносимо расставаться с жизнью, когда этого не знаешь. А я знаю, что если умру здесь, то превращусь в химеру. Я просто стану бессмертным немым существом, зрителем, потерянным на острове где-то в космосе… Как я хотел бы ничего не знать и отправиться навстречу неизвестности! Даже дед Теотима ждет смерти как освобождения. Возможно, ему не терпится узнать, есть ли что-нибудь потом.

Я смотрю список лекций и преподавателей.

Что у нас сегодня?

Боже мой. Она!

96. Мифология: Афродита

Ее имя означает «вышедшая из морской пены». Согласно мифу, Афродита была зачата из семени полового органа Урана, оторванного и брошенного в море Кроносом. Из смеси крови, спермы и соленой воды получилась пена (Афро), которая была принесена волнами на крыльях ветра Эфира к острову Кипр, и там из нее вышла совершенная женщина. Там ее встретили оры и привели к богам Олимпа вместе с любовью (Эрос) и желанием (Химерос). Ее красота и грация покорили всех богов и вызвали ревность всех богинь. Зевс сделал ее своей приемной дочерью.

Афродита выбрала самого некрасивого из богов и вышла замуж за Гефеста, хромого кузнеца. Он сделал ей волшебный пояс, сводивший с ума от любви всякого, кто приближался к тому, кто его носит. У нее родились трое детей — Фобос, Деймос и Гармония, настоящим отцом которых был однако не хромой Гефест, а красавец Арес, бог войны, с которым богиня поддерживала тайную связь. Гелиос, бог солнца, однажды застал любовников на супружеском ложе Гефеста. Он выдал их обманутому мужу, который решил выковать из бронзы сеть, чтобы поймать и унизить их перед другими богами. Что и произошло.

Освобожденный Гефестом по просьбе Посейдона, Арес отправился во Фракию, а Афродита — в Пафос, чтобы вновь обрести девственность в море. Гефест думал о разводе, но слишком любил неверную, чтобы расстаться с ней навсегда. Его месть обернулась против него же, потому что все боги смогли увидеть Афродиту обнаженной в ловушке и возбудились от этого. Они пытались соблазнить ее, и большинству это удалось.

Афродита уступила ухаживаниям Гермеса и родила от него Гермафродита, молодого бисексуального человека, имя которого объединяет имена родителей.

После Гермеса она пустила на свое ложе Посейдона. Затем от Диониса она родила Приапа, обладавшего неестественно большим половым органом. Это была идея Геры, которая таким образом осудила легкомысленное поведение богини любви.

Она также любила царя Кипра Кинира, который ввел ее культ на острове.

Скульптор Пигмалион влюбился в нее, сделал из слоновой кости похожую статую и положил в свою кровать. Затем он стал умолять богиню прийти к нему. Она согласилась, вошла в статую и оживила ее, создав таким образом Галатею.

Продолжая свои приключения, Афродита похитила Фаэтона (это имя означает «блестящий»). Он был еще ребенок, но богиня занималась с ним любовью и назначила стражем своего храма.

Среди любовников Афродиты также Адонис, красивый пастух, отцом которого был ее бывший спутник Кинир, кипрский царь. Однако Арес, все еще влюбленный в богиню и мучимый ревностью, наслал на юношу дикого кабана, растерзавшего его на глазах возлюбленной. Из его крови вырос цветок анемоны.

Атрибутами Афродиты являются мирты, розы, фрукты, имеющие колючки, а также яблоки и гранаты, считающиеся символами плодородия. На Олимпе ее сопровождают нимфы, хариты, оры, Эрос, тритоны и нереиды. На земле ее любимыми животными являются лебедь и горлица, а также козел и заяц за их способности к размножению.

Храмы Афродиты, как правило, пирамидальной или конической формы, немного напоминающей муравейники. В Египте ее почитают в Афродитополисе под именем Иштар. В Финикии она отождествляется с богиней любви Астартой. (На самом деле именно Астарта навела греков на мысль об Афродите.)

В Риме ей поклоняются под именем Венеры, в чью честь позднее назвали планету.

Эдмонд Уэллс,
«Энциклопедия относительного
и абсолютного знания», том 5
(согласно Франсису
Разорбаку, вдохновлявшемуся
«Теогонией» Гесиода, 700 год до н.э.)

97. Пятница: лекция Афродиты

Пробуждение вырывает меня из эротического сна, от которого все тело еще содрогается.

Афродита…

Ее взгляд, ее ресницы, ее запах, ее руки, ее зубы, ее губы.

Афродита…

Ее голос, ее смех, ее дыхание.

Афродита…

Ее походка, ее ноги, прикосновение к ее коже, ее грудь, ее талия, ее спина.

Афродита...

Ее волосы, ее...

Я сажусь на кровати, прислонившись к подушке. Мое сердце колотится. Я снова стал подростком, содрогающимся перед любой красивой девушкой. Я влюбился, я на грани обморока, щеки горят.

«Любовь — это победа воображения над умом», — считал Эдмонд Уэллс. Лучше не скажешь.

Воспоминание о друге развевает эротические видения. Нам еще так много нужно было друг другу сказать, он еще так много мог дать мне. Его голос звучит у меня в ушах: «...Я написал „Энциклопедию“ потому, что получил благодаря случайным встречам очень много знаний от различных людей. Когда я захотел передать их другим, чтобы знания продолжали жить, я заметил, что очень мало людей интересуются этим подарком. Подарить можно только тому, кто готов принять. Тогда я дал всем. Как будто бросил бутылку с посланием в море. Его получат те, кто сможет оценить, даже если я их не встречу».

Мысли о нем переносят меня к нашим народам, которые теперь являются одним целым. Они мирно живут на острове, где, благодаря придуманной им пирамиде, тонкому проводнику голоса, я могу общаться с королевой.

Тук-тук...

Я подскакиваю.

— Подъем, — объявляет Рауль. — Сегодня маленький завтрак. Кормят даже трусливых, кто отказывается сразиться с большой химерой.

Он входит и садится на диван, пока я поспешно умываюсь и одеваюсь. Несмотря на упреки, мой друг сегодня утром в отличном настроении.

— В конце концов ты правильно сделал, что не пошел с нами вчера вечером, — говорит он по дороге. — Мы почти не продвинулись вперед. Но Жорж Мельес утверждает, что у него есть идея, как обойти препятствие. Во всяком случае, большую химеру не берут не только кресты, но и стрелы. Мы сделали гигантский арбалет и вбили ей в грудь кол размером с телеграфный столб. Ей это как укус комара. Пойдешь сегодня с нами?

— Я пока не знаю. Ты в курсе насчет Эдмонда?

— Конечно, новости распространяются быстро. Говорят, он попытался забраться к Атланту, чтобы продолжить игру. Хотел сжульничать...

— Я был с ним, — говорю я.

Он кивает головой со скорее понимающим, чем удивленным видом.

Я знаю, что Рауль ревновал меня к учителю. Теперь, когда он исчез, он уверен, что я весь его.

В Мегароне Сезоны угощают нас теплым парным молоком, хлебом и булочками. На столах вареные яйца, ломтики бекона, мед. Мне это нравится.

Рауль мне подмигивает.

— Сегодня пятница, день Венеры, римское имя А-фро-ди-ты!

— И что же?

— Мы все знаем, что ты по уши влюблен в эту богиню. Ты должен вести себя сдержаннее, многие болтают по этому поводу.

— И что говорят у меня за спиной?

Спокойно беря тост своими длинными пальцами, он хмурится.

— Так вот, болтают, что ты, чтобы понравиться Афродите, делаешь своих людей приятными, интересующимися духовностью.

Рауль Разорбак смягчается:

— Я тебя знаю, я знаю, что дело не в этом. Ты действительно приятный… и духовный человек. На протяжении сотни карм ты был шикарным типом, уверенным, что, как и в кино, всегда есть счастливый конец, плохие наказаны, а хорошие вознаграждены.

Я утыкаюсь носом в тарелку.

— Ты ошибаешься. Афродита не любит добрых. С твоими людьми-орлами у тебя гораздо больше шансов соблазнить ее.

Он задумчиво смотрит на меня.

— Мой народ еще не совершенен. Сейчас опасность исходит от Прудона. Его армия так многочисленна и хорошо экипирована, что он может захватить весь мир и не встретить сопротивления. Поэтому я предпочитаю оставаться в горах и строить цивилизацию в ожидании, пока она не станет достаточно мощной, чтобы столкнуться с ним.

— Ты боишься Прудона?

— Конечно. Он ведет игру и навязывает свои правила.

— Сара Бернар предложила всем объединиться против его крыс.

— Слишком поздно, — отвечает он. — Твой народ практически уже вне игры. Что касается других учеников, то они так боятся быть исключенными, что находятся в состоянии паники. Они уже готовы бежать или сдаться. А те, кто мог бы ему противостоять, как люди-медведи Виктора Гюго или люди-волки Маты Хари, географически слишком далеко, чтобы вмешаться.

— Есть еще Мэрилин Монро и ее амазонки.

— Ты в это правда веришь? Конечно, ее женщины очень отважны, но проблема не в осах, а в самой Мэрилин. У нее нет никакого представления о стратегии. Иногда мне кажется, что ее смертные в большем согласии с окружающим миром, чем богиня, которая должна их вдохновлять. А это уж чересчур.

Меня занимает мысль о том, что некоторые люди имеют более тонкую интуицию, чем их боги. Я сам замечал, что некоторые мои люди-дельфины безо всякого влияния делали важные изобретения, о которых я даже не думал.

Жорж Мельес садится рядом с нами.

— Я кажется придумал, как победить монстра, — объявляет он без обиняков.

Он выглядит вдохновленным.

— Мы ошибались, потому что старались победить ее. Нужно обойти проблему.

— Мы тебя слушаем.

— Не задавайте вопросов. Я удивлю вас сегодня вечером. Не обязательно уничтожать большую химеру, достаточно вывести ее из состояния, в котором она может навредить.

Звонит колокол. Сейчас восемь тридцать, пора отправляться во дворец Афродиты.

Жилище богини любви похоже на сказочный замок со свисающими с балконов цветами и многочисленными башенками. Он весь в розовых ленточках, золотых нитях, повсюду украшения немного в стиле кич. Настоящий кукольный мир.

И в этот момент Афродита появляется в небе, восхитительная, на повозке, которую несет сотня голубей и горлиц. Красное солнце за ее спиной подчеркивает гордый силуэт богини. Рядом порхает херувим. У пухлого ребенка крылышки, как у колибри, лук и колчан со стрелами, украшенными красными сердечками.

— Это Купидон, — выдыхает Рауль, — одна стрела, и он сводит с ума от любви того, кого захочет. Опасная личность, а? Возможно, это самое страшное оружие…

Я думаю, что для меня Купидону не нужно применять свои стрелы, а Афродите свой пояс.

Птичий эскорт садится на траве в вихре крыльев и перьев. Богиня выходит из повозки и приветствует нас. Затем она подходит ко входу во дворец, и его створки распахиваются сами, как будто узнали ее.

Мы попадаем в большой круглый зал, стены которого задрапированы красным бархатом.

Помещение освещают люстры со свечами.

На стенах развешаны эротические японские эстампы и гравюры со сценами из «Камасутры». По бокам римские мраморные статуи, изображающие обнимающиеся пары.

— Добро пожаловать ко мне, — говорит богиня, усаживаясь за стоящее на возвышении бюро. — Я Афродита, богиня любви, ваш шестой преподаватель для перехода на уровень сознания «6».

Маленьким звонким колокольчиком она вызывает Атланта, который входит, пошатываясь под тяжестью «Земли 18». Она указывает ему на подставку, но он поворачивается к нам с суровым выражением лица. Я догадываюсь, что он ищет среди нас второго ученика в маске, который ускользнул от него прошлой ночью. Я опускаю глаза.

— В чем дело? — спрашивает Афродита, удивленная его поведением.

— Прошлой ночью два ученика влезли ко мне, чтобы играть с «Землей 18».

— Ты уверен?

Из-за пояса гигант достает обрывок тоги. Это моя тога! Боже мой… Я, наверное, где-нибудь зацепился. Необходимо уничтожить остатки одежды, как только я вернусь на виллу.

— Не беспокойся, Атлант, — бросает Афродита, взяв обрывок тоги. — Мы найдем виновного.

Движением руки она предлагает гиганту удалиться, а нам собраться вокруг «Земли 18».

Стоя около сферы, она достает висящий между грудей инкрустированный бриллиантами крест и рассматривает наши народы.

— Ваши смертные уже знают похоронные ритуалы. Кто их придумал?

Поскольку Эдмонда Уэллса нет, все поворачиваются ко мне.

— Как вас зовут? — спрашивает Афродита, делая вид, что не узнала меня.

— Пэнсон... Мишель Пэнсон.

Обращаясь ко всему классу, она продолжает:

— Если вам уже знакомы погребальные церемонии, вы скоро увидите появление религий, а значит, первые попытки смертных проникнуть в тайны бессмертных. Большинство ваших народов уже не выбрасывают трупы умерших, и, естественно, они начинают представлять себе, что их души отправляются в какое-то высшее измерение. Короче говоря, они создали «проторелигии». Но сперва небольшая поправка.

Она подходит в «Земле 18», открывает крышку часов и крутит стрелку на циферблате. Судя по количеству оборотов, она состарила наш мир на много веков. Все наши населения должны расти в ускоренном ритме, и я поздравляю себя, что хорошо разместил моих людей.

Богиня любви приглашает нас посмотреть на свое творение.

Я приближаюсь и вижу, что люди-игуаны Марии Кюри поклоняются солнцу, люди-крысы Прудона — молнии, а осы Мэрилин — своей королеве, которую они считают воплощением бога на Земле. Племя ястребов Бруно Балларда молится на луну, а люди-термиты Гюстава Эйфеля боготворят огромную статую женщины. Люди-скарабеи Клемана Адера молятся корове, а люди-лошади Сары Бернар — старым деревьям.

Есть и еще более удивительные религии. Люди-волки Маты Хари избрали своим богом Большого Белого Волка, которого они считают своим священным предком. Народ тигров Жоржа Мельеса верит в энергию, которую он называет «Жар». Орлы Рауля почитают самую высокую вершину в горной цепи, где они живут. Что касается моих людей-дельфинов, они поклоняются понятию, которое они называют «Жизнь» и определяют как находящуюся в каждой вещи энергию, и призывают к ней. Именно к ней, Жизни, новая королева призывает подключаться, чтобы узнать сведения, полезные для сообщества.

— Религия является для человека естественной необходимостью, — объясняет Афродита. — Честолюбие заставляет его увеличивать территории. Воображение толкает его завоевывать миры, находящиеся вне видимости. Чтобы сделать их своими, он дает им названия и рисует их. Он придумывает космогонии. Он нас... изобретает по образу того, что считает самым развитым.

Я вспоминаю фразу Эдмонда Уэллса: «Здесь можно было бы представить себя в детском сне... или в книге».

Мы рассматриваем наших смертных в лупы и отмечаем, что даже те народы, у которых не было богов, придумали культы.

Афродита поправляет свои длинные белокурые волосы, убранные в замысловатую прическу, и объявляет:

— Раз уж они изобрели потустороннее, мы им сделаем «настоящее».

Она пишет на доске: «Рай 18».

Богиня любви извлекает из ящика набор приспособлений начинающего химика, среди которых бутылка конической формы. Она смешивает различные жидкости в склянке и нагревает на спиртовке. Через некоторое время появляются клубы пара. После этого бутылка устанавливается во встряхиватель, и жидкость начинает вращаться в ней по спирали. Затем она достает из пробирки маленькое солнце и помещает его в самое узкое место конуса.

Значит, что-то наподобие этого притягивало наши души, когда они выходили из тела, чтобы исследовать Рай «Земли 1». Солнце, установленное в глубине Рая.

Афродита хлопает в ладоши, и оркестр харит входит в класс и начинает играть «Адажио» Сэмюэла Барбера. Музыка вибрирует в зале и погружает нас в странное состояние.

Купидон гасит несколько свечей вблизи сферы, чтобы создать полумрак. Раскрыв рот, мы видим сперва одну, потом две, потом десятки, сотни, тысячи душ, которые взлетают с «Земли 18» к небесам. Они поднимаются вверх и попадают в трубку, ведущую к бутылке «Рая 18».

Какое зрелище! Крошечные человеческие души летят со всех уголков планеты, группами, как космические перелетные птицы.

Некоторые взлетают, но остаются кружиться над поверхностью под облаками. Это неприкаянные души, у которых нет сил или желания подняться к свету и которые предпочитают остаться рядом с землей.

Рай в склянке начинает организовываться. Три первых души провозгласили себя архангелами и приняли еще нескольких низших ангелов, чтобы образовать трибунал, который будет принимать новеньких и взвешивать души. Таким образом, на «Земле 18» закрутилось большое колесо циклов реинкарнаций. Стиральная машина, которая каждый раз делает все более белым, более светящимся.

Я думаю, что теперь, поколение за поколением, карма за кармой мой народ сможет улучшаться.

Некоторые самые красивые души решают возродиться на острове, но другие предпочитают отправиться дальше. Это их свободный выбор. Есть даже такие, кто хочет возродиться у Рауля или Прудона, как будто они решают распространить дух дельфинов среди своих врагов или самых несознательных воинов. Но богиня любви еще не закончила свои манипуляции. В другой склянке она создает «Империю ангелов», куда допускаются некоторые избранные души из «Рая 18». Афродита дала нашим людям возможность достичь уровня сознания «6». Отныне у смертных «Земли 18» тоже будут свои ангелы-хранители.

Теперь цикл человеческих жизней на этой маленькой планете заработал: плоть, душа, рай, империя ангелов, возвращение на Землю.

Может произойти рост души. Наша задача богов таким образом облегчается. Местные ангелы будут «кустарно» помогать клиентам подниматься, а мы будем действовать в «промышленном масштабе». Ангелы — это пехотинцы в битве за человеческое сознание. «Рай 18» и «Империя ангелов 18». Афродита осторожно кладет флаконы в выемки под сферой. Момент наступил. Свет снова гаснет, и только прожектор освещает «Землю 18». Мы принимаемся за игру, кто-то стоя на стремянке, чтобы быть над сферой, кто-то на стуле, чтобы видеть ее на уровне глаз.

Я залезаю на табурет с западной стороны, напротив моего острова. С помощью кнопки N на кресте я регулирую зум: океан, остров. Мой маленький остров Спокойствия.

Люди-дельфины построили монументальную пирамиду, которая гораздо больше и выше всех предыдущих. При ее сооружении они использовали правило золотого сечения: 1 + 5, которое должны были сформулировать, наблюдая за природой. Их новая королева также стала более развитой. Она располнела и практически не покидает свою ложу. Вокруг нее пять молодых людей заняты медитацией. Я пытаюсь понять происходящее.

Никогда не видел ничего подобного. Сидя в ложе, она с помощью пяти мужчин составляет некий «приемник-передатчик человеческих волн», питающийся сдерживаемой сексуальной энергией!

Благодаря этой живой антенне все население подключено к королеве, которая подключена к космосу.

Недавно обретя новенькое «потустороннее», мой народ сильно прогрессировал. Теперь он насчитывает триста тысяч человек, хорошо образованных, динамичных и обладающих обостренным чувством ответственности.

Как бы мне хотелось, чтобы мой друг Эдмонд Уэллс видел это и, как и я, оценил степень эволюции наших людей.

Афродита говорила о проторелигии, но мои люди ушли намного дальше. Они создали различные места для передачи духовности. Параллельно с обычным образованием они знают и практикуют медитацию, телепатию и выход из тела. В школе учат правильно дышать, спать коротким и восстанавливающим силы сном, любить.

Прекрасно зная устройство своего тела, они лечатся прикладыванием рук и надавливанием на определенные точки. Они создали письменность и сохраняют знания в пергаментных книгах. Они открыли библиотеку и в хранящихся там произведениях описали небесную картографию, а также всех животных и растения острова. Они также продвинулись вперед в области теоретических наук и не забыли про искусства. Они рисуют, ваяют скульптуры, сочиняют музыку.

Но больше всего впечатляет их спокойствие. Избавленные от стрессов войны, они не знакомы с насилием. Их дети, воспитанные в атмосфере любви, не играют с оружием, ведь дельфины гораздо увлекательнее…

Хорошо питаясь содержащимися в рыбе протеинами вместо мяса, получая адекватное лечение, мои смертные живут дольше, и люди в возрасте больше ста лет чувствуют себя прекрасно. К тому же они высокого роста. Средний рост 1,95 метра, а у некоторых и 2,1 метра.

Я веду лупой креста по улицам. Входные двери без замков. Все перемещаются по своим делам спокойно и без опасений, а ассамблеи мудрецов обсуждают вопросы управления городом.

— Мсье Пэнсон?

Время от времени они отправляют свои суда, длинные и утонченные наподобие дельфинов, в экспедиции в старый мир. Поскольку большинство представителей других племен имеет жестокую привычку убивать их еще до вступления в контакт, ассамблея мудрецов не решается отправлять новых искателей приключений. Однако порт расширяется, а на верфях строятся новые, еще более быстрые суда. В городе специалисты по градостроительству работают над сооружением канализационной системы, которая будет удалять все отходы и…

— Мишель Пэнсон, я к вам обращаюсь!

Афродита встает передо мной.

— Этот кусок ткани, принесенный мне Атлантом, кажется, принадлежит вам?

Мое сердце замирает.

— …Вы пришли играть втихаря к хранителю миров, чтобы помочь вашему народу, не правда ли? Теперь я понимаю, как вашим людям удалось в последнюю минуту избежать уничтожения и быстро построить такой красивый город. Проблема в том, что вам официально запрещено участвовать в игре не во время занятий. Мишель Пэнсон, вы играли нечестно.

Все смотрят на меня. Среди учеников раздается осуждающий шепот.

— …Вы играли нечестно, Мишель Пэнсон, и вы меня разочаровали.

С помощью своего украшенного бриллиантами креста она более внимательно рассматривает мой остров.

— Ваш народ теперь слишком опередил остальных. Мне жаль, но я должна восстановить точное время.

Биение моего сердца ускоряется. Пусть она покарает меня, но только не мой народ, не мой народ… В ее руке ювелирное украшение превращается в страшное оружие, установленное на максимальную мощность.

Только не она, только не это.

Но изящный палец уже нажимает на отливающую разными цветами кнопку D на кресте.

98. Энциклопедия: закон Ильича

Иван Ильич — живший в Австрии католический священник, который вышел из семьи русских евреев, долго изучал поведение детей и опубликовал много произведений, среди которых «Общество без школы» и «Созидательная безработица». Человек многих культур, этот мыслитель, считавшийся подрывным, отказался от сана и создал в 1960 году в Мексике центр документации в Куэрнавака, специализировавшийся на критическом анализе индустриального общества. В своей статье «Для революции не нужна политическая стратегия» он призывает людей создавать производственные помещения, основываясь в первую очередь на обеспечении праздничной атмосферы. Он уверен, что человек, стимулируемый такой атмосферой, а не увеличением производительности, сам найдет наилучшую форму участия в производстве. Кроме книг и выступлений Иван Ильич особенно известен благодаря сформулированному им закону, носящему его имя. Он учитывает работы многих экономистов, посвященные эффективности человеческой деятельности. Его можно сформулировать так: «Если продолжать применять формулу, которая действует, она в конце концов перестанет действовать». Однако в области экономики было принято считать, что удвоение количества сельскохозяйственного труда приведет к удвоению урожая пшеницы. На практике это действует до определенного момента. Чем ближе этот лимит, тем менее производительно увеличение труда. А если его перейти, мы получим отрицательный рост производительности. Этот закон применим как на уровне предприятия, так и на уровне индивидуума. До 60-х годов сторонники стахановского движения считали, что для увеличения производительности нужно усилить давление на рабочего. На самом деле это действует только до того момента, который определяет закон Ильича. Всякая дополнительная доза стресса будет контрпродуктивной, а значит, вредной.

Эдмонд Уэллс,
«Энциклопедия относительного
и абсолютного знания», том 5

99. ВРЕМЯ ГОРОДОВ

Город дельфинов

Молния ударила в вулкан, и это вызвало небольшой подземный толчок в 7 часов утра.

Через несколько минут, когда из центральной горы начал подниматься дым, произошел второй, более сильный толчок. Трещины покрыли землю, и самые высокие строения развалились. Казалось, что землю сотрясают спазмы. Когда она наконец успокоилась под ногами людей, они решили, что все кончилось, и начали эвакуировать раненых.

И в этот момент гигантская волна высотой в пятьдесят метров появилась на горизонте. Она медленно приближалась к побережью, закрывая встающее солнце и гоня далеко впереди себя прохладную тень. Птицы, приближавшиеся к этой зеленой и гладкой стене, были немедленно всосаны и раздроблены ей.

Люди-дельфины, разбуженные землетрясением, сгрудились на пляже, чтобы рассмотреть удивительное явление. Они терли глаза, как будто стараясь проснуться от кошмарного сна.

Как и их предки, смотревшие на нашествие орды людей-крыс, они стояли на месте, зачарованные этим несчастьем, которое внезапно, без причины обрушилось на них.

Тогда королева надолго закрыла глаза, пытаясь понять, что делать, резко открыла их и передала всем телепатическое послание: «Бежать».

Но никто не двигался. Все были загипнотизированы огромностью противника.

Она потребовала:

— Нужно бежать как можно быстрее. Садитесь в судна.

По-прежнему не было никакой реакции. Весь народ был зачарован неизбежностью гибели. Их спокойствие и ум играли против них. Они уже все поняли и приняли. Они вдруг успокоились… как будто сдались.

— Спасайтесь! — повторила она.

Бывают моменты, когда может спасти состояние бешенства. И тогда королева стала вопить. Ее вопль прозвучал во всем городе, как горн. Этот разрывающий крик был так громок, что вывел людей-дельфинов из оцепенения. Дети, еще не умевшие размышлять, эхом откликнулись на крик боли. Все от мала до велика стали осознавать масштаб катастрофы.

Как в муравейнике, потревоженном ударом ноги, сигнал к спасению быстро распространился и охватил весь город.

На пляже люди перекликались, кричали, плакали.

Потом крики и жесты стали более сдержанными, действия более решительными и эффективными. В спешке люди хватали самое необходимое и садились на корабли.

Матросы разворачивали паруса. Огромная волна продолжала неумолимо приближаться, как будто в замедленной съемке.

Она была уже в десяти километрах.

В порту, торопясь с маневрами, суда начали сталкиваться. В состоянии паники люди меньше думают. Наиболее уравновешенным и умелым удалось выйти в море.

Несущая смерть волна уже закрыла кусок горизонта. Она в трех километрах от берега.

Земля снова задрожала, но на этот раз ее сотрясала не земная магма. Это был шум приближающейся бури.

Паника резко усилилась.

Те, кто пытался спасти свое добро, бросили все. Как обезумевшие, целые семьи бросались в воду и плыли к спасительным судам, откуда к ним тянулись руки.

Волна была в двух километрах.

Толчки умножились, земля раскрылась, деревья, горы, скалы и хрупкие человеческие строения провалились. Пирамида, символ их процветания, треснула и развалилась.

Один километр.

Наступила тишина, тяжелая и давящая. Ни одна птица не кричала в потемневшем небе.

И в этот момент вулкан взорвался, покрывая остров выбросами оранжевой лавы. Волна была только в ста метрах.

Люди оказались в ловушке между огнем и водой.

Только пятьдесят метров.

Даже дельфинов так высоко выбрасывало в воздух, что они погибали, падая на остров. И чудовищно медленно волна обрушилась на этот райский уголок, давший спасение людям. Мои подопечные превратились в маленькие светлые точки, безнадежно барахтающиеся в пучине. Раздавленная плоть прилипала к камням, прежде чем превратиться в розовую грязь. Затем, как натолкнувшийся на айсберг «Титаник», весь остров покачнулся, куски скал оторвались от поверхности, открылись провалы, из которых желтая магма потекла, дымясь, в зеленую воду.

Остров исчезал за кулисами мира, обрекая жителей на верную смерть. Он начал медленно погружаться, а потом разом утонул, всасывая океан в смертельную воронку.

Наступила тишина.

Ну вот. Все кончено. Там, где была блестящая цивилизация, остались только плавающие обломки.

Из ста шестидесяти судов, попытавшихся покинуть остров, уцелели только двенадцать.

Из трехсот тысяч душ, населявших столицу людей-дельфинов, выжили три тысячи.

Королева исчезла, но на одном из двенадцати кораблей выбрали новую. Она очень быстро поняла всю ответственность своей задачи. Забравшись на нос судна, она начала говорить с людьми, чтобы ободрить их. И она сказала, что до тех пор, пока будет оставаться хоть один живой человек-дельфин, он пронесет с собой, куда бы ни направлялся, память, ценности, знания и символы своего народа.

Скарабеи

Два миллиона сто пятьдесят тысяч мужчин и женщин народа скарабеев достигли высокого уровня развития цивилизации. Они построили большие города и развили разностороннее сельское хозяйство благодаря очень полезному изобретению — гончарному делу. Сперва они выращивали и хранили урожай в больших ангарах. Но долгоносики и насекомые быстро уничтожали запасы, пока одной женщине однажды не пришла идея делать герметически закрытые горшки. Эта мысль пришла к ней, когда она наблюдала за скарабеями, которые укрывают свои яйца в комочках коровьего помета, чтобы они созревали в защищенном месте.

Люди-скарабеи решили усовершенствовать эту идею и подумали сперва о сушеном помете, а потом и о глине.

Изобретение гончарного дела дало им огромные преимущества. Они сначала научились делать небольшие горшки, потом побольше, и наконец стали изготовлять большие глиняные кувшины, в которых хранили молоко, мясо, зерно, пресную воду. Они создали гончарный круг, чтобы делать идеально ровные и круглые сосуды, и таким образом изобрели колесо и сделали повозки и тачки. Они питались лучше всех народов этой местности, и их дети были самыми рослыми, что давало им определенные преимущества.

Первый город они построили у устья реки. Затем поднялись к истоку. Во время этих путешествий люди-скарабеи расширили обрабатываемые земли. Река орошала землю и давала удобрения. Второй город появился на юге. Затем был построен третий. В каждую экспедицию они брали с собой глиняные кувшины с продуктами, что позволяло питаться и идти дальше, туда, куда другие люди не доходили. Их система: исследование, деревня, город, расширение спектра выращиваемых культур — функционировала прекрасно, расширяя территории, увеличивая численность населения и улучшая условия жизни. Однако, продвигаясь на юг, они наткнулись на большую гору, которую не могли преодолеть.

Поскольку на западе было море, на востоке пустыня, а впереди гора, они решили прекратить расширение своих территорий.

Они соединили города дорогами, по которым на тележках перевозили собранный с полей урожай. Они процветали, поскольку географическое положение их территории было чрезвычайно благоприятным. В добавление к этому, благодаря многочисленности населения они смогли создать армию, которая, одержав победу над всеми соседними народами, являлась силой, способной предотвратить всякое вторжение.

Однажды утром дети увидели на горизонте плывущие с северо-запада большие суда, оснащенные доселе невиданным такелажем.

Сперва они испугались нового нападения пиратов, но по мере того, как они приближались, эти суда показались гораздо более совершенными. У них не только были паруса, но и корпус был в двадцать раз больше и длиннее всего, что они видели.

Триста солдат поспешили создать линию обороны.

Но когда суда причалили к берегу, они с удивлением увидели, что с них сходят истощенные, изголодавшиеся люди. На их лицах были следы пережитого ужаса, и люди-скарабеи сказали себе, что они, должно быть, прошли через тяжелые испытания.

На всякий случай солдаты окружили прибывших стеной из щитов и копий, но иностранцы не казались враждебными. Они выглядели ужасно уставшими и слабыми. Большинство не ело много дней, а то и недель. Щеки у них были бледными и впавшими. Из всех странников удивительней всего была женщина с широкими бедрами, кожа на ее руках свисала, как слишком просторная одежда.

Едва высадившись, иностранцы прижались друг к другу и свернулись в клубки — так они замерзли. Один из них, однако, нашел силы подойти к солдатам. Он произнес слово на языке, которого люди-скарабеи не знали. Начальник солдат ответил вопросом, который означал: «Кто вы?»

Путешественник взял палку и нарисовал на песке рыбу, потом корабль, потом остров и волну. Человек-скарабей наконец понял, что эти люди жили на острове, находящемся на западе, который неожиданно поглотили волны.

Они не были вооружены и протягивали открытые руки в знак мира. Женщина-скарабей уже несла им еду и покрывала, чтобы согреться. Солдаты отвели их на поляну, где мужчины-скарабеи уже начали строить временные хижины.

Они начали жить на огороженном участке. Люди-скарабеи приходили посмотреть на них, как на забавных животных. Их суда были с интересом исследованы, и каждый пытался понять, каким образом эти люди, лишенные всего, могли построить такие красивые корабли. Особенно впечатляли паруса, которые дрожали, как крылья птицы, летящей над волнами.

На своем участке люди-дельфины много дней отдыхали и залечивали раны. Они молчали, и их взгляды не выражали ничего, кроме тоски. Наконец начальник города людей-скарабеев позвал к себе для переговоров делегацию людей-дельфинов. Обе стороны смотрели друг на друга одновременно с настороженностью и интересом.

В последовавшем разговоре было решено, что люди-дельфины могут остаться и даже построить собственный квартал в городе при условии, что передадут свои знания.

Люди-дельфины покинули огороженный участок и получили разрешение построить постоянные жилища на периферии города. Они сделали странные круглые дома из цемента, укрепленного яичным белком и нарядными изумрудно-синими дверями. После того как первые впечатления улеглись, они решили учредить праздничный день, посвященный воспоминанию об их массовом бегстве, которое помогло им обмануть смерть.

— Отныне, — сказала королева, — каждый раз, когда мы будем переживать несчастье, мы напишем об этом в наших книгах, чтобы все об этом помнили и этот опыт служил будущим поколениям. Мы устроим праздник, во время которого будем есть пищу, соответствующую этому событию. Так, на протяжении всего времени, что мы спасались от наводнения, мы питались рыбой. Каждый год в годовщину великой катастрофы мы будем есть только рыбу.

Ночью королева умерла с рыбьей костью в горле.

Необходимо было срочно найти ей замену. Люди-дельфины проверили медиативные способности многих. Женщины, как правило, оказывались способнее мужчин. Победила молодая девушка. Она тут же стала есть за четверых, чтобы потолстеть и снабдить себя энергией, необходимой для долгих медитаций.

В благодарность за гостеприимство люди-дельфины понемногу делились своими знаниями с людьми-скарабеями. Они обучили их своей системе счета и письма. Научили их своему языку. Показали им картографию неба, технику навигации и рыбной ловли. Люди-дельфины, конечно, не могли объяснить, что произошло на их острове. Они ограничились рассказом о том, что раньше жили в Раю и что их выгнали оттуда за ошибку, которая им неизвестна.

Еще они объяснили, как заменить использовавшийся до этого людьми-скарабеями обмен принципом единого измерения ценности — раковиной.

Они объяснили важность сооружения памятников: они объединяют население, создают точки отсчета в городах и привлекают путешественников, способствуют таким образом обмену знаниями.

Люди-скарабеи внимательно слушали людей-дельфинов, но в том, что касается памятников, оказались настроенными скептически. Это строительство казалось слишком дорогим, а смысл неочевидным.

Тогда люди-дельфины решили придумать для скарабеев особенную религию.

Они утверждали, что нужно хоронить мертвых внутри пирамиды, чтобы облегчить великое путешествие в потустороннее. Конечно, люди-скарабеи боялись, что их души останутся внизу, но нужны были еще аргументы, чтобы убедить их приняться за большую работу. За этим дело не стало. Мужчина-дельфин, лучший рассказчик в своем поколении, заявил, что завтра расскажет историю мира. И на протяжении всей ночи, дав волю воображению, он восхищал слушателей космогоническими рассказами, способными подтолкнуть к созданию религии и пирамиды. Мысль придумать богов с головами животных пришла ему спонтанно, поскольку он решил, что люди-скарабеи будут впечатлены такой концепцией.

Скарабеи были не только впечатлены, но и сами помогли рассказчику украсить его историю при помощи открытой ими растительной смеси — сомы, приготовленной на базе измельченной эфедры, красной ягоды, содержащей эфедрин. Это психотропное вещество способствует погружению в транс и делает видения более отчетливыми. Рассказ всем понравился, его пересказывали друг другу, а потом занесли в книгу. Человек-дельфин был этому рад, поскольку преследовал конкретную цель: добиться возведения пирамиды, в которой королева смогла бы установить связь с богом.

Полная девушка была духовно готова, когда люди-скарабеи, убежденные созданной для них новой религией, уступили просьбам гостей. За несколько месяцев они построили пирамиду еще выше, чем на острове, и снабженную ложей, которая расположена на уровне двух третей от высоты самой пирамиды. Люди-дельфины настаивали на путешествиях в потустороннее из пирамиды, но люди-скарабеи устроили там захоронение знатных людей из их общества. Понадобилось потревожить останки, чтобы скрытно поместить туда новую королеву-медиума.

Девушка знала, что в новом месте «приемо-передачи» их бог заговорит с ней, но она долго думала, прежде чем задать больше всего мучавший ее вопрос: «Почему вы покинули нас?»

Когда она наконец его задала, ей показалось, что она получила ответ, который поняла так: «Чтобы укрепить вас при встрече с враждебностью».

Королева приняла такой ответ и, вспоминая несчастья своих людей, долго плакала, одна среди останков людей-скарабеев.

— Пожалуйста, — шептала она, — пожалуйста, не подвергайте нас больше такому испытанию.

Затем, после скромного упрека своему богу, она осознала, что могло быть еще хуже.

Бог спас их в последнюю минуту от людей-крыс, дав им идею строительства судна, он спас их от кораблекрушения, ведя с помощью дельфинов к острову, он устроил их на волшебном острове и дал им развитую духовность.

В следующие дни медиум и рассказчик действовали совместно. Первая получала информацию свыше, второй распространял ее внизу. Рассказчик улучшал свою космогонию. Паре основателей, пытавшихся найти потерянный рай, бог дал идею двух богов-близнецов, враждующих между собой. Он представил борьбу между поклонниками Луны и Солнца. Первые находятся во власти лжи и иллюзий (поскольку Луна лишь отражает свет Солнца), а вторые привержены истине (поскольку Солнце является настоящим источником всех энергий). Он рассказал о битве сил тьмы с силами света, хороших с плохими, простой, но всегда действующей двойственности.

Королева дельфинов запомнила все, что говорил ей бог, но когда пересказывала это, добавляла собственные интерпретации. Поэтому, когда окружавшие ее трупы начали издавать невыносимую вонь, королева придумала ритуал, согласно которому останки нужно было освобождать от внутренностей и плотно оборачивать тканью, чтобы воздух не проникал внутрь.

Идея двух богов-близнецов распространилась среди людей-скарабеев, которые адаптировали ее к собственным легендам, добавили множество духов и местных обычаев. Через некоторое время уже существовала прочная и сложная религия скарабеев. Рассказчик умер, и люди-скарабеи забыли его и считали, что их религия всегда была такой. Но в то время как люди-скарабеи увеличивали свой пантеон, люди-дельфины шли в противоположном направлении, упрощая свою религию, чтобы прийти к концепции единого общего бога. Параллельно появились первые проявления расизма в их отношении.

Детей-дельфинов безо всякой причины колотили дети-скарабеи, и нередко просто из зависти люди-скарабеи грабили лавки людей-дельфинов.

Однако влияние людей-дельфинов принесло свои плоды. Кроме создания пирамид и изобретения религии они подсказали идею строительства портового города, куда стали приплывать все больше иностранных кораблей. Они также подтолкнули их на строительство библиотеки, где в книгах резюмировали свои знания.

После библиотеки появились школы, где детей учили писать, читать и считать с самого раннего возраста. Потом появились учебные заведения для взрослых, в которых преподавали географию, астрономию и историю.

Наконец, люди-дельфины подтолкнули людей-скарабеев к морским и наземным экспедициям. Идея была не без тайного умысла: они надеялись таким образом найти уцелевших с девяти кораблей, которые поплыли другим путем. Действительно, в ходе поисков в пустыне обнаружились бродячие племена людей-дельфинов, которые уже долго ходили от оазиса к оазису. Они снова воссоединились, и «пустынники» пришли в восторг от того, что спасшимся с острова Спокойствия удалось построить свои города на побережье. Как бы ни расходилась их судьба, все представители племени хранили в памяти два события, отметивших их народ: бегство от людей-крыс и великий потоп, заставивший покинуть остров.

Однако люди-скарабеи требовали от дельфинов все больше и больше. Они завидовали их знаниям и чем больше узнавали, тем больше казалось им, люди-дельфины от них что-то скрывают. Узнав о существовании медиума, они захотели приобщиться к тайнам пирамиды и потребовали, чтобы каста священников людей-скарабеев тоже участвовала в общении с богом. Затем они потребовали от людей-дельфинов передачи самых сложных знаний. И эту просьбу удовлетворили. Так появилась не каста, а группа эрудированных людей-скарабеев, которая постепенно возвысилась над священниками, крестьянами и военными старого поколения. Чтобы усилить свою власть над остальными, они придумали новую концепцию: монархию. Опираясь на себе подобных и с помощью людей-дельфинов их начальник провозгласил себя царем — сыном Солнца. Он ввел налог для финансирования армии, создал запасы продуктов для царских нужд, начал строительство серии крупных монументов.

В царстве было уже свыше двадцати больших городов.

Сильная страна, постоянный прогресс, расцвет культуры, государственная религия — все это сделало обиталище людей-скарабеев политической и экономической сверхдержавой.

Крысы

Ведомые молнией разведчики людей-крыс сделали однажды удивительное открытие: деревня женщин, только женщин. Они долго наблюдали за элегантными амазонками, такими красивыми и спортивными. Некоторые резвились голыми в реке, натирая друг друга мыльными травами и со смехом брызгаясь. Другие верхом на лошадях тренировались в преодолении препятствий или стрельбе из лука. Обойдя деревню, разведчики в конце концов нашли несколько мужчин, которые готовили пищу, вязали, шили или музицировали.

Они все еще были потрясены, когда пришли на базу. Рассказ удивил начальника, высокого мужчину с украшением из шкуры черной крысы.

— Эти женщины относятся к категории «менее сильных» или «более сильных», чем мы? — спросил он.

Разведчики были единодушны:

— Менее сильных.

Тогда вождь объявил, что видел во сне, как они нападут на женщин.

Люди-крысы распределили оружие. Их войска пришли в движение, чтобы расположиться на вершинах холмов, окружающих деревню женщин.

Первый сигнал, имитирующий птичий свист, предупредил всех о готовности. После второго копья полетели через защитную стену городка женщин-ос.

Острия ударились где попало. Крики, кровь, тела, волосы плавали среди разорванной одежды в покрасневшем внутреннем озере. На лицах было непонимание, когда упала вторая волна копий.

Амазонки собрались и побежали к хранилищу, где были сложены луки. Женщина с длинными светлыми волосами отдавала команды. Воительницы собрались вокруг начальницы, а потом, прячась за стеной, начали стрелять в нападающих. Благодаря новым лукам с двойной тетивой они убили несколько десятков врагов, но люди-крысы собрались для очередной атаки.

Новый град копий. Когда «фрукт показался созревшим», вождь крыс подал третий сигнал. Люди-крысы бросились вперед, чтобы выбить тараном входные ворота. Их остановили точные выстрелы из луков. Другие воины заняли места погибших и, укрывшись за щитами, наконец вышибли городские ворота.

Новый сигнал — и сотня всадников выскочила из оврага и с криками понеслась вперед. Но амазонки уже были на конях, и две кавалерии столкнулись перед входом в город. Бой быстро показал преимущество женщин-ос. Они были не сильнее, но быстрее. Их искусство верховой езды и обращение с лошадью помогало наездницам избежать ударов сабель и копий. После столкновения лоб в лоб люди-крысы побежали врассыпную. Амазонки преследовали их. Страх теперь оказался в другом лагере. Люди-крысы отступили перед удивительными женщинами.

Тогда вождь крыс решает сам возглавить новую атаку. Кавалеристы садятся на лошадей и выстраиваются в боевые порядки. Многие всадники убиты рядом с первой линией обороны. Женщины стреляют в упор. Потом начинается рукопашная, и снова амазонки берут верх. Они визжат, кусаются, вырывают клочья волос, бьют между ног. У них маленькие отравленные кинжалы в ножнах, прикрепленных на икрах. Удивленные таким неожиданным отпором и решительностью этих фурий, люди-крысы дерутся в этот раз хуже, чем обычно. Привыкшие к тому, что их женщины остаются на земле, в глубине пещер, они с трудом представляли себе, что это отродье может так сопротивляться. В глубине души вождь крыс проклинал разведчиков, которые недооценили противника.

Обнажив меч, он бросился на группу амазонок и начал рубить их. Вождь женщин-ос дала ему отпор и рассекла лоб стрелой, от чего тот потерял сознание.

Амазонки издали победный клич, а мужчины унесли своего вождя с крысиным украшением на голове.

Женщины-осы похоронили убитых, помогли раненым, а потом устроили праздник.

В лагере крыс бешенство взяло верх над разочарованием от поражения. Путая амазонок со своими подругами в общем отвращении к женскому полу, поверженные мужчины избили последних безо всякой причины.

Придя в себя, вождь людей-крыс оказался чрезвычайно мстительным. Он решил, что его войска не только проявили недостаток отваги, но и оказались трусливыми, отступив перед женщинами. Чтобы подбодрить их, он придумал «уничтожение каждого десятого». При всяком поражении он будет казнить каждого десятого случайно выбранного солдата. Так они поймут, что лучше с честью погибнуть от рук врага, чем быть казненным как трусу. Так и было сделано. Затем он приказал бросить на свалку останки несчастных казненных.

Инстинктивно вождь восстановил таким образом принцип отвлечения насилием, придуманный его знаменитым предком.

— Страх побеждается страхом. Забудьте вашу боязнь амазонок, вы должны бояться только меня, — заявил он своему народу.

Действительно, после стольких беспричинных жестокостей женщины-осы показались солдатам не такими страшными, как их вождь. Чтобы придать воинам веры в себя, вождь бросил их на завоевание других народов, гораздо более слабые. Пленных не убили, а привели с собой, как скот, чтобы они стали живым щитом перед стрелами амазонок.

Начальник людей-крыс хотел отомстить за вызов, брошенный ему. Он приказал столярам сделать такие же луки с двойными тетивами и усилил касты военных, дав им новые привилегии.

Он провозгласил себя царем. И во время пышной церемонии объявил, что отныне вводит налог для финансирования технически более современной армии.

Война с женщинами-осами грозила затянуться, и король крыс решил построить временный город, защищенный частоколом. Теперь здесь будет их штаб, и люди-крысы будут устраивать отсюда набеги.

Как ни парадоксально, но власть царя крыс никогда не была так велика, как после этого поражения, и никогда его так не уважали.

Затем царь придумал понятия мученика и героя, чтобы прославлять погибших в борьбе с ужасными женщинами, и оказался пионером пропаганды, без конца описывая эту битву, чтобы доказать гнусность противника.

Слово «оса» стало ругательством, и они с удовольствием сжигали гнезда этих насекомых, когда находили их.

Царь не торопился. Он хотел, чтобы победа над женщинами-осами стала блистательной. Во снах он видел, как их начальница волочит свою длинную шевелюру к его ногам и умоляет пощадить ее.

100. Энциклопедия: амазонки

Согласно историку Диодору Сицилийскому, племя женщин, жившее на западе Северной Африки, устраивало набеги, доходившие до Египта и Малой Азии. В греческой мифологии также упоминается племя женщин (а-мазос означает лишенная одной груди, поскольку они ампутировали правую грудь, чтобы лучше стрелять из лука), жившее на берегах реки Фермодонт на территории современного Кавказа. Они поддерживали с мужчинами лишь случайные отношения с целью продолжения рода. По словам историка, у этих женщин не было ни стыда, ни чувства справедливости. Преемственность у них осуществлялась по женской линии. Если они рожали мальчиков, то обращали их в рабство. Они были вооружены луками и стрелами с бронзовыми наконечниками, а также небольшими щитами в форме месяца. Их царица Лисиппа нападала на все народы, жившие на землях до реки Таис. Она настолько ненавидела брак и так любила войну, что Афродита приняла брошенный ей вызов и заставила ее сына влюбиться в мать. Не желая совершить инцест, юноша бросился в реку и утонул. Чтобы избежать упреков его призрака, Лисиппа привела своих дочерей на берег Черного моря, где каждая основала свой город — Эфес, Смирну, Сирену и Мирину. Их потомки, царицы Марпесса, Лампада и Ипполита, расширили свое влияние до Фракии и Фригии. Когда одна из сестер, Антиопа, была похищена Тесеем, амазонки напали на Грецию и осадили Афины. Царь Тесей не мог победить их и был вынужден призвать на помощь Геракла. Битва с амазонками является одним из двенадцати подвигов Геракла…

Во время Троянской войны по призыву их царицы Пенфесилеи амазонки пришли на помощь троянцам в борьбе против греческих захватчиков. Пенфесилея была в конце концов убита в поединке с Ахиллом, но ее последний взгляд заставил его навсегда влюбиться в свою жертву.

Обнаружены следы чисто женских формирований в элитных частях армий киммерийцев и скифов. Римляне также впоследствии сталкивались с женскими поселениями — Намний и Самний, — расположенными недалеко от Везувия.

До наших дней на севере Ирана существуют деревни, населенные преимущественно женщинами, которые считают себя потомками амазонок.

Эдмонд Уэллс,
«Энциклопедия относительного
и абсолютного знания», том 5

101. Жестокое разочарование

Зажигается свет, и мы хлопаем глазами как ошалевшие, оторванные от наших народов.

Я не отрываю глаз от богини любви. Меня душит бешенство. Я чувствую себя, как оскорбленная ученицами Юн Би, только здесь я оскорблен профессором.

Ах, я предпочел бы быть убитым с самого начала, как Жюль Верн. Лучше бы меня поймали сирены, как Франсиса Разорбака, или убил Атлант, как Эдмонда Уэллса. По крайней мере, им не нужно терпеть то, что приходится мне. К чему так стараться, создавая сокровище, чтобы увидеть, как его уничтожают? Или в этом заключается цинизм жизни богов — полюбить народ, чтобы лучше рассмотреть его гибель?

Был ли я не прав, пытаясь спасти суда с беженцами, несущими ценности, которые казались мне важными? Или я настолько противоречил мировому порядку, стремясь помочь эволюционировать небольшой группе людей вдали от варварских нашествий?

Я до сих пор не знаю, что лучше, чем Бог, но я знаю, что хуже, чем дьявол: А-фро-дита. Она соблазнила меня Раем, а предлагает ад. С очаровательной улыбкой она разрушает все, что я построил, бросив, что хуже всего, «мне жаль» для успокоения. В эту минуту я ее ненавижу, я ее проклинаю, я ее знать не хочу. Если это и есть богиня любви… я без колебаний предпочту ей богиню ненависти. Я чувствую себя чудовищно подавленным. Но потом я беру себя в руки. Слишком просто было бы сейчас сдаться.

Сперва нужно спасти то, что можно. Бороться до конца. «Пока есть жизнь, есть надежда», — говорится в пословице.

Пока будет жить хоть один человек-дельфин, он будет передавать свои ценности, воспоминания, символы. По крайней мере, я попытался внушить это королеве-медиуму.

Нужно успокоиться. Нужно быть эффективным. Спасти людей, чего бы это ни стоило. Бороться моими средствами бога-ученика. Они не заслужили такого конца. Как бог, их бог, я должен им помочь.

Я должен успокоиться.

Дышать ровно, закрыть глаза. Поговорить с остальными, как будто все в порядке и ничего страшного не произошло. Многие ученики поздравляют Мэрилин Монро с ее победой над Прудоном. Выигравшие пари уносят тоги, которые отдают проигравшие. Даже самые пренебрежительные по отношению к женщинам признают достоинства амазонок. Прудон со своей стороны молчит, не выражая ни сожаления, ни гнева. Честный игрок, он даже подходит поздравить ее и пожать руку.

Нужно расслабиться.

Необходимо подвести итог в отношении моего народа. У него нет армии, нет города, люди-дельфины лишь «жильцы», зависящие от настроения хозяев. Я боюсь, что Клеман Адер, бог людей-скарабеев, взяв у них все, что можно, выбросит их со своей территории. Отныне люди-дельфины должны постоянно обогащать свой запас знаний, чтобы завоевать свое право на существование. Они заложники. Присмотревшись, я вижу, что другие люди-дельфины прижились у других народов. Они передали людям-игуанам Марии Кюри познания в астрономии, строительстве памятников, астральных путешествиях и медицине. Под их влиянием, как и люди-скарабеи, они начали строить пирамиды. Людям-собакам Франсуазы мои дельфины передали знания в области символики и скрытых структур. Людей-быков Оливье они научили сексуальной свободе и привили вкус к лабиринтам.

Люди-волки Маты Хари научились у них строить суда и парусники с удлиненным корпусом. А люди-киты Фредди Мейера так хорошо приняли моих дельфинов, что теперь они вместе обсуждают устройство ирригационных систем и создание правительства и ассамблеи.

Люди-львы Монгольфьера создали благодаря моим подопечным письменность и искусства, а люди-орлы Рауля Разорбака — алфавит и арифметику.

Мои люди оказались сильнее разбросаны по «Земле 18», чем я представлял. Как управлять народом, не имеющим своей территории? Я боюсь, что нужно сосредоточиться на тех, кто живет у людей-скарабеев. Они наиболее многочисленны и располагают, как мне кажется, лучшими природными условиями.

— Богиня любви обошлась с тобой несправедливо: от замечательного города, который ты построил на острове, ничего не осталось, — шепчет мне Мата Хари.

Я молчу.

— Наказание Афродиты мне кажется не соответствующим твоей вине. По крайней мере, она могла бы дать тебе время эвакуировать людей.

А еще вчера вечером мы танцевали и она шептала мне на ухо, что находит мой народ очень «продвинутым и симпатичным»...

Я смотрю на Афродиту и вижу, что она тоже смотрит на меня и улыбается мне. Она советовала мне остерегаться друзей, я бы лучше остерегался ее.

Однако я не могу разозлиться на мою богиню. Она меня околдовала, и что бы она ни делала, мне кажется, что она относится ко мне с нежностью и заставляет меня страдать для моего же блага. Может быть, под ее властью я стану мазохистом? Нет, или тогда альпинистом, упрямо лезущим на опасную вершину, вместо того чтобы сесть в вертолет. Все спортсмены любят причинять себе боль. Бежать марафон — это каторга, поднимать тяжести — бессмысленное страдание. Пытаться понравиться богине любви...

— Какая она все-таки стерва, — шепчет Сара Бернар, — то, что она с тобой сделала, несправедливо.

И я удивляюсь тому, что отвечаю самым нейтральным голосом:

— Она просто применила правила игры.

— Ну да, послав тебе катастрофу, чтобы уничтожить...

— Если хочешь, я тебе помогу, — говорит Мата Хари. — У меня уже есть несколько людей-дельфинов, но если другим нужна помощь, отправь их мне, я их защищу и дам землю.

Мата Хари спасла мне жизнь, когда я перебирался через голубой поток. Она всегда помогала в трудную минуту. Однако, сам не знаю почему, ее любезность меня раздражает.

Афродита достает бутыли с Раем и Империей ангелов из-под подставки.

Души поднимаются в первую бутылку, а потом, как будто в танце маленьких светящихся точек, похожих на светлячков, некоторые добираются до склянки Империи ангелов.

Но есть и немало неприкаянных душ, удерживаемых земным притяжением и низменными страстями. Невидимые, эти покойники пытаются преследовать своих мучителей, сбивать с толку медиумов ложными видениями или кружиться вокруг тех, кого любили.

— Нужно освободить планету от этих горемык, — говорит Афродита. — Нет счастливых неприкаянных душ. Каждая душа должна постоянно возрождаться до тех пор, пока не попадет в высший мир, не забывайте об этом.

Все записывают: научить священников признать неприкаянные души и помочь им подняться.

Богиня подходит ко мне и, к моему великому удивлению, поздравляет:

— Браво, Мишель. Я думала, что вы… в общем, я не ожидала, что вы преодолеете это. Вы начинаете меня впечатлять. Я не думала, что у вас столько возможностей…

Мне холодно и жарко, и я не знаю, как реагировать.

— То, что не убивает, делает более сильным, — добавляет она.

То же, что мать сказала Юн Би. Долгое время это изречение приписывали Ницше, но оно есть уже в Ветхом Завете.

Уж не хочет ли она, чтобы я поблагодарил ее за мучения моего народа, чтобы «усилить» его!

Она приближается ко мне.

— Действительно, вы были очень хороши, мсье Мишель Пэнсон.

И в этот момент она берет меня за руку и пожимает ее, как рефери, поздравляющий боксера. Затем она возвращается на возвышение.

— Кокетка, — ворчит Рауль. — После всего, что она тебе сделала, ты не должен был даже подпускать ее к себе.

— Ну и актриса! — говорит Мэрилин. — Я спрашиваю себя, зачем ей нужна эта показная соблазнительность.

— Без сомнения, чтобы проверить свою власть, — отвечает Эдди.

— Да, ее способности в красной магии, — заключает Рауль.

Он объясняет, что кроме белой и черной магии существует еще одна, менее известная — красная. Это женская магия, основанная на самых примитивных сексуальных пульсациях. Азиаты особенно интересовались этим и создали «Камасутру» и тантризм в Индии, тао любви в Китае и брачный танец в Японии. Они поняли, что помимо предсказания судьбы или избавления от сглаза женщины могут соблазнить мужчину и держать его во власти гормонального ига, делая таким же беспомощным, как и под влиянием наркотика.

Рауль понял мою проблему, но не может ее решить. Я не отвожу глаз от богини. И с облегчением вздыхаю, когда она, прервав разговоры с другими учениками, приглашает нас в угол зала, где в ряд стоят накрытые бокалы.

— Мой предшественник Гермес рассказал вам про опыт с крысами. Деметра говорила об опыте с обезьянами. Сравнение с животными помогает лучше понять поведение человека. Поэтому я расскажу вам о блохах.

Она берет один из бокалов и демонстрирует опыт. Я спешу записать его в «Энциклопедию».

102. Энциклопедия: самоограничение блох

В бокале находятся блохи. Край бокала как раз на такой высоте, которая позволяет им перепрыгнуть его.

Затем на бокал кладут стекло, закрывающее выход.

Сперва блохи прыгают и ударяются о стекло. Потом, чтобы не причинять себе боли, они начинают прыгать так, что не ударяются о крышку. Через час нет ни одной блохи, которая бьется о стекло. Все уменьшили высоту прыжка, чтобы остановиться ниже потолка.

Если убрать стекло, блохи будут продолжать прыгать так, как если бы бокал был закрыт.

103. Осторожно, Потолок

Афродита прилипла к бокалу, как будто эти блохи являются для нее самым интересным зрелищем во Вселенной.

— Какой вывод вы можете сделать из этого опыта? — спрашивает она.

— Некоторые опыты прошлого мешают видеть вещи такими, какие они есть, — говорит Рабле. — Видение реальности деформируется былыми болями.

— Неплохо. Эти блохи теперь не хотят рисковать, боясь удариться о потолок. Однако им стоит лишь попробовать, чтобы понять, что удача снова на их стороне.

По тому, как она произнесла эту фразу, я догадываюсь, что она предназначена мне.

— Похоже на опыт с шимпанзе, — говорит Вольтер.

— Нет, поскольку шимпанзе даже не могли иметь отрицательного опыта, — возражает Руссо. — Блохи знают, почему не нужно прыгать выше, обезьяны этого не знали.

— Это так, но в обоих случаях подопытные не видят очевидного.

— Есть также страх менять привычки, — возражает Сент-Экзюпери.

— Конечно, — соглашается богиня любви.

— И потом, блохи не хотят больше искать новых сведений. Они затвердили навсегда то, что уже узнали, — замечает Сара Бернар.

— Здесь вы указываете на одну из самых больших проблем человечества, — заявляет наш преподаватель. — Очень немногие люди способны сами понять происходящее. Они повторяют то, что говорили им родители, потом учителя в школе, то, что они видели в вечерних новостях. Наконец, они убеждают себя, что это их собственное мнение, которое они с жаром защищают, если им противоречат. Однако они могли бы сами посмотреть и подумать, чтобы увидеть мир таким, каков он на самом деле, а не таким, как его хотят им показать.

Эта лекция напоминает мне одну дискуссию, которая была у меня с друзьями, приглашенными на ужин. Один из них, журналист, объяснял, что все средства массовой информации пользуются сообщениями единственного агентства новостей, финансируемого как будто случайно государством и крупными нефтяными компаниями. Поэтому публика опосредованно имеет точку зрения государства и этих компаний, которые в свою очередь хотят ублажать страны, поставляющие нефть. Ну и что он открыл? На него тут же ополчились, как на предвзятого человека. Я пытался выступить в его защиту, но безуспешно. По странному стечению обстоятельств те, кто больше всего выступал за защиту гражданских прав, оказались самыми резкими критиками.

— Как сделать, чтобы блохи прыгали выше, чем привыкли? — спрашивает Афродита.

— Обучая их, чтобы они чувствовали себя свободными и доверяли только своим чувствам, — говорит Рабле.

— А как этого достичь?

— Сделав их умными, — пробует Симона Синьоре.

— Нет, ум здесь ни при чем.

— Научив их основываться только на собственном опыте, — предлагаю я.

Афродита одобряет:

— Вот именно. Попробовать все, испытать все, собрать сведения, не пользоваться прошлым опытом или опытом других и доверять только себе.

Когда раньше на Земле мы с Раулем решили исследовать смерть, мы вызвали недоверие даже среди своих близких. Смерть для всех принадлежит к области религии, и только священники и мистики могут о ней рассуждать. То, что простой человек интересуется смертью как «terra incognita», казалось абсолютно кощунственным, в особенности когда я употреблял дорогие мне понятия «светской духовности» или «индивидуальной, а не коллективной духовности». Для меня духовность была противоположна религии, поскольку она присуща каждому человеку, в то время как религия является лишь готовой мыслью, предназначенной для тех, кто не в состоянии найти собственный путь развития. Я подчеркивал, что «духовность» содержит термин «остроумие», что значит также «юмор», и что большинство религий казались мне слишком аскетическими для сохранения этого измерения. Естественно, потом я понял, что лучше было молчать и говорить о таких вещах только с Раулем, который меня понимал.

— Чтобы подтолкнуть людей снова попробовать прыгнуть выше, нужно учить их свободе, а чтобы передать это учение, нужны…

Афродита с хрустом пишет мелом на доске: «Мудрецы».

— Это новая цель. Внедрите в ваши народы мудрецов, посвященных, ученых, — советует она. — Короче говоря, людей с уровнем сознания «6».

— Да их всех убьют, — говорит Бруно.

— У вас, возможно, да, — неожиданно говорит Афродита, сурово глядя на Бруно Балларда.

— …У меня? Что вы против меня имеете?

Она указывает на него пальцем.

— Вы думаете, я не видела?

В этот момент я понимаю, что никогда не интересовался людьми-соколами.

— Так вот, дорогой мсье Баллард, вы действительно никого не завоевали и не вызвали никакой резни. Этого нет… Но нужно посмотреть, как вы обращаетесь с собственным населением. Скажите мне, что вы имеете против женщин?

Бруно опускает глаза.

Я не понимаю, я скорее ожидал подобной реакции в отношении Прудона, напавшего на женщин-ос.

— Вы позволили установиться чудовищным нравам. Сперва самое очевидное... обрезание. Матери калечат собственных дочерей. Они обрезают им клитор. Вот что делают у мсье Бруно! А почему они это делают?

— Ну... — говорит Бруно, — я не знаю. Это женщины сами так решили. Они думают, что если не станут этого делать, то не будут настоящими женщинами.

— А кто внушил им эту идею?

— Ээ... мужчины.

— А почему?

— ...Потому что они не хотят, чтобы те спали направо и налево.

— Нет, мсье, потому что они не хотят, чтобы женщины получали удовольствие. Они испытывают ревность по отношению к удовольствию женщин, которое кажется им большим, чем у них (так оно и есть). И я видела у ваших людей девочек, изуродованных на всю жизнь лишь... по традиции!

Бруно Баллард колеблется.

— Это не я, это мои люди...

— Да, но вы ничего не сделали, чтобы помешать им. Сна, интуиции, удара молнии, возможно, было бы достаточно, чтобы наложить на этот акт табу. Зачем нужно быть богом, если вы позволяете делать что угодно? И это еще не все, мсье Бруно... У вас есть еще и инфибуляция. Девочкам без анестезии зашивают половой орган. Лишь для того, чтобы они оставались девственницами до замужества...

Ученицы-богини осуждающе смотрят на Бруно.

— И я расскажу о другой, менее известной, но еще более чудовищной вещи, которая происходит у вас, мсье Бруно... В медицинской практике на «Земле 1» это называется «генитальная фистула».

Я не понимаю смысл этих слов. По залу пробегает шепот. Я жду самого худшего.

— Вы знаете, что это такое? Так вот. Девочек насильно выдают замуж за богатых стариков с двенадцати лет. Их продают собственные родители. И естественно, поскольку старые негодяи никак не предохраняются, они беременеют в подростковом возрасте. Но их тело еще не готово к этому. Как правило, зародыш оказывается недоношенным, но по мере роста он сжимает ткани, отделяющие генитальную систему от мочевого пузыря и прямой кишки. Давление создает трещины, называемые фистулами. В результате моча, а иногда и фекалии попадают во влагалище. Эти девочки постоянно моются, но от них так плохо пахнет, что мужья выгоняют их на улицу, их не принимают обратно в семьи. Они слоняются как бродяги, и в них бросают камни. И это двенадцатилетние девочки, мсье Бруно, двенадцатилетние!

Мы все смотрим на него. Он вжимает голову в плечи.

— Это не я, это мои люди, — заявляет он, как владелец собаки, укусившей ребенка.

Его оправдание не успокаивает богиню любви.

— Именно для этого у ваших людей есть бог! Чтобы сдерживать их, учить, не позволять делать что попало... И потом, так легко нападать на женщин. Они недостаточно сильны, чтобы защищаться. Они в конце концов на все соглашаются... Я уж не говорю о некоторых ваших деревнях, где матери настолько стыдятся рожать дочерей, что топят их сразу после рождения.

Бруно Баллард больше ничего не говорит, мне кажется, он взбешен. Удивительно, но он сердится на Афродиту за то, что она рассказала всем о царящих у него нравах.

Но Афродита уже показывает пальцем на других учеников.

— И пусть ваши товарищи смеются над вами… Думаете, я не видела? Во-первых, он не единственный, у кого происходят подобные вещи. К тому же я видела ваши бессмысленные человеческие жертвоприношения, инцесты под предлогом образования детей! Я видела сети педофилии. Я уж не говорю о каннибализме, о систематическом помещении в карантин прокаженных и инвалидов. Я видела, как сжигают на кострах так называемых колдуний. Я видела первые камеры пыток и профессиональных палачей. Я все это видела. Все, что вы позволили сделать из малодушия или глупости.

Ее взгляд становится суровым.

— Если только не из порочности.

Многие ученики склоняют голову. Богиня меняет тон. Она порывисто проходит по рядам в развевающейся тоге и поднимается на возвышение. Купидон садится ей на плечо. Она глубоко вздыхает.

— Так о чем мы говорили? Ах да, о мудрецах. Сперва, без сомнения, мудрецы внушают беспокойство устоявшейся системе и начальству, которое не колеблясь использует силу, насилие, террор для их устранения. Ваших мудрецов вначале будут преследовать, но нужно видеть это в перспективе. Они посеют семена, ростков которых, возможно, сами не увидят. Фалес, Архимед, Джордано Бруно, Леонардо да Винчи, Спиноза, Аверроэс — все они прожили нелегкую жизнь, но оставили после себя след, который невозможно стереть. Вот ваша будущая цель.

«Мудрецы», — жирно подчеркивает богиня.

— Души «Земли 18» теперь развиваются. Вам предстоит дать людям правильное направление, указать путь. Я прошу вас записать конечную цель.

«Конечная цель, — пишет она на доске и рядом добавляет: — Утопия».

— В каждой политике важно скрытое намерение.

Она добавляет третье слово — «намерение».

— Нельзя доверять этикеткам. У вас может быть демократия, но если целью президента является личное обогащение, вы получите скрытую диктатуру. Точно так же у вас может быть монархия, но если король заботится о благополучии подданных, вы можете получить социально справедливую систему. За политическими лозунгами и руководителями скрываются личные намерения, и именно за ними вам нужно следить и ими управлять.

Поскольку некоторые ученики не понимают, она уточняет:

— Вы представляете себе идеальный мир для людей. У каждого из вас своя утопия. И именно с намерением осуществить эту утопию вы будете способствовать появлению мудрецов. В некотором роде они будут хранителями вашего скрытого божественного намерения. Они будут давать советы народам или руководителям, чтобы ваши общества достигли высших целей. А эти цели еще нужно определить. Я предлагаю вам придумать для ваших народов мечту. Запишите, что для вас является идеальным миром, не только для вашего конкретного народа, но для всей планеты «Земля 18».

В классе повисает тишина. Все размышляют. А что является идеальным миром для меня? На этом этапе я думаю, что идеалом был бы мир на планете. Я хотел бы полного разоружения. В таком мире я мог бы направить всю энергию моего народа на накопление знаний и всеобщее благосостояние, а значит, на духовность. Поэтому я пишу заглавными буквами: «МИР НА ПЛАНЕТЕ».

Афродита уточняет:

— Поскольку будущий идеал может меняться по ходу лекций, запишите дату реализации вашей утопии. Сегодня первая Пятница.

Богиня собирает записи, затем возвращается за бюро и объявляет:

— Теперь пора подвести итог.

Все затаили дыхание. Профессор кажется погруженной в раздумия. Она смотрит в свои записи и разглядывает нас по очереди, прежде чем вынести вердикт:

— Первое место — Клеман Адер и его народ людей-скарабеев.

Все аплодируют, а я возмущен. Его люди были бы неотесанными крестьянами, если бы я не дал им письменность, математику и пирамиды.

Богиня невозмутимо возлагает венок из золотых лавровых листьев на голову Адера. Она поясняет:

— Клеман Адер не только смог извлечь выгоду из принципа союза, приютив у себя людей-дельфинов, но и понял смысл создания памятников. Именно у него сегодня на «Земле 18» можно видеть эти прекрасные сооружения. Их строительство потребовало много усилий, но это способствовало процветанию цивилизации людей-скарабеев в пространстве и во времени. Я советую всем брать пример с методов Клемана Адера.

Он целует авиатора в обе щеки и прижимает к груди.

— На втором месте люди-игуаны Марии Кюри. Они тоже построили пирамиды и современные города и плюс к тому научились астрологии и предсказанию будущего. У меня есть лишь одно замечание. Нужно прекратить человеческие жертвоприношения, но я уверена, дорогая Мария, что ваши мудрецы смогут положить конец этим глупостям. Считайте эту награду поощрением.

Мария Кюри получает серебряный венок и подчеркивает, что она многим обязана хорошим медиумам, которые ее правильно понимали, и добавляет, что сделает все для распространения в будущем идей людей-игуан.

Как и Клеман Адер, она даже не намекает на однажды появившиеся на горизонте суда, которые принесли знания, необходимые для расцвета ее общества... Возможно, они все желают моего исключения, чтобы никогда больше не выражать признательности.

— Третий лауреат — Жозеф Прудон и его народ людей-крыс.

По рядам проходит шепот. Богиня добавляет:

— Люди-крысы на самом деле равны с женщинами-осами, но поскольку они представляют силу «D», я дала им небольшое преимущество, чтобы все три силы были представлены среди победителей.

Зал снова возмущен.

Раздраженным жестом Афродита прерывает в основном женские протесты и продолжает:

— Люди-крысы в настоящее время являются самыми сильными в военном отношении на «Земле 18». Вы все должны это учитывать. По-моему, их армия сейчас непобедима и прекрасно вооружена.

Кто-то свистит. На этот раз богиня явно недовольна и стучит по столу, чтобы все замолчали.

— Запомните хорошенько! Как и вы, я хочу любви, а не насилия, но не стоит закрывать глаза: вооруженная держава всегда победит мирный народ. Жесткое доминирует над мягким.

В моей голове звучат песни моих людей, ожидающих смерти во время нашествия крыс, их мольбы во время потопа. Неспособные бороться, они просто хотели достойно уйти из жизни. Так, значит, их поведение не имеет никакой ценности в кодексе богов Олимпа?

— Зачем нужны хорошие принципы, если ты мертв? — заявляет Афродита, как будто читая мои мысли. — Многие из вас грешили из благих побуждений. Как и любой другой мир, «Земля 18» — это место противостояний, это джунгли. Если бы бог был только один, он смог установить систему выбора, но сейчас не тот случай. Вас пока около ста. Нужно быть сперва реалистом, а уже потом идеалистом.

— Почему вы разрушили цивилизацию Мишеля? — напрямую спрашивает Мата Хари.

— Я понимаю ваши чувства, мадемуазель, — холодно отвечает богиня. — И я ценю ваше доброе сердце. Только одного сердца недостаточно. Чтобы понять мир, нужен еще и ум. Я сама дорого заплатила за этот урок.

Она говорит, а в ее ясных глазах я читаю тысячи драм, тысячи страданий, тысячи измен, которые невозможно забыть.

— Мишель не просто жульничал, он создал фальшивый мир. Я бы сказала, это был остров избалованных детей… живущих отдельно от соседних народов. Конечно, они накапливали знания и духовность, но они стали очень «личными». По крайней мере, теперь они распространяют свои бесценные знания в мире. Зачем нужен свет, если он светит днем? Свет виден лишь в темноте. Светлость измеряется лишь своей противоположностью, именно поэтому они должны были покинуть остров. И именно поэтому сейчас им нужно бороться за свое выживание. Но я верю в Мишеля, он сможет помочь своим людям сиять даже в самой непроглядной черноте.

Я хочу сказать ей, что если бы она позволила моим людям развиваться, они отправили бы корабли, чтобы учить другие народы, нужно было только дать им немного времени. В конце концов, даже если суда моих исследователей встречали стрелами и копьями, дельфины продолжали их посылать. Нужно было доверять мне. Но она смотрит на меня сообщнически, как бы давая понять, что действует в моих интересах. Я кусаю себе губы.

— Делайте как можно лучше, ведите себя ответственно, но соблюдайте правила игры, — заключает она. — Добрые чувства хороши в кино и романах, но не в реальной жизни.

— Тогда почему же вы упрекали Бруно? — спрашивает Вольтер.

Впервые я вижу богиню в некотором затруднении. Она опускает взгляд и говорит:

— Вы правы. Я сожалею о том, что сказала тебе, Бруно. Я просто не сдержалась. Бруно, ты входишь в первую двадцатку и можешь вести своих людей так, как хочешь. То, что я сказала, является лишь словами наблюдателя, и ты не обязан их учитывать.

Бруно немедленно принимает победный вид.

Эта резкая перемена шокирует меня еще больше, чем все, что произошло раньше. Я решительно больше ничего не понимаю в правилах игры этого мира богов. Я снова вспоминаю Люсьена Дюпре. Возможно, он был прав, и мы все в ловушке. Мы, чьи души считаются самими чистыми и возвышенными, будем вынуждены стать соучастниками гнусностей… Я уже сделал немало. Или слишком?

Афродита возвращается к списку. Я снова оказываюсь в хвосте, не не последним. Исключен Поль Гоген с его народом людей-цикад, которые красиво пели, собирая урожай, но забыли сделать горшки, чтобы сохранить его на зиму. Они оказались слишком слабыми, чтобы противостоять вторжению людей-крыс. От их необыкновенной цивилизации, от их опередившего свое время искусства ничего не осталось. Кентавр уносит певца Маркизских островов и Понт-Авена, который даже не сопротивляется.

Богиня называет еще семь менее знаменитых богов, которые потерпели поражение из-за войн, эпидемий и голода. Их тоже уносят кентавры.

Обратный отсчет: 92 – 8 = 84.

Атлант прибегает, чтобы забрать «Землю 18».

Все направляются к выходу. А я смотрю на блох в бокале без крышки. А мы, где наша крышка?

Вдали я вижу заснеженную вершину горы. Я уверен, однажды я узнаю это.

104. Энциклопедия: догоны

В 1947 году французский этнолог Марсель Гриоль изучал племя численностью в 300 тысяч человек, живущее в Мали. Эти люди, называвшие себя догонами, жили в скалистой местности в ста километрах от города Бандиагара.

После собрания старейшин они соглашаются открыть Гриолю свои секреты и представляют его слепому старику Оготеммели, хранителю священной пещеры.

В течение 32 дней два человека разговаривают. Оготеммели рассказывает Гриолю о космогонии догонов и показывает выгравированные на камне рисунки, а также карты звездного неба.

Согласно догонской мифологии, создатель мира Амма был гончаром. Он взял кусок глины и слепил яйцо. Это было пространством-временем, в которое Амма поместил развиваться восемь зерен, породивших Реальность. Затем Амма создалноммов, людей-рыб, которые стали его представителями. Четырех номмов-мужчин и четырех женщин. Первый номмо управляет небом и грозой. Ему помогает второй номмо, несущий послания. Третий номмо управляет водами. Последний номмо, Иугуру, восстал против своего создателя, потому что не получил ту женщину, которую хотел. За это Амма изгнал его из первородного яйца. Но Иугуру оторвал кусок яйца, из него и появилась Земля. Иугуру надеется найти свою спутницу на этой планете, но она суха и бесплодна. Поэтому Иугуру возвращается в первородное яйцо и делает из своей плаценты спутницу, которая становится его женой Иасигуи. Однако раздосадованный Амма превращает Иасигуи в огонь, из которого появляется Солнце. Иугуру не опускает руки и отрывает кусок Солнца, чтобы принести его на землю и разбить на куски, из которых вырастет новая реальность и наконец даст ему спутницу. Из этого куска Солнца появится Луна. Разгневанный этим Амма превращает Иугуру в песчаную лису.

С этого момента начинается война между номмами, которые начинают рвать на куски первородное яйцо. Куски станут небесными светилами. От этой битвы возникнет вибрация, вовлекающая в себя все звезды.

В этом рассказе Оготеммели и старинных рисунках смущает то, что все планеты Солнечной системы расположены правильно, включая Плутон, Нептун и Уран — слаборазличимые планеты, которые были открыты намного позже. Еще удивительнее тот факт, что создатель

Амма живет в точке небосвода, соответствующей Сириусу А. Догонские карты помещают рядом с ним другую звезду, которую Оготеммели назвал «самым тяжелым предметом во Вселенной». Их календарь основан на 50-летнем цикле, соответствующем вращению этих двух очень удаленных одна от другой звезд. Недавно была открыта карликовая белая звезда Сириус В, вращающаяся вокруг Сириуса А с циклом в 50 лет и обладающая самой большой после черных дыр известной плотностью материи.

Эдмонд Уэллс,
«Энциклопедия относительного
и абсолютного знания», том 5

105. Самый важный ученик

Сезоны накрывают столы. Сегодня мы можем попробовать пищу, открытую нашими людьми... В том числе масло, сыр и колбасы. Масло кажется мне таким вкусным, что я беру еще кусок и ем его прямо вилкой. У него вкус молока и одновременно миндаля. Это просто восхитительно. Сыр и колбаса тоже. Но ни у кого нет настроения наслаждаться едой. Все обсуждают игру и осуждают Прудона, этого захватчика без чести и совести, который опять оказался в тройке победителей. Некоторые, однако, утверждают, что присутствие представителя силы «D» необходимо и что анархист олицетворяет потребность некоторых в том, чтобы их угнетали. Другие возражают, что победа Мэрилин над этим беспощадным противником доказывает, что недостаточно быть жестоким, чтобы всегда побеждать.

— Кто на сегодняшний день способен нанести его армии крыс окончательное поражение? — спрашивает Мата Хари.

— Другая, еще более мощная армия, которая перейдет его опыт, изучит и улучшит его стратегию, — отвечает Рауль.

Сказав это, мой друг подсаживается ко мне.

— Ты взял «Энциклопедию» Эдмонда Уэллса, да, Мишель?

— Да, он передал ее мне перед тем, как исчезнуть.

— Ты теряешь время.

— Я использую ее для того, чтобы делать мудрее моих людей-дельфинов.

Это объяснение его не убеждает.

— Лучше подумай о том, как их вооружить, иначе они всегда будут зависеть от тех, кто их приютил. Они похожи на лавочников, которых постоянно обирают рэкетиры, обещающие так называемую защиту.

— Скажи, Рауль, ведь твои люди тоже отбирают у моих их знания в обмен на гостеприимность.

— Я бы не хотел, чтобы тебя исключили.

— Спасибо, но пока что мои люди живы.

Он соглашается, но неуверенно.

— Мне совершенно не понравилось, как Афродита обошлась с тобой, — шепчет он. — Я бы на твоем месте взвыл.

— И что бы это дало? Я жульничал, согласен, вот я и расплачиваюсь.

Рауль протягивает мне кусок медового торта.

— В неустойчивом мире кусочек хорошего торта, по крайней мере, является неоспоримым удовольствием.

Появляется оркестр кентавров. К тамтамам, флейтам и арфам прибавляются трубы.

Афродита ходит среди гостей, говоря каждому два-три слова. Дойдя до меня, она садится рядом. Рауль скромно удаляется.

— Я сделала это для твоей пользы, — говорит она. — Без препятствий засыпаешь.

Я сглатываю.

— ...Если бы ты был мне безразличен, — продолжает горячий голос, — я бы оставила твой народ закосневать на его острове и жить там счастливым, в одиночестве, вдали от настоящей жизни.

— Я был бы этому очень рад.

— Тебе так кажется... Твои люди стали бы надменными, слишком гордыми своими знаниями и презирающими остальное человечество.

Афродита берет мою руку и гладит ее.

— Я знаю, — выдыхает она. — Твоих людей-дельфинов всюду преследуют и эксплуатируют. У них берут знания, а в благодарность дают пинка ногой, а то и удар вилами. Но, по крайней мере, они не спят.

— Из-за такого обращения у них начинается паранойя.

— Поверь, однажды ты меня поблагодаришь.

Сжав губы, я думаю, что этот день еще не пришел и что пока я изо всех сил пытаюсь помочь моему народу выжить среди злых и воинственных людей.

— Ты нашел решение загадки? — спрашивает она.

«Лучше, чем Бог, хуже, чем дьявол»... Но решение загадки — это она сама. Афродита лучше, чем Бог, и хуже, чем дьявол. Она заставляет меня сходить с ума от любви, и в этом она лучше, чем Бог. И она разрушает меня хуже, чем дьявол.

Ее загадка напомнила мне старую игру, когда играющие садятся в круг и пишут на куске клейкой бумаги имя известного человека и приклеивают вам на лоб. Вы не знаете, кого представляете, и начинаете задавать вопросы: «Я жив? Я мужчина? Я женщина? Я знаменит? Я большой? Я маленький? Музыкант, художник, политик?» Другие отвечают только «да» или «нет», и с каждым «да» можно предложить имя. Игра иногда может оказаться жестокой, поскольку отражает то, как вас видят другие. Претенциозным людям часто дают имена королей или диктаторов, мечтательным — имена артистов, неприятным — зануд. «С кем же меня сравнили?» — спрашивает себя играющий.

Я любил эту игру, пока однажды мне не пришла идея написать на лбу соседа его настоящее имя. Эффект был потрясающим.

Возможно, Сфинкс сыграл ту же шутку с Афродитой. Лучше, чем Бог, хуже, чем дьявол, разгадка настолько близка к ней, что она ее не видит.

— Разгадка — это вы.

Сперва она выглядит удивленной, а потом звонко смеется.

— Как это мило! Я принимаю этот ответ в качестве комплимента. Однако мне очень жаль, это не так! — И она добавляет: — Знаешь, другие уже думали об этом ответе... Пойдем.

Она встает, я тоже встаю, и она прижимает меня к себе. Я купаюсь в ее аромате и задерживаю дыхание.

— Ты важен для меня. Ты даже самый важный ученик. Поверь, у меня есть интуиция и я редко ошибаюсь. Я уверена, что ты — «Тот, кого я жду».

И она с нежностью произносит:

— Не разочаруй меня. Реши загадку. И если это тебе поможет...

Она прижимается губами к моему подбородку. Я чувствую ее язык на моей коже. Сжав мне руку, она шепчет:

— Ты об этом не пожалеешь.

Потом она резко отворачивается и уходит, оставив меня в остолбенении, в поту, капающем со лба.

— Чего ей было надо от тебя? — раздраженно спрашивает Мэрилин.

— Ничего…

— Тогда пойдем с нами, мы возвращаемся на черную территорию.

Один за другим все теонавты собираются вместе, и Жорж Мельес присоединяется к нашей группе.

— У меня, возможно, есть то, что избавит нас от большой химеры, — говорит он.

— И что же это?

— Никогда не просите фокусника открыть свой секрет. Нужно позволить удивить себя, как, я надеюсь, мы скоро удивим большую химеру.

106. Энциклопедия: маги

Египетский папирус, датируемый 2700 годом до н.э., впервые упоминает про выступление фокусника. Артиста звали Мейдум, и он принадлежал ко двору фараона Хеопса. Он потрясал зрителей тем, что разрезал утку, а потом возвращал голову на место и живая птица спокойно уходила. Идя еще дальше, Мейдум однажды разрезал быка, которого также потом оживил.

В ту же эпоху египетские священники практиковали священную магию, используя механические приспособления для того, чтобы на расстоянии открывать двери храма.

Во времена Античности были многочисленные иллюзионисты, использовавшие шары, кости, монетки и стаканчики. На первом аркане таро как раз изображен бродячий фокусник, выступающий на базаре.

В Новом Завете рассказывается случай с Симоном — магом, фокусником, которого очень ценил император Нерон. Святой Петр померялся с ним способностями. Побежденный Симон решил показать последний фокус: прыгнуть с Капитолийского храма и взлететь в небо. Чтобы доказать превосходство своей веры над магией, апостолы молитвами заставили его упасть. Впоследствии Петр использовал термин «симонизм» для описания ложной веры.

В Средние века появились первые карточные фокусы, позднее дополненные фокусами с помощью ловкости рук. Однако фокусников зачастую подозревали в колдовстве и сжигали на кострах.

Разница между колдовством и магией окончательно установилась лишь в 1584 году, когда английский фокусник Реджинальд Скотт, чтобы король Шотландии Яков I прекратил казни иллюзионистов, опубликовал книгу, раскрывающую многие секреты профессии.

Одновременно во Франции термин «занимательная физика» заменил термин «магия», и фокусников стали называть «физиками». С этого момента начали устраиваться публичные выступления с использованием занавесок, задвижек и различных скрытых механизмов.

Робер Уден, потомственный часовщик, стал предшественником современных фокусников, открыв так называемый «Театр фантастических вечеров». Для своих трюков он создал сложные механические системы и автоматы. Французское правительство даже официально направило его в Африку, чтобы он продемонстрировал там деревенским колдунам свое превосходство.

Несколькими годами позднее Гораций Годен придумал трюк с «разрезанием женщины». Американский иллюзионист Гудини, прозванный «королем побегов» за способность выбраться наружу из любой ловушки, объездил со своими представлениями весь мир.

Эдмонд Уэллс,
«Энциклопедия относительного
и абсолютного знания», том 5

107. Экспедиция в красное

Через час, оставив других танцевать и веселиться, теонавты незаметно уходят. Мы выбираемся из Олимпии и направляемся к голубому лесу, чтобы предпринять штурм центральной горы острова.

Наша команда, все более опытная, быстро продвигается вперед, срезая углы по ходу маршрута, известного по предыдущим вылазкам.

Я начинаю узнавать дорогу. Мы идем, и, возможно, потому, что я не был со своими друзьями в течение двух последних дней, во мне просыпается энтузиазм первых часов. Я снова испытываю чувство, будто отодвигаю границы неизвестного.

Мата Хари идет первой, прислушиваясь к малейшему шуму, чтобы какая-нибудь херувимка или кентавр не застали нас врасплох. А Фредди и Мэрилин беспечно болтают. Я смотрю на них и думаю, что Жозефу Прудону не удастся победить Мэрилин, потому что у нее есть способность приспосабливаться, которой он лишен. Она хитрая, как кошка, и, как кошка, всегда падает на лапы.

Процессию замыкает Жорж Мельес с большим мешком, где находится его «фокус».

Мне хорошо здесь с ними. В конце концов, жизнь моей души удалась. Я достиг Рая. Я совершил восхождение наверх. У меня есть друзья, поиск неизвестного, ответственность, работа, мечта.

Мое существование имеет смысл.

Рауль обнимает меня за плечи.

— Вы с богиней любви хорошая пара…

— Что ты несешь?

— У нас всех были привязанности на Земле, — говорит он, указывая подбородком на Мэрилин и Фредди. — Любовь — это важно. Что такое жизнь без женщины?

Я освобождаюсь от его руки.

— Почему ты мне говоришь это?

— Удивительно. Я думал, что в Империи ангелов или в Эдеме страсти похожи на постепенно затухающее пламя. Но нет, есть ангелы и боги, которые продолжают любить. Это похоже на стариков, про которых думают, что они уже вышли из возраста, в котором влюбляются, а они вдруг заявляют, что разводятся и снова женятся. Тебе очень повезло, что ты влюблен.

— Не знаю.

— Ты страдаешь? Она тебя мучает? Но, по крайней мере, ты переживаешь сильное чувство. Я вспоминаю поговорку: «В каждой паре один мучается, а другой скучает».

— Это слишком упрощенно.

— Однако со многими это именно так. Страдает тот, кто больше любит, а тот, кто скучает, как правило, решается на разрыв. Но все равно… лучше тому, кто любит.

— Значит, тому, кто страдает.

— Да. Тому, кто страдает.

Мне приятно говорить со старым другом. Возможно, это связано с исчезновением Эдмонда Уэллса.

— Во всяком случае, — говорит он, — я, кажется, читал в «Энциклопедии», что страдание необходимо для того, чтобы идти вперед.

— Что ты хочешь сказать?

— Посмотри, как мы обращаемся с нашими смертными... Если говорить с ними по-хорошему, они не слышат. Без страданий они не понимают. Даже если умом они могут что-то понять, пока они это остро не почувствуют, телом и слезами, информация не дойдет. Страдание — это лучший способ ангелов и богов учить людей.

Я раздумываю.

— Уверен, что, развивая сознание, мы можем сделать наших людей лучше, не причиняя им боли.

— Ах, Мишель, ты всегда будешь утопистом. Возможно, именно это мне больше всего в тебе нравится. Но в утопии верят дети... Ты и есть ребенок, Мишель. Дети не признают боль. Они хотят жить в шоколадном мире. В вымышленном мире утопии, как Питер Пэн. Но синдром Питера Пэна — это психическое заболевание людей, которые не хотят расставаться с детством. Таких людей помещают в больницу. Потому что смысл Вселенной и траектории душ заключается не в том, чтобы оставаться ребенком, а в том, чтобы взрослеть... А быть взрослым означает принимать темные стороны мира, и самого себя тоже. Посмотри на путь твоей души, ты каждый раз взрослеешь. Это благородный процесс, который не прекращается. С каждым этапом ты растешь и становишься более зрелым, и не надо поворачивать назад. Ни под каким предлогом. Даже во имя доброты и нежности...

Он смотрит на меня печально.

— Даже твоя история с Афродитой, ты живешь в ней, как в детской утопии.

Мы пересекаем более густой участок леса, и я понимаю, что голубой поток находится позади.

Внезапно на горе вспыхивает и гаснет свет.

— Афродита тебя не любит.

— Что ты об этом знаешь?

— Она не способна никого любить. Никого не любя, она делает вид, что любит всех. Ты видел, какая она кокетка, она ласкает людей, гладит им плечи, танцует, бесстыдно садится на колени. А потом, если попытаться пойти дальше, она ставит перед тобой стену. Она упивается словом «любовь», потому что это чувство ей не знакомо. Впрочем, посмотри на ее жизнь: она любила практически всех богов Олимпа и сотни смертных. А в действительности она никого по-настоящему не любила.

Слова друга кажутся мне справедливыми. Богиня любви не способна любить? Это напоминает мне карьеру врача в моей последней жизни Мишеля Пэнсона. Меня всегда удивляло, что медики выбирают специальность именно в той области, в которой у них самих проблемы. Люди, страдающие псориазом, выбирают дерматологию, застенчивые лечат аутистов, страдающие запором становятся проктологами. Я даже знал одного шизофреника, который стал... психиатром. Как если бы, леча самые тяжелые случаи, они помогали сами себе.

— Мы все инвалиды любви, — говорю я.

— Ты в меньшей мере, чем Афродита. Поскольку то, что ты чувствуешь и переживаешь, красиво и чисто. До такой степени, что даже не можешь на нее рассердиться, когда она уничтожает твой народ и ставит тебя в такое положение, что ты рискуешь быть исключенным из игры.

— Она сделала это, потому…

— Потому что она дрянь. Прекрати искать ей оправдания.

Мы идем, и я чувствую, что снова выведен из себя моим другом.

— Но знай, что я никогда не буду смеяться над чувствами, которые ты испытываешь к этой инвалидке сердца… Я считаю, что ты проходишь инициацию женщинами. И с каждым испытанием ты растешь. Ты неудовлетворен и несчастен, но ты являешься материей, которая работает. Это напоминает мне одну историю, которую рассказал мой отец.

При упоминании своего предка, Франсиса Разорбака, друга охватывает ностальгия, но он быстро берет себя в руки.

— Это как анекдот. Если я хорошо помню, он сказал мне: «В 16 лет во мне начали играть гормоны. Я мечтал о большой любви. Я ее встретил, а потом девушка стала надоедливой, я ее бросил и стал искать другую, противоположность первой. В 20 лет я мечтал об опытной женщине. Я встретил ее, очень разбитную, старше меня. С ней я узнал новые игры. Она хотела продолжить опыты и ушла к моему лучшему другу. Тогда я стал искать ее противоположность. В 25 лет я мечтал о доброй девушке. Я ее встретил, но нам не о чем было говорить. Наша пара распалась. Я опять стал искать ее противоположность. В 30 лет я хотел, чтобы у меня была умная женщина. Я нашел ее, она была блестяще образованной, и я на ней женился. Проблема в том, что она была всегда не согласна со мной и пыталась навязать свою точку зрения. В 35 лет я думал о молоденькой девушке, которую я смог бы воспитать по своему разумению. И я ее нашел. Она была очень чувствительной и из всего делала трагедию.

Тогда я захотел зрелую женщину, спокойную, богатую духовно. Я нашел ее в группе занятий йогой, но она стала требовать, чтобы я все бросил и уехал с ней до конца жизни в индийский ашрам. В 50 лет я хочу от моей будущей спутницы только одного...»

— Чего?

— «...чтобы у нее была большая грудь!»

Рауль хохочет. Я нет.

— Ах, инициация женщинами, говорю тебе. Они все прекрасные, сумасшедшие, наделенные интуицией, капризные, загадочные, надменные, требующие верности, ветреные, щедрые, собственнические, приводящие нас на вершину блаженства и отчаяния. Но при встрече с ними мы должны научиться понимать себя, а значит, развиваться. Это как создание философского камня... который очищается, выпаривается, сублимируется, обугливается, но меняется. Единственная опасность в том, чтобы не зациклиться на одной и не прилипнуть, как муха к меду.

— Слишком поздно, со мной это уже произошло.

— Возможно, Афродита просто хочет преподать тебе урок — научить отказываться от того, что хочешь. Она хочет, чтобы ты понял, что нужно бежать от женщин... как она. Вот ее урок тебе.

— Я на это уже не способен, она — вся моя жизнь.

Я склоняю голову, и Рауль снова обнимает меня рукой за плечи.

— Если ты будешь любить себя больше, чем ее, она не сможет тебя разрушить.

— Я в этом не убежден.

— Действительно, я забыл выражение Эдмонда Уэллса: «Любовь — это победа воображения над умом». А, к несчастью, у тебя такое богатое воображение, что ты наделяешь ее качествами, которых нет. Этому не будет конца.

— Это бесконечность, — добавляю я.

И думаю: «...и я буду ждать эту бесконечность с ней, чего бы мне это ни стоило».

Я застываю на месте. За деревьями я услышал звук шагов.

Кто-то прячется за папоротниками и приближается ко мне. Я его вижу. Хулиганская морда возникает передо мной. Человеческое тело, бараньи ноги с копытами, лицо с миндалевидными глазами, маленькие рожки, торчащие из кудрявых волос. Сатир смотрит на меня с плутоватым выражением.

— Чего тебе нужно?

— Чего тебе нужно? — повторяет он, качая кудрявой головой.

Я делаю жест, как будто прогоняю его.

— Уходи!

— Уходи?

Маленький монстр дергает меня за тогу.

— Оставь меня, — говорю я.

— Оставь меня?

— Оставь меня?

— Оставь меня?

Их уже трое, и все тянут меня за тогу, как будто хотят показать что-то. Я отбиваюсь. Рауль отгоняет их ивовой веткой. Другие сатиры поджидают нас в нескольких шагах.

— А мне они кажутся забавными, — говорит Жорж Мельес.

— По крайней мере, они не опасны, — замечает Мата Хари. — Если бы они хотели нас выдать, то давно бы сделали это.

Мы идем вперед, а сатиры следуют за нами. Воздух пахнет мхом и лишайниками. Странная влага наполняет легкие. От дыхания идет пар.

Я иду, и меня сопровождает навязчивый образ Афродиты.

В долине раздаются двенадцать ударов, отмечающих полночь, и вот мы перед голубым потоком.

Жорж Мельес просит нас остановиться и подождать рассвета, поскольку, по его словам, это необходимо для успеха его затеи. Не вполне убежденные, мы, однако, останавливаемся и садимся под большим деревом с переплетенными корнями. Чтобы скоротать время, я прошу Мельеса объяснить его арифмерический фокус с «киви». Он соглашается.

— Все цифры, умноженные на 9, всегда дают число, сумма цифр которого также дает 9, — объясняет он. — 3 × 9 = 27, 2 + 7 = 9; 4 × 9 = 36, 3 + 6 = 9; 5 × 9 = 45, 4 + 5 = = 9 и т. д. Так что, какую цифру ни выбрать, я всегда знаю, что в сумме получится 9. Если вычесть 5, останется 4. Поэтому, когда я прошу назвать страну, начинающуюся на соответствующую букву алфавита, это обязательно «д». А единственная страна в Европе, начинающаяся на «д», — это Дания (по-французски Danemark). А единственный фрукт, начинающийся на последнюю букву страны, — киви.

Так вот как все просто. Есть что-то разочаровывающее, когда фокус объяснен.

— Ты думаешь, что у тебя есть выбор, но ты не выбираешь. Ты лишь идешь по скрытым рельсам, с которых не можешь свернуть.

— Ты думаешь, что здесь мы тоже думаем, что выбор есть, а на самом деле его нет?

— Уверен, — отвечает иллюзионист. — Мы думаем, что играем, а в действительности мы лишь разыгрываем заранее написанный сценарий. Некоторые события из истории наших народов разве не напоминают другие, произошедшие на «Земле 1»?

— Амазонки относятся к мифологии, а не к истории.

— А может быть, они существовали и исчезли. История древних побежденных народов неизвестна. В этом и заключается точка зрения Олимпа. Называют победителей, а проигравших забывают. Учебники истории на «Земле 1» рассказывают только о победивших народах. К тому же во времена античности многие были неграмотны, истории передавались устно. И до нас дошли только рассказы тех, кто сохранил их в книгах. Так, мы знаем историю китайцев, греков, египтян и евреев, но не знаем историю хеттов, парфян или… амазонок. Все культуры, не имевшие письменности, оказались в неблагоприятном положении.

Это напоминает мне один из самых интересных отрывков «Энциклопедии». Память побежденных… Кто еще помнит про уничтоженные цивилизации? Возможно, заставляя нас снова сыграть уже написанную партию, боги дают почувствовать эту боль. Память побежденных.

История «Земли 1» мне, однако, кажется отличной от того, что происходит под сферой «Земли 18».

Жорж Мельес развивает свою мысль.

— Ты не видишь общего между народом скарабеев и египтянами, например?

— Нет, это я подтолкнул их к строительству пирамид. Что касается их религии, то я чисто случайно взял за образец египетскую практику, описанную в «Энциклопедии» Эдмонда Уэллса.

В темноте я догадываюсь, что на губах Жоржа Мельеса появляется улыбка.

— Это ты так думаешь. А если твоя… случайность входит в план, который выше нашего понимания, но по которому мы действуем, так же как ты считал себя свободным, но обязательно приходил к Дании и киви?

Сколько я ни раздумываю, я знаю, что если принимаю божественное решение в отношении моего народа, я принимаю его душой. Я не испытываю никакого влияния. Я являюсь богом, подвластным только своему свободному выбору. Если я воспроизвожу элементы «Земли 1», то потому, что только ее история мне известна и я о ней вспоминаю. То, что делаю, я делаю добровольно. Или из-за недостатка воображения.

И потом, не существует ста разных способов заставить народ развиваться… Он создает города, воюет, изобретает гончарное дело, строит корабли и памятники. И даже в отношении памятников не существует такого уж большого выбора. Есть храм Соломона в виде куба, пирамиды, такие как пирамида Хеопса, металлическая сфера в Париже, или Триумфальные ворота, как у римлян.

Я пытаюсь возразить Мельесу.

— Но такого народы, как крысы, насколько я знаю, не было.

— Ах что ты, был, — отвечает он совершенно спокойно. — Ассирийцы образовали индоевропейский народ, живший на территории Малой Азии, недалеко от современной Турции. Они уничтожили все другие народы и создали воинственную империю. Другие индоевропейские народы — месопотамцы, мидийцы, скифы, киммерийцы, фригийцы и лидийцы — в конце концов победили ее, чтобы избавиться от агрессора.

Все эти названия мне что-то смутно напоминают. Судя по всему, Жорж Мельес хорошо знает историю забытых захватнических народов, которые не изобрели письменности и не оставили книг. Я, тем не менее, настаиваю:

— А люди-морские ежи Камиллы Клодель, они не похожи ни на что известное.

Мой собеседник остается невозмутимым.

— Пока что не знаю. Этих животных, ставших символом, не всегда просто обнаружить. Но вот посмотри на людей-игуан, другой народ с пирамидами, они как будто случайно оказались на другом берегу океана, совсем как майя, тоже бывшие опытными строителями пирамид. Говорю тебе, Мишель, мы думаем, что играем, а на самом деле лишь участвуем в уже написанном сценарии.

Рауль молчит, довольный тем, что другой выражает его точку зрения.

Мата Хари, прислонившаяся к дереву рядом с нами, тоже хочет высказаться.

— На «Земле 18», — говорит она, — континенты не такой формы, как на «Земле 1». Эти географические различия совершенно меняют исходные данные. Народы, соседствующие друг с другом на «Земле 1», могут быть на «Земле 18» разделены океаном.

На это Жорж Мельес не находит, что ответить. Как и на возражение Фредди:

— Эти схожести являются плодом нашего воображения, всегда заставляющего сравнивать неизвестное с известным. Как тогда, когда мы были на Красной...

Мы вспоминаем это путешествие в космосе, когда мы были ангелами и хотели найти обитаемую планету. Мы нашли Красную, населенную четырьмя народами: зимянами, осенянами, летянами и веснянами. Сезоны продолжались там пятьдесят лет из-за оригинальной орбиты планеты, и во время каждого из них соответствующий народ получал преимущества над остальными. Особенно удивило нас то, что везде присутствовал еще один народ, занимавшийся в основном наукой и торговлей, — релятивисты. Его угнетали и преследовали по непонятным причинам. Они делали все, чтобы ассимилироваться и быть принятыми, но их всегда отвергали и они оставались чужими. Фредди сделал из этого умозаключение, что везде существует народ-форели (поскольку этих рыб запускают в фильтрационные водяные системы, чтобы они обнаружили следы загрязнения, к которому чрезвычайно чувствительны). Эти народы выполняют функцию детекторов опасностей, грозящих планете.

— Если все написано, — продолжает Жорж Мельес, — я хотел бы знать, какой сценарий уготовлен нам.

— Это напоминает мне реалити-шоу по телевидению, пользовавшиеся раньше таким успехом, — замечает Фредди Мейер. — Участники как будто действуют спонтанно, но в конце понимаешь, что все ситуации были придуманы заранее. Каждый раз, когда эти передачи продают за границу, обнаруживаются одни и те же архетипы: умиленная блондинка со скрываемым ребенком, надменный сноб, дежурный весельчак, неудачник, соблазнитель…

Ветер доносит нежный запах лаванды. Листья начинают шелестеть, а ночь становится не такой черной.

А если они правы? Если сценарий уже заранее написан? «Все начинается с романа и заканчивается им», — уже сказал мне Эдмонд Уэллс. Но я не могу перестать поражаться мыслью о том, что я просто пешка, игрушка в превосходящем нас измерении.

— Мои люди-дельфины никогда раньше не существовали в истории мира. Я не помню никого на «Земле 1», кто бы плавал верхом на дельфинах и лечился энергетическими полями тела.

Жорж Мельес морщится.

— Подожди немного. Или твои люди-дельфины исчезнут, как в свое время исчезли на Земле, почему их и забыли, или мутируют и превратятся в другой народ. Но думаю, что если остановить сейчас игру «Игрек», твоих дельфинов не окажется ни в одной исторической книге.

Действительно, мое постоянное предпоследнее место не оставляет мне надежд на то, чтобы попасть в воспоминания будущих поколений. К тому же редкие записи эпохи, в которой идет игра, хранят упоминания только о войнах и свадьбах монархов. Никого не интересует группа потерпевших кораблекрушение людей, высадившихся однажды на берег и передавших свои знания в области науки и искусства.

Разговор прекращается. Встает второе солнце. Сейчас пора встретиться с чудовищем. Мы потягиваемся, чтобы согреться перед возможной дракой, и идем вперед.

Мы проходим под водопадом и входим в черный лес. Мы спешим. Мата Хари, идущая первой, делает знак, что путь свободен.

Я беспокоюсь, но Жорж Мельес выглядит уверенно. Что же такого у него в мешке, что придает такую уверенность?

Услышав рычание вдалеке, Мата Хари останавливается, и мы тоже. Гигантский зверь учуял нас. Он галопом мчится в нашу сторону, приближается и внезапно останавливается прямо перед нами.

Так вот она, большая химера... Похожее на динозавра тело десятиметровой высоты заканчивается тремя шеями. И это гналось за мной... На шеях головы разных животных. Голова льва ревет, голова козла испускает липкую, зловонную жижу, голова дракона выпускает языки пламени. Когда она открывает пасть, на клыках видны обрывки тоги — все, что осталось от недостаточно быстро бежавшего ученика.

Тень монстра накрывает нас.

— Ну и в чем теперь твой волшебный план? — спрашивает Рауль Разорбак Жоржа Мельеса.

Пионер спецэффектов открывает мешок и достает из него большое зеркало.

Он спокойно подходит к зверю и ставит зеркало перед ним. Мы замираем в ожидании.

Одна за другой головы большой химеры поворачиваются к блестящему предмету и, потрясенные, смотрят на глядящего на них монстра.

Перед собственным отражением зверь топчется, вздрагивает, но не может отвернуться от волнующего образа.

— Он не узнает себя и сам себя боится, — шепчет Мэрилин.

Большая химера вся поглощена собственным отражением. Она дрожит, отступает назад, снова приближается — мы ей уже неинтересны.

С осторожностью, не делая резких движений, а потом все быстрее и быстрее мы покидаем ее зону видимости. Нам кажется невероятным, что мы так легко отделались. Возможно, силу фокусников недооценили.

Мы поздравляем Мельеса, который знаками показывает, что нужно скорее уходить, пока поведение зверя не изменилось.

Мы движемся по черной территории. Я помню, как спасался здесь от большой химеры. Я упал, оказался под землей, обнаружил следы пребывания других людей, а потом меня спас белый кролик с красными глазами... Сколько колдовства в этом месте. И все решилось с помощью обычного зеркала...

Мы проходим черную территорию и поднимаемся на плато. Там оказывается новая территория, красная, расстилающаяся перед нами на сколько хватает глаз. Почва мягкая. Наши ноги погружаются в глинистую землю.

— После голубого черное. После черного красное, — замечает Фредди Мейер. — Мы поднимаемся к свету, следуя фазам получения философского камня.

Лес кончается, а дальше простирается огромное маковое поле. Все крутом красное, с карминным оттенком. В этот момент солнце освещает пурпурный пейзаж как будто огненной вспышкой.

— Давайте остановимся.

— Что с тобой?

Все смотрят на меня. У меня в голове как будто стучат все барабаны кентавров, я боюсь, что потеряю сознание.

— Давайте остановимся, мне нужно передохнуть...

Все, что здесь происходит, слишком безумно. Я больше не могу.

— Но ведь большая химера...

— Она сейчас занята, — понимающе говорит Мата Хари.

Теонавты колеблются, но потом, слушаясь Рауля, решают сделать передышку.

Я поворачиваюсь к ним спиной, отхожу в сторону, сажусь среди маков и закрываю глаза.

Нужно понять, что со мной происходит.

Все случилось слишком быстро для моей маленькой души.

Я был человеком, был ангелом, я бог.

Бог-ученик.

Я всегда думал, что быть богом значит иметь неограниченные возможности. Я обнаруживаю, что это значит иметь огромную ответственность. Если мои люди-дельфины умрут, я от этого не оправлюсь. Я это знаю. Это не просто пешки. Нет, они гораздо больше этого. Они являются отражением моей души... Они являются моим раздробленным сознанием, находящимся в каждом индивидууме, который принадлежит к этому народу. Наподобие голограмм, образующих образ. Однако, если их разобщить, в каждом кусочке будет целый образ. Моя душа бога находится в людях моего народа, и пока хоть один из них будет жив, я буду существовать. А если все они исчезнут? Если я увижу последнего одинокого человека-дельфина, как последнего из могикан перед лицом мира, отказывающегося его принять... я буду с нетерпением ждать своего исключения из игры или убийства, чтобы превратиться в немую бессмертную химеру. И моя душа будет по-прежнему жива, но сможет лишь гулять по лесу и дразнить новых богов-учеников, как дразнила меня моя херувимка. А может быть, я стану кентавром, или Левиафаном, или даже... большой химерой, уткнувшейся в зеркало. Но самое худшее, что я потеряю всякую надежду развиваться. Больше никакой тайны. Мне останется только носить траур по моему народу.

Передо мной возникают образы, как почтовые открытки. Мой миролюбивый народ на пляже, пожилая женщина в первый раз общается с дельфином. Строительство корабля для бегства, первая королева...

Остров Спокойствия. Прекрасный город чистой духовности… разрушаемый потопом. И потом голос в глубине меня произносит: «Я сделала это для твоего блага. Однажды ты поймешь». Афродита… Как я еще могу любить эту женщину? Я открываю глаза.

А Великий Бог там, наверху, кто он? Зевс? Великий Архитектор? Высшее измерение?

Возможно, что-то, что мы не в состоянии представить.

Мне в голову приходит смешная мысль. Человеку так же трудно понять Бога, как атому из поджелудочной железы кошки понять идущий по телевизору вестерн.

Кто такой Бог? Я не отрываю взгляда от вершины горы.

Находиться так близко к тайне вызывает огромное беспокойство.

Как бы в ответ на мой вопрос вспышка пронизывает облако, скрывающее вершину.

Оптический обман? Мне кажется, что вспышка имеет форму «8».

Зачем он привел нас сюда? Зачем он нас учит? Чтобы мы стали равными ему и переняли эстафету? Возможно, он устал, возможно, Великий Бог агонизирует.

От этой мысли у меня мурашки по коже. Я смутно вспоминаю слова Афродиты: «Некоторые из нас верят в него, другие нет».

Я вспоминаю смерть Жюля Верна: «Главное, не ходите туда». А потом Люсьена… Он сказал что-то вроде: «Неужели вы не понимаете, что вас хотят превратить в убийц?», «Ваши люди все равно погибнут, как на „Земле 17“. Вы в лучшем случае станете соучастниками».

И Эдмонд Уэллс выпалил: «Здесь самое лучшее место, чтобы наблюдать и понять. Здесь сообщаются все измерения».

Я вспоминаю первое появление Афродиты: «Ваш друг говорит, что вы слишком застенчивы». Она прикасается ко мне. Эта кожа, нежная как шелк… этот поджатый рот, задорный взгляд. «У меня для вас есть загадка».

Эта проклятая загадка снова грызет мне мозг.

«Лучше, чем Бог, хуже, чем дьявол».

«Это вы, Афродита, вы лучше, чем Бог, и хуже, чем дьявол». Я снова слышу ее звонкий смех. «Очень жаль, но это не так».

И Дионис: «Вы „Тот, кого ждут“?»

Если бы я знал, кто я на самом деле. Я знаю, что я не только Мишель Пэнсон, но кто я еще? Душа, которая растет и узнает свою настоящую силу…

Я вспоминаю Левиафана. «Инициация путем проглачивания в воде», — сказал Сент-Экзюпери. Я вспоминаю, как мы забрались к Атланту. Все эти миры, очень похожие на наш, где неумелые люди пытаются сделать все, что могут… с большей или меньшей помощью своих богов. У которых самих есть собственные заботы, стили поведения, свои страхи, моральные нормы, амбиции, утопии, неловкости.

Затем я вспоминаю про богоубийцу. Афина сказала: «Один из вас убивает своих соучеников. Его кара будет страшнее всего, что вы можете представить… Один из вас… один из 144 жульничает. Вы должны остерегаться друг друга». «Мишель… остерегайся своих друзей», — сказала Афродита.

Афродита, снова она.

Ее поцелуй. Ее лицо. Ее запах.

Думать о другом. Мои бывшие клиенты, Игорь, Венера, Жак, стали другими людьми и борются со своей кармой, как я боролся в моей жизни смертного, ничего в ней не понимая. «Они пытаются уменьшить свои страдания, вместо того чтобы построить свое счастье». И эта фраза: «Человек еще не появился, они лишь звено между приматами и человеком. Мы, боги, должны помочь им стать существами с уровнем сознания 4. Пока же они на уровне 3,3…»

Я смотрю на гору.

Снова закрываю глаза.

Хочется все бросить. Хочется спать. Прекратить это все.

Мои люди-дельфины проживут без меня. Афродита найдет другого, чтобы соблазнять и мучить его. Теонавты найдут других богов-учеников, чтобы отправиться с ними на поиски последней Тайны.

— Мишель, просыпайся скорее!

Я резко открываю глаза, и то, что я вижу, потрясает меня.

Внезапно в небе появляется глаз, гигантский глаз, заслоняющий горизонт.

Возможно ли, что это…

Благодарности:

Патрику Жану-Батисту, Жерому Маршану, Рейн Сильбер, Франсуазе Шаффанель, Доминик Шарабуска, Стефану Краузу, Джонатану Верберу, Сабине Кроссен, Жану-Мишелю Рау и Борису Кирульнику.

События, происшедшие во время написания романа «Мы, боги»:

Съемки короткометражного фильма «Наши друзья люди» — взгляд с противоположной точки на сюжет одноименной пьесы, в которой инопланетяне исследуют нравы людей, как в документальном фильме о животных.

Написание сценария полнометражного фильма «Планета женщин».

Написание комикса, являющегося продолжением этой истории: «Дети Евы».

Создание сайта: «arbredespossibles.free.fr» для сбора сведений о всех возможных в будущем событиях и их последствиях.

Сайты в Интернете:
www.bernardwerber.com
www.albinmichel.com

Содержание

Литературно-художественное издание
Бернар Вербер в твоем кармане

Вербер Бернар

Мы, боги

Генеральный директор издательства *С. М. Макаренков*

Директор редакции *С. Ефимов*
Ведущий редактор *М. Рожнова*
Выпускающий редактор *Е. Крылова*
В оформлении обложки использованы материалы
по лицензии © *shutterstock.com*
Оформление обложки: *И. Ковригин*
Компьютерная верстка: *О. Бобрусь*
Корректор *Е. Ершова*

Подписано в печать 04.10.2013 г.
Формат 76×100/32. Гарнитура «Minion Pro».
Усл. печ. л. 19,0. Тираж 5000 экз.
Заказ № 4307144

ООО Группа Компаний «РИПОЛ классик»
109147, г. Москва, ул. Большая Андроньевская, д. 23
www.ripol.ru

12+

Отпечатано с готовых файлов заказчика в филиале
«НИЖПОЛИГРАФ».
ОАО «Первая Образцовая типография»
603950, Нижний Новгород, ГСП-123, ул. Варварская, 32